U0735589

.

正道直行的人生态度

忧国忧民的家国情怀

追求美政的坚定理想

九死不悔的底线意识

——屈原精神

上官吏，彼何人，三户仅存，忍使忠良殄瘁；
太史公，真知己，千秋定论，能教日月争光。

——湖南省岳阳市汨罗市屈子祠联　〔清〕李元度撰

哀郢矢孤忠，三百篇中，独宗变雅开新格；
怀沙沉此地，两千年后，惟有滩声似旧时。

——湖南省岳阳市汨罗市屈子祠联　〔清〕郭嵩焘撰

大节仰忠贞，气吐虹霓，天问九章歌浩荡；
修能明治乱，志存社稷，泽遗万世颂离骚。

——湖北省宜昌市秭归县屈原祠联　现代书法家赵朴初题

1953年，中国诗人屈原与波兰天文学家尼古拉·哥白尼、法国作家弗朗索瓦·拉伯雷、古巴作家何塞·马蒂成为世界和平理事会（总部设在芬兰首都赫尔辛基）推举的四位世界文化名人。

2009年，以纪念屈原为核心内容的中国端午节及其传说进入"世界人类非物质文化遗产代表作名录"。

屈原是中国的，更是世界的！

屈原的作品及精神价值，也是人类文化遗产的一部分。

我们既钦佩他的人格，又热爱他的作品！

我们研究屈原，既是为了还原历史，更是为了学习屈原。

学习屈原，既是为了提升我们自己，也是为了提升我们的时代。

中华优秀传统文化经典著作大众读本

名典名选丛书

大家读《楚辞》

方 铭————译注

北京出版集团
文津出版社

图书在版编目（CIP）数据

大家读《楚辞》/ 方铭译注 . — 北京：文津出版社，2024. 8
（名典名选丛书）
ISBN 978-7-80554-912-5

Ⅰ. ①大… Ⅱ. ①方… Ⅲ. ①楚辞研究 Ⅳ.
① I207. 223

中国国家版本馆CIP数据核字（2024）第 088590 号

总 策 划：高立志
责任编辑：侯天保
责任印制：燕雨萌
责任营销：猫　娘
封面设计：田　晗
正文制作：品欣工作室

名典名选丛书
大家读《楚辞》
DAJIA DU《CHUCI》
方铭　译注

出　　　版　北京出版集团
　　　　　　文 津 出 版 社
地　　　址　北京北三环中路 6 号
邮　　　编　100120
网　　　址　www.bph.com.cn
总 发 行　北京伦洋图书出版有限公司
印　　　刷　北京华联印刷有限公司
开　　　本　880 毫米 ×1230 毫米　1/32
插　　　图　191
印　　　张　18.5
字　　　数　334 千字
版　　　次　2024 年 8 月第 1 版
印　　　次　2024 年 8 月第 1 次印刷
书　　　号　ISBN 978-7-80554-912-5
定　　　价　69.00 元

如有印装质量问题，由本社负责调换
质量监督电话　010-58572393

屈原像

〔元〕佚名绘屈原像

離騷經第一

帝高陽之苗裔兮，朕皇考曰伯庸。攝提貞于孟陬兮，惟庚寅吾以降。

離騷為詞賦之祖，後人為之，如至方不能加矩，至圓不能過規矣。

〔楚〕屈原、宋玉、景差，〔漢〕賈誼、淮南小山、王逸等著，〔宋〕朱熹《楚辭集注》八卷，南宋端平二年（1235）朱鑑刊本

也 俛屈以自抑 抑按也言己多病長窮恐遂巔沛內撫己情意考覈心志無有過失則屈志自抑而不懼 刓方以爲圜兮 刓削 常度未替 度法也替廢也言人刓削方木欲以爲圜其常法度尚未廢以言讒人譖逐放己欲使改行亦終守正而不易也 易初本迪 史作由 兮 本常也迪道也 君子所鄙 鄙恥也言人遭世遇變易初行遠離常道賢人君子之所恥不忍爲也 章畫志 史作職 墨兮 章明也志念也 前圖 史作度 未改 圖法也改易也言工明於所畫念其繩墨修前人之法不易其道則曲木直而惡木好也以言人遵先聖之法度修其仁義不易其行則德譽興而榮名立也 內厚質正 史作內直 質重 兮大人所盛 言人質性敦厚心志正直行無過失則大人君子所盛美也 巧倕 史作匠 不斲兮 倕堯巧工也斲斫也 孰察其撥 一作揆 正 察知也撥治也言倕不以斤斲則曲木不治誰知其工巧者乎以言君子不居爵位衆亦莫知其賢能也 玄文處幽兮 玄墨也幽冥也 矇瞍謂之不章 矇盲者也詩云矇瞍奏工章明也言持玄墨之文居於幽冥之處則矇瞍以爲不明也言持賢志之士居於山谷則衆愚以爲不賢也 離婁微睇兮 離婁古明目者也孟子曰離婁之明睇眄之也 瞽以爲無明 瞽盲者也詩云有瞽有瞽言離婁明目無所不見微有所睇盲人輕之以爲無明也言賢者遭困厄俗人傷之

《怀沙》书影，作于顷襄王十六年（前283）

則化而爲枳也屈原自比志節如橘亦不可移徙也 深固難徙更壹志兮 屈原見橘根深堅固終不可徙則專一己志守忠信也 綠葉素榮紛其可喜兮 綠猶青也素白也言橘青葉白華紛然盛茂誠可喜也以言己行清白可信任者也 曾枝剡棘圓果摶兮 剡利也棘橘枝剌若棘也摶圜也楚人名圜爲摶言橘枝重累又有利棘以象武也實圓摶又像文也以喻己有文武能方圓 青黃雜糅文章爛兮 言橘葉青其實黃雜糅俱盛爛然而明言己敏達道德亦爛然有文章也 精色內白類可任兮 精明也類猶貌也言橘實赤黃其色精明內懷潔白以言賢者亦然外有精明之貌內有潔白之志故可任以道而事用之也 紛縕宜修姱而不醜兮 紛縕盛貌也醜惡也言橘類紛縕而盛如人宜有修飾形容盡好無有醜惡也 嗟爾幼志有以異兮 爾汝也幼小也言嗟乎臣女少小之人其志易徙有異於橘也 獨立不遷豈不可喜兮 屈原言己之行度獨立堅固不可遷徙誠可喜也 深固難徙廓其無求兮蘇世獨立橫而不流兮 蘇寤也言屈原自知爲讒佞所害心中覺寤然不可變節猶行忠直橫立自持不隨俗人也 閉心自慎終不失過兮 言己閉心捐欲勑慎自守終不敢有過失也 秉德無私參天地兮 秉執也言己執履忠正行無私阿故

《橘颂》书影，有说是屈原弱冠时所作，也有说是屈原晚年所作

洛神賦

黃初三年，余朝京師，還濟洛川。古人有言，斯水之神，名曰宓妃。感宋玉對楚王神女之事，遂作斯賦。其詞曰：

余從京域，言歸東藩，背伊闕，越轘轅，經通谷，陵景山。日既西傾，車殆馬煩。爾乃稅駕乎蘅皋，秣駟乎芝田，容與乎陽林，流眄乎洛川。於是精移神駭，忽焉思散。俯則未察，仰以殊觀。睹一麗人，于岩之畔。乃援御者而告之曰：爾有覿於彼者乎？彼何人斯，若此之豔也！御者對曰：臣聞河洛之神，名曰宓妃。然則君王所見，無乃是乎？其狀若何，臣願聞之。

余告之曰：其形也，翩若驚鴻，婉若遊龍，榮曜秋菊，華茂春松。髣髴兮若輕雲之蔽月，飄颻兮若流風之回雪。遠而望之，皎若太陽升朝霞；迫而察之，灼若芙蕖出淥波。穠纖得衷，脩短合度。肩若削成，腰如約素。延頸秀項，皓質呈露。芳澤無加，鉛華弗御。雲髻峨峨，脩眉聯娟。丹脣外朗，皓齒內鮮，明眸善睞，靨輔承權。瑰姿豔逸，儀靜體閑。柔情綽態，媚於語言。奇服曠世，骨像應圖。披羅衣之璀粲兮，珥瑤碧之華琚。戴金翠之首飾，綴明珠以耀軀。踐遠遊之文履，曳霧綃之輕裾。微幽蘭之芳藹兮，步踟躕於山隅。於是忽焉縱體，以遨以嬉。左倚采旄，右蔭桂旗。攘皓腕於神滸兮，采湍瀨之玄芝。

余情悅其淑美兮，心振盪而不怡。無良媒以接歡兮，託微波而通辭。願誠素之先達兮，解玉佩以要之。嗟佳人之信脩，羌習禮而明詩。抗瓊珶以和予兮，指潛淵而為期。執眷眷之款實兮，懼斯靈之我欺。感交甫之棄言兮，悵猶豫而狐疑。收和顏而靜志兮，申禮防以自持。

於是洛靈感焉，徙倚彷徨。神光離合，乍陰乍陽。竦輕軀以鶴立，若將飛而未翔。踐椒塗之郁烈，步蘅薄而流芳。超長吟以永慕兮，聲哀厲而彌長。

爾乃眾靈雜遝，命儔嘯侶。或戲清流，或翔神渚，或采明珠，或拾翠羽。從南湘之二妃，攜漢濱之遊女。歎匏瓜之無匹兮，詠牽牛之獨處。揚輕袿之猗靡兮，翳脩袖以延佇。體迅飛鳧，飄忽若神。凌波微步，羅襪生塵。動無常則，若危若安。進止難期，若往若還。轉眄流精，光潤玉顏。含辭未吐，氣若幽蘭。華容婀娜，令我忘餐。

於是屏翳收風，川后靜波。馮夷鳴鼓，女媧清歌。騰文魚以警乘，鳴玉鸞以偕逝。六龍儼其齊首，載雲車之容裔。鯨鯢踴而夾轂，水禽翔而為衛。於是越北沚，過南岡，紆素領，回清陽，動朱脣以徐言，陳交接之大綱。恨人神之道殊兮，怨盛年之莫當。抗羅袂以掩涕兮，淚流襟之浪浪。悼良會之永絕兮，哀一逝而異鄉。無微情以效愛兮，獻江南之明璫。雖潛處於太陰，長寄心於君王。忽不悟其所舍，悵神宵而蔽光。

於是背下陵高，足往神留。遺情想像，顧望懷愁。冀靈體之復形，御輕舟而上溯。浮長川而忘反，思綿綿而增慕。夜耿耿而不寐，沾繁霜而至曙。命僕夫而就駕，吾將歸乎東路。攬騑轡以抗策，悵盤桓而不能去。

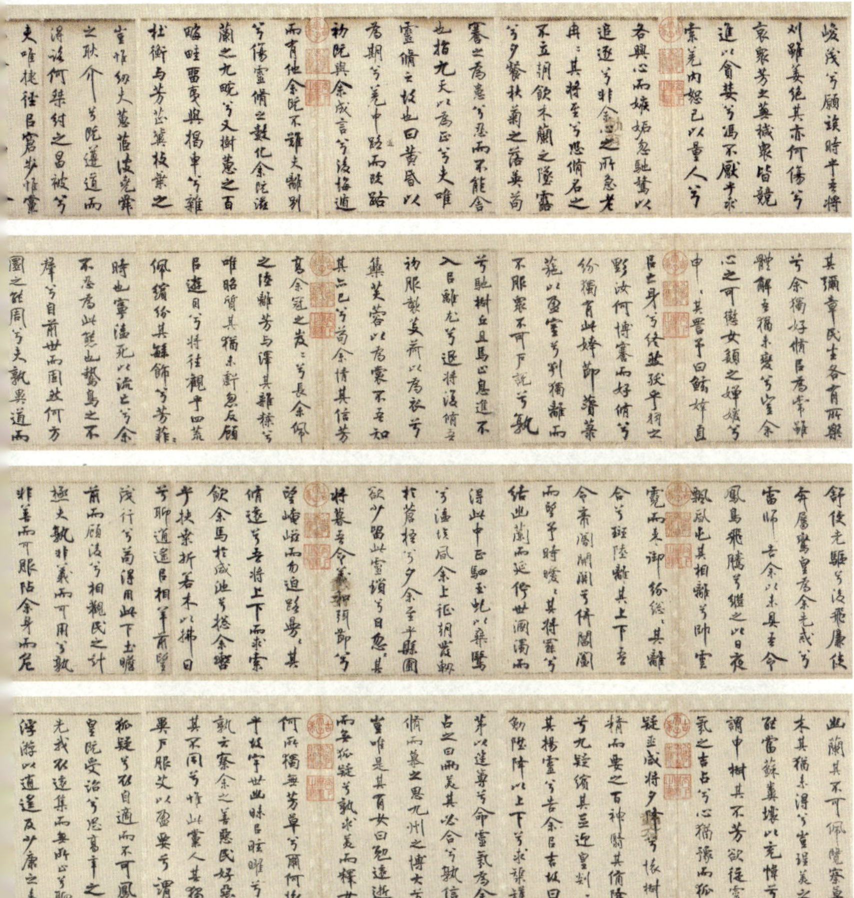

〔宋〕米芾书《离骚经》

〔唐〕李昭道绘《龙舟竞渡图》

〔宋〕佚名绘《楚辞·渔父图》

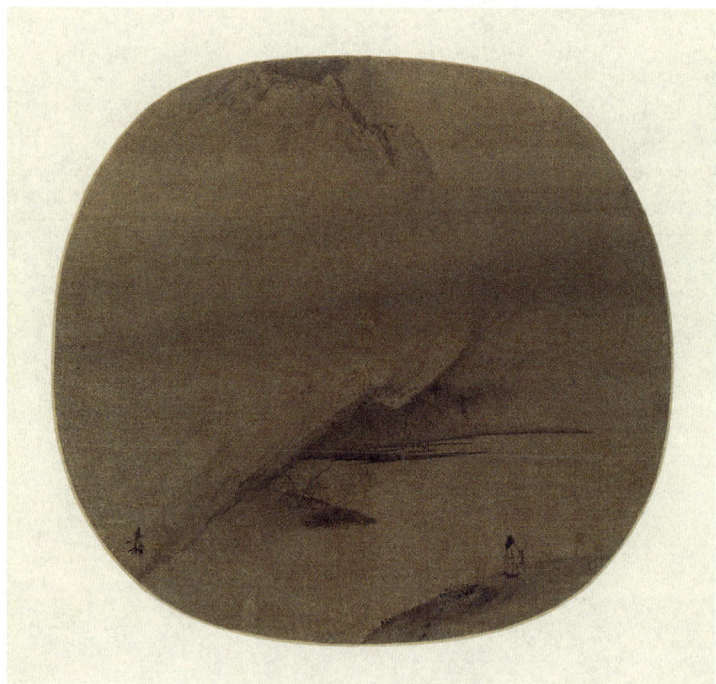

〔宋〕梁楷绘《泽畔行吟图》

〔元〕王振鹏绘《龙池竞渡图》，记录宋徽宗崇宁年间（1102—1106）三月
三日开放金明池，举行龙舟竞渡，皇帝与民同乐，操演水军的情形

〔元〕佚名绘《天中佳景图》，"天中"是端午节的别称。瓶中插着蜀葵、石榴、菖蒲等五月花卉，枝梢系有香囊，盘中摆有粽子、荔枝、石榴等

〔明〕文徵明绘《湘君湘夫人图》

〔明〕陈洪绶《屈子行吟图》木刻版画

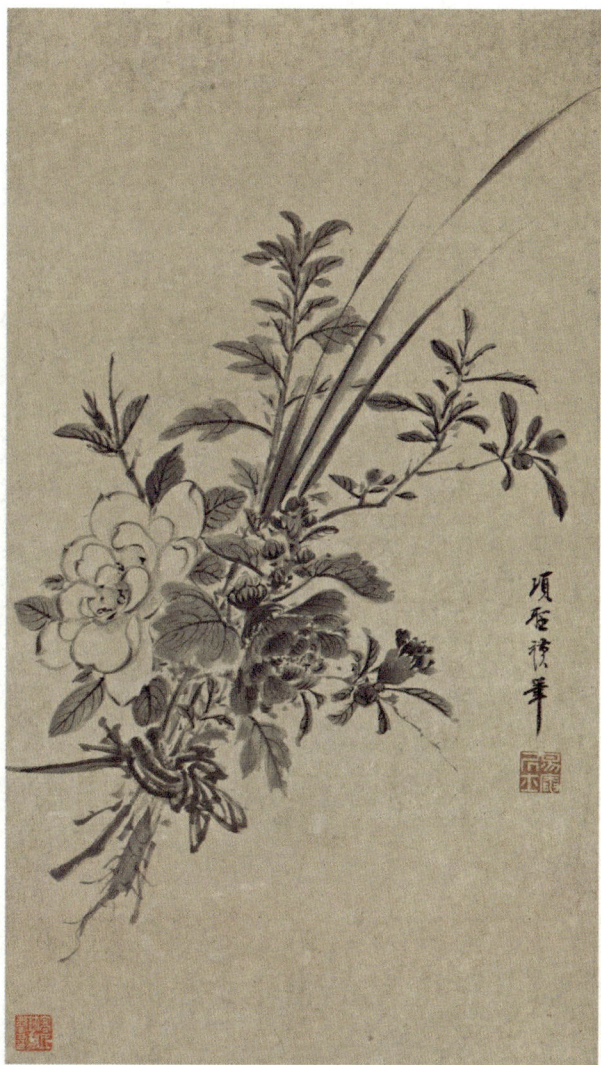

〔明〕项圣谟绘《折枝菖蒲图》

橘頌

后皇嘉樹橘徠服兮　受命不
遷生南國兮　深固難徙更壹
志兮　綠葉素榮紛其可喜兮
曾枝剡棘圓果摶兮　青黃雜
糅文章爛兮　精色內白類任
道兮　紛緼宜脩姱而不醜兮
嗟爾幼志有以異兮　獨立不
遷豈不可喜兮　深固難徙廓
其無求兮　蘇世獨立橫而不
流兮　閉心自慎終不過失兮
秉德無私參天地兮　願歲并
謝與長友兮　淵雖不湛梗其
有理兮　年歲雖少可師長兮
行比伯夷置以為像兮
　　華亭沈藻書

依邢州此書全做雲麾南堂碑華岳闇湜
今刻入石渠寶笈中

〔明〕沈藻书《橘颂帖》

〔清〕任熊绘《屈原像》

〔清〕陈舒绘《天中佳卉图》

〔清〕郎世宁绘《午瑞图》，瓶内插着蒲草叶、石榴花和蜀葵花，托盘里盛有李子和樱桃，几个粽子散落一旁

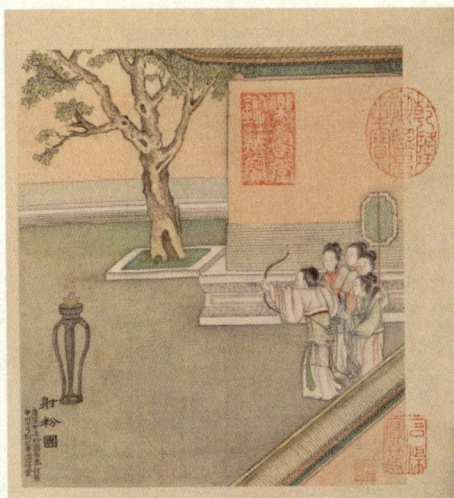

《射粉团》，唐宫中造粉团角黍钉盘中，以小弓射之，中者得食

《赐枭羹》，汉令郡国贡枭为羹赐官以恶鸟，故食之

《悬艾人》，荆楚风俗以艾为人悬门户上，以禳毒气

《系采丝》，以五色丝系臂，谓之长命缕

《采药草》，五月五日午时蓄采众药治病，最效验

《养鸲鹆》，取鸲鹆儿毛羽新成者去舌尖，养之皆善语

《裹角黍》，以菰叶裹粘米为角黍取阴阳包裹之义，以赞时也

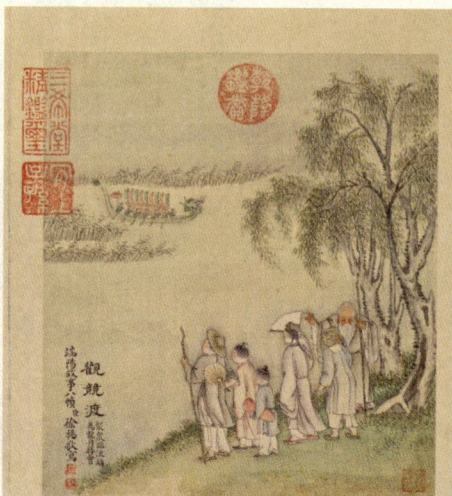

《观竞渡》，聚众临流，称为龙舟胜会

〔清〕徐扬绘《端阳故事图》，集中再现了中国历史上端午节期间各地的八项重要民俗活动

〔清〕郑旼绘《扁舟读骚图》

傅抱石绘《屈子行吟图》

湖北省宜昌市秭归县屈原墓

秭归县屈原镇屈原村（又名乐平里）屈原故里

秭归县茅坪镇凤凰山屈原祠

湖南省岳阳市汨罗市屈子祠

汨罗市屈子祠镇玉笥山顶屈原碑林鸟瞰

汨罗市屈子祠镇屈子书院

汨罗江畔

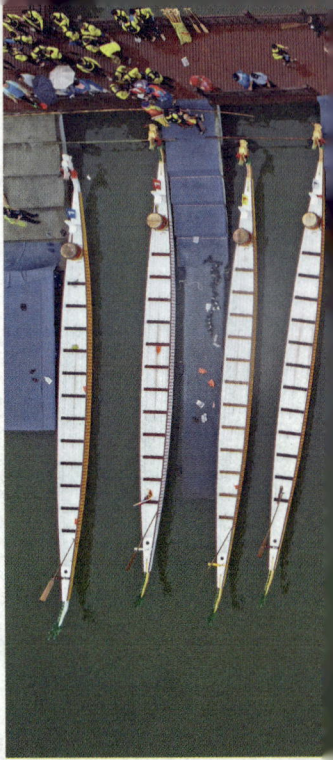

汨罗市香草湖龙舟赛

河北省唐山市古冶区屈原纪念馆外景

中国屈原学会会长方铭教授撰写的《唐山屈原纪念馆记》

屈原塑像

如何读《楚辞》

屈原是战国时期的伟大诗人,是中国文学史上楚辞体文学的主要作者。在中国文学史上,屈原不仅仅是作为一个诗人受人推崇,同时,他还作为一位具有高尚人格的政治家和思想家,以及伟大的爱国主义者而广泛受人尊敬。

马一浮先生在《通治群经必读诸书举要》中说:"集部之书,汗牛充栋,终身读之不能尽。大抵唐以前别集无多,俱宜读。唐、宋则择读大家,宜知流别,宜辨体制,宜多读诗文评。文章不关经术者,不必深留意也。"30多年前,我从国学大师吴林伯先生问学。吴先生早年亲炙大宗师马一浮先生。吴先生尝从容谈及马一浮先生主张治学应以经学为核心,出入诸子史记,人生苦短,不能花太多时间去读那些无意义的书籍。马先生命吴先生以《文心雕龙》为一生治学重点,并说集部也只有《楚辞》与《文心雕龙》等少数几部著作值得学者以毕生精力去钻研。

一

《楚辞》是与屈原的名字联系在一起的。屈原在被谗放逐过程中,曾以创作发泄其愤懑,表现自己眷顾楚国、心系怀王的忠君之情，希望能以此感悟君主。这些作品，加上宋玉、景差及汉朝其他一些作家的作品，由西汉刘向辑为《楚辞》。根据王逸《楚辞章句》，《楚辞》的作品包括屈原所作的《离骚》《九歌》《天问》《九章》《远游》《卜居》《渔父》，还有宋玉所作的《九辩》和《招魂》，以及王逸不能肯定作者是屈原或者景差的《大招》，可能是贾谊所作的《惜誓》，淮南小山所作的《招隐士》，东方朔所作的《七谏》，严忌所作的《哀时命》，王褒所作的《九怀》，刘向所作的《九叹》，王逸所作的《九思》，等等。

关于屈原作品的数量，《汉书·艺文志》说有"二十五篇"之数。王逸《楚辞章句》共收有《离骚》《九歌》《天问》《九章》《远游》《卜居》《渔父》等，又有《大招》一篇，王逸在屈原与景差两人之间，委决不下，阙而不究。《汉书·艺文志》关于屈原作品数量之根据，来自刘向父子《七略》，《七略》的根据是刘向所编《楚辞》，而王逸《楚辞章句》所依据，也正是刘向所编《楚辞》。因此可以说，《汉书·艺文志》之"屈原赋二十五篇"，即王逸《楚辞章句》所载，包括《离骚》一篇，《九歌》十一篇，《天问》一篇，《九章》九篇，《远游》一篇，《卜居》一篇，《渔父》一篇。《大招》的作者不能肯定，不在二十五篇之数。编辑《楚辞》的标准，王逸说得非常清楚，《楚辞章句·九辩序》说："宋玉者，屈原弟子也，闵惜其师忠而放逐，故作《九辩》以述其志。至于汉兴，刘向、王褒之徒，咸悲其文，依而作词，故号为

'楚词'。"即《楚辞》一书的成名，在于该书所收作品，或者是楚人屈原的作品，或者是自宋玉以至刘向、王褒等后代作家因为皆悲屈原之志，依屈原之文而作的，即《楚辞》中宋玉《九辩》《招魂》以下的作品都是宋玉等人为悲悯屈原所作，正因此，如贾谊的《吊屈原赋》、扬雄的《反离骚》，缺少依托的前提，所以不能收入《楚辞》。

屈原是楚国人，屈原自己所写，以及依托屈原的作品，都有深深的"楚"地域文化烙印。宋人黄伯思《校定楚辞序》指出："盖屈宋诸骚，皆书楚语，作楚声，纪楚地，名楚物，故可谓之'楚辞'。"实际不仅楚人的作品如此，《惜誓》《招隐士》《七谏》《哀时命》《九怀》《九叹》《九思》等汉朝人的作品，也有楚语、楚声、楚地、楚物的特点。

"楚辞"并不是一种独立的文体。"楚辞"的意思即"楚诗""楚歌"，因此，"楚辞"代表了诗的一个流派，或者说"楚辞"是一种具有地方特色的诗。"楚辞"被称为"辞"，而不以"诗"命名，一方面是因为《诗经》成书以后，在很长一段时间内，"诗"仍然是《诗经》这本书的专称；另一方面"诗""辞"意义相通，《毛诗序》说："诗者，志之所之也，在心为志，发言为诗。"《说文解字》说："辞，说也。"诗为言，辞也是言。所以，《楚辞》就是"楚诗""楚歌"。实际上，《楚辞》中如《九歌》，原来就以巫歌的形式存在于屈原之前。《九歌》本来不过是楚国巫歌，即使经过屈原的整理，它仍然应该属于巫歌。另外，如《孺子歌》《越人歌》这样的"楚歌"

也是《楚辞》学习的典范。见于《孟子·离娄上》的《孺子歌》说："沧浪之水清兮，可以濯吾缨；沧浪之水浊兮，可以濯吾足。"《楚辞·渔父》借用其辞；见于刘向《说苑·善说》的《越人歌》说："今夕何夕兮，搴舟中流。今日何日兮，得与王子同舟。蒙羞被好兮，不訾诟耻。心几顽而不绝兮，得知王子。山有木兮木有枝，心说君兮君不知。"其形式与《楚辞》并无二致。

作为一种有地域特点的新的诗歌样式，《楚辞》的产生并非偶然。首先，它是楚地文学与音乐发展的结果。楚国早期的诗歌留传下来的很少，《诗经》中《周南·汉广》可能产生在楚地，《诗序》云："《汉广》，德广所及也。文王之道被于南国，美化行乎江汉之域，无思犯礼，求而不可得也。"诗云："南有乔木，不可休息。汉有游女，不可求思。汉之广矣，不可泳思。江之永矣，不可方思。翘翘错薪，言刈其楚。之子于归，言秣其马。汉之广矣，不可泳思。江之永矣，不可方思。翘翘错薪，言刈其蒌。之子于归，言秣其驹。汉之广矣，不可泳思。江之永矣，不可方思。"在其他文献中，保留有少量楚国歌谣，如《沧浪歌》等，从中都可看出《楚辞》受了歌谣的影响。《楚辞》中音乐痕迹也很明显，如"乱""倡""少歌"等都是音乐中的专用术语，被直接引入了《楚辞》；"九辩""九歌"等本来就是楚国特有的乐曲名目。其次，它与楚国巫文化盛行有密切的关系。与北方周人敬鬼神而远之的态度不同，楚人一直保有原始的巫歌巫舞的娱神活动，因而保存了大量的神话传说。《九歌》原本就是楚国各地民间祭神的歌曲，这一特征在屈原的《九歌》中仍保留下来了。屈原在《楚辞》中多次描写的奇装异服、占卜问神，以及许多神灵的奇异传说，无一不有巫文化的烙印。

王逸《楚辞章句》，多次提及屈原著作流传问题。《天问序》说："楚人哀惜屈原，因共论述。"《九章序》说："楚人……世论其词，以相传焉。"《渔父序》说："楚人……因叙其辞，以相传焉。"《汉书·地理志》说："始楚贤臣屈原被谗放流，作《离骚》诸赋以自伤悼。后有宋玉、唐勒之属慕而述之，皆以显名。汉兴，高祖王兄子濞于吴，招致天下之娱游子弟，枚乘、邹阳、严夫子之徒兴于文、景之际。而淮南王安亦都寿春，招宾客著书，而吴有严助、朱买臣，贵显汉朝，文辞并发，故世传《楚辞》。"编辑、记录屈原作品的"楚人"，大抵就是宋玉、唐勒之徒，由他们而后，有严助、朱买臣，把《楚辞》传播到广大的中国。汉初学人所见，便是严助、朱买臣所传《楚辞》，贾谊、淮南小山、东方朔、严忌、王褒、刘向等人，都纷纷仿而作文。至刘向编辑，则把楚人屈原、宋玉等人的辞作及汉人仿屈原《楚辞》的作品辑在一起，成今本《楚辞》。

洪兴祖的《楚辞补注》目录后，有《楚辞释文》的目录，该目录与今本目录篇次不同。洪兴祖《楚辞补注·楚辞目录》说："按《九章》第四，《九辩》第八，而王逸《九章》注云'皆解于《九辩》中'，知《释文》篇第盖旧本也，后人始以作者先后次叙之耳。"刘永济

《屈赋通笺》以为《楚辞章句》序文惟《九辩》释"九"，说："九者，阳之数，道之纲纪也。故天有九星，以正机衡；地有九州，以成万邦；人有九窍，以通精明。"而《九歌》《九章》俱未释"九"，也可证明王逸《楚辞章句》中《九辩》一篇在《九歌》《九章》之前。

《楚辞释文》目录篇次，也见于宋人晁公武《郡斋读书志》，以及陈振孙《直斋书录解题》。余嘉锡《四库提要辨证》认为，《楚辞释文》的作者应该是唐人王勉，因为《宋史·艺文志》有王勉《楚辞章句》二卷，《楚辞释文》一卷，《离骚约》二卷。不过，因为《楚辞章句》是王逸所作，所以，我们相信这里的王勉应该是王逸之误。

我们推测，之所以会更改《楚辞》的篇次，大约是因为《楚辞释文》所根据的旧本《楚辞》先后篇第不以作者为先后，遂有人改正成今天《楚辞补注》所呈现的篇第面貌，这说明今天的《楚辞》篇第，是与作者的次第紧密联系在一起的。而王逸的《楚辞章句》的结构篇次，是经过后人窜改过的了。

《楚辞释文》是我们今天可以知道的最早的《楚辞》版本了。由于《楚辞释文》与今本《楚辞》的差异，汤炳正先生著《楚辞成书之探索》，根据《楚辞释文》的目录次第，认为《楚辞》编辑经多人之手：首先的编辑者可能是宋玉，他编辑的《楚辞》包括《离骚》和《九辩》，为第一组；《九歌》《天问》《九章》《远游》《卜居》《渔父》《招隐士》为第二组，编辑者应该是淮南小山或者淮南王刘安；第三组包括《招魂》《九怀》《七谏》《九叹》，编辑者应该是刘向；《哀时命》《惜誓》《大招》为第四组，汤炳正先生认为这一组既不是一个时代的创作，编辑者也不是一个人；《九思》为第五组，编辑者就是《楚辞章句》的作者王逸。

二

读《楚辞》，首先需要了解屈原和理解屈原。《文心雕龙·辨骚》说："不有屈原，岂见《离骚》。惊才风逸，壮志烟高。"这是说，没有屈原，就没有《离骚》这样的作品。而《离骚》在《楚辞》中具有重要地位，因此，后代有人把《离骚》称为《离骚经》，其他作品都称为《离骚经》之传。如果从《楚辞》中其他作品都体现了如《离骚》一般的人文境界和精神价值而言，这种说法无疑是有道理的。

屈原是一位具有正道直行的人生态度的人。《史记·屈原贾生列传》说屈原"正道直行"，而屈原在《离骚》中也说他父亲以"正则"给他命名，就说明他父亲希望他把"正道直行"当作自己的处世原则。屈原的作品中，始终展示的是一个正直的"君子人"所蒙受的不白之冤，以及他勇敢的抗争过程。而"正""直"二字，也出现在《离骚》之中："跪敷衽以陈辞兮，耿吾既得此中正"；"屈心而抑志兮，忍尤而攘诟。伏清白以死直兮，固前圣之所厚。"同样，"正""直"二字也见于屈原的其他作品，如《九章·涉江》曰："苟余心其端直兮，虽僻远之何伤！"《九章·抽思》曰："何灵魂之信直兮，人之心不与吾心同！"《远游》曰："内惟省以端操兮，求正气之所由。"这里的"端操"的"端"，也是"正"的意思。而《卜居》则直接用了"正直"一词："宁正言不讳，以危身乎？将从俗富贵，以媮生乎？宁超然高举，以保真乎？将哫訾栗斯，喔咿嚅唲，以事妇人乎？宁廉洁正直，以自清乎？"可以看出，屈原对他自己所具有的"清白""正直""信直""端直""端操""正气"是充满信心的，也坚信自己的正直就是"中正"之道。

屈原是一位具有忧国忧民的家国情怀的人。《离骚》说："岂余身之惮殃兮，恐皇舆之败绩！忽奔走以先后兮，及前王之踵武。"类似的意思在《九章》等其他诗篇中也常有阐述，如《九章·惜往日》说："奉先功以照下兮，明法度之嫌疑。国富强而法立兮，属贞臣而日娭。"屈原的忧国忧民，体现了深沉的爱国主义关怀，同时，也是以传承先圣道统为基础的。

屈原首先忧心的是楚国能不能建立一个"明法度之嫌疑""国富强而法立"的制度体系。《离骚》曰："彼尧舜之耿介兮，既遵道而得路。何桀纣之猖披兮，夫唯捷径以窘步"；"固时俗之工巧兮，偭规矩而改错。背绳墨以追曲兮，竞周容以为度。"屈原认为唐尧、虞舜遵道得路，就是依法行政；夏桀、商纣猖披，时俗工巧，所以背离规矩绳墨，即随心所欲，作威作福。屈原的"法立"，就是建立善法，依法治国。屈原的"忧国"，是因为他"忧民"。

屈原是一位具有追求美政的坚定理想的人。《离骚》说："既莫足与为美政兮，吾将从彭咸之所居！"屈原说的"美政"，就是善政。《离骚》曰："昔三后之纯粹兮，固众芳之所在"；"彼尧舜之耿介兮，既遵道而得路"；"汤禹俨而祗敬兮，周论道而莫差。举贤而授能兮，循绳墨而不颇。皇天无私阿兮，览民德焉错辅。"屈原的美政，就是实行尧、舜、禹、汤、文、武、成王、周公之道，这也是孔子及原始儒家提倡的德治政治的核心内容。

屈原是一位具有九死不悔的底线意识的人。所谓底线意识，就是面对挫折，决不退缩；面对诱惑，决不妥协。《离骚》曰："余固知謇謇之为患兮，忍而不能舍也"；"忽驰骛以追逐兮，非余心之所急"；"亦余心之所善兮，虽九死其犹未悔"；"民生各有所乐兮，余独好修以为常。虽体解吾犹未变兮，岂余心之可惩"；"夫孰非义而可用兮？孰非善而可服？阽余身而危死兮，览余初其犹未悔。"对于屈原来说，受重用则正道直行，坚持理想，忧心百姓；被放流则坚持底线，毫不动摇。

屈原是战国时期楚国的重要政治家，对屈原的把握，离不开屈原的政治活动。抓住屈原的政治活动轨迹，才能准确把握屈原作品的内涵。屈原的价值，体现为他的文学成就和政治人格的完美结合。屈原的作品，表现的内容是他的政治活动和政治遭遇，以及政治活动和政治遭遇所带来的思想感情方面的期待与沮丧、希望与失望。屈原的政治活动和政治遭遇，我们又是通过屈原的作品了解的。如果没有屈原的作品，我们就无法了解屈原的遭遇；如果没有屈原坎坷的遭遇，屈原可能不会创作这些作品；即使创作了作品，也可能没有机会流传下来；即使侥幸流传下来，也可能不会有这么久远的生命力。屈原不仅仅是一个政治家，而且是一个想有所作为的政治家。这是他的悲剧命运的根源，也是《楚辞》具有巨大震撼力的力量源泉。

战国时期是一个巨变的时代，如何适应社会的蜕变，成了这个时代弄潮儿们追逐的目标，战国时期成功的政治家无不体现这个特点。《论语·卫灵公》载孔子说："君子固穷，小人穷斯滥矣。"《礼记·大学》说："知止而后有定，定而后能静，静而后能安，安而后能虑，虑而后能得。"孔子、孟子等思想家之所以与商鞅、张仪、苏秦等人不同，就在于他们坚持理想不动摇，《汉书·董仲舒传》载董仲舒说："夫仁人者，正其谊不谋其利，明其道不计其功。是以仲尼之门，五尺之童羞称五伯，为其先诈力而后仁谊也。苟为诈而已，故不足称于大君子之门也。五伯比于他诸侯为贤，其比三王，犹武夫之与美玉也。"而战国时期的法家、纵横家以飞黄腾达、光宗耀祖为目标，投君主所好，虽然可以得到一时之利，但就长远来看，这是把国家和社会引向深渊的邪路，这也是被历史所反复证明了的。而屈原的经历和作品，体现了他坚守底线的人生境界，使他与战国时期的所谓"改革派"的法家思想家和纵横家划清了界限。

　　　　　　　　　　　　　大家读《楚辞》

孔子和屈原都是把拯救人民放在第一位，从而把"做正确的事"作为人生的底线来坚守。

三

自汉代以来，人们从屈原的经历和作品中就发现了屈原的"忠直"和"清廉"的高尚情操，而朱熹更是认为屈原具有"爱国"情怀。屈原的爱国情怀表现为对楚国昏庸和奸诈的政治家以及不能选贤授能的政体的强烈批判，屈原希望在楚国有公平和正义，正道直行的人受重视，而枉道邪行的人被抛弃，但是楚国的现实正好相反，所以他有强烈的不满。屈原的爱国是建立在正道直行的基础上，因而是有正义性的，也是有价值的。

刘勰《文心雕龙·辨骚》说《楚辞》情兼雅怨，文极声貌，"故能气往轹古，辞来切今，惊采绝艳，难与并能矣"。又指出屈原及其作品影响深远，是后代学习的典范："故才高者菀其鸿裁，中巧者猎其艳辞，吟讽者衔其山川，童蒙者拾其香草。若能凭轼以倚《雅》《颂》，悬辔以驭楚篇，酌奇而不失其贞，玩华而不坠其实，则顾盼可以驱辞力，咳唾可以穷文致。"这是说学习者如果仅仅从《楚辞》中学到艳辞、山川、香草之"奇"之"华"，这不过是掌握了《楚辞》之末，而《楚辞》之本在于"鸿裁"，即其"贞（正）"与"实"。《楚辞》忠实地继承了《诗经》的风雅传统，表现出的崇高精神境界和高尚人文情怀，是屈原及《楚辞》的价值真正所在。也正因此，屈原及《楚辞》才有弥久常新的生命力。

刘勰的《文心雕龙·辨骚》说屈原的《离骚》"固已轩翥诗人之后，奋飞辞家之前，岂去圣之未远，而楚人之多才乎"。又说："昔汉武爱《（离）骚》，而淮南作《传》，以为《国风》好色而不淫，《小雅》怨诽而不乱，若《离骚》者，可谓兼之。蝉蜕秽浊之中，浮游尘埃之外，皭然涅而不缁，虽与日月争光可也。班固以为露才扬己，忿怼沉江，羿浇二姚，与左氏不合；昆仑悬圃，非经义所载。然其文辞丽雅，为词赋之宗，虽非明哲，可谓妙才。王逸以为诗人提耳，屈原婉顺，《离骚》之文，依经立义，驷虬乘鹥，则时乘六龙；昆仑流沙，则《禹贡》敷土。名儒辞赋，莫不拟其仪表，所谓金相玉质，百世无匹者也。及汉宣嗟叹，以为皆合经术。扬雄讽味，亦言体同《诗·雅》。四家举以方经，而孟坚谓不合传，褒贬任声，抑扬过实，可谓鉴而弗精，玩而未核者也。"刘勰对淮南王刘安、汉宣帝、扬雄、王逸对《离骚》和屈原的肯定及班固对屈原及《离骚》的批评都不满意，认为是"褒贬任声，抑扬过实"。他具体分析了屈原《离骚》与六经的联系与差别说："将核其论，必征言焉。故其陈尧舜之耿介，称汤武之祗敬，典诰之体也；讥桀纣之猖披，伤羿浇之颠陨，规讽之旨也；虬龙以喻君子，云蜺以譬谗邪，比兴之义也；每一顾而掩涕，叹君门之九重，忠怨之辞也。观兹四事，同于《风》《雅》者也。至于托云龙，说迂怪，丰隆求宓妃，鸩鸟媒娀女，诡异之辞也；康回倾地，夷羿彈日，

　　　　　　　　　　　　大家读《楚辞》

木夫九首，土伯三目，谲怪之谈也；依彭咸之遗则，从子胥以自适，狷狭之志也；士女杂坐，乱而不分，指以为乐，娱酒不废，沉湎日夜，举以为欢，荒淫之意也。摘此四事，异乎经典者也。故论其典诰则如彼，语其夸诞则如此。固知《楚辞》者，体慢于三代，而风雅于战国，乃雅、颂之博徒，而词赋之英杰也。"

　　近人研究《文心雕龙》，以唐写本和元本为根据，把"体慢于三代，而风雅于战国"改为"体宪于三代，而风杂于战国"，这背离了传世本《文心雕龙》所表达意思的精确性。"慢"即"萌"，《楚辞》作为新体裁，是与创作于商周之时的《诗经》一脉相承的；而屈原作品的精神境界，是战国时期最接近于孔子及六经精神的。淮南王刘安认为《离骚》兼有《国风》和《小雅》之特点，屈原本人处于战国时期楚国这样一个大染缸之中，却能出淤泥而不染，其精神境界可与日月争辉，也是非常恰当的评价。

　　屈原是在一个缺少公平性，丧失了正义价值的时代，积极倡导社会公平和正义价值，并痛苦地追寻社会公平和正义价值的伟大诗人。《楚辞》的价值正在于完整地表现了屈原的痛苦和追寻。20世纪50年代以后，由于孔子受到错误的批判，有人认为屈原比孔子更伟大，虽然屈原是一位伟大的诗人和政治家，但孔子在中国文化史上具有更伟大的地位，孔子是个胸怀世界和一切人的人，他的思想境界超越了时间空间的限制，是他同时代和以后的思想家所不能企及的，因此，《汉书·古今人表》关于孔子是"圣人"，屈原是"仁人"的定位，是符合历史事实的。自司马迁、刘勰以来，中国古代文人肯定《楚辞》为"奇文"的同时，又积极挖掘屈原及其作品所承载的人生理想和文化价值，这个传统，对正确把握屈原及《楚辞》的价值，是有建设性意义的。读《楚辞》，不仅仅是为了"酌奇"与"玩华"，更是为了学习屈原的道德境界和文化坚守。

我曾从吴林伯先生、褚斌杰先生习《楚辞》，并有数种《楚辞》注释本出版，承蒙北京出版集团和文津出版社厚爱，邀我选择《楚辞》中一些重要篇目做适当释读，以方便读者诸君阅读。今不揣孤陋，以屈原与宋玉的作品为主，编成此书。各篇翻译，也由甄桢博士及于静博士、史凤云博士、郝菲钒同学协助完成。同时博士生郝菲钒、许悦、胡上泉对书稿进行了校对。西华师范大学罗建新教授研究古代《楚辞》图像卓有成就，书前有关屈原及《楚辞》图片，多数由罗建新教授提供。秭归屈原纪念馆谭家斌先生、汨罗屈原文化研究院任远女史、唐山屈原纪念馆屈学民馆长分别提供了秭归、汨罗、唐山屈原纪念馆的相关照片，也感谢侯天保先生辛苦的编校和精美的设计，使这本书有了一些色彩。

2024 年 5 月 27 日

目 录

"天问"即为问天，
屈原大有打破砂锅问到底
的气势，共提出170多个
问题，
包罗万象，纷至沓来，成就
一篇形式新颖、气势磅礴、
格调高古、感情激越的
奇文。

《九章》是屈原所作的一组感情强烈的政治抒情诗，以纪实手法为主，通过感情的直接倾泻和反复吟咏来表现诗人种种复杂的心情。

"远游"之意，是屈原去国怀乡，无所依托，只好以神仙之说聊以自慰，抒发胸怀，排遣苦闷；

《远游》声势磅礴，场面阔大，使诗人的精神在远游中得以升华，是中国古代游仙文学的源头。

283 / 卜居

"卜居"之意，是通过问卦来决定自己在现实生活中的态度，解决如何面对这个世界的问题；
《卜居》是屈原采用问答的方式，通过一系列铿锵有力的质问，问关乎安身立命的大事，问报效国家的途径，问民族存亡的根本问题。

293 / 渔父

"渔父"即渔翁，是一位隐匿于山水间的哲人；
《渔父》是一篇深富哲思的优美散文，是两个人物演出的情景剧，也是一段关于生存法则的讨论。

301 / 九 辩

"九辩"本是流传在当时楚地的古代乐曲名；
《九辩》是宋玉通过细腻生动的描写，哀婉多变的语言，把情绪与形象水乳相融的表现手法，以述屈原之志。

329 / 招 魂

宋玉代屈原招魂；
《招魂》要使屈原之魂附体，使用第一人称，运用强烈的美丑善恶对比方法，以使屈原恢复常性常形。

363 / 大 招

景差代屈原招魂，或屈原自招其魂；
《大招》句式更趋整齐，语言带有古拙之风，立足现实的人生态度，以屈原理想中的美政招魂。

离

骚

帝高阳之苗裔❶兮，朕皇考❷曰伯庸。
摄提贞于孟陬❸兮，惟庚寅吾以降❹。
皇览揆余初度❺兮，肇锡余以嘉❻名：
名余曰正则兮，字余曰灵均。
纷吾既有此内美❼兮，又重之以修能。
扈江离与辟芷❽兮，纫秋兰以为佩❾。
汩❿余若将不及兮，恐年岁之不吾与。
朝搴阰之木兰⓫兮，夕揽洲之宿莽⓬。
日月忽其不淹兮，春与秋其代序。
惟草木之零落兮，恐美人之迟暮。
不抚壮而弃秽⓭兮，何不改乎此度也？
乘骐骥以驰骋兮，来吾道夫先路⓮！
昔三后之纯粹⓯兮，固众芳之所在。
杂申椒与菌桂⓰兮，岂维纫夫蕙茝⓱！

【注释】

❶高阳：即帝颛顼，五帝之一。苗裔：远孙。 ❷朕：我，屈原自称。"朕"本是古人自称，自秦代开始专为帝王自称。皇考：对故去的父亲的尊称。 ❸摄提：星名。贞于：正当，正在。孟：开始。陬（zōu）：正月。 ❹降：降生。 ❺皇：即上文"皇考"的省称。览：观察。揆：揣度。初度：出生的年月时节。初，始；度，年月时节。 ❻肇：始，也有以为当"乃""于是"讲。锡：同"赐"。嘉：美，善。 ❼纷：繁盛的样子。内美：内在之美。 ❽扈（hù）：披。江离、辟芷（pì zhǐ）：离、芷皆是香草名。离生于江中，芷生

【译文】

我是古帝颛顼的后裔，先父字伯庸。

摄提星闪耀在正月上空，我于庚寅日出生。

先父考量我的生辰，为我取了美善之名：

名为正则，字为灵均。

天赋予我如此多的美质，我却依然好德修能。

披上江离与白芷，将秋兰编成佩饰。

时光如梭，流年飞逝。

在晨雾中上山采摘木兰，在暮风里涉水揽收水草。

日与月匆匆轮值，四季依着时序交换。

弹指间，草木零落美人老去。

我的君主，你为何还不趁着年盛，丢弃恶性？

跨上骏马向前飞奔，让我成为你奋进的先驱！

昔时圣王之美德，是因为有众贤的辅佐。

申椒、菌桂都兼用，岂是只任用蕙和茞！

于幽僻之处，故曰江离、辟芷。　❾纫：联结。佩：佩饰，古人佩饰象征品德。　❿汩（yù）：水流疾速的样子。　⓫搴（qiān）：采集，摘取。阰：山坡。木兰：乔木名。　⓬揽：采。宿莽：经冬不死的草，楚人称为"宿莽"。　⓭抚：凭据，持。壮：壮年。弃秽：丢弃恶性。　⓮道：引导。先路：意思如"先驱"。　⓯三后：三代之贤王。纯粹：至纯至美。　⓰杂：兼集，不同种类的聚集在一起。申椒：申地产的花椒。花椒味香，申地所产的花椒尤其香烈。菌桂：一种香木。　⓱蕙茞（chǎi）：两种香草。蕙草又名"薰草"，茞也说是"白芷"。

屈原出生

江离

辟芷

秋兰

蕙

彼尧舜之耿介❶兮，既遵道而得路。
何桀纣之猖披❷兮，夫唯捷径以窘步❸。
惟夫党人之偷乐❹兮，路幽昧以险隘。
岂余身之惮殃❺兮，恐皇舆之败绩❻！
忽奔走以先后兮，及前王之踵武❼。
荃不揆余之中情❽兮，反信谗而齌怒❾。
余固知謇謇❿之为患兮，忍而不能舍也。
指九天以为正兮，夫唯灵修⓫之故也。
曰黄昏以为期兮，羌中道而改路！
初既与余成言兮，后悔遁而有他。
余既不难夫离别兮，伤灵修之数化⓬。
余既滋兰之九畹⓭兮，又树蕙之百亩。
畦留夷与揭车⓮兮，杂杜衡与芳芷⓯。
冀枝叶之峻茂⓰兮，愿俟时乎吾将刈⓱。
虽萎绝⓲其亦何伤兮，哀众芳之芜秽。

【注释】

❶尧舜：唐尧和虞舜，五帝之二，倡导天下为公之大同。耿介：光明正大。　❷桀纣：夏桀和商纣王，夏朝和商朝因为暴虐无道而亡国的君主。猖披：衣服不束带的样子，这里喻行为不自我约束。　❸捷径：能快速到达的斜出小路。窘步：窘困难行。　❹党人：指楚朝中结党营私之人。偷乐：苟且享乐。　❺惮殃：畏惧祸患。　❻皇舆：指大车，代指国家；皇，大。败绩：车颠覆。　❼及：追上。前王：泛指前代贤王，此处应是指以"三王"为代表的前代贤王。踵武：代指前王的事业。踵，脚跟；武，脚印。　❽荃（quán）：

大家读《楚辞》

【译文】

唐尧虞舜的光明中正，是因为遵循了正道。

夏桀商纣的荒唐暴纵，是因为走上了斜曲小径。

小人们苟且偷乐，他们的路幽暗狭窄。

我何尝是怕自己遭殃，是担心祖国被毁坏颠覆！

我这样努力奔走，是欲追随先贤的足迹。

一片衷情无人知，君王听信谗言，对我迁怒。

我明知忠谏会招致祸端，却依然不愿放弃。

向九天许下誓言，只因对君主的眷恋。

曾与我约定佳期，却中途背弃！

曾与我信誓旦旦，却转眼寻故逃避。

我难过的，不是别离，是你数次改意。

我种植了九顷多的兰花，百亩的蕙草。

还有留夷与揭车，杜衡与白芷。

期盼着它们枝叶繁茂，我按时收割。

却没想到草木零落，一地荒芜。

一种香草，喻指楚王。中情：内心的真情。　⑨齌（jì）怒：疾怒。　⑩謇（jiǎn）謇：此处指直言进谏而难以言出的样子。　⑪灵修：此处谓怀王。灵，神明；修，美。　⑫伤：痛惜。数（shuò）化：多次变化。　⑬滋：此处意为种植。兰：香草名，即兰草或泽兰。畹：十二亩为一畹。　⑭畦：田间划分的小区域。这里指分畦种植。留夷、揭车：均为香草名。　⑮杜衡：叶似葵而有香，亦名杜葵，俗名"马蹄香"。芷：香草名，即白芷。　⑯冀：希望。峻茂：高大茂盛。　⑰俟（sì）：等待。刈（yì）：收割。　⑱萎：草木枯死。绝：凋落。

滋兰树蕙

荃

留夷

揭车

杜衡

众皆竞进以贪婪❶兮，凭不厌乎求索❷。
羌内恕己以量人❸兮，各兴心而嫉妒。
忽驰骛以追逐兮，非余心之所急。
老冉冉❹其将至兮，恐修名之不立❺。
朝饮木兰之坠露兮，夕餐秋菊之落英❻。
苟余情其信姱以练要❼兮，长顑颔❽亦何伤。
擥木根以结❾茝兮，贯薜荔❿之落蕊。
矫⓫菌桂以纫蕙兮，索胡绳之纚纚⓬。
謇吾法夫前修⓭兮，非世俗之所服⓮。
虽不周⓯于今之人兮，愿依彭咸之遗则⓰。
长太息以掩涕⓱兮，哀民生之多艰。
余虽好修姱以鞿羁⓲兮，謇朝谇而夕替⓳。
既替余以蕙纕⓴兮，又申㉑之以揽茝。
亦余心之所善兮，虽九死其犹未悔。

【注释】

❶竞进：争着求进，即钻营。贪婪：贪求不知道满足。 ❷凭：满，意为已经取得很多。不厌：不满足。求索：此处指钻营。 ❸羌：犹言"何为"。恕己以量（liáng）人：以自己的心思去揣测度量别人的想法，此处当指以小人之心度君子之腹。 ❹冉冉：渐渐地。 ❺修名：美名。立：成。 ❻英：花。 ❼苟：如果，只要。信姱（kuā）：确实美好。信，确实；姱，大，盛美。练要：抓住重点。 ❽顑颔（kǎn hàn）：因饥饿而面色黄的样子。 ❾擥（lǎn）：持，采。木根：泛言香木之根。结：束结。 ❿贯：穿起。薜荔（bì lì）：

【译文】

小人们忙着钻营，永不满足。

以自己的心思揣测他人，每人都有嫉妒心机。

我这样匆忙前行，不是因为贪婪。

而是年华易老，美名难立。

饮着木兰花上的晨露，暮晚以凋零的残花为食。

只要我保持美好修行，又何妨忧伤憔悴。

采香木棍编结白芷，穿起薜荔落花。

举起菌桂连接蕙草，把胡草编织成美丽的长绳。

我始终向先圣学习，就注定不被现世所喜。

既然无法和今人相处，那就效仿彭咸的行迹。

在叹息中落泪，感慨人生艰难。

即便我如此自律，却在朝夕间被君主废用。

怪我以香花为佩囊，又责我与香草为侣。

可我初心不变，至死不悔。

一种香草，又称"木莲"，常绿藤本植物，多附石壁或树木生长。　⑪矫：举持。　⑫索：此处指以手搓绳。胡绳：香草名。䌇（xǐ）䌇：修长美丽的样子。　⑬謇：发语词。法：效仿。前修：谓前代贤人。　⑭服：被服，佩戴。⑮周：合。　⑯彭咸：人名，殷之贤大夫，具体事迹失考。遗则：遗留的法则。　⑰长（cháng）：长长地。太息：叹息。掩涕：抹擦眼泪。　⑱靰羁（jī jī）：马缰绳和马络头，此处诗人以马自喻，说自己自律很严，不放纵自己。　⑲谇（suì）：进谏。替：废。　⑳蕙缥：填充蕙的香囊。㉑申：重复，反复。

学习先圣

鸷鸟不群

怨灵修之浩荡❶兮，终不察夫民心。
众女嫉余之蛾眉兮，谣诼❷谓余以善淫。
固时俗之工巧❸兮，偭规矩而改错❹。
背绳墨以追曲❺兮，竞周容以为度❻。
忳郁邑余侘傺❼兮，吾独穷困乎此时也。
宁溘死以流亡❽兮，余不忍为此态也。
鸷鸟之不群❾兮，自前世而固然。
何方圜之能周兮，夫孰异道而相安？
屈心而抑❿志兮，忍尤而攘诟⓫。
伏清白以死直⓬兮，固前圣之所厚⓭。
悔相道之不察⓮兮，延伫乎吾将反⓯。
回朕车以复路兮，及行迷⓰之未远。
步余马于兰皋⓱兮，驰椒丘⓲且焉止息。
进不入以离⓳尤兮，退将复修吾初服。
制芰荷以为衣兮，集芙蓉以为裳。

【注释】

❶怨：恨。浩荡：本意指水面宽阔，此处指心思不着边际。 ❷谣诼（zhuó）：造谣中伤。 ❸时俗：当时的风俗习惯和社会风气。工巧：工于取巧。 ❹偭（miǎn）：面向，训为"向"或"背"，皆可通。规矩：圆曰规，方曰矩，比喻法则。改错：改变措施或安排。改，更改；错，通"措"。 ❺背：违背。绳墨：木工墨斗上装有墨绳来取直，喻指规矩、法度。追曲：随意弯曲没有定则；追，随。 ❻竞：争。周容：此处指追随世俗以取悦他人。度：常规或法度。 ❼忳（tún）：忧郁烦闷不得排解。郁邑：烦闷之意。侘傺（chà chì）：失意怅然，无所适从的样子。 ❽宁（nìng）：宁可，宁愿。溘（kè）：突

【译文】

只是君王如此大意，不辨忠奸。

小人们嫉妒我的美好，不断有中伤之语。

取巧投机盛行，安守法则遭弃。

违背法度取悦他人，随波逐流。

无法排解这烦郁之情，红尘喧嚣无所适从。

宁可飘然远去，也不愿苟且为生。

雄鹰有凌云壮志，燕雀岂能明晓。

不能容于浊世，不能并肩群小。

压抑着自己的心志，忍受煎熬。

固守洁白之身为理想殉道，先贤也会赞叹。

悔恨自己没有看清前行的路，抬头引颈直立决定即刻回返。

令车马回转原来的路，庆幸未在迷失的路上走远。

让我的马停在生有兰草的岸边，然后在长着椒的山丘上休憩。

既然仕进会遭罹难，我还是保持初心吧。

用荷叶作衣，裁荷花作裳。

然。流亡：流放以死。　⑨鸷鸟：猛禽，如鹰、隼之类。诗人自喻，取鸷鸟威猛，有凌云壮志之意。不群：不屑与众鸟为伍。　⑩抑：抑制，压抑。　⑪尤：罪过。攘诟：忍受外加的耻辱。　⑫伏：保持。死直：因直道而死。　⑬厚：重，看重。　⑭相道：审视选择道路；相，审视，判断。察：明审，明察。　⑮延伫（zhù）：引颈伫立。延，引颈，伸长脖子；伫，长立。反：同"返"，返回。　⑯行迷：即走上迷惑的道路。　⑰步：徐行，慢慢走。兰皋：生有兰草的岸边。　⑱椒丘：长有椒的山丘。　⑲进：进仕途。入：容纳，此处当被容纳讲。离：同"罹"，遭受。

行迷未远

女嬃婵媛

不吾知其亦已❶兮，苟余情其信芳❷。
高余冠之岌岌❸兮，长余佩之陆离❹。
芳与泽其杂糅❺兮，唯昭质其犹未亏❻。
忽反顾以游目❼兮，将往观乎四荒❽。
佩缤纷其繁饰❾兮，芳菲菲其弥章❿。
民生各有所乐兮，余独好修以为常。
虽体解⓫吾犹未变兮，岂余心之可惩⓬。
女媭之婵媛⓭兮，申申其詈予⓮。
曰："鲧婞直⓯以亡身兮，终然殀乎羽之野⓰。
汝何博謇⓱而好修兮，纷独有此姱节？
薋菉葹以盈⓲室兮，判独离⓳而不服。
众不可户说⓴兮，孰云察余之中情？
世并举而好朋㉑兮，夫何茕独而不予听㉒？"

【注释】

❶不吾知：不知吾，不了解我。其亦已：那也就罢了吧。　❷苟：诚。信：的确，确实。芳：芳香。　❸高余冠：使我的帽子高高的，指戴高帽子。岌岌：高高的样子。❹长余佩：使我的佩饰长长的，指佩长佩。陆离：形容长长的样子。　❺芳与泽：芳香与水泽。此处指芙蓉生于水中，出淤泥而不污。糅：错杂。　❻唯：独，唯独。昭质：光明之质，美质。犹：尚且，仍然。未亏：未缺少。　❼反顾：回头看。游目：四处望。　❽四荒：指四方很远的地方；荒，远。　❾缤纷：盛貌，多貌。繁饰：众多的饰物。❿芳菲菲：香气浓。弥章：更加明显。　⓫体解：肢解，古代一种酷刑。　⓬惩：惩罚。此处指因受惩罚而改变。

大家读《楚辞》

【译文】

众人不理解我也无妨，我知道自己心灵洁白芬芳。

我戴着高冠，佩饰修长。

出污泥而不染，是本质的洁净。

回眸四望，我将要去很远很远的地方。

香花香草装饰我衣裳，更能彰显品德的芬芳。

人们各有喜乐，我却好修美德。

即使身裂血枯，初心仍不更改。

女媭叹我耿介，反复责骂我：

"鲧因刚直身亡，被杀于羽山郊野。

你为何坚守忠直，独有这美好的节操？

如今到处是杂草，你却不佩戴。

你又不能对每个人申明志向，有谁能理解我们的衷心？

世人都喜欢结为朋党，你为何不听我劝告要这样只身孑然？

---

⑬女媭（xū）：楚人妇女的通称。有以女媭为诗人的姐妹、侍女或者女巫的。婵媛：为"啴咺"的假借。此处指情绪激动而说话喘息急促的样子。　⑭申申：此处指再三反复说。詈（lì）予：责骂我。　⑮曰：说，主语是女媭。鲧（gǔn）：尧之臣，筑堤防洪，治水失败，被舜杀于羽山之野。婞（xìng）直：刚直，倔强。　⑯终然：最终。殀（yāo）：早死。羽之野：羽山的郊野。　⑰汝：指屈原。博謇：知无不言。　⑱薋（cí）：草多，这里意为把草聚在一起。菉葹（lù shī）：均为杂草名。盈：满。　⑲判：区别。离：舍弃。　⑳众：众人。户说（shuì）：挨家挨户去说明。　㉑世并举：意思为举世。好朋：喜欢结为朋党。　㉒茕（qióng）：孤单的样子。不予听：即"不听予"，不听我的观点。

依前圣以节中❶兮，喟凭心而历兹❷。
济沅、湘以南征❸兮，就重华而陈词❹。
启《九辩》与《九歌》❺兮，夏康娱以自纵❻。
不顾难以图后❼兮，五子用失乎家巷❽。
羿淫游以佚畋❾兮，又好射夫封狐❿。
固乱流其鲜终⓫兮，浞又贪夫厥家⓬。
浇身被服强圉⓭兮，纵欲而不忍。
日康娱而自忘⓮兮，厥首用夫颠陨⓯。
夏桀之常违⓰兮，乃遂焉而逢殃⓱。
后辛之菹醢⓲兮，殷宗⓳用而不长。
汤禹俨而祗敬⓴兮，周论道而莫差㉑。

【注释】

❶依：依照，遵照。前圣：古圣贤，前代圣贤。节中：犹言"折中""衡量"，在这里是说依前圣为准来衡量判断。　❷喟（kuì）：叹息。凭心：犹言"满心愤懑"。历兹：到现在。　❸济：渡，渡过。沅（yuán）、湘：沅水和湘水，均在今湖南省境内。南征：南行。　❹就：往。重华：舜名重华。陈词：陈说；陈，列举之意。　❺启：禹的儿子。《九辩》《九歌》：古乐曲名，传说启从天上偷到人间。　❻夏：夏朝，指夏后启。康娱：康娱连文，享乐的意思。自纵：自我放纵，不加约束。　❼顾难：考虑灾难。图后：为日后打算。　❽五子：启的儿子五观。用：因。失乎家巷：指失其所居。　❾羿（yì）：夏时有穷氏部落的首领，与传说中射日的后羿非一人。淫游：无节制地闲游；淫，过。佚畋：恣

【译文】

以前圣为标准来衡量判断，所以至今忧心愤懑。

渡过沅水和湘水南行，向重华陈说心愿。

夏启从天上偷了《九辩》《九歌》，在人间开始放纵享乐。

没有考虑日后的灾难，所以五观失去了家园。

有穷氏羿肆意游荡狩猎，射杀大狐。

无节制的混乱生活没有善终，被浞占有了家室。

浞之子浇虽然力大无穷，却依然因不节制而被杀。

日日忘我纵情享乐，是身首异处的源头。

夏桀违背纲常，故也遭遇了灾祸。

殷纣把人臣剁成肉酱，殷商也不能久长。

商汤、夏禹严正恭谨，周室论治国之道没有差错。

意畋猎。 ⑩封狐：大狐狸；封，大。 ⑪乱流：乱逆之辈。鲜终：少有善终，少有好下场。 ⑫浞（zhuó）：寒浞，羿的相，使羿的家臣射杀了羿，占有羿妻。贪：贪取，贪图。厥家：他的家室，指羿的妻子。 ⑬浇（ào）：寒浞之子。被服：此处犹言"依仗"。强圉（yǔ）：力大。 ⑭日：天天。自忘：忘记自身危险，也即这样做的后果。 ⑮厥：其。首：头。用夫：因此。颠陨：坠落，覆亡。 ⑯夏桀：夏亡国之君，残暴。常违：违常，指做违背天道之事。 ⑰遂焉：终于。逢殃：遭受灾祸。 ⑱后辛：殷纣王。后，王；辛，为纣的名。菹醢（zū hǎi）：均为古代酷刑，把人剁成肉酱。指纣王残害大臣。 ⑲殷宗：殷王朝。 ⑳俨：庄重恭敬。祗（zhī）敬：敬重不放纵；祗，敬。 ㉑周：周室。论道：讨论治国之道；道，治世之道。莫差：没有差失。

屈原南行

羿射封狐

举贤而授能❶兮，循绳墨而不颇❷。
皇天无私阿❸兮，览民德焉错辅❹。
夫维圣哲以茂行❺兮，苟得用此下土❻。
瞻前而顾后兮，相观民之计极❼。
夫孰非义而可用兮？孰非善而可服？
阽余身而危死❽兮，览余初❾其犹未悔。
不量凿而正枘❿兮，固前修以菹醢。
曾歔欷余郁邑⓫兮，哀朕时之不当⓬。
揽茹蕙以掩涕兮，沾余襟之浪浪⓭。
跪敷衽⓮以陈辞兮，耿吾既得此中正⓯。
驷玉虬以乘鹥⓰兮，溘埃风⓱余上征。
朝发轫于苍梧⓲兮，夕余至乎县圃⓳。
欲少留此灵琐⓴兮，日忽忽㉑其将暮。

【注释】

❶举贤：推举贤才。授能：犹言"用能"，任用有才能之人。　❷循：遵循。不颇：公正，不偏颇。　❸私阿：偏爱，偏私。　❹错辅：采取措施辅佐，指皇天会采取措施辅佐人君有德者。错，同"措"，采取措施；辅，辅佐。❺夫维：发语词。圣哲：圣明。茂行：美好的德行。　❻苟得：乃得。用：享有。下土：天下。　❼相观：审视，仔细观察。计极：极计，犹言"极则"。　❽阽（diàn）：面临危险。危死：濒临死亡。　❾初：当初的志向。　❿量：度量。凿：器物上的孔眼，是容纳枘（ruì，榫头）的。正：修正。枘：插入凿孔的木端。　⓫曾（zēng）：累次，一次次。歔欷

【译文】

任用贤才能者，遵循正道。

上天公正无私，也会帮助好德的君主。

唯有圣哲和美德，才能被天下称颂。

远观前代还视当今，研究民心所向。

不义岂可被用？不善岂可被信服？

即使身处危难濒临死亡，也绝不更改初衷。

不度量孔眼而插入木端，先贤所以被剁成肉酱。

无数次叹息悲伤，感慨自己生不逢时。

用柔软的蕙草擦拭泪水，泪水依旧滴在衣襟上。

下跪祈言，我已得中正之道。

驾龙凤之车，迎风向天上飞去。

清晨从苍梧启程，幕晚到达悬圃。

想稍稍在神灵的门前停留，天色却悄然黯淡。

（xū xī）：悲泣抽噎的声音。郁邑：忧郁。　⑫时之不当：不当时，没遇到好时候；当，遇。　⑬襟：古代指衣的交领。浪浪：流泪多的样子。　⑭敷：铺开。衽（rèn）：衣前面的部分，衣服的前襟。　⑮耿：光明。中正：即中正之道。　⑯驷：四匹马拉车，这里做动词用，驾。虬（qiú）：传说中一种有角的龙。鹥（yī）：凤凰的别名。　⑰埃风：卷起尘土的风。　⑱发轫（rèn）：撤去支轮的木头，使车开动，即发车，出发，启程；轫，防止车轮转动的木头。苍梧：苍梧山，相传舜葬于苍梧山。　⑲县（xuán）圃：悬圃，神山，在昆仑山上。　⑳少：稍稍。灵琐：神灵处所的大门。灵，神；琐，门上镂空的花纹，形状像连琐。　㉑忽忽：时间飞逝的样子。

驷虬乘鹥

咸池饮马

吾令羲和弭节❶兮，望崦嵫而勿迫❷。
路曼曼其修❸远兮，吾将上下而求索❹。
饮余马于咸池❺兮，总余辔乎扶桑❻。
折若木以拂❼日兮，聊逍遥以相羊❽。
前望舒使先驱❾兮，后飞廉使奔属❿。
鸾皇为余先戒⓫兮，雷师告余以未具⓬。
吾令凤鸟飞腾兮，继之以日夜。
飘风屯其相离⓭兮，帅云霓而来御。
纷总总其离合⓮兮，斑⓯陆离其上下。
吾令帝阍⓰开关兮，倚阊阖⓱而望予。
时暧暧其将罢⓲兮，结幽兰而延伫。
世溷浊⓳而不分兮，好蔽美而嫉妒。
朝吾将济于白水⓴兮，登阆风而绁马㉑。

【注释】

❶羲和：神话中为太阳驾车的神。弭节：按节徐步慢行。 ❷崦嵫（yān zī）：传说太阳落下的地方。迫：近，靠近。 ❸曼曼：遥远的样子。修：长。 ❹求索：寻求，探索。 ❺饮（yìn）：把水给人或牲畜喝。咸池：神话传说中太阳升起前沐浴的地方。 ❻辔：马缰绳。扶桑：神话传说中的神树，太阳登上扶桑而后开始行程。 ❼若木：神话传说中的神树，长在西方日落之处。拂：拂拭。 ❽聊：暂且，姑且。相羊：安闲自在游走，从容游玩的样子。❾望舒：神话传说中给月亮驾车的神。先驱：前驱，在前导路。 ❿飞廉：神话传说中的风神。奔属（zhǔ）：紧紧相

【译文】

我命羲和慢些走，不要迫近崦嵫山。

路途遥遥，我将上下而求索。

在咸池饮马，把缰绳系在扶桑树上。

折若木枝拂拭落日，短暂地徘徊徜徉。

月神望舒奔在前方，风神紧随身旁。

凤凰在前方警戒，雷神告诉我准备缺失不能安详。

我令凤鸟飞翔，日夜兼程。

旋风汇聚，与彩云相迎。

云霓聚合飘荡，斑斓绚烂。

我想请守门人打开宫门，他却倚门向我眺望。

日光渐渐昏暗，我结好兰佩在那里孑然。

世间混浊不堪，美德被嫉谤。

清晨我将渡过白水，登上阆风神山拴住马。

随的随从。　⑪鸾皇：凤凰之类的神鸟。先戒：在前方警戒，犹言"前驱"。　⑫雷师：雷神。未具：还没有齐备。⑬飘风：旋风。屯：聚集。离：丽，附着。　⑭纷总总：纷繁众多的样子；总总，众多的样子。离合：乍离乍合。⑮斑：色彩错杂的样子。　⑯帝：上天，天帝。阍（hūn）：守门人。　⑰阊阖（chāng hé）：传说中的天门。　⑱暧（ài）暧：昏暗的样子。罢：终了。　⑲溷（hùn）浊：混浊，混乱。　⑳白水：神话传说中的神水，出自昆仑山，饮之可以不死。　㉑阆（làng）风：神话传说中的神山，在昆仑山上。绁（xiè）马：拴马，系马。

凤鸟飞腾

帝阍开关

阆风绁马

春宮折枝

忽反顾以流涕兮，哀高丘❶之无女。
溘吾游此春宫❷兮，折琼枝以继❸佩。
及荣华❹之未落兮，相下女之可诒❺。
吾令丰隆❻乘云兮，求宓妃❼之所在。
解佩纕以结言❽兮，吾令蹇修以为理❾。
纷总总其离合兮，忽纬繣其难迁❿。
夕归次于穷石⓫兮，朝濯发乎洧盘⓬。
保厥美⓭以骄傲兮，日康娱以淫游。
虽信美而无礼兮，来违弃而改求。
览相观于四极⓮兮，周流乎天余乃下。
望瑶台之偃蹇⓯兮，见有娀之佚女⓰。
吾令鸩⓱为媒兮，鸩告余以不好。
雄鸠之鸣逝兮，余犹恶其佻巧⓲。
心犹豫而狐疑兮，欲自适⓳而不可。
凤皇既受诒⓴兮，恐高辛㉑之先我。

【注释】

❶高丘：楚地的山名。 ❷春宫：神话传说中东方青帝的住所。 ❸琼枝：传说中神树的树枝。继：续。 ❹荣华：草木的花朵。 ❺相：审视。下女：人间之女，指以下宓（fú）妃等人。诒（yí）：同"贻"，赠送。 ❻丰隆：传说中的云神。 ❼宓妃：传说为伏羲氏女，溺洛水而死，遂为河神。 ❽纕（xiāng）：佩戴。结言：犹言"约言"，此处指相约为好。 ❾蹇修：人名。理：使者，媒人。 ❿纬繣（huà）：性情乖戾。难迁：难以改变。 ⓫次：住宿。穷

【译文】

再回首依然泪流满面，悲哀此处无佳人。

我又来到青帝神宫，折一根琼枝添加佩饰。

趁着琼华未落，寻找佳人相赠。

我令丰隆乘驾彩云，寻找宓妃在哪里。

解下佩饰作信物，请謇修为媒传递。

丰隆、謇修四处寻找，宓妃却乖戾难以改变。

夜晚宿在穷石，清晨洗发在洧盘。

她自恃美丽，每日肆意游荡。

虽美丽却无礼仪，只好放弃改寻他人。

我向比四荒更远的地方去寻找，遍游天上又降落人间。

仰望瑶台美丽高远，有娀氏美女站立上边。

我请鸩鸟做媒，它却说它不喜欢。

雄鸩鸣叫飞远，我嫌它轻佻可厌。

犹豫不决，想自己前往却又觉得不合时宜。

凤凰已受人委托，恐怕高辛氏已占据先机。

石：神话里的山名。⑫濯（zhuó）：洗。洧（wěi）盘：神话中的水名。⑬保厥美：自恃其美丽。⑭四极：指天的四方极远之处。⑮瑶台：玉石砌成的高台。偃蹇（yǎn jiǎn）：高高的样子。⑯有娀（sōng）：传说中的古国。佚女：美女。⑰鸩（zhèn）：鸩鸟，有毒。⑱佻（tiāo）巧：轻薄虚浮。⑲自适：自己前往。⑳诒：同"贻"，这里做名词，当"礼物"讲。㉑高辛：帝喾（kù），五帝之一。帝喾娶有娀氏女为次妃，生契。

丰隆求宓

浮游逍遥

欲远集❶而无所止兮，聊浮游以逍遥。
及少康之未家❷兮，留有虞之二姚❸。
理弱而媒拙❹兮，恐导言之不固❺。
世溷浊而嫉贤兮，好蔽美而称恶。
闺中既以邃远兮，哲王又不寤❻。
怀朕情而不发❼兮，余焉能忍而与此终古？
索琼茅以筳篿❽兮，命灵氛❾为余占之。
曰："两美其必合兮，孰信修而慕❿之？
思九州之博大兮，岂惟是其有女？"
曰："勉远逝⓫而无狐疑兮，孰求美而释女⓬？
何所独无芳草兮，尔何怀乎故宇？"
世幽昧以眩曜⓭兮，孰云察余之善恶？
民好恶其不同兮，惟此党人其独异！
户服艾以盈要⓮兮，谓幽兰其不可佩。
览察草木其犹未得⓯兮，岂珵美之能当⓰？
苏粪壤以充帏⓱兮，谓申椒其不芳。

【注释】

❶集：停留，犹言"安身"。　❷少康：夏后相之子，传说中夏代的第五代君主。未家：未有家室，未娶。　❸有虞：国名，姚姓。二姚：有虞氏国君的两个女儿。　❹理弱而媒拙：媒人能力弱，拙笨。　❺导言：传达言语，这里指传达愿意结为婚姻之言。不固：意谓不能坚固有虞氏之心。❻哲王：明智的君主。寤：觉悟，醒悟。　❼朕情：我的忠贞求索之情。不发：不能抒发。　❽索：索取。琼茅：古

【译文】

想去远方求美却无处停留，姑且游荡逍遥。

趁着夏少康还未成家，去拜访有虞氏的二姚。

媒人笨拙，传递话语难生效。

世间混浊不堪，称扬丑恶而蔽隐美好。

总是美人难求，君主不醒。

叹我忠贞之情难以抒发，却仍不屈从这样的人生。

用茅草占卜，听灵氛的卜言。

灵氛说："明君贤臣可相配，谁会倾慕忠直？

九州天下广博，难道只能在这里寻到贤君？"

灵氛说："不要犹豫去远方吧，渴求贤才的都不会放弃你。

明主可以寻到，何必留恋故里。"

世间不辨黑白，谁能审察善恶。

人民的喜好不同，小人则热衷结党营私！

把臭艾草挂在身上，却说幽香的兰草不能佩。

分辨草木香臭是这样，又何况判断美玉？

取粪土填充香囊，却说申椒不芳香。

人占卜用的一种草。筳篿（tíng tuán）：古代占卜用具，一种小竹片。 ⑨灵氛：名为氛的巫。灵，巫；氛，巫的名字。 ⑩信修：确实美好。慕：爱慕，仰慕。 ⑪勉远逝：努力远行。 ⑫释：舍弃。女：汝。 ⑬眩曜：炫目而看不清楚。 ⑭户：家家户户。服艾：佩戴艾草。盈要：佩满腰间；要，通"腰"。 ⑮未得：没有得当。 ⑯瑆（chéng）美：瑆玉之美。能当：能恰当判断价值。 ⑰苏：通"索"，取也。充帏：填充香囊；帏，香囊。

琼茅筵篿

大家读《楚辞》

百神备降

傅说筑墙

宁戚唱歌

年岁未晏

欲从灵氛之吉占兮，心犹豫而狐疑。
巫咸❶将夕降兮，怀椒糈而要❷之。
百神翳其备降❸兮，九嶷缤其并迎。
皇剡剡其扬灵❹兮，告余以吉故。
曰："勉升降以上下兮，求矩矱❺之所同。
汤禹俨而求合❻兮，挚咎繇而能调❼。
苟中情其好修兮，又何必用夫行媒❽？
说操筑于傅岩❾兮，武丁用而不疑。
吕望之鼓刀❿兮，遭周文而得举。
宁戚⓫之讴歌兮，齐桓闻以该辅⓬。
及年岁之未晏⓭兮，时亦犹其未央⓮。
恐鹈鴂⓯之先鸣兮，使夫百草为之不芳。"
何琼佩之偃蹇⓰兮，众薆然⓱而蔽之。
惟此党人之不谅⓲兮，恐嫉妒而折⓳之。

【注释】

❶巫咸：古代神巫，名咸。 ❷怀：怀揣着。椒糈（xǔ）：以椒香拌精米制成的祭神的食物。椒，香料，降神用；糈，精米，享神用。要：同"邀"，邀请。 ❸翳（yì）：遮蔽。形容众神灵遮空而下。备降：齐来。 ❹皇剡剡（yǎn）：光芒大盛的样子。皇，大；剡剡，光明貌。扬灵：灵光发扬。 ❺矩矱（yuē）：法度。 ❻俨：恭敬，此处指敬重贤士。合：匹合。 ❼挚：伊尹，汤的大臣。咎繇（gāo yáo）：皋陶，舜的贤臣。调：和谐。 ❽行媒：指前面使媒人代为传达而言。 ❾说（yuè）：殷贤臣傅说。操筑：指从事筑墙的劳动。

【译文】

想听从灵氛的建议，内心又开始犹疑。

巫咸今晚要降神，我怀揣着香料去邀约。

众神遮蔽天空降临人间，九嶷山神灵来相迎。

彩云神光辉耀万丈，这是神谕相告的吉祥。

巫咸说："天上人间努力去寻找吧，总有符合你理想的沃土。

汤、禹尊重贤士，才有伊尹、皋陶辅佐。

只要君臣同心，何必要有媒人？

傅说曾筑墙，依然成为武丁的贤相。

姜太公曾是屠夫，依然被周文王重用。

宁戚喂牛唱歌，被齐桓公提拔。

趁着年华尚好，时间尚早。

等子规开始鸣叫，草木便开始凋零。"

身佩美玉繁饰，众人却视而不见。

结党小人不可信，担忧被嫉妒受折磨。

操，持，从事；筑，筑墙，古代筑墙是用夹板夹住泥土，再用木杵把土夯实。傅岩：地名，在今山西省境内。传说傅说遭遇刑罚，在傅岩筑墙，后遇商王武丁，成为贤相。 ⑩吕望：即姜尚，姜太公。鼓刀：鸣刀。姜尚曾经做屠夫。 ⑪宁戚：春秋时期卫国人，经商，后齐桓公拜为客卿。 ⑫该辅：充任辅佐；该，备，充任。 ⑬及：趁着。未晏：未晚，此处指未到暮年。 ⑭未央：未尽，未完；央，尽。 ⑮鹈鴃（tí jué）：杜鹃，秋分时鸣叫，鸣叫则众芳凋谢。 ⑯琼佩：玉佩。偃蹇：繁盛的样子。 ⑰菶然：因密集而遮蔽的样子。 ⑱谅：相信。 ⑲折：折毁。

时缤纷❶其变易兮，又何可以淹留❷？
兰芷变而不芳兮，荃蕙化而为茅。
何昔日之芳草兮，今直为此萧艾❸也？
岂其有他故兮，莫好修之害也！
余以兰为可恃❹兮，羌无实而容长❺。
委厥美以从俗❻兮，苟得列乎众芳。
椒专佞以慢慆❼兮，樧❽又欲充夫佩帏。
既干进而务入❾兮，又何芳之能祗？
固时俗之流从❿兮，又孰能无变化？
览椒兰其若兹兮，又况揭车与江离？
惟兹佩之可贵兮，委厥美而历兹。
芳菲菲而难亏兮，芬至今犹未沫⓫。
和调⓬度以自娱兮，聊浮游⓭而求女。
及余饰之方壮⓮兮，周流观乎上下。
灵氛既告余以吉占兮，历⓯吉日乎吾将行。
折琼枝以为羞⓰兮，精琼爢以为粮⓱。
为余驾飞龙兮，杂瑶象⓲以为车。

【注释】

❶缤纷：混乱的样子。 ❷淹留：久留。 ❸萧艾：恶草名，喻坏人。 ❹可恃：可依靠。 ❺容长：徒以容貌见长。 ❻委：弃，放弃。从俗：追随世俗。 ❼专佞：专事谗佞。慢慆（tāo）：怠慢放纵。 ❽樧（shā）：恶草，喻似贤非贤者。 ❾干进而务入：遍求钻营之道。 ❿流从：顺

【译文】

世间混乱常变化，又怎能长久停留？

香花不再芬芳，香草退化成茅草。

为何昔日的香花香草，竟成为恶草萧艾？

能有什么原因呢，是不修行美德的缘故！

我曾以为兰花可信，却原来徒有其表。

放弃美质随波逐流，苟且混入众芳之中。

椒专佞而放纵，樧又想被填充香囊。

这样追求钻营，又怎能重振芬芳？

世间风气就是随流，又有谁不会改变？

椒、兰尚且异变，何况揭车与江离？

我的佩饰太珍贵，保持美质到今天。

芳香没有减退，芬馥至今未竭。

放缓追寻的脚步，漫游求寻明主。

趁着身上佩饰尚且鲜艳，上天入地四海寻见。

灵氛已告诉我吉祥的占言，我将选择吉日启程。

折下琼枝珍藏，备好玉屑作干粮。

我乘龙起飞，美玉象牙作车饰。

从时下风气。　⑪沫（mèi）：竭，终止。　⑫和：调和。调：格调。　⑬浮游：漫游，周游。　⑭及：趁着。余饰之方壮：我的服装佩饰仍旧盛美。　⑮历：选择。　⑯羞：美味食物。　⑰精：捣碎。琼麋（mí）：玉屑。粻（zhāng）：粮。⑱杂：杂用。瑶象：美玉和象牙。

吉日启程

大家读《楚辞》

乘龙飞腾

何离心之可同兮？吾将远逝以自疏❶。
邅吾道夫昆仑❷兮，路修远以周流。
扬云霓之晻蔼❸兮，鸣玉鸾之啾啾❹。
朝发轫于天津❺兮，夕余至乎西极。
凤皇翼其承旂❻兮，高翱翔之翼翼❼。
忽吾行此流沙兮，遵赤水而容与❽。
麾蛟龙使梁津❾兮，诏西皇使涉予❿。
路修远以多艰兮，腾众车使径待⓫。
路不周⓬以左转兮，指西海以为期⓭。
屯余车其千乘兮，齐玉轪⓮而并驰。
驾八龙之婉婉⓯兮，载云旗之委蛇⓰。
抑志⓱而弭节兮，神高驰之邈邈⓲。
奏《九歌》而舞《韶》⓳兮，聊假日以媮⓴乐。
陟升皇之赫戏㉑兮，忽临睨夫旧乡㉒。

【注释】

❶自疏：自动疏远。　❷邅（zhān）：楚方言，转弯，迂回。昆仑：山名。神话中常见的昆仑，已经不是实际中所指地名，指神仙清净之处。　❸扬云霓：云霓飞扬。晻（yǎn）蔼：遮蔽天日的样子。　❹玉鸾：车铃，玉质，雕成鸾的样子。啾啾：本为鸟叫声，这里指车铃声。　❺天津：传说中天河渡口。　❻翼：展翅。承：接。旂：旗。　❼翼翼：闲暇自得的样子。　❽遵：循，沿着。赤水：传说中的水名，源于昆仑山。容与：踌躇不前。　❾麾（huī）：指挥，用手指挥。梁津：在水上架桥梁。　❿诏：告知。西皇：传说中的西方之帝，少皞。涉予：把我渡过水去；涉，渡。

【译文】

不同的心性怎能调和？我将离开这里自求流放。

转路飞向昆仑，路遥遥远远四处观。

云霓飞扬遮蔽天，玉车铃叮叮当当响得欢。

清晨从天河渡口启程，暮晚抵达西极。

凤凰展翅与车旗相承，翱翔碧空闲适无比。

忽然行到流沙地，在赤水旁踟蹰不前。

命蛟龙在水上架桥，告知西皇帮我渡水去。

路途遥远多险阻，吩咐众车路上等待。

从不周山左转，把西海作为目的地。

聚集千乘车辆，车轮并驾向前方。

驾八龙之车徐徐前行，云霓旗帜随风飘荡。

平复心情缓缓动，思绪飞到邈远处。

奏响《九歌》舞《韶》乐，姑且在此愉悦。

旭日东升光明万丈，忽然瞥见故乡。

---

⑪腾：飞腾。径待：路上等待。 ⑫不周：不周山。传说中山名，在昆仑山西北。 ⑬西海：传说中西方的海。期：相约的地点。 ⑭齐玉轪（dài）：犹言"并毂而驱"；轪，车毂端的盖帽。 ⑮婉婉：形容龙在行进中伸屈自如不疾不徐的样子。 ⑯委蛇（wēi yí）：旗帜摆动飘扬的样子。 ⑰抑志：指平抚心情。 ⑱高驰：向高远之处飞驰。邈邈：遥远的样子。 ⑲《九歌》：相传为禹时乐歌。《韶》：传说中的虞舜时代的乐曲名。 ⑳假：借。媮（yú）：愉快。 ㉑陟：上升。皇：皇天。赫戏：非常光明的样子。赫，赫然；戏，曦。 ㉒临睨（nì）：俯视；睨，斜视。旧乡：故土。

高驰邈邈

怀恋故土

仆夫悲余马怀❶兮，蜷局顾❷而不行。
乱❸曰：
已矣哉！
国无人莫我知❹兮，又何怀乎故都！
既莫足与为美政❺兮，吾将从彭咸之所居！

【译文】

御者悲伤马止步，曲身怀恋故土不再前行。

乱曰：

一切都作罢！

国内无人理解我，又何必对故土怀恋！

既然美政理想不能实现，我将追随彭咸！

乱词。乱有治义，指总结。诗歌的乱词一般总结诗义。
❹莫我知：莫知我，没人理解我。　❺美政：指屈原所主张的以五帝三王为代表的善政理想。

【解读】

关于"离骚"一词，历代有多种解释，如刘安的"离忧"说，班固的"遭忧"说，戴震的"牢骚"说，游国恩的楚"劳商"曲说等。按王逸说，离，别也；骚，愁也。《离骚》主题，实际是表现屈原在离开楚国和不离开楚国之间徘徊的矛盾心理，最后归结为"不难夫离别"，则"离骚"之意，应以"离别的忧愁"最有说服力。而之所以要离别，就是因为在楚国没有受到公正待遇。

在《离骚》中，屈原首先陈述自己的才能，"纷吾既有此内美兮，又重之以修能"，自己认为自己是正道直行的君子，但是，楚国谗佞当道，"固时俗之工巧兮，偭规矩而改错。背绳墨以追曲兮，竞周容以为度"，楚王不觉悟，不但不能近君子而远小人，反倒是远君子而近小人。屈原虽然知道楚国社会氛围黑暗阴险，但决不妥协，"宁溘死以流亡兮，余不忍为此态也"。屈原试图改变在楚国的处境，曾经"上下而求索""哀高丘之无女""求宓妃之所在""见有娀之佚女""留有虞之二姚"，屈原虽然努力了，但是，介绍人不过硬，世俗混浊，楚王昏庸，所有的努力都失败了。"理弱而媒拙兮，恐导言之不固。世溷浊而嫉贤兮，好蔽美而称恶。闺中既以邃远兮，哲王又不寤"。屈原求灵氛占卜，灵氛说："勉远逝而无狐疑兮，孰求美而释女？何所独无芳草兮，尔何怀乎故宇？"认为以屈原的才能，可以周游任何国家。而巫咸则认为屈原在楚国的机会尚多，"及年岁之未晏兮，时亦犹其未央"。屈原忖度自己在楚国不可能有任何前途，因此携仆夫与马周游，但周游一圈后，"忽临睨夫旧乡"，"仆夫悲余马怀兮，蜷局顾而不行"。《离骚》乱词说："已矣哉！国无人莫我知兮，又何怀乎故都！既莫足与为美政兮，吾将从彭咸之所居！"屈原虽然最终不能离去，但对于楚国的政治已经失望了。

　　屈原在《离骚》中，既抒发了他对君主佞臣和世俗的憎恨，也表现了他对楚国命运的关怀，以及他绝不与奸佞小人同流合污，誓死以报的决心。

　　屈原是富于批判精神的，屈原以深沉的悲愤和怨愁批判了楚君的雍塞和群小的奸佞，世俗之谄媚；以绝对忠直和视死如归歌颂了彭咸、比干、伍子胥等忠直之士的勇敢品质。屈原欲楚王如尧舜，而不学桀纣羿浇，但楚王不悟，他只能"长太息以掩涕兮"，感激叹息，终于酝酿成决绝的愤怒，赴渊而死。其自杀之行为，是对楚国君臣最沉痛的批判。

　　屈原的理想是远大的，其系念楚国的热情是赤诚的。他为在楚国这样一个上有昏君，下有佞臣的国度里，实现理想，奔走先后，表现出了对人民和国家的责任感，甚至因此而抛弃对个人得失的计较，"亦余心之所善兮，虽九死其犹未悔"，"民生各有所乐兮，余独好修以为常。虽体解吾犹未变兮，岂余心之可惩"，"夫孰非义而可用兮？孰非善而可服？阽余身而危死兮，览余初其犹未悔"。他执着于理想，不为形势的险恶而动摇，表现出为理想献身的极大勇气。

〔清〕王槩《龙舟竞渡卷》

九

歌

"九歌"本是古代的乐歌名，是在夏代就存在的乐歌。根据《归藏》《山海经》等记载可知,《九歌》《九辩》的存在早于屈原、宋玉，应该是夏后启时代就存在的乐歌。当然，说此二乐歌是夏后启偷之于天的音乐，显然缺乏足够的证据，可能只是就其精美而言的。在《楚辞》中，屈原多次提到了《九辩》《九歌》与夏后启的关系，如《离骚》说"启《九辩》与《九歌》兮，夏康娱以自纵""奏《九歌》而舞《韶》兮，聊假日以媮乐"，《天问》说"启棘宾商，《九辩》《九歌》"。在这些地方，屈原所说的《九辩》《九歌》，与《楚辞》中的《九辩》《九歌》显然不是一个东西，他把《九歌》《九辩》与《韶》舞等乐并列在一起，说明在屈原时代，夏禹的《九歌》《九辩》乐还存在，并且，《九歌》《九辩》应该也是宫廷音乐，而不是民间音乐。

　　王逸与朱熹都曾指出《九歌》与旧乐章的关系，但却没有说明屈原《九歌》与旧有《九歌》乐章的关系。王逸与朱熹的话，包含三层意思：一是说楚地南郢之邑，沅湘之间，有信鬼而好祠之俗，每当祭祀之时，必作鼓舞歌乐，以乐诸神；二是说屈原在放逐过程中，深入到南郢之邑，沅湘之间，接触到当地的鼓舞歌乐，改其鄙俗风格，而成《九歌》新曲；三是说屈原《九歌》包含事神、舒冤、讽谏三个目的。由此可见，《楚辞》中的《九歌》是由屈原据民间祭神乐歌改作或加工而成的，而非依照夏朝的旧曲写成。

《楚辞》中《九歌》现存共十一篇，分别为《东皇太一》《云中君》《湘君》《湘夫人》《大司命》《少司命》《东君》《河伯》《山鬼》《国殇》《礼魂》。《九歌》以九命名，却有十一篇之多，王逸《楚辞章句·九歌序》没有对此"九"给予解释，其《楚辞章句·九辩序》则认为，"九"是一个体现纲纪的数字，天有九星，地有九州，人有九窍，屈原之所以选择"九"作为他的诗歌篇名，是为了体现效法天地的意思。按照王逸的意思，《九歌》的"九"，不应该一定按照实数或者虚数来处理，应该表示的是天地的道理。因为很明显，即使是王逸，也没有把《九辩》当作九篇作品来处理。这样，如果理解《九歌》的十一篇与《九章》的九篇，都不过是数字的巧合而已，与篇名关系不大，也未尝不可。

但是，王逸关于"九"的解释，显然比较牵强。既然同样作为屈原作品的《九章》是九篇，《九歌》当然也存在着九篇的可能性。林云铭《楚辞灯》认为，《九歌》十一篇，实际应该是九篇，因为《山鬼》《国殇》《礼魂》实际是一篇。但他同时也指出，不必对《九歌》是否实数的问题太过认真追究，这似乎表明林云铭对自己提出的建议方案并没有充足的信心。蒋骥《山带阁注楚辞》提出《九歌》十一篇，应该是二《司命》为一篇，二《湘》为一篇，因为这几篇作品所祀神有类似处，并且祭祀的时间、地点也相同。近代以来，有人主张《九歌》十一篇，所祀九神而已，因为《九歌》的第一篇和最后一篇不应算在内，第一篇《东皇太一》是迎神曲，最后一篇《礼魂》是送神曲。

关于《九歌》的写作年代，《史记·屈原贾生列传》没有提《九歌》，所以也就无由从司马迁那里考察《九歌》的创作时间，不过，按照王逸的意见，屈原先作《离骚》，而后才作《九歌》及其他作品。《九歌》的创作时间，应该在《离骚》之后、《九章》等其他作品之前。根据《九歌》诸篇的特点看，这一组诗，未必作于同一时间、同一地点。但《国殇》为最后的作品，大概是没有问题的。孙作云先生认为《国殇》的写作时间在楚怀王十七年春天秦楚大战后，即公元前312年左右，可以作为一个参考。

《九歌》描述的音乐场面极其盛大。仔细考察《九歌》诸篇主旨，可以清晰地发现，《九歌》不能只是楚地的歌谣，所祀神祇，也具有地域的普遍性，而不独是楚国一地的神祇。

东皇太一

吉日兮辰良，穆将愉兮上皇❶。
抚长剑兮玉珥❷，璆锵鸣兮琳琅❸。
瑶席兮玉瑱❹，盍将把兮琼❺芳。
蕙肴蒸兮兰藉❻，奠桂酒❼兮椒浆。
扬枹兮拊❽鼓，疏缓节兮安歌❾，陈竽瑟兮浩倡❿。
灵偃蹇兮姣服⓫，芳菲菲兮满堂。
五音纷兮繁会⓬，君欣欣⓭兮乐康。

【注释】

❶穆：虔诚，恭敬。愉：快乐，此处是使动用法，使……快乐。上皇：谓东皇太一。　❷玉珥（ěr）：玉镶的剑把。❸璆锵（qiú qiāng）：佩玉发出锵鸣声。璆，美玉；锵，玉佩声音。琳琅：美玉。　❹瑶席：华美如瑶的席子；瑶，美玉。瑱（zhèn）：玉镇，用来压席。　❺盍（hé）：何不。把：持。琼：玉枝。　❻蕙肴：以蕙草蒸的肉。蒸：奉而进之，进献。兰藉：香兰一类的衬垫之物，或以香兰之类衬垫在祭品之下。　❼奠：置祭，献祭。桂酒：用桂花酿制的酒。

【译文】

这一天，吉日良辰，对东皇太一，虔诚拜祭。

舞起镶玉的长剑，玉佩铿锵琅琅。

玉镇压着精美的席，琼枝铺满，花香满地。

还有，那香草托起的蕙肴，那满庭飘香的酒气。

举起玉槌击鼓，舒缓而歌，吹竽鼓瑟齐唱。

那身着华服的神巫舞姿婉转，芳馥满堂。

这般芬芳的盛大交会，仙音袅袅繁盛，东皇太一欣悦临降。

⑧扬枹（fú）：扬起鼓槌，挥动鼓槌；枹，鼓槌。拊：击。
⑨疏：稀疏。缓：缓慢。节：击鼓之节拍。安歌：指歌声随着节奏疏缓而平稳。　⑩陈：陈设，陈列。竽：古代一种簧管乐器，多为三十六簧。瑟：古代一种拨弦乐器，多为二十五弦，形似古琴。浩倡：引吭高歌。浩，大；倡，同"唱"。　⑪灵：此指扮演天神的灵巫。偃蹇：形容舞姿屈伸自如，婉转灵活。姣服：指美丽的服饰。　⑫繁会：形容乐声繁盛而错杂交会。　⑬君：指东皇太一。欣欣：高兴的样子。

【解读】

本篇是《九歌》的第一篇，所祀的是最尊贵的天神。诗歌展示了祭神的场面，气氛热烈，表达了对东皇太一的敬重与祈望。太一神是天神中最尊贵的一个，居东方，所以称为东皇太一。

东皇太一并不是楚地之神。东皇太一是天子的祭祀对象，不是诸侯可以祭祀的，大约楚王奄王坐大后，模仿周天子，开始祭祀太一神，也未可知。但《东皇太一》对于神的功德，并没有做正面歌颂，只是从环境气氛的渲染里表达出敬神之心，娱神之意。诗歌最初四句，简洁而又明了地写出了祭祀的时间与祭祀者们对东皇太一神的恭敬与虔诚。接着描述了祭祀所必备的祭品瑶席、玉镇，以及欢迎太一神的鲜花、美酒和佳肴。这期间，乐师们举槌击鼓，奏起舒缓、悠扬的音乐，预示着神将要降临了。末尾四句描述的是祭祀的高潮，神穿着美丽的衣服跳着动人的舞姿来到了人间。这时候钟鼓齐奏、笙箫齐鸣，欢乐气氛达到最高潮。末句"君欣欣兮乐康"，描绘了东皇太一神安康欣喜的神态。

全诗紧紧围绕着"祭神以祈福"这个中心问题，篇首以"穆将愉兮上皇"统摄全文，篇末以"君欣欣兮乐康"作结，一呼一应，贯穿着祭神时人们的精神活动，所以诗歌虽篇幅短小精悍，但层次清晰，生动展现了祭神的整个过程和场面，气氛热烈，给人一种既庄重又欢快的感觉，充分表达了人们对太一神的敬重与祈望。

云中君

浴兰汤兮沐芳，华采衣兮若英❶。
灵连蜷兮既留❷，烂昭昭❸兮未央。
蹇将憺兮寿宫❹，与日月兮齐光。
龙驾兮帝服❺，聊翱游兮周章❻。
灵皇皇兮既降❼，猋远举❽兮云中。
览冀州兮有余❾，横四海兮焉穷❿。
思夫君⓫兮太息，极劳心兮忡忡⓬。

【注释】

❶华采：指色彩华艳鲜明。若英：杜若的花。此处写衣
之华彩灿烂。 ❷灵：旧说以为指扮云中君的主巫，亦即由
主巫扮演的神灵。按"灵"应指云中君。连蜷：舒曲回环的
样子。既留：指已留止云中，或已降留于主巫之身。 ❸烂
昭昭：此处指神灵降临时显现出的灿烂光辉。 ❹蹇：又
作"謇"，楚方言之发语词，无实义。憺（dàn）：安适，安
逸。寿宫：本是虚拟云中君在天上的宫室，也实指精心陈
设布置的祭神坛场。 ❺龙驾：此指以龙驾驶之车。帝服：
指天帝穿的五彩之服。 ❻翱游：自由往来貌。周章：周
游浏览。 ❼皇皇：犹"煌煌"，美好貌。既降：指云神已

【译文】

芬芳的花瓣浴，华灿的彩衣。

云间降落隐幻的神祇，灿灿光辉映照大地。

云上天宫多安逸，日月同辉光耀齐。

驾龙车穿五彩装，天上人间自翱翔。

云神已临降，倏忽向远处飞翔。

观览九州之外，四海苍茫。

思念神君长叹息，无尽忧伤上心头。

降临人间。　❽猋（biāo）：本为群犬疾奔貌，引申为迅疾
貌。远举：远扬高飞。　❾冀州：谓"今四海之内"。据《尚
书·禹贡》，古中国分为冀、兖、青、徐、扬、荆、豫、梁、
雍九州。冀州为九州之首，故以冀州代称全中国。其故地在
黄河以北，河北省一带。有余：指超过这个范围，不止全中
国。　❿横：充满。四海：古代人们认为中国大陆四面环海，
"四海之内"就是全国，"四海"就是中国的四极，在古人的
认识中这是最大的范围。焉穷：安穷，何穷，此言"无穷"，
与上句"有余"相对。　⓫夫：语助词。君：云神。　⓬极
劳心：极尽其思慕之劳忧。忡（chōng）忡：忧心貌，忧思
不宁貌。

【解读】

本篇乃是祭天上云神的诗歌，颂扬了云神的神威无边，泽及四海，也表达了祭者对神的依恋。

《云中君》所祀之神到底是云神、云梦泽之水神、月神、云中郡地方神，此前虽争议不断，但始终都是猜测，均无定论，直至出土文物的出现为研究这一问题带来新的证据。1977年江陵天星观一号墓出土战国祭祀竹简有"云君"，显然是"云中君"的简称，可证云中君就是云神。这一结论，亦可与诗中关于云中君的描写相互印证，如"灵连蜷兮既留"之"连蜷"，所描绘的即是云彩在空中舒曲回环的状态；"翱游兮周章"符合云在空中自由往来、不受拘束的特点；"焱远举""横四海"等句，则集中描绘出云周流四方、来去无定的情状。

本篇前两句写神降临前人们所做的准备——香汤沐浴、华衣着身，虔诚之意毕现，表达人们对云神的祈求，从侧面也可看出云神的威严。紧接着四句写云中君"降临"祭堂，安然快乐地出现于神堂之上，颂其德泽"与日月兮齐光"。后六句写云神乘着龙车，身着彩服，逍遥遨游。"览冀州兮有余"正说明云神的恩德是遍及九州四海的。最后两句写祭者对神的依恋，云神既降而去，所以思之太息。

湘

君

君不行兮夷犹❶，蹇谁留兮中洲❷？
美要眇兮宜修❸，沛吾乘兮桂舟❹。
令沅、湘兮无波，使江水兮安流。
望夫君❺兮未来，吹参差兮谁思❻？
驾飞龙兮北征，邅吾道兮洞庭❼。
薜荔柏兮蕙绸❽，荪桡兮兰旌❾。
望涔阳兮极浦❿，横大江兮扬灵⓫。
扬灵兮未极⓬，女婵媛兮为余⓭太息！
横流涕兮潺湲⓮，隐思君兮陫侧⓯。
桂棹兮兰枻⓰，斲冰兮积雪⓱。
采薜荔兮水中，搴芙蓉兮木末⓲。

【注释】

❶君：谓湘君。是湘夫人对湘君的称呼。不行：指不动身走来。夷犹：犹豫不定貌。　❷蹇：楚地发语词，无实义，或曰难行貌。谁留：为何淹留，或为谁淹留。中洲：犹言"洲中"。　❸要眇（yāo miǎo）：文雅美好的样子。宜修：修饰合宜得体，指善于修饰，形貌美好。　❹沛：行动疾速的样子。吾：湘夫人自称。桂舟：用桂木做成的船，含芳洁之意。　❺夫：语中助词。君：谓湘君。　❻参差（cēn cī）：本指不齐貌，此处指由长短不齐若干竹管组成的洞箫。谁思：思者何，或思者谁。　❼洞庭：即洞庭湖，在今湖南省北部。　❽蕙绸：言以蕙为帷帐，或以蕙饰帷帐；绸，帷帐。　❾荪（sūn）：香草名，亦称"荃"，又叫"溪荪"，俗名"石菖蒲"。桡（ráo）：旗杆上的曲柄，一说为"船桨"。

【译文】

你为何犹疑，在芳洲上徘徊？

我已细化容妆，乘桂舟向你奔来。

抚平沅、湘的河涛，令长江水潺潺缓流。

远望夫君不来，我开始吹奏洞箫为谁悲慨？

掉头龙舟北行，迂回转向洞庭。

薜荔装饰着帷帐，溪荪挂在船旌。

在涔水岸远眺，却只见江水悠悠。

水涯缥缈，侍女也叹佳期遥遥！

泪水涌流，思念总是悲戚寂寥。

急急打桨前行，溅起水光似冰雪般灼耀。

可水中，如何能生出薜荔？树梢上，又怎可采到芙蓉？

兰旌：以兰草饰于旗杆顶端；旌，旗的一种，旗杆顶端饰以
旄牛尾或羽毛。 ⑩涔阳：涔水北岸的地名，位于洞庭湖西
北。极浦：遥远的水涯；极，远。 ⑪横：横绝，即渡水。
扬灵：神驰远眺。 ⑫未极：指未到湘君之侧；极，至。
⑬女：当指湘夫人身边侍女。婵媛：指由于内心的关切而
表现出牵持不舍的样子。余：湘夫人自谓。 ⑭横流涕：指
涕泪纵横的样子。潺湲（chán yuán）：本指水徐流，此处指
涕泪缓缓涌流。 ⑮隐：痛苦。君：湘君。陫侧：悲苦凄切。
⑯棹（zhào）：长桨。枻（yì）：船舷，一说"短桨"。 ⑰斫
冰兮积雪：形容船快速前进，激起雪白的浪花，如同破
冰、击雪。斫，此处有凿开之义；积，"击"的同声假借
字。 ⑱芙蓉：指已开的荷花。木末：树梢。

心不同兮媒劳❶，恩不甚兮轻绝❷。
石濑兮浅浅❸，飞龙兮翩翩。
交不忠兮怨长，期不信兮告余以不闲❹。
鼂骋骛兮江皋❺，夕弭节兮北渚❻。
鸟次兮屋上，水周兮堂下。
捐余玦❼兮江中，遗余佩兮澧浦❽。
采芳洲兮杜若❾，将以遗兮下女❿。
时不可兮再得，聊逍遥兮容与⓫。

杜若

【注释】

❶媒劳：媒妁虽劳于说合也难成婚姻，言媒妁徒劳
无益。 ❷恩：恩爱。不甚：即不够笃诚，或不甚深厚。轻
绝：轻易绝弃，易于相弃。 ❸濑（lài）：沙石上的流水。
浅（jiān）浅：水流急速貌。 ❹期：约会。不信：不守信约。
余：湘夫人自谓。不闲：不得空闲。 ❺鼂（zhāo）：通"朝"，
早晨。骋骛（chěng wù）：此指急行舟。江皋：江边，江
岸；皋，水边的高地，岸。 ❻弭节：驻节，停止行舟；

大家读《楚辞》

【译文】

你我无心心相印之契，想是情意非深，才会轻易绝弃。

石间溪水湍湍，龙舟疾行飞奔。

没有忠贞的爱情岂能长久，我赶赴的，不过是一个人空欢喜的约守。

晨起，乘舟驶过江河水泽；暮近，在水中的小洲停泊。

鸟在屋顶上栖眠，水在屋堂下流过。

你送的玉环抛入江中，我的玉佩丢弃到澧浦。

采下洲上的一朵杜若，却是给侍女的馈赠。

或许忘却我们相爱的时光，才能让心平静从容。

节，度，指舟行的速度。渚：水中的小块陆地。　❼捐：舍弃，抛弃，与下文"遗"互文。玦（jué）：指环形而有缺口的玉器。　❽佩：玉饰。澧（lǐ）浦：澧水之滨；澧，湖南省河流名，由澧县纳溇水而入洞庭湖。　❾芳洲：生长着鲜花野草的洲岛。杜若：香草名，亦名"山姜"。❿遗（wèi）：送，赠予。下女：此指湘君之侍女。　⓫逍遥：优游自得貌。容与：悠闲自适貌。

【解读】

《湘君》和《湘夫人》是古代楚人对湘江水神的祭歌。湘君是湘水男神，湘夫人是湘水女神。《湘君》表达了湘夫人由希望到失望再到怀疑、哀伤以至怨恨的复杂感情。

该诗首先描写湘夫人对湘君热烈的等待和期望。可湘君始终不见，于是失望地吹起了哀怨的洞箫，倾吐对湘君的无限思念，希望湘君听到熟悉的曲调后闻声赶来。"驾飞龙兮北征"至"隐思君兮陫侧"描写了湘夫人的急切心情。由于久等湘君不至，湘夫人便驾着轻舟向北往洞庭湖去寻找，忙碌地奔波在湖中江岸，她从湘江北上，转道洞庭，西望涔阳极浦，而后进入大江，行走了洞庭湖及周围的主要江河，仍然不见湘君的踪影。湘夫人执着的追求使身边的侍女也为她叹息。旁人的叹息，深深地触动和刺激了湘夫人，她更加悲伤与委屈，因而伤心痛哭以致泪如泉涌。接着十句写由失望至极而生的怨恨之情。诗中连用几个比喻来描写其失望的痛苦：水中如何采得生长在树上的薜荔？树梢上又怎能摘到生长于水中的芙蓉花？湘君"心不同""恩不甚""交不忠""期不信"，自己的追求不过是一种徒劳。所谓爱之愈深，责之愈切，湘夫人的愤激之语，把一个大胆追求爱情的女子的内心世界表现得淋漓尽致。由"鼂骋骛兮江皋"至结束为诗歌的最后部分，描述了湘夫人再次回到约会地北渚时，还是没有见到湘君的痛苦之情，她毅然把代表爱慕和忠贞的信物玉环抛入江中。最后四句则写湘夫人心情平静下来后内心的失望与不安，她既希望再次见到湘君，又怀疑见面的机会不会再来，只得在无聊中往返徘徊，消磨时光。结尾余音袅袅，与篇首的疑问遥相呼应，给人留下想象的空间。

湘夫人

帝子降兮北渚❶，目眇眇兮愁予❷。
袅袅❸兮秋风，洞庭波兮木叶❹下。
登白薠兮骋望❺，与佳期兮夕张❻。
鸟何萃兮蘋❼中？罾何为兮木上❽？
沅有芷兮澧有兰，思公子❾兮未敢言。
荒忽❿兮远望，观流水兮潺湲。
麋何食兮庭中？蛟何为兮水裔⓫？
朝驰余马兮江皋，夕济兮西澨⓬。
闻佳人兮召予⓭，将腾驾兮偕逝⓮。
筑室兮水中，葺⓯之兮荷盖。
荪壁兮紫坛⓰，播芳椒兮盈堂⓱。
桂栋兮兰橑⓲，辛夷楣兮药⓳房。

【注释】

❶帝子：谓湘夫人。古代传说她们（娥皇、女英）是古帝唐尧的女儿，故称帝子。北渚：即《湘君》篇中所言之"北渚"。　❷眇眇：瞻望弗及、望眼欲穿之貌。愁予：即"予愁"，因望而不见使我（湘君）痛苦；予，此处当指湘君。❸袅（niǎo）袅：本指柔弱蔓长貌，此处形容微风吹拂树木随风摆动的样子。　❹波：动词，扬波。木叶：特指秋天枯黄的落叶。　❺登白薠（fán）：指站在长着薠草的地方。登，登上；白薠，水草名，秋天生。骋望：纵目远望。❻佳：佳人，指湘夫人，古代多以"佳人"称私爱之人，不一定指容貌之美。期：动词，约期相会。夕：黄昏。张：陈设布置。　❼萃：集聚。蘋（pín）：水草，生于浅水，又称"四叶菜"。　❽罾（zēng）：用竿撑起的一种渔网。木

【译文】

听说，你去了北方的小洲岛，可我，望穿秋水却也看不到。

秋风轻拂，洞庭湖岸落叶蝶舞。

我在长满蘋草的地方远眺，期待着，我们在黄昏里相见的那一幕。

可鸟儿为何聚集在了水草上？渔网为何也挂上了树梢？

这里，兰芷飘香，对你的思念，在心尖上荡漾。

心神恍惚，只见远方寂寞的水流。

麋鹿为何在中庭奔跑？蛟龙为何在陆岸搁浅？

朝霞起时，我纵马去江皋；暮云聚时，我摆渡去西岸。

在天地茫茫间寻找，终于听到你的召唤。

在水中建造我们的家园，以荷叶为屋顶。

用溪荪装饰墙壁，以紫贝铺砌中庭，撒满香椒，香馥盈盈。

以桂木为栋、兰木为椽，辛夷、白芷装饰门楣。

上：树梢。　❾公子：犹言"帝子"，指湘夫人，古人有时亦称女子为"公子"。　❿荒忽：同"恍惚"，渺茫隐约、若有若无貌。　⓫蛟：传说中一种无角龙，常居深渊，能发洪水。水裔（yì）：水边。蛟在水裔，犹所谓神龙失水而陆居。　⓬澨（shì）：水边地，涯岸。　⓭予：指湘君。　⓮腾驾：驾车奔腾，形容车行极快。偕逝：与佳人同去。　⓯葺（qì）：本指以草盖屋顶，此处只笼统地讲补缀、覆盖之意。　⓰荪壁：把香草溪荪编织起来装饰屋内墙壁。紫坛：用紫贝铺砌中庭；紫，紫贝。　⓱播：敷布。芳椒：气味芬芳的花椒。盈堂：满堂。　⓲桂、兰：香木名。栋：屋梁。橑（liáo）：屋椽。　⓳辛夷：香草。楣：门楣，门框上的横木。药：草名，即白芷。

罔薜荔兮为帷❶，擗蕙櫋❷兮既张。
白玉兮为镇❸，疏石兰兮为芳❹。
芷葺兮荷屋，缭❺之兮杜衡。
合百草兮实庭，建芳馨兮庑门❻。
九嶷缤兮并迎，灵之来兮如云。
捐余袂❼兮江中，遗余褋❽兮澧浦。
搴汀❾洲兮杜若，将以遗兮远者。
时不可兮骤❿得，聊逍遥兮容与。

蘋

【注释】
　❶罔：同"网"，此处用作动词，编织。帷：幔帐。
❷擗（pǐ）：剖分。櫋（mián）：室中隔扇，相当于现在的屏
风，古代叫"屋联"。　❸镇：镇席之物。　❹疏：分散布
置。石兰：香草名，兰草的一种。为芳：意应为取其芳香。

大家读《楚辞》

【译文】

以薜荔为帐，用蕙草编织屏风。

白玉席光洁，要撒满石兰，冷清芳香。

还要在荷叶顶上饰上香芷，四周缠绕杜衡。

百草种满庭院，花香满溢屋宇。

九嶷山的众神来了，云气融融缥缈。

把衣袖抛入江中，将汗衫丢入澧浦。

采一朵杜若给你，在风中遥寄。

远去了，我们相爱的时光，唯我在瑟瑟秋风中寥寂。

---

❺缭：缠绕。 ❻建：设置，植立之意。馨：散布很远的香气。庑（wǔ）门：谓"庑与门"，是对整个建筑的概括；庑，厅堂四周的廊屋。 ❼袂（mèi）：衣袖，袖口。 ❽褋（dié）：无里的内衣，指贴身汗衫之类。 ❾汀（tīng）：水边平地，小洲。 ❿骤：屡次。

【解读】

作为《湘君》的姊妹篇,《湘夫人》为祭湘水女神的诗歌,描述了湘君来到约会地北渚,却不见湘夫人的惆怅和迷惘,表达了湘君对湘夫人的思念。诗歌从开始到"观流水兮潺湲"描写了湘君对湘夫人虔诚的期盼与渴望。第一句"帝子降兮北渚"紧承《湘君》"夕弭节兮北渚",但湘君望而不见,内心十分忧愁,只觉得秋风吹来阵阵凉意,洞庭湖一片渺茫。忧心忡忡的湘君久候湘夫人不至,心生怨恨之意。"沅有芷兮澧有兰",我的湘夫人在哪里呢?以水边泽畔的香草兴起对湘夫人的思念,但是又不能说出来,泪眼迷茫,恍恍惚惚似绝望。下文则以麋食中庭和蛟滞水边两个反常现象隐喻爱而不见的事愿相违。接着与湘夫人一样,在久等不至的焦虑中,湘君也从早到晚骑马去寻找,结果则与湘夫人稍有不同:他在急切的求觅中,忽然听到了佳人的召唤,于是与她一起乘车而去。湘君满腔热情地设计着未来的美好生活:奇花异草香木装饰着他们的庭堂,九嶷山的众神热烈地欢迎他们。然而这一切只不过是幻觉。梦很快就醒了,湘君在绝望之余,也像湘夫人那样情绪激动,向江中和岸边抛弃了对方的赠礼,但他最终同样恢复了平静,决定再耐心等待一下。

《湘君》和《湘夫人》是一个完整的整体,表现着同一个主题,生动刻画了热恋中的男女在爱情遭遇挫折时的复杂情状。虽然我们说湘君和湘夫人是湘水之神,但是因为湘君和湘夫人与舜的联系,我们也不能认为这两首诗祭祀的是楚国独有的神祇。这两首诗自始至终充满离别的悲哀与失望的感情,这种悲剧情感由舜与二妃故事的内容所决定,有人认为这两诗是屈原用以抒发自己的"愁思",似也不无道理。

大司命

广开兮天门，纷吾乘兮玄云❶。
令飘风兮先驱，使涷雨兮洒尘❷。
君回翔❸兮以下，逾空桑兮从女❹。
纷总总兮九州❺，何寿夭兮在予❻！
高飞兮安翔❼，乘清气兮御阴阳❽。
吾与君兮斋速❾，导帝之兮九坑❿。
灵衣兮被被⓫，玉佩兮陆离⓬。
壹阴兮壹阳⓭，众莫知兮余所为。
折疏麻兮瑶华⓮，将以遗兮离居⓯。
老冉冉兮既极⓰，不寖近兮愈疏⓱。
乘龙兮辚辚⓲，高驰兮冲天。
结桂枝兮延伫⓳，羌愈思兮愁人⓴。

【注释】

❶吾：这里指大司命。玄云：指黑里透出红色的云彩。 ❷涷（dōng）雨：暴雨。洒尘：洗涤尘埃。 ❸君：指神。回翔：本指鸟在空中回旋地飞翔着，天空宽阔，神自上而下的过程中也必然要打许多旋转，故借以形容。 ❹逾：越过。空桑：神话传说中的一座山。女：读作"汝"，指神，亲之之辞，是迎神的众巫对大司命的称呼。 ❺纷总总：此处形容人多。九州：代指天下。 ❻寿夭：长寿与夭折，谓"寿限"。在予：执掌于我之手；予，谓司命。 ❼安翔：从容翱翔。 ❽清气：这里指古人认为的存在于天地之间的正气。御：犹"御马"，指乘坐驾驭，有掌握控制之意。阴阳：古人以为人类万物的化生、成长和衰退、死亡，都是阴

【译文】

天门大开，我乘墨云临降。

令旋风为先驱，命暴雨洗涤烟尘。

你从天空盘旋而下，我也将越过空桑山与你同行。

九州之民何其多，生死掌控在我手上！

在高空从容翱翔，乘天地正气调和阴阳。

我与你谦诚肃穆，引导天帝去九冈。

神衣飘飘，玉佩缠绕。

阴阳变幻无穷，我的心意世人难知晓。

折下神麻的白色花，赠予远去的神祇。

年华渐渐老去，不亲近便会更疏离。

乘龙车辚辚声响，向更高远的地方奔去。

手持桂枝顾盼徘徊，思念愈深心愈凌乱。

阳二气的作用。　❾吾：指众巫。君：指大司命。斋速：又作"斋肃"，敏疾谦诚貌。　❿之：往。九坑（gāng）：即九冈，九州之山；坑，同"冈"。　⓫灵衣：神灵之衣。被：衣长飘舞之貌。　⓬陆离：此处形容玉佩众多，参差不齐，光彩美好。　⓭壹阴兮壹阳：是形容天神时阴时阳，若晦若明，若有若无，变化无穷。　⓮疏麻：神麻。瑶华：言神麻如瑶之白花。　⓯离居：指离此远去之神，即大司命。⓰既极：已至。　⓱寖（jìn）：逐渐。疏：疏远。　⓲辚（lín）辚：车轮滚动之声。　⓳结：采集而束之。桂枝：桂树之枝，取其芳洁。延伫（zhù）：徘徊顾盼；伫，也作"伫"，长久站立。　⓴羌：楚方言中的发语词。愈思：越加思念。愁人：使人忧愁。

愁人兮奈何！愿若今兮无亏❶。
固人命兮有当❷，孰离合兮可为？

【注释】
❶若今：如今。无亏：当指情无亏减。　❷固：本来。

满腹哀愁又如何！只愿如现在一般无亏减。

生死本是常态，分离聚合又何必感伤？

大司命与少司命

人命：人的生死、寿夭、臧否等命运。有当：犹言"有
规律"；当，指常规、规律、气运之类。

【解读】

司命神是管理生命的重要神祇，周秦至汉对司命神的祭祀极其普遍。司命神为什么分大、少，现存文献中没有可以判断的根据，有的学者认为是源于男女的不同，大司命为男神，少司命为女神。也有人主张大司命总管人类的生死，所以称之为"大"；少司命则专司儿童的命运，所以称之为"少"。王夫之认为大司命统司人之生死，而少司命则司人子嗣之有无，以其所司者婴稚，故曰少，大则统摄之辞也。《大司命》说"纷总总兮九州，何寿夭兮在予"，《少司命》说"夫人自有兮美子，荪何以兮愁苦"，似乎也不无道理。

《大司命》所祀为寿命之神，表现的是人们对生命无常的看法，人们为了永命延年，虔诚而迫切地向神祈福。从开头到"众莫知兮余所为"，淋漓尽致地表现了大司命呼风唤雨、声势夺人的气势，他以龙为马，以云为车，旋风开路，暴雨洒尘，他身着华美的衣服，于九州间传达天帝的命令，掌管众人的夭寿，俨然是主宰一切的天帝。"折疏麻兮瑶华"以下，与前文的威严壮观不同，尽力表现对大司命的怀念。"折疏麻兮瑶华，将以遗兮离居。"为什么要折疏麻呢？主要是因为麻秆折断后皮仍连在一起，故以"折麻"喻藕断丝连之意，来表现对大司命的依依不舍之情，但大司命最终还是"乘龙"而去。"愿若今兮无亏"表现了对美好生命的乐观期待，而"固人命兮有当，孰离合兮可为？"却让人感觉到人生的无可奈何。

少司命

秋兰兮麋芜❶，罗生❷兮堂下。
绿叶兮素枝❸，芳菲菲兮袭予❹。
夫人自有兮美子❺，荪何以兮愁苦？
秋兰兮青青❻，绿叶兮紫茎。
满堂兮美人，忽独与余兮目成❼。
入不言兮出不辞，乘回风兮载云旗❽。
悲莫悲兮生别离，乐莫乐兮新相知。
荷衣兮蕙带❾，倏而来兮忽而逝❿。
夕宿兮帝郊⓫，君谁须兮云之际⓬？
与女游兮九河，冲风至兮水扬波。
与女沐兮咸池，晞女发兮阳之阿⓭。
望美人兮未来，临风怳兮浩歌⓮。
孔盖兮翠旍⓯，登九天兮抚彗星⓰。
竦长剑兮拥幼艾⓱，荪独宜兮为民正⓲。

【注释】

❶秋兰：香草，即兰草或泽兰，秋末开花时香气更浓，所以也叫"秋兰"。麋芜（mí wú）：香草。 ❷罗生：罗列并生。 ❸素枝：素色的花，秋兰和麋芜的花都是颜色淡素的。 ❹袭：侵及，言香气袭人。予：我，主祭者自称。 ❺夫人：犹言"众人"。美子：指美好的子女。 ❻青青（jīng）："菁菁"之假借，草木茂盛貌。 ❼忽：快的样子。目成：指两情相悦，用目光来传达情意，是恋爱成功的象征，所以叫"目成"。 ❽回风：犹"飘风"，迅疾的旋风。载：设置，此指在车上插着。云旗：即以云霞为旗，或美如云霞之旗。 ❾荷衣：以荷为衣。蕙带：以蕙为带。 ❿倏（shū）、忽：形容迅疾、飘忽。

【译文】

秋兰与麋芜，罗列并生在堂下。

碧翠枝叶素色花，芳馥袭人且盛大。

人们各有美好家室，君子何苦愁容挂？

秋兰蕆蕽茂盛，碧绿叶子紫色茎。

众多美人济一堂，目光向我独垂青。

入门无言别无声，以云为旗乘疾风。

悲中最悲生离别，乐中最乐新相知。

以荷为衣蕙为带，倏忽而去倏忽来。

暮晚宿天界，你在云端等待谁？

与你同游九曲黄河，暴风激起滔滔水波。

与你在咸池沐发，在太阳初升时晒好。

凝望美人却不来，只好在风中展开怅惘的歌喉。

孔雀车盖翠羽为旌，登上九天降伏彗星。

执长剑护卫美好的幼子，君子最是无私公正。

逝：往，去。　⑪帝郊：天帝的城郊，犹言"天界"。　⑫君：指少司命。谁须：即"须谁"之倒装；须，等待。云之际：云间，云端。　⑬晞（xī）：晒干。阳之阿：初日所照之地。　⑭临风：犹"迎风"。怳（huǎng）：怅惘失意，神思不定貌。浩歌：大声唱歌。　⑮孔盖：以孔雀尾为车盖。翠旌：以翡翠羽为旌旗。　⑯九天：古人以为天有九层，"九天"，此指天之最高处。彗星：又称"扫帚星"，绕太阳旋转的一种星体，通常在背着太阳的一面拖着一条扫帚形长尾。古代传说天上有扫帚星，彗星像帚，是用来扫除污秽的。　⑰竦（sǒng）：执。拥：护卫。幼艾：此处犹指"美子"，与篇首相应。　⑱荃：少司命。正：平正无私，由形容词转为名词。

麋芜

【解读】

《少司命》中的神执掌人间子嗣及儿童命运，美丽、温柔、善良、圣洁，充满慈爱，手挥大帚，横扫奸凶，为民除害。篇中对少司命的敬慕赞美，让我们完全可以猜测少司命是一位可爱的女神，与《大司命》中严肃的男神形象形成鲜明的对比。

文章开头"秋兰"四句描述了清雅素净的祭祀现场。接下来两句则安慰少司命不必担忧，人们已在她的护佑下喜得贵子，说明神、人间的相互体贴与关怀。下四句讲少司命降临人间了，"满堂兮美人，忽独与余兮目成"，这两句话的解释历来有争议，有人认为讲的是男巫与女神的情感，有人则认为"满堂美人"既是女性，那么少司命就应该是男神，还有人肯定少司命为女神，把满堂美人说成是"美男子"。有人则认为"美人"是指群巫，她们是代表人世的女性来礼神、乐神的。"目成"是说通过眉目传情来结成友谊。少司命专管子嗣和儿童命运，自然要和女性发生亲密的关系；少司命又是女神，所以她与"满堂美人"结成的是友谊而非爱情。但少司命并没有过多的时间与这些新的朋友交谈，"入不言兮出不辞""倏而来兮忽而逝"，她甚至进来没说一句话，临走也未告别，就要乘车返航了。她不胜感慨地说："悲莫悲兮生别离，乐莫乐兮新相知"，字里行间洋溢着感伤、幽怨之情。夜晚群巫问宿于天帝之郊的女神：您在这等候什么人呢？少司命答道：我在天郊等的就是你们啊，我要和你们一起在天池里沐浴，在初升的太阳里晒干头发。但人间的朋友们怎会跑到天上来呢？少司命感到惆怅，当风高歌以抒发她的感情。最后四句诗人想象少司命已经远去，带着全副仪仗登上九天，拿着"扫帚"为人类扫除邪恶与灾祸。

东

君

暾❶将出兮东方，照吾槛兮扶桑❷。
抚余马兮安驱❸，夜皎皎兮既明。
驾龙辀兮乘雷❹，载云旗兮委蛇❺。
长太息兮将上，心低徊兮顾怀❻。
羌声色兮娱人❼，观者❽憺兮忘归。
絚瑟兮交鼓❾，箫钟兮瑶簴❿。
鸣篪⓫兮吹竽，思灵保兮贤⓬姱。
翾飞兮翠曾⓭，展诗兮会舞⓮。
应律兮合节⓯，灵之来兮蔽日⓰。
青云衣兮白霓裳⓱，举长矢兮射天狼⓲。
操余弧兮反沦降⓳，援北斗兮酌桂浆⓴。
撰㉑余辔兮高驰翔，杳冥冥㉒兮以东行。

【注释】

❶暾（tūn）：初升的太阳。 ❷吾：此处是由灵巫代扮的日神自称"我"。槛（jiàn）：栏杆，或门槛。扶桑：每天早晨日出首先照到此树。 ❸抚：通"拊"，拍，击。马：车，日所乘也。安驱：徐徐前行。 ❹辀（zhōu）：车辕，这里以偏概全，代车。乘雷：指车轮滚动之声洪大如雷，或指轮声如雷之大车，即"龙辀"。 ❺委蛇：亦作"逶迤"，舒卷自如貌，宛转延伸貌。 ❻低徊：徘徊不进，流连。顾怀：眷顾怀念。 ❼声色：指乐舞。娱人：使人快乐。 ❽观者：指与祭者、观礼者。 ❾絚（gēng）：把弦上紧。交鼓：对击鼓。 ❿箫：乐器。一说"箫"为"搋"的假借字，意为敲击。瑶：形容簴精美如玉。一说"瑶"为"摇"的借字，意为摇动。簴（jù）：悬挂钟、磬的木架。 ⓫鸣篪（chí）：吹响篪；篪，乐器名，竹制，横吹。 ⓬灵保：指扮日神的灵巫，亦

【译文】

光明旭日升在东方，照耀我门槛和扶桑神树。

策马徐徐前行，夜晚过去天色大明。

龙车滚滚声如雷，云霞为旗随风垂。

悠长叹息上中天，徘徊左右心眷恋。

乐舞令人欢喜，观赏者安逸忘了归期。

急速弹瑟敲击鼓，精美木架挂箫钟。

既吹篪来又吹竽，思念那时灵巫美丽。

翠鸟轻轻展翼，歌舞配合默契。

歌舞音律合节拍，众神来临将天空遮蔽。

青云为衣白霓为裳，擎起天弓射向天狼。

持着天弓日落西沉，用北斗星装满桂花浆。

操控缰绳向高空飞驰，幽暗渺渺中再奔向东方。

即巫所扮之日神。贤：善良。 ⑬翾（xuān）：鸟轻轻飞翔
貌。翠：一种羽毛翠绿的鸟。曾（zēng）：举翼。 ⑭展诗：
此指陈诗而唱。会舞：此指以歌配合舞蹈。 ⑮应律：指歌
舞与音律相和谐。合节：与音乐的节拍相谐和。 ⑯灵：此
指日神及其从属。蔽日：遮天蔽日，言神灵之多。 ⑰青云
衣：以青云为上装。白霓裳：以白虹为下装；霓，亦称"副
虹"。 ⑱矢：星宿名，指弧矢星，又称"天弓"，由九颗
星组成弓箭形，箭头常指向天狼星。与下文之"弧"同义。
天狼：星宿名，一颗星，位于东井之南，弧矢星之西北。
⑲弧：星宿名，指弧矢星。反：反身。沦降：指太阳西
沉。 ⑳援：举起。北斗：此以北斗喻酒器。酌：斟酒，饮
酒。桂浆：桂花酒。 ㉑撰：控握。 ㉒杳冥冥：深幽昏暗
貌。杳，幽深，深远；冥冥，昏暗不明的样子。

【解读】

《东君》一般认为是祭祀日神的歌辞，之所以称东是因其出于东方，称君则是因其为神之尊称。

诗歌以一轮喷薄而出的红日为开端，将气氛渲染得十分浓烈。紧接着描写了一个日神行天的壮丽场面，他驾着龙车，响声如雷，云旗招展，然是显赫。后二句笔锋一转，东君发出长长的叹息，叹息自己将回到栖息之所，而不能长久陶醉在给人类带来光明的荣耀中。从"羌声色兮娱人"到"展诗兮会舞"则描述了一个极其隆重热烈迎祭日神的场面。人们弹起琴瑟，敲起钟鼓，吹起篪竽，翩翩起舞。祭祀场面的描写很热烈，不过，尽管祭祀是如此的隆重，场面是如此的热闹，但日神并未降临，仅仅是在高空的俯瞰中表示愉悦之意，他之所以不停留，是因为要永不停息地运行，放射光和热，使人们持续不断地生存着。最后六句写太阳神的司职——为人类带来光明，除去侵略的灾难，显示出大公无私的威灵。和其他篇一样，本篇所塑造的日神形象就是太阳本身的形象。他从吐出光明到渐渐升起，从丽影当空到金乌西坠，始终在勤劳不息地运行，给人以光明的、伟大的、具有永久意义的美感。凡此一切，都是紧紧围绕着一个主题，即对太阳的礼赞。

河伯

与女游兮九河❶，冲风起兮横波❷。
乘水车兮荷盖❸，驾两龙兮骖螭❹。
登昆仑兮四望，心飞扬兮浩荡❺。
日将暮兮怅忘归，惟极浦兮寤怀❻。
鱼鳞屋兮龙堂，紫贝阙❼兮朱宫。
灵何为兮水中？乘白鼋兮逐❽文鱼。
与女游兮河之渚，流澌纷兮将❾来下。
子交手❿兮东行，送美人兮南浦⓫。
波滔滔兮来迎，鱼鳞鳞兮媵⓬予。

水中筑屋，乘白鼋，逐文鱼

【注释】

❶女：汝。九河：传说大禹治水时，把黄河分为九道，所以称黄河为"九河"。　❷冲风：暴风。横波：指黄河掀起汹涌的波涛。　❸水车：能在水中行驶的车，是河伯所乘。荷盖：以荷叶为盖。　❹骖螭（cān chī）：以两螭为边马。骖，古车独辕，车辕两内侧的马叫"服"，两外侧的马叫"骖"；螭，传说中一种没有角的龙。　❺浩荡：指意绪放达，无拘

【译文】

与你在黄河同游，暴风掀起滔滔水浪。

乘着荷叶为盖的水车，螭为边马龙为御者。

登上昆仑瞭望四方，思绪浩荡心意飞扬。

遗憾天色将晚忘记归家，思念在这遥远的水涯。

以鱼鳞盖屋龙纹满堂，紫贝为楼观珍珠为宫。

你为何在水中筑屋？乘着白鼋追随着五彩鲤鱼。

与你同游水中岛，滚滚流水波涛涛。

你拱手作别要奔向东方，我便送你到南浦。

浩荡水流相迎，鱼儿连连伴随行。

无束，浩荡无边。　❻惟：思念。寤怀：眷怀。　❼阙：古
代官门两侧高台上的楼观。　❽鼋（yuán）：鳖科爬行动物。
逐：跟从。　❾流澌（sī）：犹言"流水"。将：语中助词。
❿交手：拱手揖别。　⓫美人：指河伯。南浦：地名，在黄
河之南。　⓬鳞鳞：比次相连貌。媵（yìng）：本指随嫁之人，
此处有"伴随"之意。

【解读】

　　本篇是祭祀河神的诗歌。战国时就有河伯之名。关于本篇的主题，学者多以为是祭祀黄河。河伯是黄河之神，其得名缘于黄河是众河之长。河为四渎之一，是尊贵的地祇，殷、周以来均入祀典。春秋时河伯称为河神。《九歌》所祭神祇，不只楚地，河伯也是一例。

　　本篇从开始至"流澌纷兮将来下"描写与河神共游的情景。大风起兮，波浪翻腾，河神坐在由飞龙驾驶的水车上，车顶覆盖着荷叶，遨游黄河，溯流而上，一直飞到黄河的发源地昆仑山。来到昆仑，登高一望，面对浩浩荡荡的黄河，不禁心胸大张，意气昂扬。但是很遗憾天色将晚，他所思念的家在哪里呢？那是一个鱼鳞盖屋、满堂龙纹、紫贝作阙、丹珠文殿的水中之宫。河伯乘着大鼋，边上跟随着有斑纹的鲤鱼，在河上畅游，浩荡的黄河之水缓缓流来。长沙子弹库楚墓出土的帛画中有神人驾龙车、鲤鱼在旁边游动的画面，可与这个画面互相印证。该诗最后四句为第二层，写河伯与女巫的依依惜别。河伯巡视于黄河下游，波涛滚滚而来，热烈地欢迎河伯的莅临，成群结队排列成行的鱼儿也赶来为他护驾。故事到此结束，河伯的水神形象也得以淋漓尽致地展现。

山鬼

若有人兮山之阿❶，被薜荔兮带女萝❷。
既含睇兮又宜笑❸，子慕予兮善窈窕❹。
乘赤豹兮从文狸❺，辛夷车兮结❻桂旗。
被石兰兮带杜衡，折芳馨兮遗所思❼。
余处幽篁兮终❽不见天，路险难兮独后来❾。
表独立❿兮山之上，云容容⓫兮而在下。
杳冥冥兮羌昼晦⓬，东风飘飘兮神灵雨⓭。
留灵修⓮兮憺忘归，岁既晏兮孰华予⓯？
采三秀⓰兮於山间，石磊磊兮葛蔓蔓⓱。
怨公子兮怅忘归，君思我兮不得闲。
山中人兮芳杜若⓲，饮石泉兮荫松柏⓳。

【注释】

❶若有人：仿佛似人，指山鬼。山之阿（ē）：指山中深曲的地方。　❷被：同"披"，穿着。带女萝：以女萝为带；女萝，又叫"菟丝"，一种爬蔓寄生植物。　❸含睇（dì）：含情而视。宜笑：恰当的笑，指笑得很自然。　❹子、予："子"为山鬼思念之人，"予"为山鬼。窈窕（yǎo tiǎo）：文静而美好。　❺乘赤豹：让赤豹驾车；乘，驾。从：使……随从。文狸：有花纹的狸。　❻辛夷车：以辛夷香木做的车。结：编织。　❼芳馨：指香花香草，即石兰、杜衡等。所思：指所思念的人。　❽余：山鬼自称。幽篁（huáng）：竹林深处。终：始终，或终日。　❾险难：形容处境的恶劣，说明"独后来"的原因。后来：来迟。　❿表：特出，突出。独立：

【译文】

是谁，倩影在山幽处飘摇，薜荔为衣，菟丝缠绕。

双眸含情浅笑，令人倾慕，姿态窈窕。

赤豹驾车带着文狸，香木做车插满桂花旗。

身披石兰与杜衡，将芳香给爱人遥寄。

竹林幽深不见天光，路途坎坷把你阻挡。

兀自站在高山之巅，看云霞流淌舒展。

白昼的天空晦暗，疾风猎猎雨丝盘旋。

挽留你在这里安然忘返，岁月迟暮容颜不在。

巫山上的灵芝花开，白石堆叠葛藤延绵。

而你又在哪里流连忘返，又是否将我记在心间。

我在这山中如杜若般芳洁，饮清泉，栖息于松柏树下。

独自站在。　⑪ 容容：同"溶溶"，本指流水盛大貌，此谓云霞舒展飘荡犹如流水，形成一片云海。　⑫ 昼晦：白昼也晦暗不明。　⑬ 飘飘：风猛烈貌。雨：动词，降雨。　⑭ 留：挽留，留恋。灵修：此处美称私爱之人，同于"子""公子"等。　⑮ 岁：年岁，时日。晏：迟，晚，指年纪大了。华予：犹"美予"，以我为美丽可爱；华，美。　⑯ 三秀：灵芝的别名，灵芝一年开花三次，故又称"三秀"；秀，开花。　⑰ 磊磊：众石堆叠貌。葛：植物名，藤本蔓生，茎中纤维可织成葛布。蔓蔓：形容葛藤蔓延绵长貌。　⑱ 山中人：当为山鬼自称。芳杜若：即说自己芳洁如杜若。　⑲ 饮石泉：饮山岩间的清泉。荫松柏：以松柏为荫庇，指居息于松柏下；荫，动词，遮蔽。

君思我兮然疑作❶。
雷填填兮雨冥冥❷，猨啾啾兮狖❸夜鸣。
风飒飒兮木萧萧❹，思公子兮徒离忧❺。

赤豹驾车带着文狸，香木做车插满桂花旗

【注释】

❶然疑：将信将疑，半信半疑；然，肯定、相信之词，与"疑"相对。作：起。　❷填填：指雷声。冥冥：形容雨下得迷蒙昏暗。　❸啾啾：猿的叫声。狖（yòu）：古书上说

大家读《楚辞》

你为何还是疑惑?

夜雨迷蒙雷声阵阵,猿狖之鸣渐近渐远。

风起时木叶萧萧,想你的心满溢着哀愁。

三秀

的一种猴,黄黑色。　❹飒(sà)飒:风声。萧萧:指风吹树叶发出的声音。　❺徒:徒然,白白地。离忧:遭受忧愁;忧,忧愁。

【解读】

山鬼，大概是山中之神，但非正神，故而称之为鬼。其确切身份，虽无从查实，但据篇中描述可知当为女性，且"既含睇兮又宜笑"。其形象与宋玉《神女赋》中"眸子炯其精朗兮，瞭多美而可视""目略微眄，精彩相授"的神女形象完美契合。楚国久有巫山神女的传说，《神女赋》即楚顷襄王夜梦神女后命宋玉所写的作品。基于山鬼与女神形象的相似，加之郭沫若《屈原赋今译》根据诗中"采三秀兮於山间"，提出"於山即巫山"，我们完全有理由推测本篇所描写的可能就是早期流传的巫山神女形象。在具体祭祀过程中，可能是由女巫扮神女，由男巫迎神，二人一同谱写出一段瑰丽的恋歌。

本篇是一首恋歌，通过美丽善良的山鬼的自述，表达了其对爱人的思恋。山鬼应是女性。从开篇到"折芳馨兮遗所思"为第一部分。起始四句用极其精练的语言正面描绘了女神的意态和姿容，她是那样的空灵缥缈、仪态万方。接着又极力渲染她的车驾随从：火红的豹子，毛色斑斓的花狸，还有开着笔尖状花朵的辛夷、芬芳四溢的桂枝。自"余处幽篁兮终不见天"以下可看作第二部分，描写山鬼在长时间的期待中产生的细微而复杂的心情，通过她的失恋，表现出一种坚贞不渝的情操。作者对心理活动的刻画细致而深微："岁既晏兮孰华予"，蕴含着"美人迟暮"的无限哀怨；"采三秀兮於山间"表现出她对爱情的执着追求，而"君思我兮不得闲""君思我兮然疑作""思公子兮徒离忧"，则标志着心理变化的三个过程。"思而忧""忧而思"，两两交织，互为因果，千回百折，愈折愈深，缠绵无尽。

国
殇

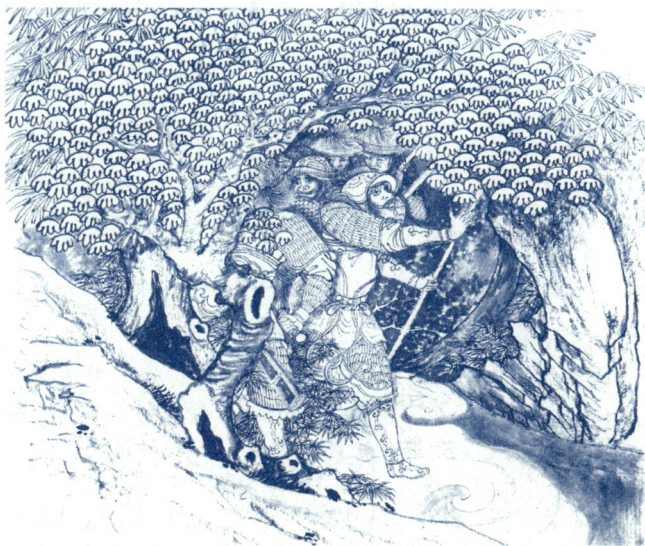

操吴戈兮被犀甲❶，车错毂兮短兵❷接。
旌蔽日兮敌若云❸，矢交坠❹兮士争先。
凌余阵兮躐余行❺，左骖殪兮右刃伤❻。
霾两轮兮絷❼四马，援玉枹兮击鸣鼓❽。
天时怼❾兮威灵怒，严杀尽兮弃原野❿。
出不入兮往不反⓫，平原忽兮路超远⓬。
带长剑兮挟秦弓⓭，首身离兮心不惩⓮。
诚既勇兮又以⓯武，终刚强兮不可凌。
身既死兮神以灵⓰，魂魄毅兮为鬼雄⓱。

【注释】

❶吴戈：吴国所制的戈，当时最锋利。这里用吴戈并非实指，而是比喻武器精良。犀甲：以犀牛皮为铠甲。　❷错毂：指双方的战车交错在一起，古代战车轮轴突出轮外，所以会错毂。错，交；毂，指车轮中心用以贯轴的圆木。短兵：刀剑等短兵器。　❸旌：古代的一种旗，旗杆顶端装饰旄牛尾和鸟羽。蔽日、若云：都是形容多的样子。　❹交坠：指敌我对射，箭在双方战阵上交相坠落。　❺凌：侵犯。阵：战阵，古代作战部署的阵式。躐（liè）：践踏。行：行列。　❻殪（yì）：死。右刃伤：右边的骖马被刀砍伤。　❼霾（mái）：此处指车轮深陷于地下。絷（zhí）：绊。　❽援：拿着。

【译文】

手持吴戈身穿铠甲，战车碰撞兵器相接。

战旗遮蔽日光敌人如云，乱箭纷纷坠落士兵争先。

敌人冲入军阵，左马战死右马伤。

战车陷坑马被绊，拿着鼓槌击鼓声声响。

上天怨愤神灵怒，杀戮结束骸骨被弃荒野。

壮士一去不归还，原野荒忽路遥远。

佩剑持弓赴战场，身首分离不恐慌。

作战勇敢又威武，捐躯志气不可侮。

肉身战死精神存，灵魂刚毅为鬼雄。

玉枹：指嵌玉为饰的鼓槌。鸣鼓：犹言"响鼓"，"鸣"是形容词。 ⑨天时怼：即天怨神怒，惊天地泣鬼神的意思。天时，天象；怼，怨。 ⑩严：副词，猛烈，严酷。尽：犹"终止"，谓"战事结束"。弃原野：指骸骨弃于原野。 ⑪出不入、往不反：互文，吊死者一去而不归，即"壮士一去不复返"之意；反，同"返"。 ⑫忽：荒忽，萧索。超远：即遥远。 ⑬秦弓：指最好的弓。秦国制的弓当时最强。 ⑭惩：戒惧，恐惧。 ⑮诚：副词，真，实在。以：句中助词。 ⑯神以灵：指死而有知，英灵不泯；神，精神。 ⑰毅：指威武不屈。鬼雄：指鬼中之豪杰。

【解读】

《国殇》是阵亡将士的祭歌。在战场上阵亡的战士为国捐躯，国家是他们的祭主，所以称作"国殇"。《国殇》祭祀人鬼，与前九篇祭祀自然界神祇的情况大不相同。对于这一情况，有学者提出《国殇》并非《九歌》原有内容，是后来新加入的。《国殇》的写作，有着极其现实的客观历史意义，根据《史记·楚世家》，楚怀王十七年，楚与秦战丹阳。秦大败楚军，斩甲士八万，虏大将屈匄，遂取汉中郡。楚悉国兵复袭秦，又大败于蓝田。二十八年，秦与齐、韩、魏共攻楚，杀楚将唐眛，取重丘。二十九年，秦复攻楚，大败楚军，死者二万，杀将军景缺。三十年，秦复伐楚，取八城。楚顷襄王元年，秦攻楚，大败楚军，斩首五万。楚国在强秦的不断侵袭下，在战争中付出了惨痛的代价。

篇中表现出了极其沉痛的心情，诗歌前十句对战争场景的描写颇具历史真实感。"旌蔽日兮敌若云"，这是一场敌众我寡的殊死战斗，但将士们仍个个奋勇争先，当敌人来势汹汹，欲长驱直入时，主帅仍毫无惧色，他举槌擂响了进军的战鼓，苍天也跟着震怒起来，一时战场上杀气冲天，但最终寡不敌众。不过十句，将一场殊死恶战，写得栩栩如生，极富感染力。后八句用一具具尸体，静卧荒野，饱含情感的笔触，讴歌死难将士。出征时不顾路途遥远，前程渺茫，甘愿从军，为国捐躯；战场上虽身首分离却仍然带剑持弓，毫无畏惧的表情，将士们英勇刚强，忠魂义魄，永不泯灭！篇中不但歌颂了英雄们的崇高品质和英勇精神，而且最后以"魂魄毅兮为鬼雄"作结，对洗雪国耻寄予了无限希望，体现了广大人民同仇敌忾的情绪。屈原在本篇采取了直赋其事的表现手法，和其他各篇殊异。这种由热烈、慷慨、悲壮的气氛所形成的风格，在《九歌》中是独树一帜的。

楚国铜剑

礼
魂

成礼兮会鼓❶，传芭兮代舞❷。
姱女倡兮容与❸。
春兰兮秋菊，长无绝兮终古。

春兰

【注释】

❶成礼：是"礼成"的倒文，指祭祀的完成。祭祀最后
一个礼节是送神，故云。会鼓：指鼓声齐作。 ❷传芭：指

鼓声齐作祭礼成，鲜花传递轮番舞。
美女歌舞姿态从容。
春兰秋菊时序变，祀典不废垂千古。

秋菊

女巫舞时，把花朵互相传递。代舞：指轮番跳舞。 ❸姱女倡：指美丽的女巫唱歌。容与：从容貌，这里状歌舞进退的容态。

【解读】

《礼魂》为现《九歌》最后一篇，其节奏轻快，且无具体祭祀对象，在风格、内容、形式等方面与前十篇都存在较大差异，故而学者对《礼魂》的理解也多有不同。

关于本篇，有学者以为是前十篇所通用的送神曲，是在前面各项祭礼完成之后，集合众巫综合表演大合奏、大合唱、集体舞蹈，以表达对神灵的虔诚和祝祷。与之相似的另一说法，是《礼魂》为前十篇所共有的乱词。另有学者认为《礼魂》是"祭善终者"，是作为《国殇》的补充，用以祭祀幸存者。

我们认为，《国殇》《礼魂》这两篇作品，本来应该是一篇，也就是说，《礼魂》是《国殇》的乱词，是对国殇之魂的赞美，在完成了对阵亡将士的祭祀过程后，重申祭祀时的虔诚，并以祀典终古不绝作结，来表现无尽的思念之意。而《国殇》也本来不在《九歌》之中，是在流传过程中加入《九歌》中的，两诗合并后，变成现在的面貌。今存宋人米芾、欧阳询等人抄写的《九歌》，皆不存《国殇》《礼魂》，也说明《国殇》《礼魂》在《楚辞补注》之前，或并不在《九歌》中。

大家读《楚辞》

天问

曰：

遂❶古之初，谁传道❷之？

上下❸未形，何由考❹之？

冥昭瞢闇❺，谁能极❻之？

冯翼惟像❼，何以识之？

明明闇闇❽，惟时何为❾？

阴阳三合❿，何本何化⓫？

圜则九重⓬，孰营度⓭之？

惟兹何功⓮，孰初作之？

斡维⓯焉系，天极焉加⓰？

八柱⓱何当，东南何亏⓲？

九天之际，安放安属⓳？

隅隈⓴多有，谁知其数？

【注释】

❶遂：通"邃"，深远。 ❷道：道理，真理。这是说人类文明是谁所传播。 ❸上下：天地。 ❹考：考订，查核。 ❺冥昭：指昼夜。冥，幽；昭，明。瞢闇：指昼夜未分，混沌不明的样子。瞢，不明；闇，本意闭门，此处指昏暗。 ❻极：穷极，穷究。 ❼冯（píng）翼：混沌空蒙，氤氲浮动之貌。冯，满；翼，盛。惟像：惟有此像，指无形之像。 ❽明明闇闇：阴阳晦明，指日夜相代。❾惟时：其时。何为：何所作为。 ❿阴阳三合：一说"三"指天、地、人，一说指阴、阳、冲气。近年出土的简帛文献

【译文】

请问：

远古之初的文明，由谁传播？

天地尚未形成，如何考订证明？

昼夜混沌未分，谁能穷极本原？

无形之像氤氲浮动，如何才能辨清？

昼明夜暗，为何这样安排时间？

阴阳之气交织融汇，何为本体，何为变化？

圆形天穹高有九层，经谁测量？

这般丰功伟绩，最初由谁建成？

天枢上的绳索系在哪里？天的极点安放于何处？

八根擎天之柱在哪里支撑？东南方为何塌陷？

九重天各有边际，如何交界相连？

天地广大角落众多，谁又能知晓准确数量？

中多见"阴阳掺合"句，故"三"当与"参"同，音"参"。
⓫本：本体。化：变化，此处指变化的结果。 ⓬圜：同
"圆"，指天体，谓"天形之圆"。九重：九层。 ⓭孰：谁。
营度：经营度量。 ⓮惟兹：这样。何功：何等的功绩，何
等的事功。 ⓯斡（guǎn）维：此处指系在枢纽上的绳索。
斡，车毂孔外围金属包裹的圆管状部分；维，系物的大绳。
⓰天极：天的极点，天的最高点。加：放，安放。 ⓱八柱：
古人以为，天是由八座如同柱子一般的山支撑起来的。 ⓲东
南何亏：指地形西北高东南低；亏，亏缺。 ⓳放：放置。
属：连接。 ⓴隅：角。隈（wēi）：弯曲的地方。

天何所沓❶？十二❷焉分？
日月安属❸？列星安陈？
出自汤谷❹，次于蒙汜❺。
自明及晦，所行几里？
夜光何德❻，死则又育❼？
厥❽利维何，而顾菟❾在腹？
女歧无合❿，夫焉取九子⓫？
伯强⓬何处？惠气⓭安在？
何阖⓮而晦？何开而明？
角宿未旦⓯，曜灵⓰安藏？
不任汩鸿⓱，师何以尚⓲之？
佥⓳曰"何忧"，何不课而行⓴之？
鸱龟曳衔㉑，鲧何听焉？
顺欲成功㉒，帝何刑㉓焉？

【注释】

❶沓：交沓。　❷十二：十二辰。　❸属：系。　❹汤谷：即旸（yáng）谷，传说中太阳升起的地方。　❺蒙汜：传说中太阳落下的地方。　❻夜光：指月亮。德：秉性，本性。❼死：晦而无光。育：生，重新明亮起来。　❽厥：其，此处指月亮。　❾顾：眷顾，一说"抚育"。菟：通"兔"。❿女歧：传说中的神女。合：交合，匹合。　⓫取：取得，此处指生育。九子：九子星。二十八星宿的尾宿有九颗星，又称"九子星"。　⓬伯强：生风之神，类于飞廉。

　　　　　　　　　　　　　大家读《楚辞》

天与地何处交沓？十二个时辰如何划分？

日月如何连属维系？群星如何陈列布设？

太阳从旸谷升起，在蒙汜止宿。

从日光明耀到夜色晦暗，要走过多少里风尘？

月亮有何秉性，晦暗缺失之后能再次明亮？

月亮又有何济物之利，能让玉兔在月心眷恋？

女歧没有匹偶，如何诞下九子星辰？

风神伯强身居何地？和畅之风从何而来？

为何天门关闭就会晦暗？天门打开就有光明？

东方未明之前，太阳藏于何处轻眠？

如果鲧无治水才能，为何民众要推举他？

都说"不必担心"，为何不先考察再让他去尝试？

鸱和龟衔土牵引而行，鲧何曾受到启示？

若按其本意治水成功，帝尧为何还要施以刑罚？

---

⑬惠气：和顺之风。　⑭阖：关闭。此处指天门的闭合，下文的"开"同指。　⑮角宿：东方星。未旦：还没有亮。
⑯曜灵：太阳。　⑰不任：不堪，不胜任。汩（gǔ）：治理。鸿：大水。　⑱师：众也，指众民。尚：崇尚，推举。此句指鲧如果不能胜任治水，为何众民还要崇尚推举他？　⑲佥（qiān）：都，皆。　⑳课：考察，比较。行：用。　㉑鸱（chī）：一种猛禽。曳（yè）：牵，引。衔：口衔。　㉒顺欲：按照其本意。成功：成就治水之功。　㉓帝：帝尧。刑：施加刑罚。

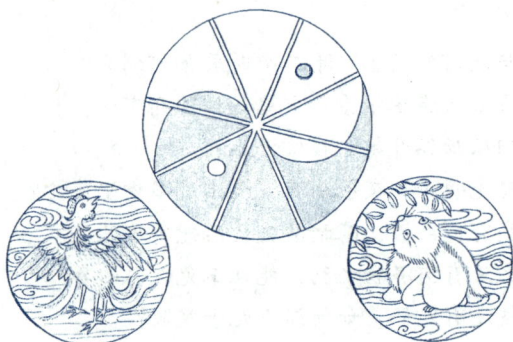

日月三合九重八柱十二时辰

鸱龟曳衔

永遏❶在羽山，夫何三年不施❷？
伯禹愎❸鲧，夫何以变化？
纂就前绪❹，遂成考❺功。
何续初继业❻，而厥谋❼不同？
洪泉❽极深，何以寘❾之？
地方九则❿，何以坟⓫之？
应龙⓬何画？河海何历⓭？
鲧何所营⓮？禹何所成？
康回冯怒⓯，地何故以东南倾？
九州安错⓰？川谷何洿⓱？
东流不溢，孰知其故？
东西南北，其修孰多？
南北顺㯱⓲，其衍几何？⓳
昆仑县圃，其尻⓴安在？
增城㉑九重，其高几里？

【注释】

❶永：久。遏：禁锢，拘禁。 ❷三年：多年。施：
释。 ❸伯禹：指夏禹。愎：当作"腹"。 ❹纂：继
续。绪：前人留下的事业。 ❺考：故去的父亲称"考"。
❻续初继业：也即"继续初业"，这里指禹继续当初鲧治水
的事业。 ❼厥：其，指禹。谋：方法。 ❽洪泉：指洪
水的源头；泉，水源。 ❾寘（tián）：与"填"同。 ❿九
则：九等。 ⓫坟：分，分别。 ⓬应龙：传说中一种

【译文】

将他禁锢在羽山，为何多年都不释放？

夏禹从鲧的腹中出生，为何能变化而有圣德？

继续前人的治水遗业，最终成就功业。

禹、鲧治水，采用方法有何不同？

洪水渊源幽深，禹如何将其填满？

将大地划为九州，又依据什么标准？

应龙以尾何处画地？河水如何流向大海？

鲧如何经营？禹如何功成？

共工盛怒，为何大地就向东南倾？

九州怎样设置？河谷为何比平地深？

河水东流不满溢，谁知是什么原因？

东西和南北的距离，哪一个更长些？

南北椭圆而狭长，与东西相比多出多少？

昆仑山上的悬圃，它的根基在哪里？

昆仑山上的九重增城，最高处又有多高？

有翅膀的龙。神话传说，大禹治水时，有应龙以尾画地而
导水，协助治水。　⑬历：经历，经过。　⑭营：经营。
⑮康回：此处指共工。冯怒：大怒，盛怒。　⑯错：设置。
⑰洿（wū）：水深。　⑱顺檿（tuǒ）：狭长。　⑲衍：余出。
此问天地南北狭长，与东西距离相比，多出多少？　⑳尻：
当作"尻"（kāo），椎骨尾端，指臀部。此处犹言"根
基"。　㉑增城：传说中昆仑山上的高城。

应龙画河海

康回冯怒东南倾

四方之门，其谁从❶焉？
西北辟启❷，何气通焉？
日安❸不到？烛龙❹何照？
羲和之未扬，若华❺何光？
何所冬暖？何所夏寒？
焉有石林❻？何兽能言？
焉有虬龙，负❼熊以游？
雄虺❽九首，倏忽❾焉在？
何所不死❿？长人何守⓫？
靡蓱九衢⓬，枲⓭华安居？
灵蛇⓮吞象，厥大何如？
黑水、玄趾⓯，三危⓰安在？
延年不死，寿何所止？
鲮鱼⓱何所？鬿堆⓲焉处？

【注释】
❶从：犹言"出入"。　❷辟：开，打开。启：开启。
❸安：哪里。　❹烛龙：古代神话中的神，在日光照射不到
的地方以其目代日为光。　❺若华：若木之花。传说若木之
花端有十个太阳，能发光而照耀大地。　❻石林：岩石如树
林般矗立。　❼负：驮，背负。　❽虺(huǐ)：毒蛇。　❾倏忽：
速度很快的样子。　❿不死：传说中长寿人所居的国家，即
不死国。　⓫长人：古代传说中的长人国。守：所居，所在之

　　　　　　　　　　大家读《楚辞》

【译文】

东西南北四方天门，何人从这里出入？

西北天门开启，何种元气在这里流通？

太阳还有哪里照不到？烛龙又是如何照亮这里？

羲和还未扬起神鞭，若木花如何绽放光芒？

什么地方冬日暖？什么地方夏日寒？

为何会有石树林？什么野兽能开言？

为何会有无角神龙，背负黄熊游戏人间？

传说中的九头蛇，飘忽无踪去往何处？

不死之国在哪里？长人国又在何方？

浮萍四处蔓延，枲麻生在何方？

吞巨象的灵蛇，它有多大体量？

黑水、玄趾、三危山，又分别在什么地方？

那里有人延年不死，寿命又有多长？

传说中的人鱼在哪里遨游？鵸雀又在何处飞翔？

意。　⑫靡：分散，蔓延。萍（píng）：通"萍"，浮萍。九衢：形容植物枝杈之多；衢，本意为四通八达的道路，比喻枝叶分杈。　⑬枲（xǐ）：麻类。　⑭灵蛇：《山海经》中所载的一种蛇，可吞象，"三年然后出其骨"。　⑮黑水：神话传说中水名，出于昆仑山。玄趾：神话传说中地名，那里的人因涉黑水而脚被染黑。玄，黑色；趾，脚。　⑯三危：神话中的山名。　⑰鲮鱼：传说中的鱼，人面，有手足，鱼身。　⑱鵸（qí）堆：即鵸雀，传说中一种能吃人的猛禽。

烛龙荣光

九头蛇

灵蛇吞象

羿焉彃❶日？乌❷焉解羽？

禹之力献功❸，降省❹下土四方。

焉得彼峱山女❺，而通之于台桑❻？

闵妃❼匹合，厥身是继❽。

胡为嗜❾不同味，而快鼌饱❿？

启代益作后⓫，卒然离蠥⓬。

何启惟忧⓭，而能拘是达⓮？

皆归射鞠⓯，而无害厥躬⓰？

何后益作革⓱，而禹播降⓲？

启棘宾商⓳，《九辩》《九歌》⓴。

何勤子屠母㉑，而死分竟地㉒？

帝降夷羿㉓，革孽㉔夏民。

【注释】

❶羿：传说中的神射手。传说尧时，十个太阳同时现于空中，草木庄稼枯萎或被晒死，尧就让羿射下了九个太阳。彃（bì）：射。　❷乌：此处指传说中居住于太阳中的三足乌。　❸力：致力于。献：进献。功：功绩。　❹降省（xǐng）：下降省察。降，下，从天上下来；省，察。　❺峱（tú）山女：峱山氏之女，大禹治水，道娶峱山氏女；峱，也作"涂"，地名，位于会稽。　❻通：相爱。台桑：地名。❼闵：担忧。妃：配偶。　❽厥：其，此处指禹。继：后代，后嗣。　❾胡：为何。嗜：嗜好，爱好。　❿快鼌饱：即快一朝之饱，隐喻一时情欲的满足。　⓫益：禹之贤臣。后：君。　⓬卒然：终然，终于。离蠥（niè）：犹言"遭受灾难"。

【译文】

后羿怎样射日？三足乌的金羽如何脱落？

禹勤于治水终获成功，降临人间省察四方。

又如何遇到涂山女，与她相爱在台桑成婚？

禹担忧没有配偶，与涂山氏结为婚姻，是为繁衍后嗣。

禹与众人嗜好不同，而是贪享一时情欲？

夏启代益做国君，最终遭受灾难。

为何夏启面临忧患，仍能逃脱拘禁？

为何弓矢回归革囊，而夏启能毫发无伤？

为何益失去君位，而禹的后嗣却世代相传？

启急切朝见上帝，得到天乐《九辩》《九歌》。

为何夏启诞生日，却是母亲身裂骨碎时？

天帝派羿往人间，变更夏道，为民除患。

---

⑬惟忧：是忧，这个忧患。　⑭拘：拘禁。达：解脱，逸出。传说禹传位于伯益，启谋求帝位，遭伯益拘禁，后逃脱，杀伯益，为帝。　⑮射：弓矢。鞠：皮做的盛箭器。　⑯厥躬：指启。　⑰革：变革。　⑱播降：比喻禹的后代得以相传。播，播种；降，下。　⑲棘：通"亟"，急切，急迫。商：当为"帝"之误字，天帝。　⑳《九辩》《九歌》：此处指传说中的两部天乐。　㉑勤：企望。屠母：此言启出生的故事，传说启母涂山氏女化成石头，石头裂开而生启。　㉒死：古通"屍"，尸。竟地：满地；竟，全，整。　㉓夷羿：传说中人物，神话中有同名为羿者，因属于东夷族而称"夷羿"。　㉔革：革除。孽：灾祸。

胡射夫河伯，而妻彼雒嫔❶？
冯珧利决❷，封豨❸是射。
何献蒸肉之膏❹，而后帝不若❺？
浞娶纯狐❻，眩❼妻爰谋。
何羿之射革❽，而交吞揆❾之？
阻穷西征❿，岩何越焉？
化为黄熊⓫，巫何活焉？
咸播秬⓬黍，莆藋⓭是营。
何由并投⓮，而鲧疾⓯修盈？
白蜺婴茀⓰，胡为此堂？
安得夫良药，不能固臧⓱？
天式从横⓲，阳离爰死⓳。
大鸟⓴何鸣，夫焉丧厥体？
蓱号㉑起雨，何以兴之？

【注释】

❶妻：动词，以之为妻。雒嫔：洛水女神。传说中洛神是伏羲氏之女，河伯的妻子。❷冯：满，弓拉满。珧（yáo）：蚌壳，古代用在刀、弓上做装饰物，此处借指装饰华贵的弓箭。利：灵巧。决：扳指，用于钩弦放箭的小工具。❸封豨（xī）：大野猪，此处泛指大的野兽。❹蒸：通"烝"，冬祭。古有四时之祭而各有专名，冬祭谓之"烝"。此处"蒸肉"为泛言，不一定专指冬祭。膏：油脂，指肥美的肉。❺后帝：天帝。若：顺。❻纯狐：纯狐氏之女，羿妻。❼眩：迷惑，迷乱。❽射革：相传指羿射箭有力，

【译文】

为何射伤河伯，强占其妻子洛水神？

羿将华丽的弓拉满，箭在弦射杀林间的野兽。

为何他进献了肥美祭品，天帝却蹙额不满意？

寒浞强占羿妻纯狐氏，迷惑她一同谋杀羿。

为何羿虽射艺高超，最终却毁于算计？

鲧被放逐向西行，如何逾越高峻天险？

鲧死后化为黄熊，巫医怎能将他复活？

禹平水土种黑黍，萑蒲之地成良田。

为何鲧禹同治水，鲧却留传恶名？

白霓逶迤似龙蛇，为何来到屋堂上？

崔文子得到仙药，为何不能天地之间把身藏？

天法善恶有阴阳，阳气离散便会死亡。

大鸟为何悲鸣不断，尸身为何消亡不见？

雨师呼号会降雨，他如何将雨引起？

能穿透多层皮革。　❾交吞：合吞，合力吞并。揆：度，谋，
算计。　❿阻：险阻。穷：穷绝。西征：西行。　⓫黄熊：传
说鲧死后化为黄熊。　⓬咸：都。秬（jù）：黑色的黍。　⓭莆：
蒲草。萑（huán）：同"萑"，芦类植物。　⓮由：缘故，缘由。
投：播种。　⓯疾：恶。　⓰蜺：同"霓"，副虹。嬰：缠绕，
反复盘绕。茀（fú）：形状逶迤似蛇的白云。　⓱臧：善，好。
⓲式：法。从横：即"纵横"，南北曰纵，东西曰横。　⓳阳
离爰死：人失阳气则死。　⓴大鸟：指王子乔变化而现身的
鸟。　㉑蓱：蓱翳，雨师的名字。号：呼号。

羿射河伯，妻彼雒嫔

莽号协鹿，鳌戴陵行

撰体协胁❶，鹿何膺❷之？
鳌戴山抃❸，何以安之？
释舟❹陵行，何之迁之？
惟浇❺在户，何求于嫂？
何少康逐犬❻，而颠陨厥首？
女歧❼缝裳，而馆同爰止❽。
何颠易❾厥首，而亲以逢殆❿？
汤谋易旅⓫，何以厚之？
覆舟斟寻⓬，何道⓭取之？
桀伐蒙山⓮，何所得焉？
妹嬉⓯何肆，汤何殛⓰焉？
舜闵⓱在家，父何以鱞⓲？
尧不姚告⓳，二女⓴何亲？
厥萌在初，何所意㉑焉？
璜台十成㉒，谁所极焉？

【注释】

❶撰：通"巽"，顺，温顺之意。协：合。胁：胸部两侧。　❷膺：受，当。　❸鳌：巨龟。戴山：头顶着山。抃（biàn）：拍手。　❹释舟：使舟离水；释，放下。　❺浇：古时有力之人，无义，淫佚其嫂。　❻逐犬：追逐猎犬，指畋猎时追逐猎犬。　❼女歧：浇的嫂子。　❽馆：屋舍。止：止息。　❾颠易：指杀错了头。少康夜袭，断一人头，以为是浇，实为女歧。　❿亲：自身，指女歧自身。殆：灾祸，危

【译文】

神鹿身体顺又柔，它为何独有这形体？

巨龟头顶神山而欢舞，神山如何能安稳无虞？

船离水而在山陵，如何才可得迁徙？

过浇来到屋门口，他对嫂嫂有何求？

少康放犬逐野兽，过浇为何因此断了头？

女歧为浇缝衣裳，两人因此而同宿。

少康欲要斩浇头，女歧因何而遭殃？

成汤筹谋得民众，他是如何厚待之？

少康已经倾覆斟寻国，又以何法再取浇？

夏桀征伐蒙山国，最终有什么收获？

得到妹嬉纵情乐，商汤如何诛伐他？

舜曾在家遭受忧患，岁已成年父亲为何不为他娶妻？

尧将二女嫁给舜，却未告知其父，否则难成亲。

事物发端的时候，谁能推测其发展？

十层玉台的建设，谁能知道其结果？

险。 ⑪汤：殷王成汤。一说为"康"之误字，当指少康。
旅：众，指夏朝民众。 ⑫斟寻：古国名。 ⑬道：方法。
⑭蒙山：古国名。 ⑮妹嬉（mò xǐ）：夏桀妃。 ⑯殛（jí）：
诛罚。 ⑰闵：同"悯"，忧患。 ⑱鳏（guān）：同"鳏"，
成年男子无妻室。 ⑲不姚告：即"不告姚"，不告诉舜的
父亲，指尧不告舜父母而妻之以二女；姚，舜的姓，此处指
舜的父亲。 ⑳二女：指尧的两个女儿娥皇、女英。 ㉑意：
臆，推测。 ㉒璜台：玉台。成：级，层。

登立为帝，孰道尚之？
女娲有体❶，孰制匠❷之？
舜服厥弟❸，终然为害。
何肆犬豕❹，而厥身不危败❺？
吴获迄古❻，南岳是止。
孰期去斯，得两男子❼？
缘鹄饰玉❽，后帝是飨❾。
何承谋夏桀，终以灭丧？
帝乃降观❿，下逢伊挚⓫。
何条⓬放致罚，而黎服大说⓭？
简狄⓮在台，喾何宜⓯？
玄鸟致贻⓰，女何喜？
该秉季⓱德，厥父是臧。
胡终弊于有扈⓲，牧夫牛羊？
干协时⓳舞，何以怀之？

【注释】

❶体：身体，形体。女娲人首蛇身，一日七十变。　❷匠：制作，制造。　❸服：委屈顺从。弟：指舜的异母弟象。❹肆：放肆。此处指肆意作恶。犬豕：此处斥责象如同猪狗一般没有人心。　❺不危败：指象虽然作恶多端却没有遭受报应而危败。　❻吴：古国名。获：得。迄古：至古，言其久远。　❼两男子：指太伯、仲雍。　❽鹄：天鹅。饰玉：饰以玉，用玉装饰。　❾飨：献祭。　❿帝：指天帝，或指

140

【译文】

女娲登位尊为帝，是谁推崇尊尚她？

女娲身体多变化，是谁设计细摹画？

舜顺从自己的弟弟，最终却受其谋害。

肆意作恶如猪狗，为何未遭报应未危败？

吴国立国自远古，南岳也是其疆土。

离开南岳往外迁，谁想遇见太伯和仲雍。

伊尹玉鼎烹羹献成汤，成汤识贤聘为相。

如何图谋伐夏桀，使得夏朝终灭亡？

商汤降到人间视察，恰逢贤臣伊尹。

为何夏桀败走鸣条，而黎民大悦？

简狄深居高台，帝喾怎知她能宜室家？

燕子送来赠予，简狄为何欢喜？

王亥秉承父德，继承王季的善良。

为何败于有扈氏，异乡流浪放牧牛羊？

王亥挥动盾牌起舞，如何招引美娇娘？

商汤。降观：下降视察。　⑪伊挚：即伊尹，贤臣，辅佐商
汤。　⑫条：地名，鸣条。传说夏桀败走鸣条。　⑬黎：黎民。
说：同"悦"，喜悦。　⑭简狄：帝喾之妃，传说简狄吞燕
卵而生契。当指商人之祖先。　⑮宜：相宜，适当。　⑯玄
鸟：燕子。致：送来，送给。贻：遗，赠予。　⑰该：当指
王亥。殷人远祖，契的六世孙。秉：秉持，秉承。季：王亥
之父。　⑱弊：败。于：语气词。有扈：古国名。　⑲干：盾。
时：是。

玄鸟贻喜

平胁曼肤

平胁曼肤❶，何以肥之？
有扈牧竖❷，云何而逢？
击床先出❸，其命何从？
恒秉季❹德，焉得夫朴牛❺？
何往营班禄❻，不但还来？
昏微❼遵迹，有狄不宁。
何繁鸟萃棘❽，负子肆❾情？
眩弟并淫，危害厥兄。
何变化以作诈，而后嗣逢长？
成汤东巡，有莘爰极❿。
何乞彼小臣⓫，而吉妃⓬是得？
水滨之木⓭，得彼小子⓮。
夫何恶⓯之，媵有莘之妇？
汤出重泉⓰，夫何罪尤⓱？
不胜心⓲伐帝，夫谁使挑⓳之？

【注释】

❶平胁曼肤：旧说为肥泽之貌。平胁，不见肋骨，言胸肌结实；曼肤，肌肤柔美。　❷牧竖：当指王亥。　❸击床先出：指刺杀王亥于床笫之间，而王亥抢先逃出去，暂免于死。❹恒：人名。王季之子，王亥之弟。季：王季。　❺朴牛：即服牛，驯牛。　❻营：从事。班禄：颁布爵禄。　❼昏：即婚，一说"暗"。微：非。　❽繁鸟萃棘：许多鸟聚集在酸枣树上，比喻众目睽睽之下。　❾负子：负兹，游国恩曰："犹淹滞床蓐之意。"肆：肆意，放纵。游国恩曰："此问

144　　　　　　　　　　　　　　　　　　大家读《楚辞》

【译文】

他的身材健硕结实，如何养成这个模样？

牧牛流浪在有扈，如何遭遇了灾殃？

遇袭遭害率先逃出，命运又将何去何从？

王恒秉承父德，如何夺回驯养的牛？

又是如何赏赉有功，顺利凯旋？

襄王娶狄女不以正道，从此家国不得安宁。

为何不顾众目睽睽，放纵情志肆意淫乐？

弟弟惑乱又淫逸，屡次陷害亲兄弟。

为何他诡计多端性狡诈，后代却昌盛兴旺世长存？

成汤往东方巡视，直到有莘国才停止。

本想寻访贤明士，却同时得到贤明妃子？

在伊水岸边的桑木洞，寻得贤臣伊尹。

为何有莘氏厌恶他，仍然命他做媵臣？

汤被放出重泉狱，他到底有何过错？

顺从民意伐夏桀，背后是谁在谋划？

襄王违正道而婚狄女，卒以此来狄祸，不得安宁。何竟有不畏千夫所指，纵其淫乐，为禽兽行，如王子带与隗后之事者乎？怪其无耻之甚也。" ❿有莘（shēn）：古国名。爰：乃。极：至，达到。 ⓫乞：求。小臣：指伊尹。 ⓬吉妃：有德淑之妃。 ⓭水滨：伊水之滨。木：空桑。传说伊尹生于空桑。 ⓮小子：谓伊尹。 ⓯恶：厌恶。 ⓰重泉：地名。相传汤被夏桀囚禁在重泉，后放出。 ⓱罪尤：罪过，过错。 ⓲不胜心：指听从天意。 ⓳挑：挑动，招呼。

会鼃争盟❶，何践吾期❷？
苍鸟❸群飞，孰使萃之？
列击纣躬❹，叔旦❺不嘉。
何亲揆发❻足，周之命以咨嗟❼？
授殷天下，其位安施❽？
反成乃亡，其罪伊❾何？
争遣伐器❿，何以行之？
并驱击翼⓫，何以将⓬之？
昭后成游⓭，南土爰底⓮。
厥利惟何，逢彼白雉？
穆王巧梅⓯，夫何周流？
环理⓰天下，夫何索求？
妖夫曳衒⓱，何号于市？
周幽谁诛⓲？焉得夫褒姒？
天命反侧⓳，何罚何佑？
齐桓九会⓴，卒然身杀㉑。

【注释】

❶会：会合。盟：盟誓。 ❷践：履行。吾期：我约定的（伐纣）期限，此处是以武王的口吻。 ❸苍鸟：鹰。 ❹列：诛，杀。躬：身体。 ❺叔旦：周公旦，武王的弟弟，名旦。❻发：姬发，武王名。 ❼咨嗟：叹息。 ❽安施：如何做；施，施用。 ❾伊：语气助词。 ❿伐器：攻伐之器，兵器。⓫并驱：犹言"齐驱"，指伐纣的军队争相驱进。击翼：攻击纣王军队的左右两翼。 ⓬将：率领，统率。 ⓭昭后

【译文】

诸侯会合争盟誓，如何如期履约定？

将士多如群飞的苍鹰，谁将他们聚集在一起？

武王勇猛杀纣王，周公对此不赞许。

为何武王亲躬伐纣，周公却为此叹息？

天下曾经归于商，殷人如何治理？

治理成功又灭亡，殷人到底所犯何错？

众人争相挥舞兵器，伐纣计划如何施行？

军队驱进攻击纣军两翼，武王如何统领？

周昭王出征远游，直到南方荆楚之地。

他的目的是什么，难道仅为得到白色雉鸟？

周穆王巧于贪求，为什么四处周游？

他足迹遍布天下，四方周行何所求？

夫妇牵引妖怪叫卖，为何呼号于街市？

周幽王诛伐了谁？如何得到了褒姒？

天命反复难预测，责罚什么保佑什么？

齐桓公多次会合诸侯，最终难逃杀身之祸。

指周昭王。成游：实现、完成出游。　⑭南土：南方。底：
至，到。　⑮穆王：周穆王。巧挴（měi）：一作"巧梅"，
巧于贪求。　⑯环理：周行。　⑰妖夫：妖怪。街（xuàn）：
行且卖，一说"叫卖"。　⑱诛：求，责。　⑲反侧：反复
无常。　⑳齐桓：齐桓公，春秋五霸之一。会：会盟。齐桓
公多次会合诸侯。　㉑身杀：遭杀身之祸。齐桓公后任用奸
人，引起内乱而死于宫中，多日不得殓。

叔旦挟命，并驱击翼

穆王环理

彼王纣之躬，孰使乱惑？
何恶辅弼❶，谗谄是服❷？
比干何逆❸，而抑沉❹之？
雷开何顺❺，而赐封之？
何圣人之一德❻，卒其异方❼：
梅伯受醢❽，箕子详狂❾？
稷维元子❿，帝何竺⓫之？
投之于冰上，鸟何燠⓬之？
何冯弓挟⓭矢，殊能将之？
既惊帝切激，何逢长⓮之？
伯昌号衰⓯，秉鞭作牧⓰。
何令彻彼岐社⓱，命有殷国？
迁藏⓲就岐，何能依？
殷有惑妇⓳，何所讥？
受赐兹醢⓴，西伯上告。

【注释】

❶辅弼：辅佐的贤臣。　❷谗谄：谗言，谄媚。服：用。　❸比干：殷纣王的叔父，因为直谏被纣王剖心。逆：逆于纣王之心意。　❹抑沉：压抑，埋没。　❺雷开：佞臣之名。顺：顺服。　❻圣人：指箕子和梅伯。一德：犹言"一样有德"。　❼异方：不同的方式；方，方法，方式。　❽梅伯：纣时的忠臣，屡次进谏而被杀。受醢：遭受醢刑；醢，古代一种酷刑，把人杀死并剁成肉酱。❾箕子：纣的叔父，封于箕。详狂：假装发疯；详，同

【译文】

商朝那个殷纣王，到底受了谁的扰乱蛊惑？

为何厌恶贤臣，却受用谄媚之人？

比干如何触怒纣王，招致迫害终被埋没？

雷开怎样奉承纣王，得到恩赐封赏？

为何箕子、梅伯品德皆高，结果却有不同：

梅伯被剁成肉酱，箕子避祸佯装疯狂？

后稷本是首生之子，帝喾为何毒害他？

将他抛弃在冰面，群鸟聚羽怎样温暖他？

为何拉上满弓持着利箭，他有什么特殊才能？

出生既已震惊天帝，为何后嗣还能绵延昌盛？

文王兴起殷世衰微之际，执鞭持政号令诸侯。

为何撤去岐周之社，顺应天命取代殷国？

迁移部族至岐山，如何使百姓一直追随？

妲己蛊惑纣王，百官如何劝谏？

纣王将劝谏者做成肉酱，文王继续进谏。

"佯"，佯装，假装。 ⑩稷：后稷，周人始祖。元子：首
生之子。 ⑪竺：毒，毒苦之意。 ⑫燠（yù）：温暖。
⑬冯：同"凭"，拉满弓。挟：持。 ⑭逢长：久长。
⑮伯昌：指周文王。号衰：在殷世衰微之际发布号令。号，
号令；衰，衰微。 ⑯秉鞭：执鞭，比喻执政；秉，执，持。
牧：牧长。姬昌曾为殷雍州牧。 ⑰彻：撤去。社：古代
指土地神和祭祀土地神的地方。 ⑱藏：宝藏。 ⑲惑妇：
指妲己。 ⑳受：指纣王。赐兹醢：纣王醢梅伯，并且将
肉酱分给众人。

何亲就上帝罚，殷之命以不救？
师望在肆**❶**，昌何识**❷**？
鼓刀扬声**❸**，后何喜？
武发杀殷**❹**，何所悒**❺**？
载尸集战**❻**，何所急？
伯林雉经**❼**，维其何故？
何感天抑墜**❽**，夫谁畏惧？
皇天集命，惟何戒之？
受礼**❾**天下，又使至代之？
初汤臣挚**❿**，后兹承辅。
何卒官汤**⓫**，尊食宗绪**⓬**？
勋阖、梦生**⓭**，少离散亡。
何壮武厉**⓮**，能流厥严？
彭铿斟雉**⓯**，帝何飨**⓰**？
受寿永多，夫何久长？
中央共牧**⓱**，后何怒？

【注释】
❶师望：吕望，姜尚，即姜太公。肆：市肆，店铺。
❷昌：姬昌。识：识别，犹言"发现和了解"。 **❸**鼓刀：
指从事做屠夫行业。扬声：以屠而有名。 **❹**武发：武王
姬发。杀殷：讨伐殷纣。 **❺**悒：愤恨不快。 **❻**尸：木
主，木制的神位，灵牌上写死者姓名。集战：会战。 **❼**伯
林：指商纣王，一说疑当作"柏林"。雉经：自缢而死。 **❽**抑
墜：即"抑地"，动地之意。 **❾**受礼：犹言"受天之赐"。

【译文】

纣王亲遭天帝惩罚，殷商命数已难挽救？

太公隐身市肆，文王如何识别他？

太公以屠闻名，文王为何欣赏他？

武王讨伐殷纣，为何满腔愤恨？

载着文王木灵牌，为何如此着急会战？

纣王自缢柏林，其中有何缘故？

伐纣事业感天动地，谁会因此心生畏惧？

上帝降天命于国君，又会告诫他什么？

国君既受天命，为何朝代要更替？

当初伊尹为小臣，后来才辅佐商汤。

为何最终能相汤，配享商庙受到尊尚？

阖闾本是寿梦的子孙，年少受难遭遇流亡。

壮年时为何勇敢威猛，杀伐果断之名远扬？

彭祖酌取雉鸡羹，帝尧为何要享用？

享受年寿那么多，寿命何以那么长？

诸侯共同治理中土，君主为何发怒？

---

⑩汤：商汤。臣挚：以挚为臣；挚，伊尹之名。　⑪卒：终于。官汤：即相汤。　⑫尊食宗绪：言伊尹配享于商庙。　⑬勋：功。阖：指吴王阖闾。梦：吴王寿梦，阖闾祖父。生：同"姓"，古人称子孙为子姓。　⑭武厉：雄武猛厉。　⑮彭铿：彭祖。传说中的长寿者，善养生。斟：取，酌。雉鸡，此处指雉鸡羹。　⑯飨：享用。　⑰中央：犹言"中国"，中土。牧：治。

师望在肆，鼓刀扬声

蜂蛾微命，力何固？

蜂蛾微命❶，力何固？
惊女采薇❷，鹿何佑？
北至回水，萃何喜？
兄有噬犬❸，弟何欲？
易之以百两，卒无禄？
薄暮雷电❹，归何忧？
厥严不奉❺，帝何求？
伏匿穴处❻，爰何云？
荆勋作师❼，夫何长？
悟过改更，我又何言？
吴光❽争国，久余是胜。
何环穿自闾社丘陵，爰出子文❾？
吾告堵敖❿以不长。
何试上自予⓫，忠名弥彰⓬？

薇

【注释】

❶蜂蛾：指百姓。微命：性命微小。　❷惊女：受惊
吓的女子。薇：一种野菜。　❸兄：秦景公。噬犬：咬人的
犬。　❹薄暮：日将暮，黄昏。雷电：雷电交加。　❺厥：其，
指楚王。严：威严。不奉：不能保持。　❻伏匿：隐藏。穴

【译文】

蜂蛾性命虽微小，聚合之力何坚固？

夷齐采薇惊女子，白鹿为何护佑之？

夷齐北行至河曲，为何欣喜而停留？

秦景公有咬人犬，弟弟为何也想要？

想以百辆车交换，最终禄位却失掉？

黄昏时分雷电交，将要归去为何忧？

楚王威严不复存在，对于天帝又有何求？

我整日隐遁尘世外，对于国事为何还关怀？

楚国兴师虽建立功勋，频繁征战又岂能长久？

倘若楚王醒悟改正，我又何必多言规劝？

吴王阖闾与楚相争，为何常能战胜楚国？

斗伯比与郧公之女如何穿越闾社，私通于丘陵生下令尹子文？

我告诉堵敖说楚国国运不会久长。

为何弑君自立，忠直之名却更加彰显？

处：处于洞穴。　❼荆：楚国。作师：兴师。　❽吴光：吴公子光，阖闾。　❾子文：人名，为楚令尹。　❿堵敖：楚贤臣名。　⓫试：通"弑"。旧称臣杀君、子杀父母等行为。自予：自许，自以为是。　⓬弥彰：更加明显。

惊女采薇，鹿何佑？

噬犬百两

【解读】

《天问》是一首四言诗，是诗人对自然、社会、自身命运的疑问。全诗由170多个反诘的问题组成，一部分问自然，一部分问人事，这一系列的问题排山倒海一般向读者涌来，令人来不及思考，只感觉到宇宙的神秘与诗人的激情，充分表现出诗人勇敢的怀疑精神与批判精神。

"天问"即为问天，诗人大有打破砂锅问到底的气势，但诗人又不是为了得到答案，有的甚至是明知故问，诗人要做的就是打破固有秩序与权威，把所有的一切都回归到天，进行现象还原，表达出一种对这个世界的彻底批判态度，欲摆脱现实世界的不合理观念的束缚，还原世界的本真。

从《天问》内容来看，全诗170多个问题，涉及的内容极为丰富，从天地山川到神话传说，从历史故事到现实生活，包罗万象，纷至沓来，其排列是否有序及其成因一直是个颇具争议的问题。王逸认为屈原放逐后，见"楚有先王之庙及公卿祠堂"里画有"天地山川神灵，琦玮僪佹，及古贤圣怪物行事"的壁画，因而"呵壁问天"，在壁上写成《天问》，楚人为纪念屈原，将《天问》记录流传下来，以致《天问》文义毫无次序。王逸的观点，简单来说即是《天问》"文义不次序"，其成因则是楚人论述之时错简。洪兴祖《楚辞补注》反对错简之说，认为《天问》寄托屈原之意，因而千变万化，其叙述不依次序，是最准确把握了屈原作品的特点的观点。

漫兴之语，可知与不可知，正是一种激情与非理性的直觉。而这种特点，不独是《天问》，在《离骚》等其他作品中同样存在。屈原作品的无序化特征，是以气驭文，以情驭文，是一种磅礴的、排山倒海的气势和挚烈的、深沉而

　　　　　　　　　　　　　大家读《楚辞》

哀婉的思绪流动的轨迹，这是与其主观宣泄的创作动机相一致的。屈原《天问》，甚至包括《离骚》等抒情诗，回环往复，忠怨之辞一说再说，也正是体现出了屈原情绪化思维的无序化特征。但这种无序不是杂乱无章，而是有精神贯穿，从全文的文义来看，看似杂乱无章，但细加琢磨，便可发现，其实其中自有逻辑。作者先问天地自然，后问三代史实，最后归结到楚国历史，脉络整体清晰，并非王逸所说的"文义不次序"。

全诗总体看来大致可分为前后两大部分，每部分中又可分为若干小节。前一部分从开篇至"乌焉解羽"，大体是就关于自然界的古代神话传说发问，联想丰富而有情致。前一部分又大致可分为四个小节：从篇首至"何本何化"，是关于天地开辟、宇宙本原的问题；从"圜则九重"到"曜灵安藏"是关于天体和日月星辰等天象的问题；从"不任汨鸿"到"禹何所成"是关于鲧禹治水的问题；从"康回冯怒"到"乌焉解羽"是关于大地及四方灵异的问题。宇宙何以起源，天地未开辟前是什么样子？这是人类在追问世界时的终极问题，它涉及人类自身从何处来的大问题。从古代的神话时代到现代的科技时代，人类都在不停地追问。屈原时代对这一问题已有神话解释，但屈原并不满足于神话解释。他接着问宇宙的结构与天体的布局与运行，对一些神话解释提出了质疑。诗人问完天后，又将目光转向地。首先问与大地有关的鲧禹治水问题，对鲧的被害表示了同情，对鲧禹治水中的神奇表示情理上的怀疑。接着对大地上的现象发问，诗人对大地上的一些自然现象无法解释，对传说中的一些地方及灵异更是迷惑不解，遂发而成问。

从"禹之力献功"起至篇末，为《天问》的后半部分。诗人由对宇宙自然的发问转向对人间人事的质疑。后半部分按照内容也大致可分为四小节：从"禹之力献功"至"而黎服大说"为第一节，是关于夏王朝历史；从"简狄在台"至"其罪伊何"为第二节，是关于商王朝历史；从"争谴伐器"至"卒无禄"为第三节，是关于周王朝历史；之后为第四节，是关于楚国的现状与诗人的忧心。诗人首先对夏王朝的历史发问：大禹与硵山氏生子启，启代伯益而有国，又因其偷天乐耽于享受而被后羿所取代，后羿又因贪恋女色，沉迷田猎而遭寒浞暗算而惨死，浞传位于其子浇，浇因与嫂通而被少康所杀；夏桀发蒙山，得妹嬉，从此迷恋女色，最终被成汤流放于鸣条，夏王朝被商取代。夏王朝的兴衰起伏，诗人以发问的形式娓娓道来，着重于人物的品质与历史兴替的关系，似乎试图要揭示出历史兴亡成败的规律。诗人接下来又开始反思商周的历史，同样着重关注历史兴衰、成败的大事。在反思中，诗人看到明君贤臣对国家的兴盛与对历史的推动作用，而国家之衰败则多与昏君奸臣有关。如关于商之所以兴，诗人强调了伊尹对成汤的辅佐，成汤、伊尹明君贤臣两美相并，才有了商王朝的兴盛。那么商的衰败又是为何？商的衰败就在于纣的倒行逆施：忠臣被害，佞臣受赏。同样，周的兴起也与明君能选贤授能有关：文王得到了吕望，正如成汤得到了伊尹，发现人才、重用人才是国家兴盛的前提。而周的灭亡就在于周幽王贪恋美色，受女祸之害。中间还问到了周昭王贪于玩好，远游国土，身沉而不返的故事以及周穆王周游天下，不理国政的情况，其实是对这些误国之君给予点名批判。回顾历史当然是为了关注现实。诗人反思完夏、商、周三代历史后，就把目光收回到楚国的现状，并表达了自己对楚国现状的担忧：楚国的现状就如薄暮时分面临着一场雷电交加的暴风雨，诗人被逐，远处荒野之地，楚王不顾国情，一再兴兵，楚王如能改过，哪还用得着我多言呢？我曾告知过堵敖，楚国如果继续如此下去将不会长久，看来会被我不幸言中！我将得忠谏之虚名，岂不痛哉！全诗至此结束，所有的质问终归落脚于此。

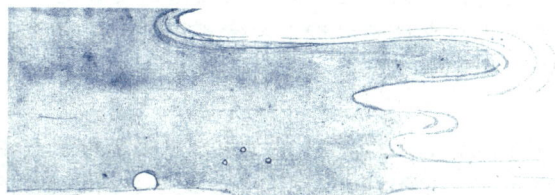

诗人从宇宙起源、天地开辟发问，一路从神话传说问到三代历史，最后归结到楚国现状，涉及诗人之前的全部历史，是对历史的一次整体性的反思和观照，为的是明治乱兴衰之理，犹如汉代的史学家司马迁"究天人之际，通古今之变"的用意。只不过司马迁只关注人类历史，而屈原为了反思人类历史进而推衍至对宇宙自然历史的重新考量，其视野与胸襟更广，与先秦的哲学家的思维方式是相一致的。

全诗的重点在后半部分，主旨就是通过考察历史上兴衰成败的故事来表达自己的政治主张，批判楚国的政治现实，希望君主能举贤授能，接受历史教训，改过自新，重新治理好国家。

《天问》全诗主要以四字为句，又杂以三、五、六、七言乃至八言。大致四句为节，韵散结合，错落有致。在语言运用上与屈原的其他作品不尽相同，通篇不用"兮"字，也没有"些""只"之类的语尾助词。疑问词"何""胡""焉""几""谁""孰""安"等交替使用，富于变化，或一句而问，或两句而问，或三句而问，或四句而问，参差错落而不呆滞。清俞樾《评点楚辞》引孙语云："或长言，或短语，或错综，或对偶，或一事而累累反覆，或数事而熔成一片，其文或峭险，或澹宕，或佶倔，或流利，诸法备尽，可谓极文章之变态。"清贺贻孙《骚筏》评曰："其词与意，虽不如诸篇之曲折变化，自然是宇宙间一种奇文。"总之，在中国文学史上，《天问》是一篇形式新颖、气势磅礴、格调高古、感情激越的奇文，其文学价值不可低估。此外，《天问》还具有社会学、神话学、民俗学等多方面的价值，值得我们深入研究。

大家读《楚辞》

九

章

《九章》是《楚辞》中屈原所作的一组诗歌，包括《惜诵》《涉江》《哀郢》《抽思》《怀沙》《思美人》《惜往日》《橘颂》《悲回风》。王逸《楚辞章句》认为"章"即"著""明"，也即彰明、显明，是屈原"言己所陈忠信之道著明也"。

　　《九章》各篇的内容与《离骚》相似，都与屈原的生活经历有关，大体记录屈原楚怀王时被疏，以及离开楚都回汉北楚三户封邑，以及因联齐被召回，再到楚顷襄王时被驱逐而至江南流浪的旅程。

　　关于《九章》的写作年代及顺序，概括而言，《惜诵》的写作在《九章》各篇中最早，应是在屈原写完《离骚》以后不久，然后是《抽思》。这几篇的写作时间应该在楚顷襄王即位前后，楚怀王被拘秦国时期。《思美人》应是楚怀王客死于秦以后屈原被迁于江南之时的春天所写，《哀郢》应该写于《涉江》之前，不过这个时候屈原已经被放流九年了。《涉江》的写作时间大体在《哀郢》之后。《悲回风》的写作时间应该在《涉江》之后。《怀沙》《惜往日》《橘颂》都是屈原后期的作品，应是屈原走向人生终点汨罗的途中所写，《惜往日》可能写于《怀沙》之后。

　　九篇诗歌中有的描写了艰苦的流浪生活，有的描写了对故都的怀念，其基本精神与《离骚》是一致的，许多词句也与《离骚》相似。

　　　　　　　　　　　　大家读《楚辞》

可以说,《九章》就是《离骚》的续篇。过去的《楚辞》编辑者把《九章》等看作是《离骚经》的传,所以目录标注的时候写作《离骚九歌传》《离骚天问传》《离骚九章传》《离骚远游传》《离骚卜居传》《离骚渔父传》,把《九辩》等标为《续离骚九辩》《续离骚招魂》《续离骚大招》等,虽然属于画蛇添足,却也不能说没有道理。但《九章》篇幅都较短,不如《离骚》规模宏大;使用的手法以纪实为主,较少使用幻想与夸张的手法,《哀郢》《涉江》等篇都是纪实之辞。诗人主要通过感情的直接倾泻和反复吟咏来表现自己种种复杂的心情。这是一组感情强烈的政治抒情诗。

惜

诵

惜诵以致愍❶兮，发愤以抒情。
所作忠而言之兮，指苍天以为正❷。
令五帝以折中❸兮，戒六神与向服❹。
俾山川以备御❺兮，命咎繇使听直❻。
竭忠诚以事君❼兮，反离群而赘肬❽。
忘儇媚以背众❾兮，待明君其知之。
言与行其可迹❿兮，情与貌其不变。
故相⓫臣莫若君兮，所以证之不远。
吾谊⓬先君而后身兮，羌众人之所仇也。
专惟君而无他兮，又众兆之所雠⓭也。
壹心而不豫⓮兮，羌不可保也。
疾⓯亲君而无他兮，有招祸之道也。
思君其莫我忠⓰兮，忽忘身之贱贫。
事君而不贰⓱兮，迷不知宠之门。
忠何罪以遇罚兮，亦非余心之所志。
行不群以巅越⓲兮，又众兆之所咍⓳。

【注释】
❶致：极，至。愍（mǐn）：忧患，忧愁。 ❷正：通
"证"，凭证。 ❸五帝：指东、西、南、北、中五方位的天
神。折：分，判断。中：当。 ❹戒：告。六神：六宗之神，
指日、月、星、水旱、四时、寒暑之神。向：对。服：事。
❺俾（bǐ）：使。山川：此处指山川之神。备御：充当侍从
者。 ❻听直：判其曲直。 ❼竭：尽。君：指楚王。
❽赘肬（zhuì yóu）：即赘疣，俗称"瘊子"，此处形容多余

　　　　　　　　　　　　　　大家读《楚辞》

【译文】

直言却招来祸患，我要疏泄内心的愤懑。

因忠诚才会谏言，上苍可为我做证。

请五方神帝裁断，邀六宗之神来分辨。

请山川之神陪我听审，皋陶明断是非曲直。

竭尽忠诚侍奉君王，反被排挤成为多余之人。

不愿谄媚随众合污，只愿明君体察忠心。

言行合一可供考察，内美外修从未更改。

知我者莫若君王，随时可察朗朗胸襟。

以美德侍奉君王而忘乎己身，群小却萌生仇怨。

心中只有君王再无他人，却依然被众人嫉恨。

忠诚专一丝毫不悔，却难以保全己身。

侍奉君王别无二心，却埋下祸患之根。

只思虑为君王尽忠，忘却身份的卑贱。

一心侍奉君王，从不知邀宠的门道。

忠心何罪竟遭惩罚，这是我没有意料到的。

品性高洁却跌入尘埃，还要被群小嗤笑。

的。　❾儇（xuān）媚：指巧佞谄媚的行为；儇，奸，佞，聪明而狡猾。背众：即前所言"离群"；背，违背。　❿迹：追寻，考察。　⓫相：察看，审察。　⓬谊：义，合宜的道德行为或道理。　⓭众兆：犹言"众人"；兆，众。雠：仇恨。　⓮豫：犹豫。　⓯疾：急切从事。　⓰莫我忠：没有谁比我忠。　⓱贰：二，不专一。　⓲不群：言自己言行高洁，不同于众兆。巅越：陨落。巅，通"颠"，跌落，倒下；越，坠落。　⓳咍（hāi）：讥笑，嗤笑。

纷逢尤以离谤兮，謇不可释❶也。
情沉抑而不达❷兮，又蔽而莫之白❸也。
心郁邑余侘傺❹兮，又莫察余之中情。
固烦言不可结诒❺兮，愿陈志而无路。
退静默而莫余知兮，进号❻呼又莫吾闻。
申侘傺之烦惑兮，中闷瞀之忳忳❼。
昔余梦登天兮，魂中道而无杭❽。
吾使厉神❾占之兮，曰："有志极而无旁❿。"
终危独以离异⓫兮，曰："君可思而不可恃。"
故众口其铄金⓬兮，初若是而逢殆。
惩于羹者而吹齑⓭兮，何不变此志也？
欲释阶而登天兮，犹有曩⓮之态也。
众骇遽⓯以离心兮，又何以为此伴也？
同极而异路兮，又何以为此援也？
晋申生⓰之孝子兮，父信谗而不好⓱。
行婞直而不豫兮，鲧功用⓲而不就。

【注释】

❶謇：难言。释：解释。 ❷沉抑：犹言"沉闷、压抑"。不达：犹言"不能达之于君"。 ❸蔽：遮蔽。白：明辨。❹侘傺：楚人谓失志怅然伫立为"侘傺"，形容失意的样子。 ❺烦言：多次所进之言。结：结言。诒：赠言。❻号（háo）：大呼，大声喊叫。 ❼中：犹言"内心、心中"。瞀（mào）：烦乱，心绪紊乱。忳忳：忧伤的样子。 ❽杭：

【译文】

遭受指责与诽谤，赤诚却难辨分晓。

情志沉闷君王不知，又被蒙蔽无法明辨。

内心忧愁怅然伫立，无人懂得我的心志。

所进之言未能告知君王，愿陈述情志却没有途径。

无人明白选择静默退出，大声呼号也没有人听。

多次失志内心疑惑，心中烦闷倍感忧伤。

曾在梦中飞上天庭，灵魂飘摇失去方向。

请来厉神占卜吉凶，说："我虽有高志却孑然无助。"

又问是否终处危殆而被流放，说："君王只能遥忆无法依靠。"

众人谗言能毁真金，起初便知危险历历。

曾被热汤灼伤而警惕吹冷菜，何不改变内心志向？

想登上天梯飞上天，心志还如往昔一样。

众人惊恐而孤立你，又怎会与你为伴？

同侍一君却不同路，又怎会给你援助？

晋国申生是孝子，父亲信谗不爱他。

鲧性情耿直不宽柔，治水功业终未成功。

通"航"，渡。　⑨厉神：殇鬼。　⑩志极：劳极心志。旁：旁助，辅助。　⑪危：危殆。离异：离心异路。　⑫众口：众人的言论，舆论。铄金：熔化金属。　⑬惩：受到打击而警惕。羹：用肉和菜做成的带汤的食物。齑（jī）：捣碎的姜、蒜、韭菜等。　⑭曩（nǎng）：以往，从前，过去的。　⑮骇遽（jù）：惊慌恐惧的样子。　⑯申生：晋献公太子，被献公后妻骊姬谗害，后自杀。　⑰好（hào）：爱，喜爱。　⑱用：由。

吾闻作忠以造怨兮，忽谓之过言❶。
九折臂而成医兮，吾至今而知其信然❷。
矰弋机❸而在上兮，罻罗❹张而在下。
设张辟❺以娱君兮，愿侧身而无所。
欲儃佪以干傺❻兮，恐重❼患而离尤。
欲高飞而远集❽兮，君罔谓女何之？
欲横奔而失路❾兮，坚志而不忍。
背膺牉❿以交痛兮，心郁结而纡轸⓫。
梼木兰以矫⓬蕙兮，鑿⓭申椒以为粮。
播江离与滋菊兮，愿春日以为糗芳⓮。
恐情质之不信兮，故重著⓯以自明。
矫兹媚以私处⓰兮，愿曾思而远身⓱。

【注释】

❶过言：言过其实的说法。 ❷信然：的确如此。 ❸矰
（zēng）：射鸟的短箭，上系有丝线。弋（yì）：用带绳子的
箭射。机：弓弩上发射的机关，此处指张开机关等待发射。
❹罻（wèi）罗：捕鸟的网。 ❺设：布置，安排。辟（bì）：
法。 ❻儃佪（chán huí）：徘徊，低回不进。干傺：寻求机
会。 ❼重（chóng）：增益。 ❽集：鸟停在树上，停留。

【译文】

曾闻忠贞容易招致群怨，竟以为是夸大之言。

久病成医，如今方知确实如此。

弓箭张开只待发射，地上罗网已经布好。

处处设计取悦君王，哪里还允许我容身。

徘徊想寻求机会，又怕遭遇更多的灾祸。

想远走高飞到别处栖息，又怕君王苛责我背叛他。

想要变节失道，心志坚定又不可动摇。

内心撕扯而悲痛难忍，心中悲忧郁结不畅。

捣碎木兰掺糅蕙草，舂碎申椒做粮食。

播下江离种上菊花，待春天做成干粮。

唯恐情志君王难察，故数次述说表明自己。

心怀初衷私居远处，曾反复思忖是否要离群索居。

❾横奔：横行。失路：失道。 ❿膺：胸。牉（pàn）：分半。 ⓫郁结：指忧思烦冤纠结不解，或忧郁苦闷在心中滞结。纡轸（yū zhěn）：委屈而隐痛。纡，曲，弯；轸，悲痛。 ⓬梼（dào）：捣，舂。矯：糅。 ⓭欕（zuò）：舂。 ⓮糗（qiǔ）芳：芳香的干粮；糗，干粮。 ⓯重：再。著：作。 ⓰媚：爱。私处：私居而远处。 ⓱曾思：反复思考；曾，重。远身：躲开，抽身而去。

【解读】

《惜诵》是《九章》的第一篇。关于《惜诵》的题意，按"惜诵以致愍兮"即惜因诵而导致忧患，"惜"即痛惜、可惜。痛惜的对象是"诵以致愍"。因此，"惜诵"的篇名实际是"惜诵以致愍"的省称。"诵"为言论，"惜诵"就是痛惜因言获罪，就是痛惜说话的意思。《思美人》曰"惜吾不及古人兮"，《惜往日》曰"惜往日之曾信兮"，《惜誓》曰"惜余年老而日衰兮"，《七谏·沉江》曰"惜年齿之未央"，《七谏·自悲》曰"惜余年之未央"，这些"惜"大体都是这个意思。

《惜诵》可以看作是一篇屈原因忠直而被君主和同僚排斥的自伤之作。诗中作者抒发了他因忠直被小人迫害的冤屈，面对被罚的处境，思考自处之道。

林云铭提出《惜诵》作于楚怀王时期屈原被疏后在汉北时，因为其中只说了"遇罚"，并没有放流的痕迹。有人认为这篇作品与《离骚》的创作时间差不多，屈原因为写了《离骚》而遭受君主的处罚，所以他又写一篇以此表明态度。这些推测虽然都有一定道理，但结合《史记》和《楚辞章句》中的《九章序》，更加合理的解释应是作于楚顷襄王即位前后，很大的可能是楚怀王被扣秦国时期。楚怀王时期屈原已不复在位，应该曾长期居住在汉北一带三闾大夫封邑，也不排除偶尔周游天下的可能。

《惜诵》的内容与《离骚》前半部分描写有重叠之处。从一开始就描写了诗人遭到谗言被疏离而进退不得的心情。诗人毫不掩饰地抒发自己的忧伤，反复强调自己"竭忠诚以事君兮，反离群而赘肬"，"思君其莫我忠兮，忽忘身之贱贫"，竭尽忠诚地服务于君主，却为别人所不容，不懂得谄媚的他，被那些奸佞的臣子所背弃，他仍旧言行如一，不愿与那些道貌岸然者同流合污。自"昔余梦登天兮，魂中道而无杭"开始，诗人虚构了一段对话。他梦见自己登上了天庭，灵魂走到了一半却无路可进。他让厉神算上一卦，厉神说他"有志极而无旁"，就是他虽然志存高远，却没有同伴。他担心自己"终危独以离异兮"，回答说"君可思而不可恃"，"故众口其铄金兮，初若是而逢殆。惩于羹者而吹齑兮，何不变此志也"。君主可以思慕，但不能依靠。众口一词的坏话能熔化金子，依靠君主会有灾难。"晋申生之孝子兮，父信谗而不好。行婞直而不豫兮，鲧功用而不就。吾闻作忠以造怨兮，忽谓之过言。"晋太子申生那样的孝子，他的父亲也会听信谗言不喜欢他。行为刚直却不和顺的鲧，他的功业也未完成。忠臣是需要付出代价的。他不会像那些奸邪的人一样，不择手段取悦君主，他仍坚定地在自己的正义之路上狂奔，即使痛苦如同胸口撕裂一般难忍。最后以"恐情质之不信兮，故重著以自明。矫兹媚以私处兮，愿曾思而远身"结束全文。

涉

江

余幼好此奇服兮，年既老而不衰。
带长铗❶之陆离兮，冠切云之崔嵬❷。
被明月兮佩宝璐❸。
世溷浊而莫余知❹兮，吾方高驰而不顾。
驾青虬兮骖白螭，吾与重华游兮瑶之圃❺。
登昆仑兮食玉英❻。
与天地兮同寿，与日月兮齐光。
哀南夷❼之莫吾知兮，旦余济乎江、湘❽。
乘鄂渚❾而反顾兮，欸秋冬之绪❿风。
步余马兮山皋，邸⓫余车兮方林。
乘舲船余上⓬沅兮，齐吴榜以击汰⓭。
船容与⓮而不进兮，淹回水而凝滞⓯。
朝发枉陼兮，夕宿辰阳。
苟余心其端直⓰兮，虽僻远之何伤！
入溆浦⓱余儃佪兮，迷不知吾所如⓲。
深林杳以冥冥兮，乃猿狖之所居。

【注释】

❶长铗（jiá）：长长的剑；铗，剑把，泛指剑。　❷切云：
高能齐云的帽子。崔嵬（wéi）：高高的样子。　❸被：披服。
明月：宝珠之名。宝璐：美玉。　❹莫余知：即莫知余。
❺瑶之圃：指天帝所居的美丽的花园。瑶，玉；圃，园。
❻玉英：玉之英华。　❼南夷：此处指楚人。　❽旦：早晨。

【译文】

我自幼喜爱华服美装，年岁既老衷肠未改。

腰佩长剑，高冠入云。

披着缀满宝珠的衣服，身佩美玉流光满身。

世道混浊无人知，我要去向远方决不回头。

驾着青龙白龙车，我与舜帝同游玉宫。

一起登上昆仑餐食玉之英华。

要与天地比寿，与日月齐光。

哀叹楚人不懂我心，清晨渡过长江与湘水。

登上鄂渚回头眺望，秋冬寒风令人哀叹。

马在山野徐行，车在方林停驻。

我乘船溯流上至沅江，齐举船桨击打着水波。

船只徘徊不前，水流漩涡将其阻挡。

早晨从枉陼出发，傍晚到达辰阳。

只要心志正直，虽处僻远又有何伤！

溆浦水波浩渺，内心迷茫不知该去何方。

山林茂密昏暗，是猿猴居住的地方。

江、湘：长江和湘水。 ❾乘：登。鄂渚：地名。 ❿欸（āi）：叹，感叹。绪：残余的。 ⓫邸：停，止。 ⓬舲（líng）舣：有窗户的船。上：溯流而上。 ⓭齐：同时并举。吴榜：船桨。汰（tài）：水波。 ⓮容与：徘徊不进的样子。 ⓯淹：停留。凝滞：滞留。 ⓰端直：正直。 ⓱溆（xù）浦：水名，在今湖南省境内。 ⓲如：之，往。

山峻高以蔽日兮，下幽晦以多雨。
霰❶雪纷其无垠兮，云霏霏而承宇❷。
哀吾生之无乐兮，幽独处乎山中。
吾不能变心而从俗兮，固将愁苦而终穷。
接舆髡首❸兮，桑扈臝❹行。
忠不必用兮，贤不必以❺。
伍子❻逢殃兮，比干菹醢。
与前世而皆然兮，吾又何怨乎今之人！
余将董❼道而不豫兮，固将重昏❽而终身。
乱曰：
鸾鸟凤皇❾，日以远兮。
燕雀乌鹊，巢堂坛❿兮。
露申辛夷，死林薄⓫兮。
腥臊并御⓬，芳不得薄⓭兮。
阴阳易位，时不当兮。
怀信⓮佗傺，忽乎吾将行兮。

【注释】

❶霰（xiàn）：小雪珠，多在下雪之前降下。　❷霏霏：云很盛的样子。宇：屋檐，泛指房屋。　❸接舆：楚狂人接舆，见《论语·微子》。髡（kūn）首：古代一种剃发的刑罚。接舆自刑身体，避世不仕。　❹桑扈：古隐士名。臝（luǒ）：同"裸"，赤裸。　❺以：用，任用。　❻伍子：即伍子胥，名员，字子胥，楚国人，春秋末期吴国大夫、军事家。伍子

【译文】

山峰高耸遮天蔽日，山下幽暗淫雨绵绵。

雪花纷纷无边无际，云层霏霏阴沉。

哀叹此生没有欢乐，独自幽居寂寞深山。

我不会变节合污，注定在愁苦贫穷中度过此生。

接舆剃发以避世，桑扈裸行不从俗。

忠贞被摒弃，贤良不被重用。

伍子胥遭遇祸殃，比干也因直谏被剖心。

自古至今皆如此，我又怎能抱怨现世的法则！

我将坚守正道决不犹豫，哪怕终身寥落烦闷。

乱曰：

鸾鸟和凤凰，一天天远去。

燕雀和乌鸦，却筑巢于庙堂。

申椒和辛夷，死于草木交错之地。

恶臭之物到处滋生，芳草香花反被疏离。

阴阳错位，世道不合时宜。

怀揣忠心却怅然失志，幡然醒悟我将远行。

胥曾多次劝谏吴王夫差杀勾践，夫差听信太宰伯嚭谗言，令伍子胥自杀。伍子胥死后，吴国为越国所灭。　❼董：正，守正。　❽昏：乱，烦闷。　❾鸾鸟凤皇：古人以为俊鸟，有圣君则来，无德则去。　❿堂坛：犹言"庙堂"；坛，土筑的高台，古代用于祭祀、朝会、盟誓、封拜。　⓫林薄：树林及草木交错的地方。　⓬腥臊：恶臭之物。御：用。　⓭芳：芳草香花之属。薄：接近。　⓮怀信：怀抱忠信。

【解读】

《涉江》是《九章》的第二篇，是屈原被迁于江南的途中，渡江南行时创作的作品。屈原品行高洁，志向高远，楚国却没有人了解他，因此他在江上徘徊，叹息社会黑白颠倒，小人得志，君子遇害。诗中寥寥数语就勾勒出沅水流域的景色，极让人称道。沅水流域的山川景物，引起诗人的遐思。深山密林险峻幽邃的景象，与诗人寂寞悲怆的心境相呼应，情景交融，达到抒情与叙事的完美结合，寂寞的山水映照着诗人忧愁的心。

诗歌开篇，屈原陈述"余幼好此奇服兮，年既老而不衰。带长铗之陆离兮，冠切云之崔嵬。被明月兮佩宝璐"。屈原从幼年就喜爱奇特的装束，如今进入暮年仍旧兴致不减。他的腰间佩带着长长的宝剑，头戴高高的发冠。身上饰着明月珠，美玉佩在腰间。紧接着，诗人"驾青虬兮骖白螭，吾与重华游兮瑶之圃。登昆仑兮食玉英。与天地兮同寿，与日月兮齐光"，他驾着有角的青龙，带上无角的白龙，和重华大神一块儿在天空游弋。他要登上昆仑山品尝美玉一般的花朵，要与天地同寿，与日月齐辉。这些片段，都使人联想到《离骚》的情节。从"乘鄂渚而反顾兮，欸秋冬之绪风"直至"苟余心其端直兮，虽僻远之何伤"，介绍了诗人自己的行走路线，以及他无比惆怅的心情。他到了鄂渚回头远望，悲叹秋冬时节的大风如此凄寒。他放任自己的马儿在山边泽畔，让自己的车子停在大片的林边。坐上船在沅水中上溯，众人一起举桨，划开水波。船儿在激流漩涡中徘徊不前。"朝发枉陼兮，夕宿辰阳"以下至"吾不能变心而从俗兮，固将愁苦而终穷"写诗人在进入溆浦后忧心彷徨，险恶的自然环境引发了情绪的变化。幽深的树林昏暗阴沉，猿猴栖息于其中，高峻的山峰遮住了太阳，只看到阴雨绵绵，天地万物晦暗，雪花也纷纷飘落，浓重的云层与屋檐相连。他孤苦寂寞地独坐山中，可是又能有什么改变呢？他不能随波逐流，所以只能愁苦困穷地寥度此生。屈原愤激社会的不公平，但也明白不公平可能是社会常态。《涉江》曰："忠不必用兮，贤不必以。伍子逢殃兮，比干菹醢。与前世而皆然兮，吾又何怨乎今之人！"屈原知道忠直之人也会受到迫害，春秋时候的接舆剃去头发佯装疯狂，隐士桑扈裸体而行，伍子胥惨遭祸患，比干被剖心，自古以来的忠臣不能得到任用，那样的贤人也不能发挥才能，他又何必怨恨君主呢？参照历史人物的悲惨命运，他渐渐得到宽慰，可是这些自我安慰中也带着些愤慨之情。这时他的心绪已经趋于平缓，不再是猛烈的呐喊，虽然阴雨与忧伤相伴，但他已懂得坦然面对。

哀郢

皇天之不纯❶命兮，何百姓之震愆❷？
民离散而相失兮，方仲春而东迁❸。
去故乡而就远❹兮，遵江夏❺以流亡。
出国门而轸怀❻兮，甲❼之晶吾以行。
发郢都而去闾❽兮，怊❾荒忽其焉极？
楫❿齐扬以容与兮，哀见君而不再得。
望长楸⓫而太息兮，涕淫淫⓬其若霰。
过夏首而西浮⓭兮，顾龙门而不见。
心婵媛而伤怀兮，眇不知其所蹠⓮。
顺风波以从流兮，焉洋洋⓯而为客。
凌阳侯之氾滥⓰兮，忽翱翔之焉薄⓱？
心絓结⓲而不解兮，思蹇产而不释⓳。
将运舟而下浮⓴兮，上洞庭而下江。
去终古之所居㉑兮，今逍遥而来东。
羌灵魂之欲归兮，何须臾㉒而忘反！

【注释】
　❶纯：常，始终如一。　❷震愆（qiān）：惊动遭罪。震，动；愆，罪过，过失。　❸仲春：春季的第二个月，即农历二月。东迁：向东迁徙。　❹去：离开。故乡：指郢。就远：到远方去，指东迁；就，靠近，趋向。　❺江、夏：两水名。　❻国门：国都之门。轸怀：痛念。轸，悲痛；怀，怀念，思念。　❼甲：甲日。❽郢：故楚都。闾：里巷的大门。　❾怊（chāo）：怅然貌，惆怅。　❿楫（jí）：船桨。⓫长楸：高大的楸树，古代常种于道旁。　⓬淫淫：泪流不止

【译文】

天命反复无常，为何百姓都遭遇灾殃？

民众流离失所，仲春二月迁徙东方。

离开故都去向远方，沿着长江夏水流亡。

走出国都城门悲痛留恋，甲日早晨我开始远行。

从郢都出发离开故土，怅然恍惚不知该去往何处？

船桨齐举却徘徊不前，悲叹再也见不到君王。

望着楸树不停叹息，泪水雪珠般洒落心头。

过了夏口向西漂流，再回首已不见故都东门。

心中眷恋而悲忧，不知去往哪里落脚。

顺着风波随水漂流，天地茫茫无家可归。

乘着汹涌波涛漂泊，像盘旋的飞鸟不知该栖息何处？

内心郁结无法排解，思绪缠绕无法释怀。

想要掉转船头顺流而下，经过洞庭湖进入长江。

离开故乡郢都，如今飘然来到东边。

灵魂牵系故乡，分分秒秒不敢遗忘！

的样子。　⑬夏首：夏水口。浮：船漂流。　⑭眇：远。蹠
（zhí）：脚踏地，践踏。　⑮洋洋：形容无家可归的样子。
⑯凌：乘，驾驭。阳侯：传说是古代的诸侯，溺死于水，成
为水神，能兴起大波浪。氾（fàn）滥：大水漫流。　⑰薄：
通"泊"，停止，依附。　⑱缂（guà）结：缠绕郁结。　⑲蹇
产：指思绪郁结，不顺畅。释：消除，消散。　⑳运：回转。
下浮：顺流而下。　㉑终古之所居：自古居住之地，指郢
都。　㉒须臾：顷刻，片刻。

背夏浦而西思兮，哀故都之日远。
登大坟❶以远望兮，聊以舒吾忧心。
哀州土之平乐❷兮，悲江介之遗风❸。
当陵阳之焉至兮，淼南渡之焉如❹？
曾不知夏之为丘❺兮，孰两东门之可芜❻？
心不怡之长久兮，忧与愁其相接。
惟郢路之辽远兮，江与夏之不可涉❼。
忽若去不信兮，至今九年而不复。
惨郁郁❽而不通兮，蹇侘傺而含戚❾。
外承欢之汋约❿兮，谌荏❶弱而难持。
忠湛湛❶而愿进兮，妒被离而鄣❶之。
尧舜之抗行❶兮，瞭杳杳而薄天❶。
众谗人之嫉妒兮，被以不慈❶之伪名。
憎愠惀❶之修美兮，好夫人之忼慨。
众踥蹀❶而日进兮，美超远而逾迈❶。

【注释】

❶坟：水边高地为坟。 ❷州土：指郢都之风土。平乐：土地广博，人民富饶。 ❸江介：沿江一带；介，间。遗风：指民俗。 ❹淼：水大无边的样子。焉如：到哪里，去哪里；如，往，之。 ❺夏：通"厦"，大屋，大殿。丘：废墟。 ❻孰：何。两东门：郢都东关的两门。芜：荒芜。 ❼涉：步行过水，渡。 ❽惨：伤感的样子。郁郁：忧愁沉闷的样子。 ❾蹇：困苦。戚（qī）：同"戚"，忧愁，悲伤。 ❿承欢：得到君王的欢心。汋（chuò）约：通"绰约"，美好

【译文】

背向夏浦思念家乡，故都愈来愈远倍感心伤。

登上高地极目远眺，姑且疏散心中的惆怅。

哀叹故土昔日的富足安乐，悲痛江边曾经的淳朴民风。

乘着波涛该去往何方，沿着江水南渡又将何往？

谁曾料想郢都宫殿已成废墟，城门四野也一片荒芜呢？

心绪不畅已久，忧愁烦闷接连不断。

回郢都的路途更加辽远，长江和夏水已无法逾越。

自被疏远至今，已有九年未被召还。

伤感烦闷内心不畅，困苦失意悲伤不已。

佞臣媚态承君欢颜，内在却软弱不堪难以自持。

忠臣愿进言效力，却被善妒小人嫉妒阻拦。

尧舜德行高尚，清远高妙上薄云天。

尚遭谗言小人妒，被诬以不慈之言。

憎恶端正忠贞之士，却喜爱激昂之小人。

谗佞小人日渐腾达，贤良忠臣却被疏远。

的样子。 ⑪湛（chén）：诚然，确实。荏（rěn）：软弱，怯懦。 ⑫湛（zhàn）湛：厚重的样子。 ⑬被离：众多的样子。郭：壅蔽。 ⑭抗行：犹言"高尚的德行"。 ⑮瞭（liǎo）：眼珠明亮。杳杳：远。薄天：迫近于天；薄，迫近。 ⑯被：加，施加。不慈：指不爱其子。尧、舜禅让，而不将天下传与自己的儿子，故而有人说尧舜不爱其子。 ⑰憎：厌恶。愠惀（yùn lún）：心中有所蕴积而不善表达。 ⑱众：指结党营私的谗佞之徒。蹀蹀（qiè dié）：行进的样子。 ⑲美：指贤才。超远：疏远。逾迈：消逝。

乱曰：
曼余目以流观❶兮，冀壹反❷之何时？
鸟飞反故乡兮，狐死必首丘❸。
信非吾罪而弃逐兮，何日夜而忘之？

楚国将士

【注释】
❶曼：拉长，延长。流观：周流观览。　❷壹反：回去

192　　　　　　　　　　　　　　大家读《楚辞》

乱曰：

极目远方观望四周，何时才能归返故土？

鸟儿会返回故乡，狐狸临死头朝向出生的山丘。

无辜而被弃逐，日日夜夜为何不曾遗忘故乡？

一次。 ❸首丘：相传狐狸将死时，头会朝向它出生的土丘。比喻人死后归葬故乡。

【解读】

《哀郢》是《九章》的第三篇。郢是楚国之都，根据《史记·楚世家》记载，周成王时，封熊绎于丹阳，公元前690年，楚武王去世，其子楚文王把楚国都城由汉水之北的丹阳迁于郢，"哀郢"就是哀伤国都。

《哀郢》记叙了屈原离开郢都后沿洞庭湖东行，一直到陵阳的行程，抒发了他对自己不幸遭遇的愤激，以及对郢都面临灾难的忧思。该诗的写作时间应该在《涉江》之前。

《哀郢》从开篇就描写了一个大迁徙场景："皇天之不纯命兮，何百姓之震愆？民离散而相失兮，方仲春而东迁。去故乡而就远兮，遵江夏以流亡。"屈原诘问为何天命无常，要让他这样的宗亲贵戚惊慌，人民流离失散。接着记叙在仲春二月他的逃亡路线，"发郢都而去闾兮，怊荒忽其焉极""过夏首而西浮兮，顾龙门而不见"。诗人向东而行，离开了郢都的城门，看到路边故国的乔木黯然神伤，回头看郢都龙门，已经难觅踪影。屈原乘船顺流而下，"上洞庭而下江""背夏浦而西思兮，哀故都之日远"。最终走到了今处江西九华山附近的陵阳。诗人虽东行，但仍思念楚国都城的人与事，对自己无罪而被逐耿耿于怀。"惟郢路之辽远兮，江与夏之不可涉。忽若去不信兮，至今九年而不复。"屈原回忆自己离开郢都的时间，已经有九年之多了。在对往事的回顾中，屈原认为楚国的灾难，是因为奸佞之人误国。"忠湛湛而愿进兮，妒被离而鄣之""众谗人之嫉妒兮，被以不慈之伪名""众踥蹀而日进兮，美超远而逾迈"。忠直之士被谗佞小人诽谤，楚王与这样的小人为伍，忠直之士只能远走他乡了。

屈原在《哀郢》里将纪事与抒情融为一体，反复表现自己的愁苦悲哀情绪，如"出国门而轸怀兮""望长楸而太息兮""顾龙门而不见""心婵媛而伤怀兮""惨郁郁而不通兮，蹇侘傺而含慼"，都是反复强调去国的感伤。在《哀郢》乱词中，屈原重申了他的家国情怀："曼余目以流观兮，冀壹反之何时？鸟飞反故乡兮，狐死必首丘。信非吾罪而弃逐兮，何日夜而忘之?"鸟兽都怀念故乡，自己有何罪过，竟要饱尝这思念故都的哀伤。

抽
思

心郁郁之忧思兮，独永叹乎增伤。
思蹇产之不释❶兮，曼遭夜之方长。
悲秋风之动容❷兮，何回极之浮浮❸！
数惟荪❹之多怒兮，伤余心之慛慛❺。
愿摇起而横奔兮，览民尤以自镇❻。
结微情❼以陈词兮，矫以遗夫美人❽。
昔君与我成言兮，曰："黄昏以为期。"
羌中道而回畔❾兮，反既有此他志。
憍吾以其美好❿兮，览余以其修姱。
与余言而不信兮，盖为余而造⓫怒。
愿承闲⓬而自察兮，心震悼⓭而不敢。
悲夷犹而冀进兮，心怛伤之憺憺⓮。
兹历情以陈辞兮，荪详聋而不闻。
固切人⓯之不媚兮，众果以我为患。
初吾所陈之耿著⓰兮，岂不至今其庸⓱止？
何独乐斯之蹇蹇⓲兮？愿荪美⓳之可完。

【注释】

❶不释：不能排解，不能释怀。 ❷动容：秋风起而草木摇动。 ❸回：邪。浮浮：盛行、势重的样子。❹数：频繁，屡次。荪：香草，喻君主。 ❺慛慛：伤痛的样子。 ❻镇：止。 ❼微情：隐情。 ❽矫：高举。美人：此处指君主。 ❾羌：犹言"为何"。中道：中途，半

大家读《楚辞》

【译文】

心中忧思郁结，独自长叹悲伤愈增。

愁肠百结难以排解，恰逢漫漫长夜永无光亮。

悲叹秋风萧瑟草木凋零，为何邪风频至不止！

忆起多怒的君主，内心便愁苦不已。

想要飞身抽离，又不忍百姓受苦。

凝结情思以述衷情，欲高举呈送给君王。

昔日君王与我约定，说："相伴永久不离不弃。"

奈何中途转头叛离，君王又生他意。

向我夸耀他的美貌，展示他的宝玩珍器。

不信守盟约，反而对我苛责发怒。

想趁君王闲暇表明自身，内心惶恐而犹疑不前。

悲叹犹豫期待慷慨进言，心中悲伤又畏惧不安。

凝结衷情向君王陈述，他却无视不肯倾听。

忠诚之人本不会谄媚，谄佞之人又视我为祸患。

当初誓言犹在耳畔，为何如今遗忘无痕？

为何独爱忠贞？是希望君王美德更加光耀。

道。回畔：反背，即走回头路。 ⑩憍（jiāo）：矜伐，夸耀。美好：美好的事物，此处指服器宝玩。 ⑪造：作。 ⑫承闲：趁机会。 ⑬震悼：害怕，恐惧。 ⑭怛（dá）伤：痛苦悲伤。憺憺：忧伤不安貌。 ⑮切人：恳切正直的人。 ⑯耿著：犹言"光明正大"；著，明显。 ⑰庸：乃。 ⑱謇謇：忠诚正直貌。 ⑲苏美：君主的美德。

望三五以为像❶兮，指彭咸以为仪❷。
夫何极而不至兮，故远闻而难亏。
善不由外来兮，名不可以虚作。
孰无施而有报兮，孰不实❸而有获？
少歌❹曰：
与美人抽❺怨兮，并日夜而无正❻。
憍吾以其美好兮，敖❼朕辞而不听。
倡❽曰：
有鸟自南兮，来集汉北。
好姱佳丽兮，牉❾独处此异域。
既惸❿独而不群兮，又无良媒在其侧。
道卓远⓫而日忘兮，愿自申⓬而不得。
望北山而流涕兮，临流水而太息。
望孟夏⓭之短夜兮，何晦明⓮之若岁！
惟郢路之辽远兮，魂一夕而九⓯逝。
曾不知路之曲直兮，南指月与列星⓰。
愿径逝而不得兮，魂识路之营营⓱。

【注释】

❶三五：当指三王五帝。即黄帝、颛顼、帝喾、尧、舜
和夏禹、商汤、周文王周武王。像：法式，榜样。 ❷仪：
犹言"榜样"或"标准"。 ❸实：果实，这里做动词。
❹少歌：短歌。古代辞赋篇末总括全篇要旨的部分。 ❺抽：
拔，引，陈述。 ❻无正：犹言"没有评价是非"。 ❼敖：

大家读《楚辞》

【译文】

以三王五帝为榜样，以彭咸为标准。

什么高远的目标达不到，声名远扬不亏减。

美德不能靠外部得来，声誉也不能靠虚假造就。

若不付出怎有回报，若不耕耘哪有收获？

短歌：

向君王陈述怨思，日夜不停却无人评判是非。

信任谄媚惑言，对忠贤劝谏却倨傲不听。

唱道：

有鸟儿从南方飞来，栖息在汉水之北。

拥有丰羽娇容，却离群索居颠沛流离。

茕茕孑立，身旁也无知己相陪。

远离家乡日渐被遗忘，更无机会陈述衷情。

凝视北山涕泪横流，望着流水空自叹息。

孟夏之夜很短暂，为何如今却漫长如年！

离开郢都路途遥远，灵魂于梦中往返无数趟。

返回故都之路曲曲折折，靠星月之光辨认方向。

想要径直归去却不得，灵魂徘徊辨认着方向。

傲，倨傲。 ⑧倡：唱。 ⑨胖：叛，离叛。 ⑩惸（qióng）：
独，孤独。 ⑪卓远：遥远；卓，远。 ⑫申：陈述，说
明。 ⑬孟夏：夏季首月。 ⑭晦明：黑夜和白昼。 ⑮九：
非实指，言多。 ⑯列星：众星辰。 ⑰营营：来来往往的
样子。

何灵魂之信直❶兮，人之心不与吾心同！
理弱而媒不通兮，尚不知余之从容。
乱曰：
长濑湍❷流，泝江潭❸兮。
狂❹顾南行，聊以娱心兮。
轸石崴嵬❺，蹇吾愿兮。
超❻回志度，行隐进❼兮。
低佪夷犹，宿北姑❽兮。
烦冤❾瞀容，实沛徂❿兮。
愁叹苦神⓫，灵遥思兮。
路远处幽，又无行媒⓬兮。
道思作颂⓭，聊以自救⓮兮。
忧心不遂⓯，斯言谁告兮！

【注释】
❶信直：忠信正直。 ❷濑：流得很急的水。湍：水流急。 ❸泝（sù）：逆流而上。潭：深渊。 ❹狂：遽，忧惧。 ❺轸石：方石；轸，方形。崴（wēi）嵬：高高的样

为何灵魂这样忠信正直，他人之心却与我不同！
心意总难传递，君王更不明我未改之志。
乱曰：
滩长水急，沿着汉水逆流而上。
忧惧四顾向南而行，暂且搁置内心的忧愁。
山石巍峨林立，阻挡我无法实现愿望。
超越曲道迂回不进，行程缓慢。
徘徊回望艰难前行，暂宿北姑期待君王回头。
心中烦闷冤屈，忧思随水而流。
愁苦哀叹劳苦伤神，灵魂思念着远方的故土。
路途遥远独处幽僻，无人代我诉说衷肠。
且行且思作此颂歌，姑且自我排解一番。
忧思无法表露，这些话该向谁倾诉！

子。　❻超：超越。　❼隐进：慢行。　❽北姑：地名。
❾烦冤：烦闷冤屈。　❿沛：水流急速。徂：去，往。　⓫苦
神：伤神，劳神。　⓬行媒：往来做媒妁的人。　⓭道：道中。
作颂：指作此篇。　⓮自救：自解。　⓯遂：达。

【解读】

《抽思》是《九章》的第四篇。一般认为，"抽思"之名，取自篇末少歌中的"与美人抽怨兮，并日夜而无正"的诗句。"抽思"即是剖露自己的心思，将自己郁结于内心的愁绪抒写出来。

当然，也许有一种可能，即本来篇名应该叫"忧思"，取第一句"心郁郁之忧思兮，独永叹乎增伤"为名，后讹为"抽思"。《抽思》合理的篇名应是"忧思"的原因在于诗中表达的是屈原被疏远后，仍旧忧心国事，思念故都，加上心系怀王，愁苦难以自制的情绪。《抽思》全篇始终不断表达忧思的内容，因此，这篇作品叫"忧思"可能比叫"抽思"更恰当。

关于《抽思》的写作时间，大体在完成《惜诵》之后。应是在屈原不复在位，返回汉北"三户"封地做三闾大夫时期所写的作品。诗中"悲秋风之动容兮，何回极之浮浮"明确提到了秋风。而"倡"辞说"有鸟自南兮，来集汉北。好姱佳丽兮，牉独处此异域。既惸独而不群兮，又无良媒在其侧"，又说"惟郢路之辽远兮，魂一夕而九逝"，这里提到了汉北、孟夏，以及郢路辽远。屈原在《抽思》中，对他所在的地点、所处的时间有非常清楚的交代。《抽思》诗中对楚王不任用他继续开展美政事业表现出了极大的失望之情，这说明屈原离开楚国政治中心的时间并不长久。

《抽思》在《九章》中，有特别的篇章结构。前有正文，后有"乱曰"，这和《九章》的其他篇章大体一致。但在正文之后"乱曰"之前，又有"少歌曰"，还有"倡曰"。"少歌曰"和"倡曰"与"乱曰"一样，都是音乐组织形式的术语，这里用来切割《抽思》的不同段落。《抽思》前半部分写去年秋天的事，后半部分则是写当年夏天之事。他心绪烦乱地独自长叹，在秋风扫荡的漫漫长夜中，毫无睡意。看到震撼万物的秋风，他回想起了君主屡屡震怒，他多想大步狂奔，以发泄心头之痛啊，但看到百姓他又静下心来。

《抽思》说："昔君与我成言兮，曰：'黄昏以为期。'羌中道而回畔兮，反既有此他志。憍吾以其美好兮，览余以其修姱。与余言而不信兮，盖为余而造怒。"这段诗句和《离骚》的"岂余身之惮殃兮，恐皇舆之败绩！"一段具有相同的情结和情绪。屈原与楚王有约定，说好在黄昏时候相见，半路上君主却改变了想法，转身而去。君主对他矜夸着自己的美好，展示着自己的才能。可是为什么说好的话却又不算数，又对他怒气冲冲？他在犹豫盼望中，期待能有机会向君主进言，这些愁苦就这样折磨着他。"兹历情以陈辞兮，荪详聋而不闻。固切人之不媚兮，众果以我为患。"屈原想着向楚王陈辞，楚王却假装不见。

他本来就如此正直，哪会阿谀奉承呢？终导致一群小人将他当作祸患，并诋毁他。"望三五以为像兮，指彭咸以为仪。夫何极而不至兮，故远闻而难亏。善不由外来兮，名不可以虚作。孰无施而有报兮，孰不实而有获？"朱熹以"三五"为三皇五帝，或者三王五伯，可能皆不准确，应该指的是五帝三王。屈原不说三皇，虽然提到五霸，但更看重的是尧、舜、禹、汤、文、武。他希望君主能将美德发扬光大，以三王五帝为榜样，以古贤彭咸为楷模。屈原的美政理想不过是他的一厢情愿，美政虽然可能有利于楚国民众，但并不符合楚国执政者的核心利益。楚国是最早挑战西周德治体系的诸侯国，也是最早实行郡县制的集权国家，德治的前提是执政者需要以民众的利益为核心，这与楚国的历史和楚国执政者的所作所为背道而驰，因此，屈原只能在寒冷秋夜思绪万千，却不能开解，只能在此回忆与怀王之前的关系，责备君主的中道而废。

　　直至初夏，屈原依旧忧思难平。独居在异乡的屈原，有着时时翻涌的孤独和被遗忘之感。他看到了飞鸟从南边来，栖息在汉北，更加深了他对楚国都城的思念。望着北山而落泪，对着流水而叹息。本来初夏的夜晚是短暂的，可是他却度日如年。回归郢都的路途在他看来是那么遥远，虽然自己的灵魂在一夜之间已经回去很多次了，可是他的身体却一步未移。

　　苦闷的情绪与强烈的思念之情一直苦苦地折磨着屈原，他渴望早日回归，忧心无处可诉的痛苦就这样来回盘绕在屈原心头。那"忧心不遂，斯言谁告兮"的痛楚反反复复出现。《九章》中的大部分作品，都与《抽思》表达着相似的情感，既有对楚国黑暗的不满，由此引发了他忧国忧民的悲情；又有自己不被君主接受，被小人陷害的伤感；还有由放逐生活的经历的表述，抒发自己生活的凄苦之情。在《抽思》中，我们能读到和《离骚》相似的抒情手法，"昔君与我成言兮，曰：'黄昏以为期'"，"与余言而不信兮，盖为余而造怒"，"望北山而流涕兮，临流水而太息。望孟夏之短夜兮，何晦明之若岁！惟郢路之辽远兮，魂一夕而九逝"，"何灵魂之信直兮，人之心不与吾心同！理弱而媒不通兮，尚不知余之从容"。这些句子都细腻而充分地展示了屈原的失望和忧伤之情。

傅抱石《屈原图》

怀
沙

滔滔❶孟夏兮，草木莽莽❷。
伤怀永哀兮，汩徂南土。
眴兮杳杳❸，孔静幽默❹。
郁结纡轸兮，离慜而长鞠❺。
抚情效❻志兮，冤屈而自抑。
刓❼方以为圜兮，常度未替。
易初本迪❽兮，君子所鄙。
章画志❾墨兮，前图❿未改。
内厚质正⓫兮，大人所盛⓬。
巧倕不斲⓭兮，孰察其拨⓮正。
玄文⓯处幽兮，矇瞍⓰谓之不章。
离娄微睇⓱兮，瞽⓲以为无明。
变白以为黑兮，倒上以为下。
凤皇在笯⓳兮，鸡鹜翔舞。
同糅玉石兮，一概⓴而相量。

【注释】

❶滔滔：阳气盛大的样子。 ❷莽莽：草木旺盛的样子。 ❸眴（shùn）：目动。杳杳：深远昏暗的样子。 ❹孔：很，甚，非常。默：无声。 ❺慜（mǐn）：痛。鞠：穷，穷困。 ❻抚：安慰。效：效验。 ❼刓（wán）：削。 ❽易：改变。迪：道，道路。 ❾章：明显，显著。志：记。 ❿图：法度。 ⓫内厚：犹言"秉性敦厚"。质正：品质正直。

【译文】

孟夏盛阳，草木繁茂。

心中无限哀伤，急着前往南方。

眼前昏暗，静默无声。

内心郁结，遭受无尽的悲痛。

抚慰自己的幽怨，虽有冤屈只能压在心底。

削方木成圆，法度仍未废弃。

改变本来的正道，贤士君子都鄙夷。

依照规矩办事，遵循先圣法度。

秉性敦厚正直，是圣贤也赞誉的美德。

谬误不去矫正，谁能看到美好结局。

黑色花纹被弃暗处，盲者如何窥其华彩。

离娄仔细端详，盲者却怀疑其视力。

黑白不分，上下颠倒。

凤凰被囚笼中，鸡鸭却自在舞蹈。

美玉和石头混淆一起，用同样的标准优劣不分。

---

⑫大人：此处指君子。盛：盛美，赞美。 ⑬倕（chuí）：人名，传说中的巧匠。斲（zhuó）：砍，削，斫。 ⑭察：明辨，了解。拨：治理，管理。 ⑮玄文：黑色的花纹；玄，黑色。 ⑯矇（méng）：盲人。瞍：亦指盲人。 ⑰离娄：传说古代视力极好的人。睇：斜视。 ⑱瞽（gǔ）：盲人。 ⑲籹（nú）：鸟笼。 ⑳概：用来平斗斛的木板。

夫惟党人鄙固❶兮，羌不知余之所臧。
任重载盛兮，陷滞而不济。
怀瑾握瑜❷兮，穷不知所示。
邑犬群吠兮，吠所怪也。
非俊疑杰❸兮，固庸态❹也。
文质疏内❺兮，众不知余之异采。
材朴委积❻兮，莫知余之所有。
重仁袭❼义兮，谨厚以为丰❽。
重华不可遌❾兮，孰知余之从容！
古固有不并❿兮，岂知其何故！
汤禹久远兮，邈而不可慕。
惩违改忿⓫兮，抑心而自强。
离愍而不迁⓬兮，愿志之有像。
进路北次兮，日昧昧⓭其将暮。
舒⓮忧娱哀兮，限之以大故⓯。
乱曰：
浩浩沅湘，分流汩兮。

【注释】

❶党人：朋党。鄙固：鄙陋，不通达。鄙，鄙陋；固，顽固。 ❷瑾、瑜：二者都是美玉。 ❸非：否定，毁谤。疑：怀疑，猜忌。俊、杰：有才能的人。 ❹庸态：庸人之常态。 ❺文质：文质朴而不艳。疏内：迂阔而木讷。疏，迂阔；内，讷。 ❻材朴：未经雕饰的木材。委积：聚积，堆

【译文】

小人鄙陋顽固，哪里明白我的美善德行。

心忧天下身负重任，却陷没停滞无法前行。

空有美玉之德，却身处困顿无法施展。

群犬狂吠，圣贤行为与俗世相异。

贤能总被毁谤猜忌，本就是庸人之常态。

外表质朴言行迂阔，众人不懂我的独特文采。

良木庸木堆在一起，无人知晓我的才能。

执着修行善德，以仁爱忠厚充实自己。

舜帝无法相遇，无人知晓我的心意！

明君贤臣生不同时，自古皆然！

商汤夏禹离我们太远，遥远而无法追慕。

抑止愤恨不平，克制内心而自勉。

虽遭受忧患初心不变，愿追寻前圣的足迹。

沿着道路北上暂宿，日头昏暗天色将暮。

舒解忧愁排解哀伤，生命即将在尘世消亡。

尾声：

沅湘浩浩荡荡，各自奔腾流淌。

积。　❼重：累积。袭：重，重复。　❽谨厚：谨慎笃厚；厚，深，重。丰：盛，多，大。　❾遌（è）：古同"遻"，遇到。❿不并：指圣君贤臣不同时；并，俱。　⓫惩：受创而止。违：过失，错误。愆：愤恨，不平。　⓬迁：迁移，改变。⓭昧昧：昏暗不明的样子。　⓮舒：排遣。　⓯限：度。大故：指死亡。

修路幽蔽，道远忽兮。
曾吟恒悲，永叹慨兮。
世既莫吾知，人心不可谓兮。
怀质抱情，独无匹兮。
伯乐既没，骥焉程❷兮。
民生禀命，各有所错❸兮。
定心广志，余何畏惧兮！
曾伤爰❹哀，永叹喟兮。
世溷浊莫吾知，人心不可谓兮。
知死不可让❺，愿勿爱❻兮。
明告君子，吾将以为类❼兮。

〔元〕雪窗《兰图》

【注释】
❶忽：遥远渺茫的样子。　❷骥：好马。焉：文言疑问
词，怎么，哪儿。程：衡量，估量。　❸错：安放。　❹曾：

【译文】

长路幽僻隐蔽，前途遥远渺茫。

无尽的悲痛，慨叹绵长。

世间无人知晓我，人心难测无处倾诉。

怀抱忠诚正直，孤独没有知己。

伯乐已死，良马谁识。

人各有命，命途迥异。

既已安于忠信，坚守心志，还有何畏惧！

仰天长叹，哀痛一日一日增加。

世道混浊没人理解我，内心苦闷无处诉说。

生命终将走向死亡，又何必吝啬这身皮囊。

我将效仿前代圣贤，以他们为榜样。

同"增"，增加。爰（yuán）：止。 ❺让：闪避，拒绝。
❻爱：吝惜。 ❼类：法式，榜样。

【解读】

《怀沙》是《九章》的第五篇。关于"怀沙"的含义，大致有两种说法。一种说法认为"怀沙"就是怀抱沙石而自沉，"沙"是"沙石"的意思。另一种说法认为"沙"指"长沙"，"怀沙"即怀念长沙之意。从《怀沙》一篇正文中，看到有几处有"怀"字，但不见"沙"字。《楚辞》之中，《离骚》《招魂》《大招》都说到"西方流沙"或者"流沙"，《招魂》中还有"沙版"一词，《大招》有"沙堂"。但很难有一个确实的证据说明"怀沙"此处所言"沙"是巨石。

关于《怀沙》的写作时间，因为司马迁说屈原作了《怀沙》之后，就怀石自沉了，因此，一般都认为此篇作于屈原自沉前不久。此篇存在的争议在于其是否为屈原绝命词。洪兴祖、林云铭等都认为《怀沙》是屈原的绝命词。但朱熹在《楚辞辩证下·九章》对此提出质疑，他认为《惜往日》《悲回风》才是屈原的绝命词，他还认为《怀沙》词义虽然悲切，但是仍然可以看得出来屈原没有失去常态，而《惜往日》《悲回风》则可以看出屈原已经身处沅、湘之间了，已经彻底绝望了。不过，《怀沙》即使不为屈原的绝命词，但是也应该离他投江自沉不远了。文中表露出屈原深深的绝望和悲哀。

《怀沙》开篇写道："滔滔孟夏兮，草木莽莽。伤怀永哀兮，汩徂南土。眴兮杳杳，孔静幽默。郁结纡轸兮，离愍而长鞠。抚情效志兮，冤屈而自抑。"由此可推测，此诗应该作于阴历四月，如果屈原确实是五月端午投江，那么这个时间距屈原沉江还有一段时日。屈原一方面重申自己虽然屡次遭受打击，但高洁的志向从未改变；另一方面屈原仍旧把批判的矛头指向楚国昏乱颠倒的政治与社会，"人心不可测"的绝望和死前的激愤悲哀在这激切的言辞中体现得淋漓尽致。诗人直叙南行路上的情状。这是在暖洋洋的四月初夏，草木葱郁。但诗人满怀伤感，他哀思绵长，匆匆南去。诗人眼中的景象不是初夏的明媚，而是昏暗幽深、万籁俱寂。诗人抚慰忧伤，考量心志，暗自压制心中的沉冤。诗人如此明白地看到了楚国社会的黑白不分、是非颠倒，"刑方以为圜兮，常度未替。易初本迪兮，君子所鄙。章画志墨兮，前图未改。内厚质正兮，大人所盛"，把方的削成圆的，这个社会的正常法度在哪里呢？诗人重申敦厚的品格不该改变，君子之行不能妥协，但是，坚守又是如此痛苦："离娄微睇兮，瞽以为无明。变白以为黑兮，倒上以为下。凤皇在笯兮，鸡鹜翔舞。同糅玉石兮，一概而相量。夫惟党人鄙固兮，羌不知余之所臧。"凤凰被关进了笼子，鸡鸭却肆意地乱舞。美玉和顽石被掺杂在一起，结党营私的小人是不会明白君子的美好。"怀瑾握瑜兮，穷不知所示。邑犬群吠兮，吠所怪也。非俊疑杰兮，固庸态也。"诗人怀抱着美玉，手握着宝石，却身处困境，美玉和宝石也不知该展现给谁看。《怀沙》篇名的含义就应在这一段话中，屈原"怀瑾握瑜"，而楚王和群小却"怀沙砾"。"文质疏内兮，众不知余之异采。材朴委积兮，莫知余之所有。重仁袭义兮，谨厚以为丰。重华不可遌兮，孰知余之从容！""遌"通"迕"，一作"遻"，"遌"和"迕"都是遇到的意思。屈原外貌质朴，禀性木讷，众人都不能了解他出众的文采。但屈原坚持以孔子及中国传统的价值观立身处世，没有如尧舜一样的圣君，当然就不可能有人认识到他的从容。"古固有不并兮，岂知其何故！汤禹久远兮，邈而不可慕。惩违改忿兮，抑心而自强。离愍而不迁兮，愿志之有像。"明君和贤臣自古就很难出生在一个时代，夏禹、商汤距离现在是那么久远了。生不逢时，怀才不遇，更需要平抑自己的愤怒，压制自己的怨恨，坚持自己的志节。"进路北次兮，日昧昧其将暮。舒忧娱哀兮，限之以大故。"忧愁与悲哀难以排遣，黑夜悄然降临，生命的终点或许就在不远处。

屈原在"乱"辞中说："浩浩沅湘，分流汩兮。修路幽蔽，道远忽兮"，"怀质抱情，独无匹兮。伯乐既没，骥焉程兮。民生禀命，各有所错兮。定心广志，余何畏惧兮！曾伤爰哀，永叹喟兮。世溷浊莫吾知，人心不可谓兮。知死不可让，愿勿爱兮。明告君子，吾将以为类兮。"诗人看着沅湘之水奔流，看着长路幽深，望着辽远的苍茫无际。伯乐已死，好马又该如何去衡量呢？人各有命，还是安心驰骋吧。这世间如此混浊，世道人心已无话可说。如果死亡不可避免，他宁愿以死抗争。深深的绝望已经充满了诗人的心。如果说《离骚》是屈原对他前半生曲折道路的总结，那么《怀沙》则是对他后半生坎坷生活的回顾。

中年屈原

虽遭受忧患初心不变，愿追寻前圣的足迹

思美人

思美人兮，揽涕而竚眙❶。
媒❷绝路阻兮，言不可结而诒。
蹇蹇之烦冤兮，陷滞而不发。
申旦❸以舒中情兮，志沉菀❹而莫达。
愿寄言于浮云兮，遇丰隆而不将。
因归鸟而致辞兮，羌迅高而难当❺。
高辛之灵盛❻兮，遭玄鸟而致诒。
欲变节以从俗兮，媿易初而屈志❼。
独历年而离愍兮，羌冯心犹未化❽。
宁隐闵而寿考❾兮，何变易之可为。
知前辙之不遂❿兮，未改此度。
车既覆而马颠兮，蹇独怀此异路。
勒骐骥而更驾⓫兮，造父为我操⓬之。
迁逡次而勿驱⓭兮，聊假日以须旹⓮。
指嶓冢之西隈⓯兮，与纁黄以为期⓰。

【注释】
❶揽涕：挥泪。竚眙（chì）：久立凝望；眙，注视，直视。　❷媒：此处指能与楚王连接的介绍人。　❸申旦：犹言"累日""日日"。申，重复；旦，天将晓。　❹沉菀（yù）：犹言"沉积""郁积"。　❺羌：乃。当：值，遇上。　❻灵盛：神性充沛。　❼媿（kuì）：同"愧"，惭愧。易初：改变初衷。屈志：委曲自己的心志意愿。　❽冯：犹言"愤懑"。化：改变。　❾隐闵：隐忍着忧伤；闵，通"悯"。寿考：

大家读《楚辞》

【译文】

思念我的美人，拭泪久久伫立凝望。

媒人隔绝道路受阻，我的话无法传达给对方。

忠诚正直却烦闷冤屈，忧思郁结无法宣泄。

日日疏解衷情，终是情志沉积难以舒畅。

想请浮云捎信，丰隆却不允应。

想托鸿雁传书，它却疾飞而去难以相遇。

高辛德行美善，遇到玄鸟送厚礼。

想要变节随波逐流，却愧于改变初衷而内心抑屈。

独自遭受忧患多年，心中愤懑尚未化解。

宁肯隐忍悲痛直到终老，也要保持初衷不变。

明知前途渺渺，也不改坚贞。

纵然车翻马陷，仍会坚守正道。

整顿车马再次出发，造父为我御驾。

徘徊不进暂且停歇，等待时机再出发。

指着嶓冢西边的山隅，黄昏时分可以到达。

全寿而善终。 ⑩前辙：即初志。遂：成功，顺遂，实现。
⑪勒：收住缰绳不使前进。骐骥：骏马。更：改变，改
换。驾：车子。 ⑫造父：善御之人。操：犹言"驾驭"。
⑬迁逡：犹言"逡巡"，徘徊不进的样子。次：止。驱：快跑。
⑭须旹（shí）：犹言"等待时机"；旹，同"时"。 ⑮嶓（bō）
冢：山名。隈：山隅。 ⑯与：以。纁（xūn）黄：黄昏。期：
约定的时间。

开春发岁❶兮，白日出之悠悠。
吾将荡志❷而愉乐兮，遵江夏以娱忧。
揽大薄❸之芳茝兮，搴长洲之宿莽。
惜吾不及古人兮，吾谁与玩此芳草。
解萹薄❹与杂菜兮，备以为交佩❺。
佩缤纷以缭转❻兮，遂萎绝而离异❼。
吾且僵佪以娱忧兮，观南人之变态❽。
窃快❾在中心兮，扬厥凭而不竢❿。
芳与泽其杂糅兮，羌芳华自中出。
纷郁郁其远蒸⓫兮，满内而外扬。
情与质信可保兮，羌居蔽而闻章⓬。
令薜荔以为理兮，惮举趾而缘木⓭。
因⓮芙蓉而为媒兮，惮褰裳而濡⓯足。
登高吾不说⓰兮，入下吾不能。
固朕形之不服⓱兮，然容与而狐疑⓲。

【注释】

❶开春：新春，初春。发岁：岁首，一年起始。　❷荡志：犹言"荡涤忧思"。　❸薄：草木丛生处。　❹解：折取。萹（biān）薄：丛生的萹蓄；萹，萹蓄，又名"扁竹"，草名。　❺交佩：合而佩之，谓"左右佩戴"。　❻缭转：环绕，纠缠。　❼遂：终于，到底。离异：分离，解散。　❽变态：习俗改变。　❾窃快：个人隐藏于心而不敢公开的快乐。

【译文】

开春岁首，太阳升起清丽闲静。

我将纵情高歌寻找欢乐，沿着长江夏水排解忧愁。

摘取丛林中的芳苣，采摘长洲上的宿莽。

可惜未遇前代圣贤，芳草只能独自欣赏。

折取萹蓄与杂菜，编织好一起佩戴。

佩饰缤纷周身缭绕，但芳香终将枯萎凋零。

姑且徘徊排遣忧愁，观赏一番南方的风俗。

心中暗自欣喜痛快，宣泄愤懑多么畅快。

芳草与污泥杂糅一起，芬芳的花朵才可绽放。

芳香弥漫散至远方，空中飞扬向外蒸腾。

情志忠贞可以保持，虽身处幽僻美誉更显。

想请薜荔为媒，不愿抬脚去爬树。

想请芙蓉为媒，又怕提起衣服沾湿双足。

攀爬高木心中不悦，涉水湿衣也做不到。

性直不弯一贯如此，只能徘徊犹豫不前。

---

⑩扬厥凭：犹言"抒发愤懑"。俟（sì）：等待。 ⑪郁郁：
繁盛的样子。蒸：兴盛。 ⑫居蔽：处于偏僻处。闻章：
犹言"名誉彰显"。 ⑬惮：畏惧，害怕。缘木：爬树。
⑭因：依靠，凭借。 ⑮褰裳：提起衣服。濡：沾湿，浸湿。
⑯登高：攀附高处。说：同"悦"。 ⑰固：必，一定。朕形：
即指我自身。服：习惯，熟习。 ⑱容与：徘徊不进的样子。
狐疑：指遇事犹豫不决。

广遂前画❶兮，未改此度也。

命则处幽吾将罢❷兮，愿及白日之未暮也。

独茕茕❸而南行兮，思彭咸之故也。

〔清〕王时敏绘《端午图》

【注释】

❶前画：当初的谋划；画，谋划，策划。　❷命则：犹

【译文】

我要坚持实现美政，不会改变最初的心志。

告别命运的晦暗，趁着天光未散。

孤身向南前行，只因思忆着彭咸。

言"命该"。处幽：身处幽暗。罢：停，歇。　❸茕茕：即"茕茕"，孤单的样子。

【解读】

《思美人》是《九章》的第六篇。"思美人"之名来自于篇首一句"思美人兮，揽涕而竚眙"，所谓美人，有"怀王""襄王"之说。《思美人》提到江夏、南行等地名和旅行路线，应该作于楚怀王客死于秦以后，屈原被迁于江南之时。作者提到"媒绝路阻"问题，显然是在被逐初期，屈原还寄希望能重新得到报效楚国的机会。诗中说："开春发岁兮，白日出之悠悠。"说明这首诗写作于春天，而《哀郢》有"方仲春而东迁"的说法，因此，屈原南行的开始节点是春天，大概是可以肯定的。

以美人譬喻君主，是屈原作品习惯的书写手法。诗人思念美人，不仅是为了抒发对君主的思念，更是为了坚守自身高洁的品格与美政的理想。

《思美人》开篇说："思美人兮，揽涕而竚眙。媒绝路阻兮，言不可结而诒。蹇蹇之烦冤兮，陷滞而不发。申旦以舒中情兮，志沉菀而莫达。愿寄言于浮云兮，遇丰隆而不将。因归鸟而致辞兮，羌迅高而难当。"思美人就是思念贤君，但屈原缺少传话的媒人。诗人愁肠欲断，给君主的谏言只能托付给浮云，但云神也不愿意听他讲；想依靠飞鸟替他传达，但鸟儿迅速高飞，转瞬已不可见。"欲变节以从俗兮，愧易初而屈志"，屈原思考是否要改变志节追随流俗，但是羞愧委屈之情顿时涌现。"知前辙之不遂兮，未改此度"，所以他宁愿穷苦一生，也不能改变自己的气节。明知道坚守志向的道路不会平坦，但是他至死也不愿改变自己的处世原则。"车既覆而马颠兮，蹇独怀此异路"至"指嶓冢之西隈兮，与缥黄以为期"说车已经颠覆，马也颠倒了，这道路果真艰难不平。勒住骏马，重套车驾，周朝的造父也为我执辔驾驭。要他慢慢前行不要纵马疾行，姑且偷闲等待着时机吧。屈原不会变节从俗，他希望的是楚王能以前车倾覆为借鉴，改弦易辙。

"开春发岁兮，白日出之悠悠"至"情与质信可保兮，羌居蔽而闻章"一段，诗人虽然在自我开解，但忧思始终难以排遣。他曾敞开心扉寻找快乐，他沿着江水、夏水消忧。他摘下丛林里芬芳的茝草，拔取沙洲上生长的宿莽，他采摘丛生的香草当作身边的佩饰，他要让这些芬芳缠绕周身。可这些芳草最终是要凋谢枯萎，被扔到一边的。虽然芳香和浊臭时常混杂在一起，但花朵的芬芳依旧是难以遮掩的。他坚信，只要保持自己的心志，虽然地处偏远，也能声名远扬。这里虽有伤心与绝望，也有美好的设想。"令薜荔以为理兮，惮举趾而缘木"至"独茕茕而南行兮，思彭咸之故也"一段，诗人命令薜荔去做信使，却担心要去抬脚攀缘树木；他依靠芙蓉去做媒人，却害怕将双脚沾湿。向高处爬他不愿意，往低处行走他也不愿意，就这样犹豫不决，徘徊踟蹰。他如此犹豫，不知该如何表达悲伤与绝望，但是他又是那么积极地说服自己，虽然幽居于偏僻之地，但仍愿趁着年轻有所作为。"独茕茕而南行"，说明他仍旧怀抱理想；"愿及白日之未暮也"，表明他寻找任何一丝希望。

在《九章》之中，《惜诵》《思美人》《惜往日》《橘颂》都没有乱词，这与《离骚》不同。不过，《思美人》和《九章》的其他诗篇一样，主旨和书写形式都与《离骚》相类似，《思美人》中寄言浮云，致辞归鸟，令薜荔以为理，以芙蓉以为媒这些书写，都是《离骚》常见的手法。

惜往日

惜往日之曾信兮，受命诏以昭诗❶。
奉先功以照下❷兮，明法度之嫌疑❸。
国富强而法立兮，属贞臣而日娭❹。
秘密事之载心❺兮，虽过失犹弗治❻。
心纯庞❼而不泄兮，遭谗人而嫉之。
君含怒而待臣兮，不清澈其然否❽。
蔽晦❾君之聪明兮，虚惑误❿又以欺。
弗参验以考实⓫兮，远迁臣而弗思⓬。
信谗谀之溷浊兮，盛气志而过⓭之。
何贞臣之无罪兮，被离谤而见尤⓮！
惭光景之诚信⓯兮，身幽隐⓰而备之。
临沅湘之玄渊⓱兮，遂自忍而沉流。
卒没身而绝名兮，惜壅君之不昭⓲。
君无度而弗察兮，使芳草为薮⓳幽。

【注释】

❶诏：帝王所发的文书命令。昭：显扬，显明。诗：指法度、典文。　❷奉：承。先功：先君的功烈、法度、典章等。照：示。下：臣民。　❸明：明确。法度：犹言"典章制度等"。嫌疑：有疑问之处。　❹属（zhǔ）：托付。贞臣：忠正有节操的臣子；贞，正。日娭（xī）：指君王将国事付之正直大臣，自己完全可以终日无事而游息；娭，玩乐，嬉戏。　❺秘：保守秘密，不外泄。密事：机密之事。载心：放在心里。　❻弗治：不治罪。　❼纯庞（máng）：纯朴敦

【译文】

往日也曾深受信任，受君命整顿法度。

继承先王功业昭示众民，辨明法度消疑问。

国家富强法度严明，国事托付忠臣而君王闲适。

机密之事藏于心，虽有过失君王也不治罪。

性情敦厚慎言，却遭到小人的嫉谗。

君王含怒对待我，是非曲直全不分辨。

蒙蔽君王耳目，虚言惑乱欺骗君王。

不比较验证考辨实情，不加思量将我放逐疏远。

相信谄媚阿谀，盛怒之下怪罪于我。

为何忠贞本无过错，反被毁谤罪责！

可叹光辉映照日月，我却要在幽僻处隐身。

面对沅湘的深渊，决定忍着悲痛跳江自沉。

最终身死而名灭，痛惜君王不觉悟。

君王不守法度不明察是非，贤士被弃在湖泽之中。

厚；庞，丰厚。 ❽清澈：犹言"澄清""明辨"。然否：是非，虚实。 ❾蔽晦：壅蔽，遮挡。 ❿虚：空。惑误：迷之使误。惑，惑乱；误，耽误。 ⓫参验：比较并验证。考实：考按实情。 ⓬迁：贬谪，放逐。弗思：指不念过往。 ⓭气志：指精神、意志。过：怪罪，责难。 ⓮被：遭遇，遭受。谤：恶意攻击别人，说别人的坏话。尤：指责。 ⓯光景：光辉，光亮。诚信：诚恳信实。 ⓰幽隐：犹言"身处幽蔽隐晦处"。 ⓱玄渊：深渊。 ⓲壅君：被壅蔽之君。昭：明亮，光明。 ⓳薮（sǒu）：湖泽。

焉舒情而抽信兮，恬死亡而不聊❶。
独鄣壅而蔽隐❷兮，使贞臣为无由❸。
闻百里之为虏❹兮，伊尹烹于庖厨❺。
吕望屠于朝歌❻兮，宁戚歌而饭牛❼。
不逢汤武与桓缪❽兮，世孰云而知之！
吴信谗而弗味❾兮，子胥死而后忧。
介子忠而立枯❿兮，文君⓫寤而追求。
封介山而为之禁兮，报大德之优游⓬。
思久故之亲身兮，因缟素⓭而哭之。
或忠信而死节⓮兮，或訑谩而不疑⓯。
弗省察而按⓰实兮，听谗人之虚辞。
芳与泽其杂糅兮，孰申旦而别⓱之？
何芳草之早殀兮，微霜降而下戒。
谅聪⓲不明而蔽壅兮，使谗谀而日得⓳。

【注释】
❶恬：安于。聊：苟且。 ❷鄣壅：阻塞遮蔽，阻隔。
蔽隐：隐藏，遮掩。 ❸无由：犹言"没有可由经之路"。
❹百里：指春秋时人百里奚。虏：被俘获的人。 ❺伊尹：
商汤宰相。烹：烧煮。庖厨：厨房。 ❻屠：宰杀牲畜。朝
歌：地名，殷国都。 ❼饭牛：喂牛。 ❽逢汤、武与桓、缪：
伊尹得汤之重视，吕望得武王之重视，宁戚得齐桓公之重
视，百里奚得秦穆公重视，俱得重用，而成名贤臣。 ❾吴：
指吴王夫差。味：本意指辨别食物味道，此处指辨别事物正

【译文】

哪里可以诉说衷情，宁死也不苟且偷生。

障蔽壅塞阻挠重重，致使忠贞之臣无路可行。

听闻百里奚做过俘虏，伊尹做过厨师。

姜尚曾在朝歌做屠夫，宁戚曾高歌喂牛。

如果没遇到商汤、周武王、齐桓公、秦穆公,世人谁会知晓他们的才能！

吴王听信谗言不辨是非，子胥死后吴国的忧患就到来了。

介子推忠贞却被焚死，晋文公醒悟又想去访求。

封赐了介山禁止采樵，以报答他的割股厚德。

想起曾经患难与共不离不弃，身着缟素痛哭流涕。

忠贞之人至死高洁，奸诈小人却令君王欣悦。

从不省视考证事实，任凭虚妄之词蔓延。

芳草与污泥杂糅一起，谁能天天去辨别？

为何芳草会早早凋零，微霜初降就应当警惕。

君王耳目不明受人蒙蔽，谗谀小人日渐得志。

误。　⑩介子：即介子推，曾随晋文公流亡，并割股奉君。
立枯：介子推隐于介山而不肯出，晋文公烧山，介子推抱树
烧死，故曰"立枯"。　⑪文君：晋文公。　⑫优游：有余。
⑬缟素：此处指丧服。缟，白绢；素，本色未染的生绢。
⑭死节：为坚守节操而死。　⑮讹谩（yí mán）：欺诳，欺
诈。不疑：言人君不疑。　⑯省察：审察。按：考察。
⑰申旦：犹言"早晚"。旦为早晨，申为申时，为下午三点到
五点。别：辨别，识别。　⑱谅：信，诚。聪：听觉。　⑲得：
得志。

自前世之嫉贤兮，谓蕙若❶其不可佩。
妒佳冶❷之芬芳兮，嫫母姣❸而自好。
虽有西施之美容兮，谗妒入以自代。
愿陈情以白行❹兮，得罪过之不意。
情冤见之日明❺兮，如列宿之错置❻。
乘骐骥而驰骋兮，无辔衔而自载❼。
乘氾泭以下流❽兮，无舟楫而自备。
背法度而心治❾兮，辟与此其无异。
宁溘死而流亡兮，恐祸殃之有再。
不毕辞❿而赴渊兮，惜壅君之不识。

骏马飞奔

【注释】

❶蕙若：蕙草与杜若，皆香草。　❷佳冶：指容貌美者。　❸嫫（mó）母：貌丑者。姣：妖媚。　❹陈情：陈述衷情。白行：表白自己的行为；白，告诉，陈述。　❺情冤：情实与冤枉，犹"是非曲直"。见：古同"现"，出现，显露。

　　　　　　　大家读《楚辞》

自古贤臣总被嫉妒，说蕙草与杜若不可佩戴。

嫉妒美人的芳香，丑妇却妖媚自以为美。

纵然貌美如西施，也被谗佞之人钻营取代。

想要陈述衷情表明情志，却又遭受罪过。

冤屈总会日渐分明，如同星辰列位清晰可见。

乘着骏马飞奔，没有缰绳辔头全随己心。

乘着竹筏顺流而下，没有船桨全靠自划。

违法度随心而治，就如这些情形一般。

宁愿一死随水漂走，唯恐再次遭受灾祸。

衷情难诉去自投深渊，痛惜君王不懂我的心志。

日明：日益明白。　❻列宿：众星宿。错置：交错陈布。
❼衔：马嚼子。载：乘。　❽氾：浮。泭（fú）：竹木编成的
筏子。下流：顺水势而下。　❾心治：指不用法度，而凭主
观意愿治理政事。　❿毕辞：尽所欲言；毕，完结，完毕。

【解读】

《惜往日》是《九章》的第七篇。"惜往日"的篇名取自此诗篇首"惜往日之曾信兮"开头三字。该诗通过对自己过往政治经历的叙述，追忆自己与楚王的往日关系，曾经的被信赖及至如今的放流生涯，表现了正道直行的贤才被弃用，枉道邪行的小人受重用是昏庸时代的普遍现象，因此，诗人表现出极度的失望，甚至要以死殉国。

《惜往日》大概写于《怀沙》之后，为屈原接近人生终点的作品。诗中对楚王的态度与之前相比，有所变化。之前诗篇会以"荪""美人"来比喻君主，而此诗中称君主为"壅君"。可见他与君主决裂的态度，但是否为屈原的绝命词，仍然有不同看法。从诗文内容可看出，这里有屈原与楚怀王之间亲密的交往，也有他从被信任到被疏远以至于最后不得不以死殉国的经过。总体来说，对于往事的追忆是此诗的主旋律。

《惜往日》开篇从"惜往日之曾信兮，受命诏以昭诗"至"惭光景之诚信兮，身幽隐而备之"一段诗人回忆他年轻时候曾受到信任，传达君主的诏令昭明天下，他帮助君主辨明法度，决断疑难，那时候国富民强，君臣也经常轻松游乐。但是美好的日子一去不再，这是因为奸佞小人嫉妒他，诋毁他，他又是心性敦厚之人，不善辩白。君主愤怒地斥责这位曾经信赖的臣子，甚至不去辨清其中的是非对错。他的心就这样似日月被遮蔽了光辉，忧愤难平。"临沅湘之玄渊兮，遂自忍而沉流"至"独鄣壅而蔽隐兮，使贞臣为无由"一段写壅君不可能清醒，贞臣无路可走。屈原到了沅湘水边，望着深邃浩荡的江水，他想到了自沉江流。"闻百里之为虏兮，伊尹烹于庖厨"至"或忠信而死节兮，或訑谩而不疑"一段提到了很多先贤，秦国大夫百里奚做过俘虏，商汤

　　　　　　　　　　　　大家读《楚辞》

宰相伊尹担任过厨师，周武王的谋士姜太公吕望在朝歌做过屠夫，齐国重臣宁戚曾经以喂牛为生。如果他们没有遇到商汤、周武王、齐桓公、秦穆公，谁人能知道他们是贤才？吴王夫差听信谗言，伍子胥死后国破家亡；介子推忠信于晋文公，却活活被烧死了！念及那些遇到贤明君主的臣子，他心怀美慕；想到那些被昏君遗弃的贤能之人，他感已伤身。有人忠贞诚信却要为坚守节操而死，有人欺诈虚伪却无人怀疑。"弗省察而按实兮，听谗人之虚辞"，昏庸的君主就是这样不辨是非，受谗言蒙蔽，阿谀之徒才日渐得势。这些正反的历史事例说明遇明君不易，也正反衬了楚王的昏庸，"何芳草之早殀兮，微霜降而下戒。谅聪不明而蔽壅兮，使谗谀而日得"。谗谀得志，芳草早夭，也许就是诗人的宿命。

"自前世之嫉贤兮，谓蕙若其不可佩"至"乘泛泭以下流兮，无舟楫而自备"一段说自古小人嫉妒贤能，他们嫉妒佳人散发出的芳香，丑妇却自认为自己美丽万方。小人们的恶令他厌恶，朝政已经被这些罪恶的人把持，言不上达，君主闭目塞听。他在远处偏僻的地方，只能远远追忆。这种有冤屈而无处申辩的痛楚是那么强烈，他骑上骏马自由驰骋，甩去缰绳和衔铁任马匹自行驾驭；他乘着木筏顺流而下，没有船桨和帆舵，他如此满心惆怅，只愿自己随水流而逝，希望自己可以永远不再思考那些痛心之事了。

屈原通过对自身遭遇的追忆，以及对历史上曾经发生过的无数忠臣遭遇的分析，认为他的人生已经穷途末路了。"背法度而心治兮，辟与此其无异。宁溘死而流亡兮，恐祸殃之有再。不毕辞而赴渊兮，惜壅君之不识。"楚王背离法度，楚国已经没有前途，对于诗人来说，剩下的只有灾难，为了避免再次罹祸，溘死而流亡都是必要的选项。

橘
颂

后❶皇嘉树，橘徕服❷兮。

受命不迁，生南国兮。

深固难徙❸，更壹志兮。

绿叶素荣❹，纷其可喜❺兮。

曾枝剡棘❻，圆果抟❼兮。

青黄杂糅，文章烂❽兮。

精色内白❾，类任道❿兮。

纷缊⓫宜修，姱而不丑兮。

嗟尔幼志⓬，有以异兮。

独立不迁，岂不可喜兮。

深固难徙，廓⓭其无求兮。

苏世独立⓮，横而不流⓯兮。

闭心自慎⓰，不终失过兮。

秉德无私，参⓱天地兮。

愿岁并谢⓲，与长友兮。

【注释】

❶后：后土。　❷徕服：指生来适应当地水土气候。
❸深固：根深而坚固。徙：迁徙。　❹素荣：白花。素，白；
荣，华，花。　❺纷：纷纷然，言多。可喜：犹言"可爱"。
❻曾枝：层层叠叠的树枝；曾，通"层"，重。剡棘：锐利
的刺；剡，尖，锐利。　❼抟（tuán）：圆。　❽文章：美
丽的图案和花纹。烂：灿烂，有光彩。　❾精：明亮。内白：

【译文】

天地间最美的橘树，生来便适宜这方水土。

禀受天命永不迁徙，只愿生长在南方楚国。

根深蒂固难以迁移，志向坚定专一不改。

枝叶碧绿花朵洁白，花枝繁茂令人欢喜。

层叠枝丫长着利刺，圆圆硕果挂满枝头。

青黄参差交错，色彩缤纷灿烂。

外表明亮内质洁白，正如贤臣可委重任。

果实繁盛而精美，修饰合宜且得体。

慨叹自幼志向高洁，素与众木不同。

独立不移，怎能不使人喜爱。

根深坚固难以迁徙，心志广阔别无所求。

飘然独立天地间，浩然正气不随俗。

情志藏于心间，谨慎自守没有过失。

秉持无私美德，高洁堪比天地。

唯愿共度岁月，与橘树终生为友。

内质洁白。　⑩类：似，貌。任道：有道。　⑪纷缊（yùn）：
繁盛的样子。　⑫嗟：叹词。尔：汝，指橘而言。幼志：自幼
的志向。　⑬廓：开阔广大。　⑭苏世：犹"醒世"；苏，清醒。
独立：特立，超群。　⑮流：随流于俗。　⑯闭心：将独立
之志藏在心里。自慎：谨慎自守。　⑰参：比，并。　⑱并：
全，全都。谢：去。

淑离❶不淫，梗其有理❷兮。
年岁虽少，可师长❸兮。
行比伯夷❹，置❺以为像兮。

秉持无私美德，高洁堪比天地

【注释】
❶淑离：独善。淑，善；离，孤特。　❷梗：正直。
理：纹理，条理。　❸师长：指以之为师长，即可效法之。

【译文】

美善孤持不淫惑，正直坚强通事理。

固然风华正年少，通明事理可谓师长。

德行堪比伯夷，可为众人榜样。

❹伯夷：商朝末年孤竹国君之子，拒绝君主之位，行为高
洁，不受世俗利益引诱，后饿死。　❺置：树立。

【解读】

《橘颂》是《九章》的第八篇。这是一首简短的咏物诗，是一篇关于橘树的颂歌，所以取名"橘颂"。该诗赞扬橘树受命不迁、深固难徙的独立精神，寄托屈原自己坚守人生底线，不为艰难曲折和世俗荣辱所动的伟大人格。

《橘颂》和《九章》的其他诗篇抒发的情感有着很大区别，诗里充满了奋发的精神和生气蓬勃的景象，没有明显的悲愤之情。所以有不少人认为这首诗是屈原早期所写，这种观点并不可靠。屈原的坚定，是在困苦坚守中不断磨炼而成的，是经过多次的彷徨和挣扎，逐渐明晰的。从《离骚》开始，一直到《九章》中，屈原还会犹豫是否应该坚守，是否可以从俗。而在《橘颂》之中，他从橘树身上，找到了坚守的力量。这篇作品表现的坚守情怀，比过去都要坚定。屈原见橘树，想起北国没有橘树，所以才感叹橘树"受命不迁，生南国兮。深固难徙，更壹志兮"，"独立不迁，岂不可喜兮"，"苏世独立，横而不流兮"，"秉德无私，参天地兮"。屈原所感叹的橘树的这些品格，正是我们今天所知的屈原精神价值的主要组成部分。因此，屈原虽然在歌颂橘树，实际是在激励自己。在橘树身上，屈原看到了自己的过往，也获得了坚持的力量。

《橘颂》篇幅不长，基本可以看作是四言诗。此诗从橘树的外表形态入手，描绘了生于南国的橘树之形象。橘树是如此美好，它们适应这片土地，秉承天地之命决不外迁，扎根生长于此。绿色的叶子白色的花，缤纷繁茂惹人爱，层叠的树枝尖锐的利刺，圆圆的果实簇拥成团。青黄两色混杂在一起，色泽美丽。外表鲜艳，内心纯洁，橘树不仅有不迁移这样专一的心志，更如君子一般肩负重任，有着美好的风姿。他看到了橘树完美的外表，更钦佩它们高尚的品格：

大家读《楚辞》

"嗟尔幼志，有以异兮。"橘树就这样具有了人格，它们的志气是从小就与众木不同的，岿然独立不变更，根深蒂固难转移，胸襟开阔无所求，它们清醒卓立于人间浊世，从不会随波逐流。"秉德无私，参天地兮。愿岁并谢，与长友兮。"诗人看到了橘树秉持道德，公正无私，和天地同在的高尚品质，他倾心于橘树，愿意长久地和它们相伴为友。

　　《橘颂》在中国古代咏物诗中具有重要地位，刘勰在《文心雕龙·颂赞》中说："及三闾《橘颂》，情采芬芳，比类寓意，又覃及细物矣。"刘勰认为《橘颂》是物颂的开篇，屈原之前，所颂皆为人鬼神，而屈原《橘颂》推及小物。在屈原笔下，橘树不仅枝叶繁茂，而且内涵丰富，屈原写橘树实则也是在写自己，他以橘树来比喻自己，同时也是用拟人的手法写橘树。

悲回风

悲回风❶之摇蕙兮，心冤结❷而内伤。
物有微而陨性兮，声有隐而先倡❸。
夫何彭咸之造思❹兮，暨志介而不忘❺！
万变其情岂可盖❻兮，孰虚伪之可长。
鸟兽鸣以号群❼兮，草苴比❽而不芳。
鱼葺❾鳞以自别兮，蛟龙隐其文章❿。
故荼荠不同亩⓫兮，兰茝幽而独芳。
惟佳人之永都⓬兮，更统世而自贶⓭。
眇远志之所及兮，怜浮云之相羊⓮。
介眇志⓯之所惑兮，窃赋诗之所明。
惟佳人之独怀兮，折若椒以自处。
曾歔欷之嗟嗟⓰兮，独隐伏而思虑。
涕泣交而凄凄⓱兮，思不眠以至曙⓲。
终长夜之曼曼⓳兮，掩此哀而不去。
寤从容以周流⓴兮，聊逍遥以自恃㉑。
伤太息之愍怜㉒兮，气於邑㉓而不可止。

【注释】

❶回风：旋转的风。　❷心冤结：犹言"冤枉之情结于心而不可解"。　❸声：指风声。隐：隐匿。倡：始。　❹彭咸之造思：即"造思彭咸之"的倒装，犹言"追思彭咸"。造，兴；思，念。　❺暨：和，及，与。介：耿介。忘：失。　❻万变：反复无常。盖：掩饰，覆盖。　❼号群：呼唤同类。　❽草苴（jū）：枯草。比：靠近，挨着。　❾葺：累积，重叠。　❿文章：指龙鳞的光彩。　⓫荼荠：两种植物，荼苦而荠甘。不同亩：

【译文】

悲叹秋风摇落了蕙草，心中郁结着冤屈伤痛不已。

蕙草柔弱生命陨落，秋风隐隐吹来。

为何会追思怀念彭咸，因其志向耿介坚定！

反复改变情志岂能掩盖，虚情假意怎可久长。

鸟兽鸣叫呼唤同类，枯草纵然挨着也并不芬芳。

鱼儿修饰鳞片显示自己的不同，蛟龙潜入深渊隐藏自己的光彩。

苦菜甜菜难以同生，兰芷虽居幽处却独自芬芳。

唯有美德始终传颂，历经数代也不会消亡。

高洁的志向是那么邈远，哀怜浮云在空中无所依。

耿介的远志不被理解，只能赋诗以自明其志。

佳人独自幽怨，折取杜若申椒独自欣赏。

终日数次哽咽叹息，幽居独处思虑茫茫。

涕泪横流心内悲伤，愁思不眠直到天亮。

长夜漫漫哀愁不止，黑夜也难掩无尽的怅惘。

醒来后四处悠闲游荡，姑且与清风一起徜徉。

伤心叹息独自哀怜，心绪抑郁愁闷悲伤。

不长在一起。 ⑫都：美好。 ⑬更：更历。统：相承的系统。
贶（kuàng）：通"况"，比方，与。 ⑭相羊：无所依据的样
子。 ⑮眇志：高眇之志。 ⑯曾：重。嗟嗟：叹息。 ⑰交：
并，一齐，同时。凄凄：悲伤的样子。 ⑱曙：天明。 ⑲曼
曼：漫长的样子。 ⑳寤：醒来。从容：舒缓悠闲的样
子。周流：犹言"周游""遍游"。 ㉑自恃：犹言"自娱"。
㉒愍怜：怜悯。 ㉓於邑：愁闷，郁邑。

糺思心以为纕❶兮，编愁苦以为膺❷。
折若木以蔽光兮，随飘风之所仍❸。
存髣髴❹而不见兮，心踊跃其若汤❺。
抚珮祍以案❻志兮，超惘惘❼而遂行。
岁曶曶其若颓❽兮，岂亦冉冉而将至。
蘋蘅槁而节离❾兮，芳以歇而不比❿。
怜思心⓫之不可惩兮，证此言之不可聊⓬。
宁逝死而流亡兮，不忍此心之常愁。
孤子唫而抆⓭泪兮，放⓮子出而不还。
孰能思而不隐⓯兮，照彭咸之所闻。
登石峦以远望兮，路眇眇之默默⓰。
入景响之无应兮，闻省想⓱而不可得。
愁郁郁之无快兮，居戚戚而不可解。
心鞿羁而不形⓲兮，气缭转而自缔⓳。
穆眇眇之无垠兮，莽芒芒之无仪⓴。
声有隐而相感兮，物有纯而不可为㉑。

【注释】

❶糺（jiū）：编结。纕（xiāng）：佩带。 ❷膺：胸，此处指络胸之物。 ❸仍：因，袭。 ❹存：怀有，存心。髣髴（fǎng fú）：形似。 ❺踊跃：欢欣奋起的样子。汤：热水。 ❻珮：玉佩。祍：衣襟。案：按，抑。 ❼惘惘：恍惚的样子。 ❽岁：指时间、光阴。曶曶：迅速，快。颓：衰老。 ❾蘋蘅：香草。槁（gǎo）：枯干。节离：草木枯

【译文】

把满心愁思编织成佩带，愁苦编织成内裳。

折取若木遮蔽阳光，任思绪随风飘荡。

眼前模糊一片晦暗不清，内心澎湃似沸水翻腾。

抚摸玉佩衣襟压抑心志，恍恍惚惚迷茫前行。

岁月匆匆流逝，年华渐渐凋零。

香草日渐枯萎，草木不再繁盛。

可叹哀思无尽，言辞成空。

宁愿被流放赴死，也好过煎熬日日愁痛。

孤独悲吟垂泪，被放逐流落不能还乡。

想到这些不免忧叹，不如效仿彭咸。

登上高山极目远眺，前路遥远寂寥无人。

身影声响无人回应，所闻所见一片茫然。

愁思郁结没有欢乐，悲戚忧愁无法排解。

内心被束缚没法舒展，心绪被缠绕郁结无解。

天地静默无边无际，野色苍茫独无可依。

声音隐微却能触碰心底，事物纯美却遭受离弃。

萎时茎节处断落。　⑩歇：草木败落。比：合，指聚合而茂
盛。　⑪思心：心中的愁思。　⑫聊：依赖，寄托。　⑬唫
（yín）：同"吟"。扻（wěn）：擦拭。　⑭放：弃逐，流放。
⑮隐：忧。　⑯眇眇：遥远。默默：寂寥无人。　⑰省想：
体察思考；省，省察。　⑱靮羁：马缰绳和马络头，谓"受
约束"。不形：不显露。　⑲缔：结。　⑳莽：茂密，盛多。
芒芒：广大辽阔的样子。仪：匹配。　㉑纯：美，善。为：治。

藐蔓蔓❶之不可量兮，缥绵绵之不可纡❷。
愁悄悄之常悲兮，翩冥冥❸之不可娱。
凌大波而流❹风兮，讬❺彭咸之所居。
上高岩之峭岸兮，处雌蜺之标颠❻。
据青冥而摅❼虹兮，遂倏忽而扪❽天。
吸湛露之浮❾凉兮，漱凝霜之雰雰❿。
依风穴⓫以自息兮，忽倾寤以婵媛⓬。
冯昆仑以瞰⓭雾兮，隐岐山以清江⓮。
惮涌湍之礚礚⓯兮，听波声之汹汹。
纷容容之无经⓰兮，罔芒芒之无纪⓱。
轧洋洋之无从⓲兮，驰委移⓳之焉止。
漂翻翻⓴其上下兮，翼遥遥㉑其左右。
氾潏潏㉒其前后兮，伴张弛之信期㉓。
观炎气之相仍㉔兮，窥烟液㉕之所积。

【注释】

❶藐（miǎo）：远。蔓蔓：漫长貌。　❷缥：微细。绵绵：指延绵不绝的样子。纡：屈曲。　❸翩：疾飞的样子。冥冥：幽远。　❹流：犹言"随"。　❺讬（tuō）：寄。　❻雌蜺：副虹。标颠：顶端。标，顶端；颠，顶。　❼据：靠，依。青冥：青天，苍天。摅（shū）：舒。　❽扪：抚摸。　❾湛：浓重，厚。浮：轻。　❿雰（fēn）雰：本指雪下得大的样子，此处形容霜浓重。　⓫风穴：风口。　⓬倾寤：翻身醒来。婵媛：伤感而流连。　⓭冯：登。瞰：俯视。　⓮隐：依，伏。岐山：山名，即岷山。清江：使江清澈。　⓯涌湍：奔涌的流

【译文】

路途遥远漫长没法估量，愁思缥缈延绵不绝。

愁绪满怀时常悲切，疾飞高远也无欢愉。

乘着波涛随风漂荡，追寻彭咸居住的地方。

登上高岩峭壁，飞到彩虹之颠。

依青天挥舞彩虹，疾速伸手抚摸苍天。

吮吸清凉浓露，饮用凉澈晶霜。

依风口独自休憩，醒来伤感流连。

登上昆仑雾霭弥漫，依着岷山江水蜿蜒。

水流湍急令人心生忌惮，眼前尽是汹涌翻卷的波涛。

江水纷纷没有边际，思绪茫茫毫无头绪。

波涛滚滚源自何处，曲折奔腾涌向何方。

波涛翻腾奔涌向前，左右摇荡流向远方。

江水涌流忽前忽后，背离了潮涨潮落的确切时间。

我观察蒸腾的热气，看到聚集的云雨。

水；湍，急流之水。礚（kē）礚：流水声。　⑯纷：杂乱。
容容：变化不定的样子。无经：无则，没有常规或法度。
⑰罔：通"惘"，怅惘，惘然。芒芒：茫茫，模糊不清。无
纪：无纲纪。　⑱轧：倾轧。洋洋：无边无际的样子。从：
依。　⑲委移：逶迤，曲折而长。　⑳漂翻翻：上下翻
腾，摇动不定的样子。　㉑翼：迅疾。遥遥：漂摇流动的样
子。　㉒潏（yù）潏：水流涌出之貌。　㉓伴：读为背叛之叛。
信期：准确之期。　㉔炎气：火气，热气。相仍：相继，连
续不断。　㉕烟液：古人认为火气上升为云，云凝为液是雨。

悲霜雪之俱下兮，听潮水之相击。
借光景❶以往来兮，施黄棘之枉策❷。
求介子之所存❸兮，见伯夷❹之放迹。
心调度❺而弗去兮，刻著志之无适❻。
曰：
吾怨往昔之所冀兮，悼来者之愁愁❼。
浮江淮而入海兮，从子胥而自适❽。
望大河之洲渚兮，悲申徒之抗迹❾。
骤谏君而不听兮，重任❿石之何益！
心绪结⓫而不解兮，思蹇产而不释。

荠

【注释】
❶借光景：犹言"假以时日"。　❷施：挥动。黄棘：
棘刺。枉策：弯曲的马鞭。　❸所存：所在。　❹伯夷：他
先至岐周，后隐于首阳山。　❺调度：调和自己的行度。

【译文】

悲叹霜雪齐降，细听潮水激荡。

凭借时光往来于天地，挥动荆棘作为马鞭。

寻找介子推的隐居之处，考察伯夷被放逐的行迹。

心中斟酌不忍离去，铭刻心志不去他处。

尾声：

哀怨往昔希望落空，感叹未来忧心忡忡。

愿顺江淮之水漂流入海，追随伍子胥顺应内心意志。

远眺河中的洲渚，悲叹申徒狄的孤高。

数次规谏君王无果，怀石沉江又有何益！

心中郁结无法舒解，愁思缠绕亦难消解。

---

❻著：明。适：去，之。 ❼怵（tì）怵：忧惧的样子。 ❽自适：顺适自己的意志。 ❾申徒：指申徒狄，殷末人，不忍见纣乱，自沉于渊。抗迹：高尚之举。 ❿任：负荷，肩负。 ⓫絓（guà）结：心中缠绕郁结。

【解读】

《悲回风》是《九章》的第九篇。"悲回风"的命名来自首句"悲回风之摇蕙兮"中的前三字。这里的"回风"即秋风。《悲回风》的写作时间应该在《思美人》《涉江》之后，在《惜往日》《怀沙》之前。诗中涉及的地域较广，虽然不排除有虚构的成分，但其中的"江淮"，应是实写。

《悲回风》诗开篇曰："悲回风之摇蕙兮，心冤结而内伤。"这个可以看作是这首诗的基本主线。"物有微而陨性兮，声有隐而先倡"至"眇远志之所及兮，怜浮云之相羊"一段，以悲愁起始，诗人悲悯疾风摇落蕙草，内心忧伤愁思郁结。以秋气萧索、回风震荡引起自然生机被扼杀的感慨，联想到谗人得势，贤者被疏远的现实。蕙草微小而丧失性命，风声隐匿无形而能发出声响。在这样的季节里，鸟兽鸣叫召唤着同类，荣草、枯草不能一起散发出芳香。苦菜和甘荠不能在同一块田地里生长，兰花芷草在幽僻的地方独自散发芬芳。君子就如兰芷一样被疏远，志向远大心比天高的人啊，心儿只能像浮云一样游荡无依。所以，诗人只有"介眇志之所惑兮，窃赋诗之所明"，通过自写诗篇来表明心志。

屈原难以忘怀放逐生活中的愁苦忧伤，"惟佳人之独怀兮，折若椒以自处"至"伤太息之愍怜兮，气於邑而不可止"一段写诗人在漫漫长夜，泣涕泪流，哀愁萦绕不去。"岁曶曶其若颓兮，时亦冉冉而将至"至"孰能思而不隐兮，照彭咸之所闻"一段写岁月将尽，孤立无援，诗人又一次想到了彭咸。

《悲回风》在抒情之中，连续多个句子用了双声、叠韵、联绵词，通过音节的重复，来表现他对人世的眷恋，"登石峦以远望兮，路眇眇之默默"，"愁郁郁之无快兮，居戚戚而不可解"，"穆眇眇之无垠兮，莽芒芒之无仪"，"藐蔓蔓之不可量兮，缥绵绵之不可纡。愁悄悄之常悲兮，翩冥冥之不可娱"，屈原的一切愁苦，都来源于他对生命的不舍，对楚国的不舍。因此，在最后一段，以"曰"开始，此处"曰"应是"乱曰"之省："吾怨往昔之所冀兮，悼来者之愁愁。浮江淮而入海兮，从子胥而自适。望大河之洲渚兮，悲申徒之抗迹。骤谏君而不听兮，重任石之何益！心结结而不解兮，思蹇产而不释。""愁愁"是忧惧的样子。屈原在江淮之上，想到了伍子胥，也想到了殷贤人申徒狄，他们与彭咸一样，都是重臣，都是因劝谏而获罪，最终都是蹈水而死。君主并没有因为他们的死而有所悔悟。所以，屈原怀疑蹈水而亡，可能并不能改变楚国的现实，因此心中愁绪不解，难以释怀。

《悲回风》由物及人，眼见美好的事物在秋风中遭受暴力摧残，内心伤感，诗中充满着悲伤与绝望的独白。但《悲回风》写景色又极尽奇丽奇幻，诗人在天地之间遨游，带着读者的情绪也忽上忽下，起伏不定。而"岁智智""岢冉冉""路眇眇""愁郁郁"等联绵词酝酿出的强烈的韵律感，营造了一种人生的缥缈虚幻感。情与景谐，情与境谐。

远

游

悲时俗之迫阨❶兮，愿轻举❷而远游。
质菲薄而无因❸兮，焉托乘❹而上浮。
遭沉浊而污秽兮，独郁结其谁语❺！
夜耿耿❻而不寐兮，魂茕茕而至曙。
惟天地之无穷兮，哀人生之长勤❼。
往者余弗及兮，来者吾不闻。
步徙倚而遥思❽兮，怊惝恍而乖怀❾。
意荒忽而流荡❿兮，心愁凄⓫而增悲。
神倏忽而不反兮，形枯槁⓬而独留。
内惟省以端操⓭兮，求正气之所由。
漠虚静以恬愉⓮兮，澹无为而自得。
闻赤松之清尘⓯兮，愿承风⓰乎遗则。
贵真人之休⓱德兮，美往世之登仙⓲。
与化去⓳而不见兮，名声著而日延。

【注释】
　❶迫阨：困窘不安，无立身之地。　❷轻举：轻身高
飞。　❸质：气质，资质。菲薄：鄙陋，浅薄。无因：无
所凭借。　❹托乘：依托，乘载。　❺谁语：即语谁，告
诉谁。　❻耿耿：心中不安的样子。　❼勤：辛劳，劳
倦，忧患。　❽徙倚：徘徊不前的样子。遥思：思绪悠远。
❾怊：失意怅惘的样子。惝恍：心神不安的样子。乖怀：心
烦意乱。　❿荒忽：即"恍惚"，神志不清，思绪不定的样

【译文】

感慨世情困窘，想飞升上天去远游。

生性平庸又无机缘，如何攀附仙车上天周游？

生逢混浊尘世，心中郁闷无人可诉！

长夜漫漫难以入眠，孤独彷徨直到黎明。

天涯地角无穷无尽，人生常处忧患之中。

往事无法追及，未来之事又不知怎样。

踟蹰不前思绪悠远，徘徊怅惘心神不安。

意绪恍惚内心不安，心中的愁苦悲伤日益增加。

灵魂已经一去不返，只留下了枯槁的肉身。

内省不忘端正操守，不忘寻求天地正气。

清虚平和以求内心恬静，淡泊无为而使灵魂空静。

听闻赤松子清净无为，愿秉承其超凡脱俗的遗风。

得道者以美德为贵，羡慕他们能羽化飞升。

想要脱去凡胎远去，千古美名长久流传。

子。流荡：流动不居，无所依托。 ⑪愁凄：愁闷，凄楚。
⑫枯槁：形容人的身体憔悴瘦损。 ⑬惟省：思考。端操：
端正操守。 ⑭虚静：不为外物所扰，内心平和。恬愉：恬
静愉快。 ⑮赤松：古神话传说中的仙人。清尘：清净无为，
超凡脱俗的境界。 ⑯承：秉承。风：教化。 ⑰贵：以之
为贵，珍视，珍惜。真人：道家称得道者。休：美。 ⑱美：
以之为美，赞美。往世：过去。登仙：成仙，这里指成仙
者。 ⑲化去：指飞升成仙。

奇傅说之讬❶辰星兮，羡韩众之得一❷。
形穆穆以浸远❸兮，离人群而遁逸。
因气变而遂曾举❹兮，忽神奔而鬼怪❺。
时髣髴以遥见兮，精皎皎❻以往来。
绝氛埃而淑尤❼兮，终不反其故都。
免众患而不惧兮，世莫知其所如❽。
恐天时之代序❾兮，耀灵晔而西征❿。
微霜降而下沦兮，悼芳草之先零。
聊仿佯而逍遥⓫兮，永历年⓬而无成。
谁可与玩斯遗芳⓭兮，晨向风而舒情。
高阳邈⓮以远兮，余将焉所程⓯。
重曰⓰：
春秋忽其不淹⓱兮，奚久留此故居？
轩辕不可攀援⓲兮，吾将从王乔⓳而娱戏！

【注释】

❶奇：以之为奇，惊奇。傅说：传说中殷王武丁的贤相，死后托化为星辰。讬：化为。 ❷韩众：传说中的古代仙人。一：道家以"一"为天地万物之本，是最纯粹的道。 ❸穆穆：沉静安详的样子。浸远：渐行渐远。 ❹气变：道家所指的真气的变化。曾举：高飞。 ❺神奔：如神之奔，形容仙人变化往来之快。鬼怪：形容神出鬼没，让人惊叹。 ❻精：精魂。皎皎：明亮的样子。 ❼绝：超越。氛埃：尘世；氛，浊气。淑尤：高蹈而避害，化凶为吉。

【译文】

惊奇于傅说化为星辰，美慕韩众能求得道纯。

形体幽微远远地离去，离开人事而避世隐逸。

乘风蹈雾而高飞远上，飘忽变幻把真身隐藏。

若隐若现在云中，精魂往来光辉明亮。

远离尘世而避害，不再返还故都。

以躲避群小迫害，让世人不知我去了何方。

害怕岁月流转，暮色吞噬了日光。

薄霜降下，芳草凋零而哀伤。

姑且逍遥游荡，年复一年无所成就。

谁能同嗅这残芳，迎风疏解缕缕惆怅。

先祖高阳的时代太过久远，我该如何继承其遗风。

再次诉说：

四季更迭不休，为何我要故里久留？

轩辕帝遥不可及，我将追随王子乔遨游！

---

⑧所如：所往。　⑨天时：春秋交迭，岁月更替。代序：时序相替。　⑩耀灵：太阳。晔（yè）：闪耀。征：行。⑪仿佯（páng yáng）：游荡。逍遥：无拘无束的样子。⑫永历年：经历了多年，年复一年。　⑬玩：欣赏。遗芳：遗留的芳泽，指上文凋零的芳草。　⑭邈：遥远。　⑮焉所程：即何所取法；程，法式、取法。　⑯重曰：申说未尽，再次诉说。　⑰春秋：岁月。淹：久留。　⑱轩辕：即黄帝。攀援：攀附，跟随。　⑲王乔：即王子乔，传说中的古仙人。

餐六气而饮沆瀣❶兮，漱正阳而含❷朝霞。
保神明❸之清澄兮，精气入而粗秽❹除。
顺凯风❺以从游兮，至南巢而壹息❻。
见王子而宿❼之兮，审壹气之和德❽。
曰：
"道可受❾兮，不可传❿；
其小无内⓫兮，其大无垠；
无滑⓬而魂兮，彼将自然；
壹气孔神⓭兮，于中夜存；
虚以待之⓮兮，无为之先⓯；
庶类以成兮，此德之门。"
闻至贵而遂徂⓰兮，忽乎吾将行。
仍羽人于丹丘⓱兮，留不死之旧乡。
朝濯发于汤谷兮，夕晞余身兮九阳⓲。
吸飞泉之微液兮，怀琬琰之华英⓳。

【注释】

❶餐：食用。六气：天地四时之气。沆瀣（hàng xiè）：夜间的水汽，即清露。　❷正阳：日中之气。含：含在口里。　❸神明：人的精神。　❹精气：即上文所说的六气。粗秽：混浊之气；粗，杂而不纯。　❺凯风：南风。　❻南巢：南方凤鸟栖居的地方。壹息：稍事休息。　❼王子：即王子乔。宿：留宿休息。　❽审：究问，探求。壹气：精纯之气。和德：中和之妙。　❾曰：即王子乔所言。受：用心体会获

【译文】

餐风饮露，口含霞光吮吸天地正气。

保持精神清明澄澈，吸入精气排出混浊之气。

顺着南风游荡，直到凤鸟栖居之地。

见到王子乔表达敬仰，询问中和之气的练就之道。

王子乔说：

"'道'只可心领神会，却无法口说言传；

它小到不能再分，却也大到没有边缘；

当你神魂不乱，它会自然呈现；

一元之气很神秘，常在夜息中留存；

只需安静等待，顺应自然；

万物都以此而成，这是和德之门。"

听了王子乔的妙言已动心，我匆匆启程远游。

乘云上天前往神仙国度，永远居住于此。

清晨在汤谷洗发，暮晚在九阳晾身。

饮用圣泉琼浆，食用玉华精英。

得。　❿传：用言语传授。　⓫其小无内：小到极点，没有内部可以分离。　⓬滑（gǔ）：乱。　⓭神：奇妙。　⓮虚以待之：应以虚静对待万物，任凭万物自生自灭。　⓯无为之先：顺应自然，不做无用之功。　⓰至贵：这里指最珍贵的语言，神妙之言。徂：往、去，这里指远游。　⓱仍：就，依。羽人：传说中的飞仙。丹丘：昼夜长明之地，传说中神仙居住的地方。　⓲九阳：传说中的日出之处。　⓳琬琰（wǎn yǎn）：美玉。华英：精华。

玉色頩以脕❶颜兮，精醇粹❷而始壮。
质销铄以汋约❸兮，神要眇以淫放❹。
嘉南州之炎德❺兮，丽桂树之冬荣❻。
山萧条而无兽兮，野寂漠其无人。
载营魄❼而登霞兮，掩浮云而上征。
命天阍❽其开关兮，排阊阖而望予。
召丰隆使先导兮，问大微❾之所居。
集重阳❿入帝宫兮，造旬始而观清都⓫。
朝发轫于太仪⓬兮，夕始临乎于微间⓭。
屯余车之万乘⓮兮，纷溶与⓯而并驰。
驾八龙之婉婉兮，载云旗之逶蛇。
建雄虹之采旄⓰兮，五色杂而炫耀⓱。
服偃蹇以低昂⓲兮，骖连蜷以骄骜⓳。

【注释】

❶玉色：指容貌温润如玉。頩（pīng）：面色光泽艳美。脕（wàn）：光泽，鲜艳。 ❷精：精气。醇粹：厚重纯粹。 ❸销铄：因久病消瘦，这里指脱胎换骨，身体变得轻便，即将飞升。汋约：姿态柔媚貌。这里指身体因要远游而变得轻盈柔弱。 ❹神：精神。要眇：幽远的样子。淫放：这里指精神的彻底解脱。 ❺南州：南方之地。炎德：南方气温高，属火，其德为炎。 ❻丽：以之为美，赞美。冬荣：草木冬季茂盛或开花。 ❼营魄：灵魂。 ❽天阍：天门的守门者。 ❾大微：星名，在北斗之南，轸宿和翼宿之北，是

【译文】

容颜温润艳美，天地精气令人神旺体健。

脱胎换骨身体轻盈，精神也解脱放松。

南方气候颇佳，冬日严寒桂花也不凋落。

群山萧索没有野兽，旷野也寂寥无人。

灵魂登上朝霞远游，隐蔽在浮云之下穿梭。

命令守门人为我开天门，他却倚着天门望着我。

召唤云神丰隆为我引路，寻访天帝的居所。

到达天帝的宫殿，游赏天帝的居所。

早上从天帝的宫廷出发，晚上又降临东方的玉山。

聚合众多车马，并驾齐驱车水马龙。

八龙驾车蜿蜒前行，云旌随风飘扬。

彩色旌旗高竖，色彩纷杂光彩炫耀。

辕马俯仰势气高昂，骖马肆意狂奔。

传说中天帝的居所。　⑩集：到。重阳：指天。　⑪造：到，
至。旬始：星名。清都：天帝的居所。　⑫太仪：天帝的官廷。
⑬临：到达。于微间：东方的玉山。　⑭万乘：四马拉一车
为一乘，万乘即一万辆兵车，这里形容车马之多。　⑮纷：
形容车马众多的样子。溶与：车水马龙之义。⑯建：竖立。
雄虹：彩虹。古人以虹为雄，以霓为雌。旄：以牦牛尾作装
饰的旗子。　⑰炫耀：光彩闪耀。　⑱服：四马驾车，中间
的两马称为"服"。偃蹇：回环屈曲的样子。低昂：高低俯仰。
⑲骖：四马拉车，旁边的两马称为"骖"。连蜷：马蹄屈伸的
样子。骄骜（áo）：形容马恣意奔驰的样子。

骑胶葛❶以杂乱兮，斑漫衍而方行❷。
撰余辔而正策兮，吾将过乎句芒❸。
历太皓❹以右转兮，前飞廉以启路。
阳杲杲❺其未光兮，凌天地以径度。
风伯为余先驱兮，氛埃辟而清凉。
凤凰翼其承旗兮，遇蓐收❻乎西皇。
擥彗星以为旍❼兮，举斗柄以为麾❽。
叛陆离其上下❾兮，游惊雾❿之流波。
旹暧曃其曭莽⓫兮，召玄武而奔属⓬。
后文昌使掌行⓭兮，选署众神以并毂⓮。
路曼曼其修远兮，徐弭节而高厉。
左雨师使径侍⓯兮，右雷公以为卫。
欲度世⓰以忘归兮，意恣睢以担挢⓱。
内欣欣而自美⓲兮，聊媮娱以自乐。

【注释】
❶骑：总指车马。胶葛：交错纷乱貌，此处指车马喧杂的样子。　❷斑：杂色的花纹或斑点，这里形容车马之多。漫衍：绵延伸展，连绵不断的样子。方行：并行。❸句（gōu）芒：东方木官之神。　❹太皓：传说中的古帝王。　❺杲（gǎo）杲：日出时明亮的样子。　❻蓐收：西方之神，少暤之子。　❼擥：执持，引援。旍：即"旌"字。❽斗柄：北斗之柄。麾：古代作战时指挥用的旗子。　❾叛陆离：形容各种旗子参差纷杂的样子。叛，分散；陆离，错

【译文】

车马喧杂步履乱，并列前行连绵不断。

拿着缰绳扬马鞭，将要拜访东方木神。

越过太皓居所向右转，风神飞廉在前开路。

破晓时分日光渐明，横穿天地之间自由独行。

风神为我先驱，除去浊气与尘垢。

凤凰展翅托着我的彩旗，遇见了少暤和蓐收。

手持彗星作旌旗，用北斗星柄作麾。

彩旗参差纷杂，斑斓飘舞。

日光昏暗不清，召唤玄武跟随。

请文昌星掌管行程，众神的车辆并驾前行。

前路漫漫，我平复内心从容飞升。

让雨师和雷公侍奉左右，护卫我前行。

想要远离尘世登仙离去，自由自在地高举远游。

内心喜悦自得其乐，暂且这样取乐自娱。

综的样子。上下：形容旗子在风中上下飘舞。 ⑩惊雾：浮动的雾气。 ⑪旹：日光。暧曃（ài dài）：日光昏暗不明的样子。曈（tǎng）莽：朦胧不清的样子。 ⑫玄武：二十八宿中北方七宿的总称。属：跟随。 ⑬文昌：星名，在紫微宫，由六颗星组成，如筐形。掌行：负责掌管行路的事宜。 ⑭选署：挑选部署。并毂：车辆并行；毂，车轮中心可以插轴的部分，这里指车。 ⑮径侍：直接侍奉。 ⑯度世：远离尘世而登仙。 ⑰恣睢：自在任意，无拘无束。担拣（jiǎo）：高举。 ⑱自美：自得其乐。

风神飞廉

彗星为旍，斗柄为麾

涉青云以泛滥游❶兮，忽临睨夫旧乡。
仆夫怀❷余心悲兮，边马顾而不行。
思旧故以想象兮，长太息而掩涕。
氾容与而遰举❸兮，聊抑志而自弭❹。
指炎神❺而直驰兮，吾将往乎南疑❻。
览方外之荒忽❼兮，沛罔象❽而自浮。
祝融戒而还衡❾兮，腾告鸾鸟迎宓妃。
张《咸池》奏《承云》❿兮，二女御《九韶》⓫歌。
使湘灵⓬鼓瑟兮，令海若舞冯夷⓭。
玄螭虫象⓮并出进兮，形蟉虬而逶蛇⓯。
雌蜺便娟以增挠⓰兮，鸾鸟轩翥⓱而翔飞。
音乐博衍⓲无终极兮，焉乃逝以徘徊。
舒并节以驰骛⓳兮，逴绝垠乎寒门⓴。

【注释】

❶泛滥游：到处漫游而无定所。　❷仆夫：随从的人。怀：伤感哀怜。　❸氾容与：任意徘徊；氾，任意，四处。遰举：高升而远游。遰，远；举，升。　❹抑志：控制自己的情绪。自弭：自我安抚调剂；弭，安抚。　❺炎神：南方之神，即古神话传说中的火神祝融。　❻南疑：即九嶷山。❼方外：世俗之外。荒忽：荒远渺茫，遥远貌。　❽沛：水流动的样子。罔象：即汪洋，水盛貌。　❾祝融：传说中帝喾时掌火的官，死后为火神。戒：告诫。还衡：掉转车的方向；衡，车前的横木，这里指车。　❿《咸池》《承云》：都

【译文】

踏着青云四处漫游，不经意看到故土频频回首。

仆从伤感我心中悲伤，马儿也垂泪留恋不前。

思念旧故回忆过往，徒增叹息而独自拂泪。

徘徊不前想高升远游，以安抚心中的烦苦。

想要寻访火神祝融，直奔南方的九嶷山。

世外荒原缥缈无涯，在浩渺的水上漂浮不定。

祝融告诫我向北前进，让鸾鸟传报宓妃陪我前行。

奏《咸池》《承云》之乐，令娥皇、女英吟唱《九韶》之曲。

让湘水女神鼓瑟，令海神海若和水神冯夷跳舞。

黑龙和水中神兽罔象闻声而来，协和旋律身形蜿蜒。

霓虹轻盈登上云巅，鸾鸟展翼高空翱翔。

盛大的音乐延续不绝，我将远去周游四方。

随我心任意飞驰，到达天边的北极门。

为古代乐曲名。　⑪御：侍。《九韶》：舜时的乐曲。　⑫湘灵：泛指湘水之神。　⑬海若：神话传说中的海神。冯夷：水神。　⑭虫：这里泛指水中的虫子。象：罔象，水中的神兽。　⑮蜾虫：盘曲的样子。逶蛇（wēi yí）：弯弯曲曲，延续不断的样子。　⑯便娟：形容体态轻盈美丽。增挠：指虹霓高起弯曲。　⑰轩翥（xuān zhù）：高飞。轩，举；翥，飞。　⑱博衍：博大繁盛，指音乐延续不绝。博，广大；衍，盛，多。　⑲舒并节：放开统一的节律，而任意奔驰。驰骛：奔走，奔竞。　⑳逴（chuō）：远。绝垠：天的边际，极远的地方。寒门：北极之门。

玄螭虫象闻声而来，协和旋律身形蜿蜒

经营四荒，周流六漠

轶迅风于清源❶兮，从颛顼乎增❷冰。
历玄冥以邪径❸兮，乘间维❹以反顾。
召黔嬴❺而见之兮，为余先乎平路。
经营❻四荒兮，周流六漠❼。
上至列缺❽兮，降望大壑❾。
下峥嵘而无地❿兮，上寥廓⓫而无天。
视倏忽而无见兮，听惝恍而无闻。
超无为以至清⓬兮，与泰初⓭而为邻。

〔清〕石涛绘《醴浦遗佩》

【注释】

❶轶：后面的车超过前面的，这里泛指超越。迅风：疾风。清源：古代指八风所出之源。　❷颛顼：北方之帝。增：通"层"。　❸玄冥：北方之神。邪径：间道，不正的行径。　❹间维：两维之间；维，古人给天拟定的度数。这里指天。　❺黔嬴：神话传说中的造化之神。　❻经营：往

【译文】

超越疾风到达风渊，走过颛顼掌管的北方冰雪之地。

经过北方之神曲径，登上天的两维之间回望。

召唤造化之神黔嬴来相见，请他指引通往大道的路。

在四方荒远往来周旋，遍游天地。

上至天的缝隙闪电交织的地方，下面是无边的沧海。

大海浩渺没有边界，上天广博没有边际。

飞驰速度太快眼睛什么也看不到，耳朵听不清声音。

无为而上达虚静清明的境界，与太初为伴。

来周旋。　❼六漠：六合，天地四方。　❽列缺：天的缝隙。古人以为闪电来自天的缝隙，因此也以列缺为闪电的代称。❾大壑：大海。　❿峥嵘（zhēng róng）：深远的样子。无地：极其深邃而没有下的界限。　⓫寥廓：空旷广阔的样子。⓬超：上达。至清：道家术语，指虚静清明的境界。　⓭泰初：即太初。道家指形成天地万物的元气。

【解读】

屈原正道直行，不被世俗所容，晚年遭谗，被顷襄王流放。去国怀乡，无所依托，只好以神仙之说聊以自慰，抒发胸怀，排遣苦闷，此即"远游"之意。"远游"之名，取自于篇首"悲时俗之迫阨兮，愿轻举而远游"二句。

关于《远游》作者，王逸认为是屈原。屈原因为方端正直，不见容于俗世，既被小人诋毁，又被俗人困扰，只能独自在山泽间彷徨徘徊，无人倾诉。屈原虽然有拯救社会的想法，但是心中又多有愤懑，所以用文章写下自己的奇妙思想。文章中，屈原和仙人一样，周游天地，但是他仍然怀念、思慕祖国，这就使得屈原忠信和仁义的品格更加突出。朱熹、汪瑗、王夫之、蒋骥等学者多从其说。但清人胡濬源《楚辞新注求确》则主张《远游》并非屈原作品，而为汉人所作。细考《远游》《离骚》，二者之往观四方、乘风上征的旨意是相同的，其中那些描写上天入地、朝此夕彼、东西南北的经历的句子，句法上也大概相似。另据近年出土文献，赋兴盛于战国，同时，神仙思想也在战国多有。《史记·秦始皇本纪》有方士"韩终"，洪兴祖《楚辞补注》引《列仙传》有药仙"韩终"，晋葛洪《神仙传》、李白《古风》都写为"韩众"。《远游》作为屈原的作品，应该是毋庸置疑的。

诗之首句"悲时俗之迫阨兮，愿轻举而远游"，交代了远游的原因是时俗使人困厄、悲伤，于是想飞升去远处周游。他希望能"内惟省以端操兮，求正气之所由"，这是他悲愤的追求和坚定的信念。诗人哀叹人生愁苦艰辛，希望能有清虚恬静、安然自乐的生活，意识到古时人得道成仙、飘举远游免受俗尘困扰的情况是最为理想的。于是他以赤松子、傅说、韩众等仙人作为追慕的对象，"贵真人之休德兮，美往世之登仙"，想秉承得道之人的美德，并美慕他们能得道升天。他想着形体寂静远远地离去，离开人群而避世隐逸，但其内心又在隐隐作痛，他心中难忘故土，也忘不了世俗社会。诗人想远游却又割舍不下现实，这矛盾困顿之情表露无遗。诗人跟随王子乔的脚步，向王子乔请教，得到了"道"的秘诀。听了王子乔的至理名言后，诗人吸取天之精气，神旺体健，然后开始远游。他先乘云上天，进入天宫之门，游览清都等天帝的宫殿。接着他游历了天上的东方与西方，拜会了东方天帝太皓和西方之神蓐收，此时的他似乎享受到得道成仙的乐趣。可是不经意间从高空俯瞰，瞥见故乡，心中不禁隐隐作痛。不顾那痛苦，他决意继续游历南方和北方。南方之神祝融和北方之神颛顼，都让他深受教益。南方的鸾迎宓妃、湘灵鼓瑟，以及北方的冰积寒冷让他多了更深的体验。他就这样从东到西，又从南到北，然后又经营四荒、周流六漠，最后见天地之无穷，终于"与泰初而为邻"。这一番游历声势磅礴，场面阔大，诗人的精神在远游中得以升华，愁思在四处遨游中得以排解。

　　《远游》一诗从远游的原因写到为远游所做的准备，再到神游于六合直至无穷，始终不离远游的主题。《远游》以游仙寄予精神，思想能在诗人创造的空间和时间内驰骋，这开拓的思路为后世游仙诗带来了启蒙意义，是中国古代游仙文学的源头。

远游

卜

居

屈原既放，三年不得复见。竭知^①尽忠，而蔽鄣^②于谗，心烦虑乱，不知所从。乃往见太卜郑詹尹^③曰："余有所疑，愿因先生决^④之。"詹尹乃端策拂龟^⑤曰："君将何以教之？"

屈原曰："吾宁悃悃款款^⑥，朴以忠^⑦乎？将送往劳来^⑧，斯无穷乎？宁诛锄草茅，以力耕乎？将游大人^⑨，以成名乎？宁正言不讳，以危身^⑩乎？将从俗富贵，以媮^⑪生乎？宁超然高举^⑫，以保真^⑬乎？将哫訾栗斯^⑭，喔咿嚅唲^⑮，以事妇人乎？宁廉洁正直，以自清乎？将突梯滑稽^⑯，如脂如韦^⑰，以洁楹^⑱乎？宁昂昂若千里之驹^⑲乎？将氾氾若水中之凫^⑳乎？与波上下，偷以全吾躯乎？宁与骐骥亢轭^㉑

【注释】

❶竭知：竭尽才智。 ❷蔽鄣：被蒙蔽。 ❸太卜：掌卜筮之官。郑詹尹：卜者姓名。 ❹因：依靠，凭借。决：决断，决定。 ❺端：端正。策：占卜用的蓍草。龟：龟甲。 ❻悃（kǔn）悃：朴质的样子。款（kuǎn）款：忠诚的意思。 ❼朴以忠：犹言"朴素正直"；朴，质朴。 ❽送往劳来：犹言"迎来送往"，此处指奔走周旋以媚世。❾游大人：与贵戚、权要之人交游。 ❿危身：谓"危及于身"。 ⓫媮：同"愉"，乐，安享。 ⓬高举：犹言"远

【译文】

屈原已经遭到放逐，三年没有见到楚王。他竭尽智慧与忠诚，却因小人的谗言而受到冤屈。他内心忧烦，不知如何是好。于是去拜访太卜郑詹尹，说："我有疑问，希望请您帮助我决断。"郑詹尹于是整理拂拭占卜用的蓍草和龟甲，说："你想要问什么问题？"

屈原说："我是应该做一个忠厚诚实质朴孤独的人呢，还是应该做一个送往迎来周旋社会的人呢？我是做一个勤勤恳恳清除茅草努力耕种的人呢，还是做一个周游于权贵之门追求名利的人呢？我是应该直言不讳让自己处于危险之中呢，还是混迹世俗谋求富贵苟且偷生呢？是应该超越世俗保持高洁品行呢，还是花言巧语巧言令色让妇人高兴呢？是应该廉洁正直保持清白呢，还是圆滑世故随机应变呢？是应该如奔腾不已的千里马呢，还是应该像水中野兔随波逐流苟全性命呢？是应该和骐骥共同驾辕呢，

去"。　⑬保真：保持自己正直的本性。　⑭呢訾（zú zǐ）：善于察言观色、奉承阿谀的样子。栗斯：献媚之态。　⑮喔咿嚅唲（ér）：强颜欢笑的样子。　⑯突梯滑（gǔ）稽：态度圆滑，口齿伶俐，形容善于迎合世俗的好恶。　⑰如脂如韦：光滑如油脂，柔软如熟牛皮。形容善于应付环境，随机应变。脂，油脂；韦，熟牛皮。　⑱洁：通"絜"，测量圆形叫"絜"。楹：屋的柱子。　⑲昂昂：出群的样子。驹：小马。　⑳氾氾：漂浮的样子。凫：水鸟，俗称"野鸭"。　㉑亢轭（è）：谓"齐驱并驾"；轭，辕前套住马的部分。

乎？将随驽马之迹乎？宁与黄鹄比翼㉒乎？将与鸡鹜㉓争食乎？此孰吉孰凶？何去何从？世溷浊而不清：蝉翼为重，千钧㉔为轻；黄钟㉕毁弃，瓦釜㉖雷鸣；谗人高张，贤士无名。吁嗟默默㉗兮，谁知吾之廉贞？"

詹尹乃释策而谢㉘曰："夫尺有所短，寸有所长，物有所不足，智有所不明；数有所不逮㉙，神有所不通。用君之心，行君之意。龟策诚不能知事。"

【注释】
㉒黄鹄：天鹅。比翼：并飞。 ㉓鹜：鸭。 ㉔钧：三十斤为一钧。 ㉕黄钟：乐器名，多为庙堂所用。 ㉖瓦

还是追随驽马的足迹呢？是和黄鹄一起比翼齐飞呢，还是和鸡鸭一同争食呢？这些怎么做是吉的，怎么做是凶的？我该何去何从？世道浑浊，是非不清：单薄的蝉翼被认为很重，千钧之物被认为太轻；洪亮的黄钟被毁坏抛弃，鄙陋的瓦釜却被当作乐器雷鸣震天；谗佞的小人嚣张跋扈，贤能的人却默默无名。只能叹息沉默，谁能了解我的贞廉？"

太卜詹尹于是放下蓍龟对屈原致歉："尺寸各有长短，物有不足，知有不明；计算有不准确的时候，神也不能洞悉一切。依凭你自己的心，做你想做的事情吧。龟策实在不能决定你的心志。"

釜：瓦锅，喻平庸之人。㉗默默：不得意的样子。㉘释：舍，放下。谢：辞，道歉。㉙数：这里指算计，计算。逮：及，到。

大家读《楚辞》

〔清〕黄应谌绘《屈原卜居图》

【解读】

对于"卜居"的意思，卜，是占卜，问卦，以卜决疑；居，是处世的方法和态度。"卜居"的意思就是说，通过问卦来决定自己在现实生活中的态度，解决如何面对这个世界的问题。

关于本篇作者，据王逸所言，《卜居》是屈原的作品。清代学者崔述开始怀疑《卜居》的作者，认为乃后世学者"假托成文"。《卜居》《渔父》二文，是屈原记录自己与他人对话的作品，其风格类似于宋玉《高唐对》这样的"对问体"，是宋玉《高唐赋》《登徒子好色赋》等所效法的范本。

《卜居》虽有韵律可寻，但它是一篇散文，不再是诗，这与下篇《渔父》是一样的题材。许多人认为，《卜居》《渔父》这类文章的出现，恰好是楚辞到赋体作品的过渡。诗中提出十几个问题来卜问处世之法则，这些问句中无不透露着屈原对黑暗现实的激愤之情，显露着他对真善美的追求以及对假恶丑的弃绝，也还有着他对人生的选择以及抉择之后的痛苦心情。文章用宾客问答的方式，在问答之间探讨出富有哲理的结论。

先是交代了屈原已经遭到放逐，三年没有见到楚王。他竭尽智慧与忠诚，却因小人的谗言而受到冤屈。他内心忧烦，不知如何是好，于是就去拜访太卜郑詹尹，问卜是古人常用的解决问题的方法。虽不知郑詹尹是否确有其人，但屈原去找的是"太卜"，而非一般的占卜之人，可见屈原要询问的也不是自己的祸福得失，而是关系国家命运之事。屈原"有所疑，愿因先生决之"，他所疑惑的是如何在那个世道生存的问题，一系列的问题问出了他关于人生的思考，也是关于家国命运的思索。他问到是应该诚恳勤勉呢，还是应该无休止地应酬、周旋？应该锄草铲田聊度此生，还是应该游说权贵求取功名呢？应该直谏忠言奋不顾身呢，还是应该追求富贵而偷生？应该保持超然物外的真性情，还是应该像媚妇一样去奴颜婢膝？应该廉洁自好呢，还是应该圆滑世故，如油脂一样滑腻，如牛皮一般柔弱缠柱？应该气宇轩昂如同千里马般，还是该浮游不定如水中野鸭来保全性命地随波逐流？应该与骏马并驾齐驱，还是该跟劣马亦步亦趋？应该与黄鹄比翼齐飞，还是该和鸡鸭争食？这些事情哪个吉利，哪个凶险？哪些可以做，哪些不能做呢？这世道混浊，是非不清，单薄的蝉翼被认为很重，千钧之物被认为太轻；洪亮的黄钟被毁坏抛弃，鄙陋的瓦釜却被当作乐器雷鸣震天；谗佞的小人嚣张跋扈，贤能的人却默默无名。

这是一段铿锵有力的质问，与其说是向神明提问，倒不如说是满怀情感地陈述己见。他以"宁……将……"的疑问句式，问的是关乎安身立命的大事，问的是报效国家的途径，问的是民族存亡的根本问题。当他问罢这伤心的话语，情感已经不能自制。他说"吁嗟默默兮，谁知吾之廉贞"，这是多么无奈的一句话。这时已经摆好占卜用的蓍草，拂拭过灵龟的郑詹尹放下了筹策，辞谢说"尺有所短，寸有所长，物有所不足，智有所不明"，卦数有时候也会算不准，神灵的法力也有不至之处。他只有让屈原随着自己的心意，因为龟卜蓍占实在是不能料知那些事情的。

如果说屈原去问卜，是因为他内心仍旧纠结，这一番问答之后，他或许能更为了然自己的内心。屈原其他作品中都反复地出现一个主题，那就是他不会屈从世俗，与小人同流合污，即使内心有着不被理解的痛楚，他也要坚守内心的高洁。这是他反复重申并为世人赞扬至今的高尚品德。

卜居

渔父

屈原既放，游于江潭❶，行吟❷泽畔，颜色憔悴❸，形容❹枯槁。渔父❺见而问之曰："子非三闾大夫❻欤？何故至于斯？"屈原曰："举❼世皆浊我独清，众人皆醉我独醒，是以见❽放。"渔父曰："圣人不凝滞❾于物，而能与世推移。世人皆浊，何不淈其泥而扬其波❿？众人皆醉，何不餔其糟而歠其醨⓫？何故深思高举，自令放为？"屈原曰："吾闻之，新沐者必弹冠⓬，新浴者必振衣⓭。安能以身之察察⓮，受物之汶汶⓯者乎？宁赴湘流，葬于江鱼之腹中。安能以皓皓⓰之白，而蒙⓱世俗之尘埃乎？"渔父莞尔⓲而笑，鼓⓳枻而去。歌曰："沧浪⓴之水清兮，可以濯吾缨㉑；沧浪之水浊兮，可以濯吾足。"遂去，不复与言。

【注释】

❶江潭：泛指沅湘之间；潭，水之深处。　❷行吟：边走边吟。　❸颜色：脸色。憔悴：困顿萎靡的样子。　❹形容：身体和容貌。　❺渔父（fǔ）：渔翁。　❻子：古代对男子的尊称。三闾大夫：旧说以为掌宗室教育等项之官，钱穆认为乃邑大夫。　❼举：全，皆，都。　❽是以：因此。见：被。　❾圣人：有最高智慧的人。凝滞：拘泥。　❿淈（gǔ）：意为搅浑。扬其波：指推波助澜。　⓫餔（bū）：意为食用。糟

【译文】

屈原已经被放逐到江南，徘徊在湘江水畔，忧伤吟叹，容貌憔悴不堪，身体枯槁消瘦。渔父遇到屈原，于是问他："你不是三闾大夫吗？为什么到这个地方来？"屈原说："楚国的君臣都是混浊的糊涂人，而我是清白的；众人都喝醉酒了，而我是清醒的。因此被放逐。"

渔夫说："有圣德的人不被事物所束缚，他们会随着世道的改变而一起变化。既然世上的人都如此混浊，你何不也搅浑泥水，扬起浊波？既然大家都醉了，你何不也吃酒糟，喝醉酒呢？何苦自己一定要深谋远虑，行为高尚，导致被放逐于此呢？"屈原回答说："我听说，刚洗过头的人一定要掸去帽子上的灰尘，刚洗完澡的人一定要整理一下衣服。怎么能让自己洁净无比的身体沾染上污秽不堪的外物呢？宁愿跳入湘江，葬身鱼腹，也不会让洁白纯净的身体蒙受上世俗的灰尘。"渔父听完屈原的话微微一笑，叩着船舷而离去，唱道："沧浪的水清澈，可以洗我的帽带；沧浪的水混浊，可以用来洗我的脚。"于是离开了，不再和屈原说话。

酒渣。歠（chuò）：饮。醨（lí）：一作"釃"，薄酒。 ⑫沐：洗头。弹冠：拍打帽子，去掉灰尘。 ⑬浴：洗澡。振衣：抖掉衣服上的灰尘。 ⑭安能：怎么能。察察：洁白的样子。 ⑮汶汶（mén）：污浊的样子，蒙受尘垢的样子。 ⑯皓皓：洁白，比喻品质高尚纯洁。 ⑰蒙：遭受，蒙受。 ⑱莞尔：微笑的样子。 ⑲鼓：叩动，敲击。 ⑳沧浪：水名。 ㉑缨：帽子上的带子。

傅抱石绘《渔父图》

傅抱石绘《屈原像》

【解读】

"渔父",即渔翁,以隐士自居,逍遥自在,忘情于山水,俨然是一位隐匿于山水间的哲人。

《渔父》是一篇深富哲思的优美散文,是两个人物演出的情景剧,也是一段关于生存法则的讨论。文中有详细的行为、神态描写,也有睿智机警的话语,后人能从中读到当时的人物悲欢,也能由它展开并领悟自己的人生之思。

屈原在江边游荡独行,他一边行走一边吟哦,面容憔悴,形容枯槁。江边打鱼的老人看见他,便问:"子非三闾大夫欤?何故至于斯?"屈原的这个样子让渔父颇为不解,忧伤的屈原回答说:"举世皆浊我独清,众人皆醉我独醒,是以见放。"他之所以被流放至此,是因为世上的人都混浊,而他是清白的;大家都醉醺醺地立于世,只有他是清醒着的。这简短的问答已经勾勒出屈原流放之后,身心俱痛的状况,也交代了屈原流放的原因。渔父劝诫屈原"圣人不凝滞于物,而能与世推移",即有圣德的人不被事物所束缚,他们会随着世道的改变一起变化推进,他甚至给出了更为具体的建议:"世人皆浊,何不淈其泥而扬其波?众人皆醉,何不餔其糟而歠其醨?何故深思高举,自令放为?"既然世上的人都如此混浊,你何不也搅浑泥水,扬起浊波?既然大家都醉了,你何不也吃酒糟、喝清酒?何苦自己一定要思虑深远、行为高尚,而使自己被放逐于此呢?渔父的劝诫显然并不能改变屈原的意志。

屈原举例说"新沐者必弹冠,新浴者必振衣",刚洗过头的人一定要掸去帽子上的灰尘,刚洗完澡的人一定要整理一下衣服。怎么能让自己洁净无比的身体沾染上污秽不堪的外物呢?他宁愿跳入湘江,葬身鱼腹,也不会让洁白纯净的身体蒙上世俗的灰尘啊!这些都表明了屈原坚定的信念和保持自我高洁的决心，这些回答也是铿锵有力的。

渔父听罢，"莞尔而笑，鼓枻而去"，摇起船桨的他不再与屈原说话，走时还唱着《沧浪歌》："沧浪之水清兮，可以濯吾缨；沧浪之水浊兮，可以濯吾足。"渔父的处世哲学与屈原是不同的，他们的交流也就到此终止。

执着的屈原和旷达的渔父在悠悠江畔，进行着精彩的思考与对话。屈原正道直行，而不随波逐流，其忧伤沮丧亦无人能解。而那渔父逍遥于山水之间，早已看遍红尘俗世，恬淡自安、随性自适，他寄情于自然，而乐天知命。渔父劝解屈原要"能与世推移"，他认为屈原应该与世俗同舞，与众人同醉，这样就可以没有苦痛，少了忧烦。

屈原坚持操守的形象我们已然十分熟悉，而此篇中的渔父则提供了另一种生存方式。如果屈原多一些渔父的自在，也许就会少一些痛苦，其实屈原并非不知此道理，诚如林云铭《楚辞灯》所说"原非不知和光同尘，可以免于罪，但自惟得此清醒之体，费却许多洗濯功夫，原非易事。若入于浊醉之中，何异新沐浴者复受衣冠垢污，与未沐浴同矣"。也许屈原之所以受人敬仰，就是因其独立不迁的品质吧。

九

辩

宋

玉

悲哉，秋之为气❶也！萧瑟❷兮，草木摇落而变衰。
憭栗❸兮若在远行，登山临水兮送将归。
泬寥❹兮，天高而气清；寂寥❺兮，收潦❻而水清。
憯凄增欷❼兮，薄寒之中❽人。
怆怳懭悢❾兮，去故而就新。
坎廪❿兮，贫士失职⓫而志不平。
廓落⓬兮，羁旅而无友生⓭。
惆怅兮，而私自怜。
燕翩翩其辞归兮，蝉寂漠而无声。
雁廱廱⓮而南游兮，鹍鸡啁哳⓯而悲鸣。
独申旦⓰而不寐兮，哀蟋蟀之宵⓱征。
时亹亹而过中⓲兮，蹇淹留而无成。
悲忧穷戚兮独处廓，有美一人兮心不绎⓳。
去乡离家兮徕远客，超逍遥兮今焉薄⓴！
专思君兮不可化，君不知兮可奈何！

【注释】

❶气：天气。 ❷萧瑟：草木萧条的现象。 ❸憭栗（liáo
lì）：哀怆，凄凉。 ❹泬（xuè）寥：清朗空旷貌。 ❺寂寥：
虚静的样子；寂，无人声。 ❻潦（lǎo）：雨水。 ❼憯
（cǎn）凄：悲痛，感伤。欷：叹息的样子。 ❽薄寒：微寒。
中：伤。 ❾怆怳懭悢（chuàng huǎng kuǎng liàng）：均为悲
伤之意。怆怳，失意貌；懭悢，不得志，失意的样子。 ❿坎
廪（kǎn lǐn）：犹"坎坷"，本指道路不平，又喻遭遇不好，

【译文】

悲凉啊，这秋天的肃杀之气！草木衰败摇落，十分萧瑟。

心似远行之客般凄怆，登高远眺，送别将归之人。

天高气清，旷荡空虚，碧水涟漪荡漾。

微寒沁肤，更觉怆痛怅惘。

满怀失意与悲伤，辞别故土去新居。

贫士心怀愤懑，仕途坎坷困顿。

孑然一人，异乡流落。

愁闷伤情，犹自哀怜。

燕子翩翩而飞将要离别，蝉也安静不再发出声音。

大雁鸣叫着南飞，鹍鸡不停发出悲鸣声。

独坐到天明难以成眠，看到夜晚的蟋蟀又生自伤之情。

时间流逝人生过半，我却久久滞留，衰暮之年而无所成。

天地苍茫恨不休，独自一人在旷野心烦虑乱。

离开故土客行他乡，不知前方道路坎坷！

思君心意永不改变，君主不知他的忠诚又能怎么办！

困顿，失意，不得志貌。　⑪失职：一说"失去财物"，一说"失去官职"。　⑫廓落：空寂。　⑬羁旅：寄居异乡。友生：朋友。　⑭雍（yōng）雍：指雁的叫声。　⑮鹍（kūn）鸡：古代指像鹤的一种鸟。啁哳（zhāo zhā）：形容声音杂乱细碎。　⑯申旦：至天亮，自夜达旦，犹"通宵"。　⑰宵：夜。　⑱亹（wěi）亹：行进貌，此处指时光的推移。过中：已过中年，渐趋衰暮。　⑲有美一人：谓屈原。绎：解，抽出，理出头绪。　⑳薄：止。

离开故土客行他乡

仰望明月长叹不已

蓄怨兮积思，心烦憺兮忘食事❶。
愿一见兮道余意，君之心兮与余异。
车既驾兮朅❷而归，不得见兮心伤悲。
倚结軨❸兮长太息，涕潺湲兮下沾轼❹。
慷慨绝❺兮不得，中瞀乱兮迷惑。
私自怜兮何极？心怦怦兮谅直❻。
皇天平分四时兮，窃独悲此廪❼秋。
白露既下百草兮，奄离披此梧楸❽。
去白日之昭昭❾兮，袭长夜之悠悠❿。
离芳蔼⓫之方壮兮，余萎约⓬而悲愁。
秋既先戒以白露兮，冬又申之以严霜。
收恢台⓭之孟夏兮，然欿傺⓮而沉藏。
叶菸邑⓯而无色兮，枝烦挐⓰而交横。
颜淫溢而将罢⓱兮，柯彷彿⓲而萎黄。
萷櫹椮⓳之可哀兮，形销铄而瘀⓴伤。

【注释】
❶食事：吃饭做事。　❷朅（qiè）：离去，去。　❸结軨（líng）：古代的车厢前面和左面、右面都有栏杆，即軨，栏杆纵横连接，故称"结軨"。　❹轼：古代车前用以凭倚的横木。　❺慷慨：激昂，愤激。绝：极，尽。　❻怦怦：此处取忠诚貌。谅直：忠诚正直。　❼廪：与"凛"同，寒。　❽奄：忽然。离披：指叶子落尽，枝条疏散。梧楸：梧桐、楸树，皆早凋。　❾昭昭：光明的样子。　❿袭：因袭，

大家读《楚辞》

【译文】

心中积怨郁结忧思，思君念主寝食难安。

希望见到君主表明忠信，无奈君主之心却与我不同。

车马已经备好想要返回故都，见不到君王又内心伤悲。

倚靠马车栏杆不停叹息，泪流不止竟沾湿车前横木。

壮志难酬愤恨诀别，内心迷惑烦乱悲哀。

自艾自怜何时才是尽头？即便如此依旧忠诚正直。

自然拥有四季，我却独因凛秋而伤感。

白露降下百草衰萎，梧楸树也已凋零。

白日光芒散尽，暗夜无尽漫长。

青春年华早已远逝，贫病交加愁绪倍增。

秋天降下白露，冬天又加了寒霜。

万物生长的孟夏早早结束，万物停止活动躲藏起来。

树叶枯萎黯然无色，枯败枝条纷乱交错。

草木失去了光泽，枝丫枯黄变了颜色。

突兀的树梢高高耸立，身体枯槁久病愁苦。

入。悠悠：漫长的样子。 ⑪芳蔼：芳菲繁茂，喻壮年；蔼，繁茂。 ⑫萎约：萎靡而穷困。 ⑬恢台：旺盛貌，广大貌；恢，大。 ⑭欿傺（kǎn chì）：陷止，敛藏。 ⑮菸（yū）邑：枯萎。 ⑯烦挐（rú）：牵缠，纷乱貌。 ⑰颜：此处指草木的外表。淫溢：过度，过分。罢：通"疲"，毁，乏。 ⑱柯：枝。彷彿：精神彷徨的样子。 ⑲萷：同"梢"，树梢。欚椮（xiāo sēn）：叶已落，树木光秃而高耸的样子。 ⑳销铄：销毁。瘀：血瘀。

惟其纷糅❶而将落兮，恨其失时而无当。
擥骓辔而下节❷兮，聊逍遥以相佯。
岁忽忽而遒❸尽兮，恐余寿之弗将❹。
悼余生之不时兮，逢此世之佲攘❺。
澹容与❻而独倚兮，蟋蟀鸣此西堂。
心怵惕❼而震荡兮，何所忧之多方。
卬❽明月而太息兮，步列星而极明。
窃悲夫蕙华之曾敷❾兮，纷旖旎乎都❿房。
何曾华⓫之无实兮，从风雨而飞飏⓬！
以为君独服此蕙兮，羌无以异于众芳。
闵奇思⓭之不通兮，将去君而高翔。
心闵怜之惨凄兮，愿一见而有明。
重无怨⓮而生离兮，中结轸⓯而增伤。
岂不郁陶⓰而思君兮？君之门以九重！
猛犬狺狺⓱而迎吠兮，关梁闭⓲而不通。
皇天淫溢而秋霖⓳兮，后土何时而得干？

【注释】

❶纷糅：众多而杂乱。　❷骓（fēi）：骖马。古代一车四马，中间的马叫"服"，两边的马叫"骓"或"骖"。下节：按节，按鞭停车。　❸忽忽：迅速貌。遒：迫，迫近。　❹将：长，长久。　❺佲攘（kuāng rǎng）：纷乱不安貌。　❻澹容与：缓步。　❼怵惕：惊惧，恐惧警惕。❽卬：仰，仰望。　❾华：花。敷：布，引申为开花之意。

大家读《楚辞》

【译文】

树根腐朽枝干纷落，遗憾此生遇不到贤君。

扯住缰绳停下车，姑且徘徊悠游。

年岁飞快流逝将尽，恐怕寿命也不长久了。

哀悼自己生不逢时，一生遭遇各种谗妒毁谤。

孤寂独立于天地之间，唯有蟋蟀声声伴随着我。

思绪激荡，世间忧虑如此繁多。

仰望明月长叹不已，星光下独自徘徊直至天明。

感叹蕙草层层叠叠开放，在宫殿的花房里无比盛美绚丽。

只是为何花艳却不结果，风雨来时便随风飘荡！

以为君王偏爱蕙草，其实香馥同众芳。

忠信之情不被君王知晓，唯有远离奔赴他乡。

内心无比哀念忧伤，希望得见君王自明心意。

无罪却被放逐，胸中沉痛郁结更加悲伤。

哪是不爱君王？宫门深邃阻挡重重！

猛犬在门外狂吠不止，贤人进谏之路堵塞不得进。

秋雨连绵不休，路途泥泞何时才能恢复？

---

⑩旖旎（yǐ nǐ）：盛美貌。都：大。 ⑪曾华：重重叠叠的花。 ⑫飏：飞扬。 ⑬闵：自伤。奇思：谓"忠信"。 ⑭重：深念，反复地想。无怨：无罪。 ⑮结轸：沉痛郁结。 ⑯郁陶（yáo）：忧思积聚，愁思郁结貌。 ⑰狺（yín）狺：开口的样子，或曰犬吠声。 ⑱关梁闭：比喻塞贤路；关梁，关口和桥梁，泛指水陆交通必经之处。 ⑲霖：久下不止的雨。

蕙草层层叠叠，无比盛美绚丽

水草间野鸭觅食，高空中凤鸟翱翔

块独守此无泽❶兮，仰浮云而永叹！
何时俗之工巧兮？背绳墨而改错！
却❷骐骥而不乘兮，策驽骀❸而取路。
当世岂无骐骥兮，诚莫之能善御❹。
见执辔者非其人兮，故跼跳❺而远去。
凫雁皆唼夫梁❻藻兮，凤愈飘翔而高举。
圆凿而方枘兮，吾固知其龃龉❼而难入。
众鸟皆有所登栖兮，凤独遑遑❽而无所集。
愿衔枚❾而无言兮，尝被君之渥洽❿。
太公九十乃显荣兮，诚未遇其匹合。
谓骐骥兮安归？谓凤皇兮安栖？
变古易俗兮世衰，今之相者兮举肥⓫。
骐骥伏匿而不见兮，凤皇高飞而不下。
鸟兽犹知怀德兮，何云贤士之不处⓬？
骥不骤进而求服⓭兮，凤亦不贪餧⓮而妄食。
君弃远而不察兮，虽愿忠其焉得？
欲寂漠而绝端⓯兮，窃不敢忘初之厚德。

【注释】

　　❶块：孤独貌。无泽：芜泽，荒芜的草泽。　❷却（xì）：舍弃，拒绝。　❸驽骀（tái）：驽马，劣马。　❹御：驾驶车马的人。　❺跼跳：跳跃。　❻唼（shà）：鸟食。梁：米名。　❼龃龉（jǔ yǔ）：互相抵触，格格不入。　❽遑遑：惊慌不安的样子。　❾衔枚：古代行军时，士兵口里衔

【译文】

独守在荒芜的草泽，仰望浮云而长叹！

世人为何善于取巧钻营？违背法度改置礼制！

舍弃骏马不乘，鞭策着劣马启程。

世间岂无千里马？只是善御者难求。

骏马遇不到好御手，只能奔逃而去。

野鸭在水草间觅食，凤鸟在高空翱翔。

圆形孔却遇到方榫头，方圆当然难以匹配。

一众凡鸟尚有栖息之地，凤凰却惶惶而飞不得其所。

本想闭口不言，又忆起曾受过君王的恩泽。

姜尚九十获得功名，此前也未遇到相合的明君。

骏马的归宿在哪里？凤凰要在何处栖息？

世道衰微秩序崩坏，贤才难被举用。

骏马绝迹人间，凤凰也高飞走远。

鸟兽尚且怀念有德之人，为何贤士难被任用？

骏马不会强求驾车，凤凰不会乞求喂食。

君王早已把我遗忘，虽然心怀赤诚却如何前往？

想要逃离隐遁，又感念君恩浩荡难以忘怀。

枚，以防止出声，此处形容闭口不言之意。　❿渥洽：深厚的恩泽。　⓫相者：相马的人。举肥：指相马只重其肥美。⓬不处：不居，不居于朝廷之位。　⓭骤：急速。服：驾车。　⓮餧（wèi）：饲养，喂养。　⓯寂漠：静寂无声。绝端：断绝端绪。

独悲愁其伤人兮，冯郁郁其何极❶？
霜露惨凄而交❷下兮，心尚幸其弗济❸。
霰雪雰糅❹其增加兮，乃知遭命❺之将至。
愿徼幸而有待兮，泊❻莽莽与野草同死。
愿自往而径游兮，路壅绝❼而不通。
欲循道而平驱兮，又未知其所从。
然中路而迷惑兮，自厌按❽而学诵。
性愚陋以褊❾浅兮，信未达乎从容。
窃美申包胥❿之气盛兮，恐时世之不固⓫。
何时俗之工巧兮？灭规矩而改凿！
独耿介而不随⓬兮，愿慕先圣之遗教。
处浊世而显荣兮，非余心之所乐。
与其无义而有名兮，宁穷处而守高。
食不媮⓭而为饱兮，衣不苟而为温。
窃慕诗人⓮之遗风兮，愿托志乎素餐⓯。
蹇充倔⓰而无端兮，泊莽莽而无垠。
无衣裘以御冬兮，恐溘死不得见乎阳春。

---

　❶冯（píng）郁郁：愁心郁结。极：穷，尽。 ❷交：
更替，更迭。 ❸济：成功。 ❹雰：雪盛貌。糅：交杂
貌。 ❺遭命：遭遇的不幸命运。 ❻泊：安静。 ❼壅绝：
阻塞断绝。 ❽厌：按。按：止，抑。 ❾褊（biǎn）：狭小，
狭隘。 ❿申包胥：春秋时楚大夫，曾求秦助楚而泣之以

独自悲愁伤人肺腑，愁心郁结何时才是尽头？

霜露交加寒气侵袭，祈祷严寒别靠近我。

寒霜过后霰雪又降，遭遇不幸命运的时刻就要来了。

希望假以时日，与莽原野草一同死去。

想向君主陈说治国之道，但路途艰险不通畅。

想要沿着大道平稳驱驰，又不知跟随何人。

半途迷惑犹豫不前，只能吟诵《诗》《礼》平定情志。

资质平庸见识浅薄，难以做到从容与豁达。

我以申包胥志气为美德，又担心与世俗不同。

世俗庸人为何都善于取巧？抛弃法度而更改标准！

我独自正直不同流合污，愿遵循先王遗留的美德。

在浊世求取功名，并不是我乐意的事情。

与其行不义之事获得功名，宁可不得志而坚守节义。

不为了吃饱饭而投机取巧，也不为穿暖衣而苟且曲从。

追慕《诗经》的遗风，坚守实现美政的志向。

内心坚持无人指引，幽处山野唯有草木为伴。

薄衣不胜冬寒，恐等不及来年春光灿灿。

血。　⑪固：当作"同"，因形近而讹。　⑫耿介：光明正大。不随：独立，不盲从。　⑬媮（tōu）：苟且。　⑭诗人：指《诗经》的作者。　⑮素餐：不劳而食，无功受禄。此处为"不素餐"的意思。　⑯充倔：同"充诎"，高兴自满，失去节度；充，盛满。

霜雪交加寒气侵袭

岁月飞逝衰老到来

靓杪秋❶之遥夜兮，心缭悷❷而有哀。
春秋逴逴❸而日高兮，然惆怅而自悲。
四时递来❹而卒岁兮，阴阳不可与俪偕❺。
白日晼晚❻其将入兮，明月销铄而减毁。
岁忽忽而遒尽兮，老冉冉而愈弛。
心摇悦而日幸兮，然怊怅❼而无冀。
中憯恻❽之凄怆兮，长太息而增欷。
年洋洋以日往❾兮，老嵺廓❿而无处。
事亹亹而觊❶进兮，蹇淹留而踌躇。
何泛滥之浮云兮？猋❶雍蔽此明月。
忠昭昭而愿见兮，然霠曀❶而莫达。
愿皓日之显行兮，云蒙蒙而蔽之。
窃不自聊❶而愿忠兮，或黕❶点而污之。
尧舜之抗行兮，瞭冥冥而薄❶天。
何险巇❶之嫉妒兮？被以不慈之伪名。
彼日月之照明兮，尚黭黮❶而有瑕。
何况一国之事兮，亦多端而胶加❶。

【注释】

❶靓：通"静"。杪（miǎo）秋：晚秋；杪，末。　❷缭悷：缠绕郁结。　❸逴逴：愈走愈远貌。　❹递来：交替更迭。❺俪偕：一并，同时存在。　❻晼晚：太阳将落山的样子。　❼怊怅：惆怅。　❽憯恻：凄怆，悲痛。　❾洋洋：广远无涯。日往：一日日过去。　❿嵺廓：空旷高远貌。

【译文】

晚秋的长夜那么寂静，我的心纷乱忧愁而哀伤。

岁月如水年华老去，无奈只能心中惆怅自伤。

四季更迭有序，日月不能同时出现。

太阳落山日光昏暗，明月也从圆变缺。

岁月倏忽飞逝，衰老疾速到来。

每日心怀期待，却总是无望怅然。

心中凄怆无比，唯有长叹与悲泣。

日子一天天逝去，年岁已老仍没有安身之处。

国事繁多想要效力，无奈停滞于此踟蹰不前。

为什么浮云层叠，遮蔽了明月的光芒？

忠诚之心昭然可见，想见君王却阻碍重重。

希望明日能够出现，无奈浮云早已将它遮蔽。

我愿倾尽所有尽心忠君，却被谗毁而遭诽谤。

尧舜高尚的德行高远炳焕，与天相配。

为何还遭到小人嫉妒？背负不慈之污名。

日月光辉齐照大地，也会被云霓遮蔽而昏暗。

何况一国的政事更加纷繁，变化多端毫无头绪。

---

⑪亹亹：行进，前进不息貌。觊（jì）：希望，企图。　⑫猋：
急速奔跑。　⑬霒（yīn）：云遮覆日。暗：阴风。　⑭不自聊：
犹言"不自量"。　⑮黕（dǎn）：污垢。　⑯瞭冥冥：高远
貌。薄：迫近。　⑰险巇（xī）：艰难，此处指险恶小人。
⑱黤黮（dàn）：昏暗不明。　⑲胶加：纠缠无绪。

被荷襦之晏晏❶兮，然潢洋❷而不可带。
既骄美而伐武❸兮，负❹左右之耿介。
憎愠惀❺之修美兮，好夫人之慷慨。
众踥蹀❻而日进兮，美超远而逾迈。
农夫辍耕而容与❼兮，恐田野之芜秽。
事绵绵而多私❽兮，窃悼❾后之危败。
世雷同而炫曜兮，何毁誉之昧昧！
今修饰而窥镜兮，后尚可以窜藏❿。
愿寄言夫流星兮，羌倏忽而难当。
卒壅蔽此浮云，下暗漠⓫而无光。
尧舜皆有所举任⓬兮，故高枕而自适。
谅⓭无怨于天下兮，心焉取此怵惕？
乘骐骥之浏浏⓮兮，驭安用夫强策⓯？
谅城郭之不足恃兮，虽重介⓰之何益？
遭翼翼⓱而无终兮，忳惽惽而愁约⓲。
生天地之若过⓳兮，功不成而无效。
愿沉滞⓴而不见兮，尚欲布名乎天下。

【注释】
❶襦（dāo）：短衣。晏晏：鲜艳华美。　❷潢洋：犹
"浩荡"，宽阔貌，形容衣带宽松披散的样子。　❸骄美、伐
武：自夸的样子。　❹负：仗恃，依靠。　❺愠惀：形容内
心忠诚而不善言辞的样子。　❻踥蹀：行进貌，此言奔走钻
营貌。　❼容与：闲散自得貌。　❽多私：凡事多从私心出
发。　❾悼：悲痛。　❿窜藏：逃匿躲藏。　⓫暗漠：昏暗

【译文】

君王身穿华美的芙蕖短衣，却不系松垮的衣带。

夸耀自负，辜负身边耿介的贤臣。

不爱忠诚的美德之人，偏爱巧言谄佞的小人。

群小钻营得到功名，贤士修德反被疏远。

农夫弃耕闲散休息的时候，会害怕田地荒芜。

国事不断又群小谋私，担心社稷即将危败。

群小结党相互包庇，诋毁与赞誉怎能混淆不辨！

今时对镜伪装本性，之后哪里躲藏逃匿。

想要托言流星劝谏君主，无奈流星倏忽坠落难遇。

太阳终被浮云遮蔽，世间黯淡没有光明。

尧舜举贤任能，可以垂拱而天下治。

天下百姓都无怨言，心里又有何恐惧？

乘着骐骥畅行无阻，又何必用马鞭大力鞭策？

倘若城池不坚固，铠甲利刃又有何用？

小心谨慎迂回不前，忧愁抑郁苦闷无穷。

生于天地飘忽如浮云，不能实现志向施展才干。

想要隐遁隐藏此身，又想垂名于天地之间。

貌。　⑫举任：举用贤能。　⑬谅：犹"诚"，确实。　⑭浏（liú）浏：水流貌，顺行无阻貌。　⑮强策：坚硬的马鞭子。　⑯介：甲，指铠甲。　⑰邅：意为迂回不前。翼翼：谨慎严肃的样子。　⑱惛（mèn）惛：郁闷。愁约：穷困而悲愁；约，穷困。　⑲过：过隙，形容时间短暂，光阴易逝。　⑳沉滞：隐匿。

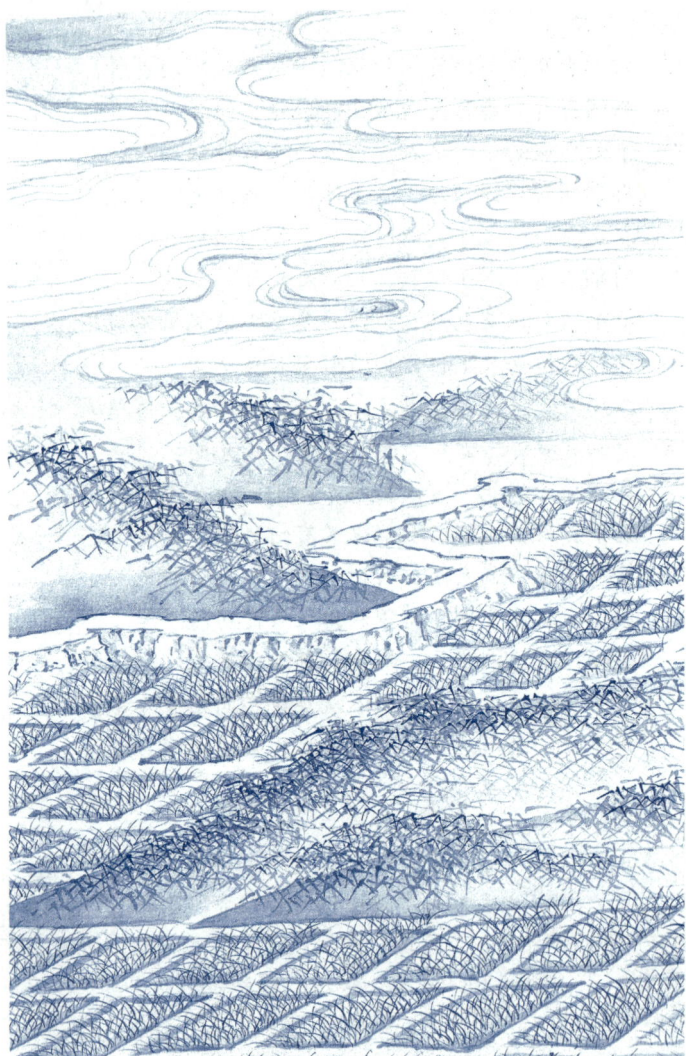

农夫辍耕休息，害怕田地荒芜

骖白霓之习习，历群灵之丰丰

然潢洋而不遇兮，直怐愗❶而自苦。
莽洋洋❷而无极兮，忽翱翔之焉薄❸？
国有骥而不知乘兮，焉皇皇❹而更索？
宁戚讴于车下兮，桓公闻而知之。
无伯乐之善相兮，今谁使乎誉之？
罔流涕以聊虑❺兮，惟著意而得之。
纷纯纯❻之愿忠兮，妒被离而鄣❼之。
愿赐不肖❽之躯而别离兮，放游志乎云中。
乘精气之抟抟❾兮，骛❿诸神之湛湛。
骖白霓之习习⓫兮，历群灵之丰丰⓬。
左朱雀之茇茇⓭兮，右苍龙之躣躣⓮。
属雷师之阗阗⓯兮，通飞廉之衙衙⓰。
前轻辌之锵锵⓱兮，后辎乘之从从⓲。
载云旗之委蛇兮，扈屯骑之容容⓳。
计专专⓴之不可化兮，愿遂推㉑而为臧。
赖皇天之厚德兮，还及君之无恙。

【注释】
❶怐愗（kòu mào）：愚昧，迷乱。　❷莽洋洋：荒野辽阔貌。　❸薄：停留。　❹皇皇：遑遑，匆遽不安貌。　❺聊虑：深思。　❻纯纯：意为诚挚的样子。　❼被离：披离，纷乱貌。鄣：障，堵塞，阻碍。　❽不肖：谦辞，不才，不贤。　❾精气：指日月。抟抟：凝聚如一团。　❿骛：追

【译文】

明君难遇得不到任用，只能烦乱自我苦闷。

荒原辽阔没有尽头，翱翔天际该去哪里停留？

国有贤士而不用，又何需着急去重新访求？

宁戚在牛车旁歌唱，齐桓公赏识而任用。

世间再无伯乐，谁能赏识我的美德？

思虑茫茫怅惘悲泣，只能抒情明志自我排解。

一片丹心只为忠于君王，反被小人嫉妒层层阻挡。

甘愿退隐与君告别，在云中肆意畅游。

乘着日月的精气，追逐群神的湛湛遗风。

驾着白虹自在飞翔，路遇众多星宿和神灵。

朱雀在左翻飞，青龙在右徜徉。

雷神随行发出阵阵雷鸣，风神在旁边翩翩跟随。

轻车上车铃阵阵，重车载物连续随行。

云旗随风飘扬，侍从紧跟车旁。

心意已决再难改变，尽忠行善成为贤士榜样。

祈求上苍庇佑，护我君王健康安泰。

逐。　⑪习习：飞动的样子。　⑫丰丰：众多貌。　⑬茷（pèi）茷：飞舞翻动貌。　⑭躍（qú）躍：行进貌。　⑮阗（tián）阗：形容声音洪大。　⑯衙（yú）衙：行进貌。　⑰轻辌（liáng）：轻而有窗的车。锵锵：车铃声。　⑱辒乘：重车。从从（zōng zōng）：长貌。　⑲扈：扈从。屯骑：聚集的车辆。容容：盛多貌。　⑳计：心意。专专：专一。　㉑推：进。

【解读】

"九辩"本是流传在当时楚地的古代乐曲名。九,多指虚数。关于本篇作者,王逸认为,《九辩》是屈原弟子宋玉因悲悯屈原信而见疑忠而被谤的遭遇,假托屈原所作,以述屈原之志。明代以后,有人提出《九辩》为屈原所作。案"九辩""九歌"是古乐名,《离骚》《天问》所言《九辩》《九歌》不是《楚辞》之《九辩》《九歌》,这是我们已明了的。屈原可以旧乐章作《九歌》,宋玉又未尝不可以《九辩》旧题作《九辩》新歌;屈原既作《九歌》,却未必需要再作《九辩》,这其中并不存在必然性的联系。至于《九辩》内容,既可以是屈原自悲,又何尝不可以是宋玉之悲屈原或自悲呢?

为了能更好地表达悲悯屈原行为及赞赏屈原文辞的目的,也为了能够准确地表达屈原之志,宋玉大量地借用屈原作品的成句及意思。同时,《九辩》的抒情方式、章法结构、语言形式,不仅继承了屈原的传统,也有新的进步。《文心雕龙·辨骚》曰:"《九辩》绮靡以伤情。"是说《九辩》有美丽与感伤相交融之特征。《九辩》因秋兴感,结构回环,形式自由,以"悲哉,秋之为气也!萧瑟兮,草木摇落而变衰"起笔,通过对秋天的描写,把感伤、悲愁的情绪通过对大自然的深刻观察与感受,运用声音、颜色、情调、感慨的交融,构成一种情景交融的艺术境界。这种意境的感伤是基于对屈原不幸遭遇的同情,因而同样具有一种反抗精神和不平情绪。这种把情绪与形象水乳相融的表现手法,以及细腻生动的描写,哀婉多变的语言,都是《诗经》乃至屈原所不具备的。

　　　　　　　　　　　大家读《楚辞》

招魂

宋 玉

朕幼清以廉洁❶兮，身服❷义而未沫。
主此盛德❸兮，牵于俗而芜秽。
上无所考此盛德兮，长离殃❹而愁苦。
帝告巫阳❺曰："有人在下，我欲辅之。
魂魄离散，汝筮予❻之！"
巫阳对曰："掌梦❼。上帝其难从。
若必筮予之，恐后之谢❽，不能复用。"
巫阳焉乃下招❾曰：
魂兮归来！
去君之恒干❿，何为四方些⓫？
舍君之乐处，而离彼不祥⓬些！
魂兮归来！东方不可以讬⓭些。
长人千仞⓮，惟魂是索些。
十日代⓯出，流金铄⓰石些。
彼皆习之⓱，魂往必释⓲些。
归来兮！不可以讬些。

【注释】

❶幼清：指年轻时品德清正。廉洁：清白高洁。
❷服：行。 ❸主：保持。盛德：指清、廉、洁、义等美
德。 ❹殃：祸患。 ❺巫阳：古代神话中的女巫，名
阳。 ❻筮（shì）：古代一种用蓍草占卜的方法。予：同
"与"。 ❼掌梦：掌管占梦的官。 ❽谢：去，一说"萎
落"。 ❾巫阳焉乃下招：巫阳于是向下界招魂；焉乃，

【译文】

我自幼品德清正，力行仁义从不懈怠。

保持美德不变更，却被世俗牵绊无法发挥。

君王不知我的美德，长久被困于谗言中。

天帝曾对巫阳说："贤者在人间，我要帮助他。

他的灵魂离散了，通过占卜找到他！"

巫阳回答说："我只掌管占梦。您的命令难遵从。

若用占卜来还魂，恐怕灵魂已消散，还魂也无用。"

巫阳于是向下界招魂：

灵魂回来吧！

为何要离开躯体，在遥远的四方漂泊游荡？

何必舍弃安乐的故国，遭遇那些不祥的事！

灵魂回来吧！东方不能寄托。

那里有几千尺的巨人，专门索取人的灵魂。

十个太阳轮流升起，能把金属和石头熔化。

东方之人已经习惯酷热，但灵魂到那里一定会被灼散。

回来吧！东方不能寄托。

语助词，于是。　⑩恒干：指灵魂平常所依附的躯体。
⑪些（suò）：句尾语气词。　⑫祥：善。　⑬托：寄托，托身。　⑭长人：指异常高大的东方巨人。仞：古代计量单位，七尺或八尺为一仞。　⑮十日：神话说东方的扶桑树上有十个太阳。代：更，交替。　⑯流金：金属熔化成流动的液体。铄：销熔。　⑰彼：指东方的长人。习之：习惯那种酷热。　⑱释：熔解消散。

长人千仞

大家读《楚辞》

黑齿野人、毒蛇聚集、巨大狐狸和九头恶蛇出没

魂兮归来！南方不可以止些。
雕题黑齿❶，得人肉以祀，以其骨为醢些。
蝮蛇蓁蓁❷，封狐千里些。
雄虺❸九首，往来倏忽，吞人以益其心些。
归来兮！不可以久淫❹些。
魂兮归来！西方之害，流沙❺千里些。
旋入雷渊，靡❻散而不可止些。
幸而得脱，其外旷宇些。
赤蚁❼若象，玄蜂若壶❽些。
五谷❾不生，藂菅❿是食些。
其土烂人⓫，求水无所得些。
彷徉⓬无所倚，广大无所极些。
归来兮！恐自遗贼⓭些。
魂兮归来！北方不可以止些。
增冰峨峨⓮，飞雪千里些。
归来兮！不可以久些。

【注释】
❶雕题：在额头上雕刻花纹。犹今之"文身"。雕，雕刻；题，额头。黑齿：把牙齿染黑，此指南方没有开化的野人。 ❷蝮蛇：一种大而毒的蛇，身上有黑褐色斑纹。蓁（zhēn）蓁：聚集在一起的样子。 ❸雄虺：凶恶的毒蛇。❹淫：通"游"，遨游，淹留。 ❺流沙：沙漠地带沙动如流水，故称"流沙"。 ❻靡：古同"靡"，烂，碎，粉碎。

　　　　　　　　　大家读《楚辞》

【译文】

灵魂回来吧！南方不能久留。

额头雕刻花纹，把牙齿染黑的野人，用人肉祭祀连同骨头捣成肉酱。

毒蛇聚集一起，巨大狐狸遍地觅食。

九头毒蛇倏忽出现，吃人以补自己的心。

回来吧！不能在那里淹留。

灵魂回来吧！西方的可怕是千里流沙。

如果卷入流沙旋涡，身体被搅碎也不停止。

即使侥幸逃脱，也是没有人迹的茫茫旷野。

蚍蜉形体硕大如象，黑蜂的腹似瓠瓜一样大。

那里五谷不生，人们都以茅草为食。

沙土酷热能把人烤焦，滴水难寻。

游荡无所可依，四野无边无际。

回来吧！停留那里会受害。

灵魂回来吧！北方不能停留。

层层冰峰像山一样高耸，飞雪千里严寒茫茫。

回来吧！不能久留在那里。

---

❼螘（yǐ）：同"蚁"。 ❽玄蜂：黑蜂。壶：通"瓠"，瓠瓜，也叫葫芦，两头大，中间细，蜂的体形与之相似。❾五谷：稻、稷、麦、豆、麻，此处泛指百谷。 ❿藂（cóng）：古同"丛"，丛生。菅（jiān）：茅草。 ⓫烂人：使人肉焦烂。 ⓬彷徉：游荡无定。 ⓭自遗贼：自取其害。遗，予，留；贼，害。 ⓮峨峨：高耸的样子。

蚍蜉形体如象，黑蜂腹似葫芦

层层冰峰高耸，飞雪千里茫茫

魂兮归来！君无上天些。

虎豹九关❶，啄害下人些。

一夫九首，拔木九千些。

豺狼从目❷，往来侁侁❸些。

悬人以娭，投之深渊些。

致命❹于帝，然后得瞑❺些。

归来！往恐危身些。

魂兮归来！君无下此幽都❻些。

土伯九约❼，其角觺觺❽些。

敦脄❾血拇，逐人駓駓❿些。

参目⓫虎首，其身若牛些。

此皆甘人⓬，归来！恐自遗灾些。

魂兮归来！入修门⓭些。

工祝⓮招君，背行⓯先些。

秦篝齐缕⓰，郑绵络⓱些。

【注释】

❶九关：指天门有九重。　❷从目：竖着眼睛；从，同"纵"。　❸侁（shēn）侁：众多的样子。　❹致命：请命；致，送。　❺瞑：闭上眼睛，即死亡。　❻幽都：指阴间的都城。阴间不见天日，故称"幽都"。　❼土伯：地下魔怪之王。九约：言土伯的身体有九节。　❽觺（yí）觺：锐利的样子。　❾敦脄（méi）：隆起的背肉。敦，厚；脄，古同"脢"，背脊肉。　❿駓（pī）駓：形容野兽

【译文】

灵魂回来吧！不要去天上。

虎豹守护着九重的天门，啄害想要登天之人。

巨人生有九头，拔树不计其数。

豺狼怒瞪着眼，来来往往不停。

倒提着人类作为游戏，玩罢再扔进深渊。

豺狼向天帝请命，方允安心死去。

回来吧！去到那里是危机。

灵魂回来吧！不要去阴间的都城。

地下魔怪之王土伯身有九节，他的角非常锐利。

他驼着背双手沾满人血，非常迅捷地追逐凡人。

头似老虎有三目异常可怕，形体肥壮如牛。

都以人肉为美食，回来吧！恐怕会招致祸害！

灵魂回来吧！从郢都的城门进入。

祭祀神巫招你归来，面引灵魂为你带路。

这里有秦国竹笼齐国线，还有郑国出产的绵。

走路很快的样子。　⑪参目：三只眼睛；参，同"叁"，三的大写。　⑫甘人：以人肉为美味；甘，美。　⑬修门：郢都的城门。　⑭工祝：擅长祭祀祈祷的巫人；工，擅长。　⑮背行：倒退着走。　⑯秦篝（gōu）：秦国出产的竹笼。古代招魂的方法是巫人拿被招者的衣服，放在笼中，使灵魂有所栖止和依附；篝，竹笼。齐缕：齐国出产的线；缕，线。　⑰郑绵：郑国出产的绵。络：缚，缠绕。

魔怪之王，其角锐利
三目虎头，其身如牛

　　　　　　　　　　　　　　　　大家读《楚辞》

魂兮归来，返回故乡

招具该备❶，永啸呼些。
魂兮归来！反故居些。
天地四方，多贼奸❷些。
像❸设君室，静闲安些。
高堂邃❹宇，槛层轩❺些。
层台累榭❻，临高山些。
网户朱缀❼，刻方连❽些。
冬有突厦❾，夏室寒些。
川谷径复❿，流潺湲些。
光风转⓫蕙，氾崇⓬兰些。
经堂入奥⓭，朱尘筵⓮些。
砥室翠翘⓯，挂曲琼⓰些。
翡翠⓱珠被，烂齐光些。
蒻阿拂壁⓲，罗帱张⓳些。

【注释】

❶招具：招魂用的工具。该备：完备；该，古同"赅"，完备。❷贼奸：指凶恶害人的东西。❸像：仿照，模拟。按楚俗，人死则设其形貌于室而祀之。❹邃：深远。❺层：重叠。轩：走廊。❻台：台基。累：重叠。榭：在台上建造的亭子。❼网户：门上镂空花格，像网眼一样。朱缀：用红色涂在格子上。❽方连：互相连接的方形图案。❾突（yào）厦：结构深邃不受外界侵袭的保暖的大屋。❿川谷：溪流。径复：往来环绕；复，反，回抱。⓫光风：阳光和风。转：摇动。

【译文】

招魂神具已备好，长啸大呼来招魂。

灵魂回来吧！返回你的故乡。

天地四方，都有凶恶的害人之物。

你的塑像设置在屋间，清静宽闲且安乐。

厅堂高大庭院深深，栏杆重叠连着走廊。

重叠的亭子筑在高高的台基上，登上可俯视高山。

门上是朱漆的镂空花格，雕刻着互相连接的方形图案。

冬天有保暖的屋堂，夏日有凉爽的屋舍。

溪流往来环绕，水流潺湲清唱。

蕙草在阳光微风中摇转，丛生的兰花芳香四溢。

穿过厅堂来到内室，头顶是朱色屋顶，地上竹席可坐。

屋子用光滑石板砌墙铺地，翡翠鸟的长尾羽装饰着挂衣服的玉钩。

翡翠鸟羽毛和珠玉装饰的被子光色灿然。

墙上挂着细纱，床上挂着丝织的帐子。

---

⑫氾：漂浮，洋溢。崇：充，聚，指丛生。　⑬奥：室内的西南角，此指内室。　⑭朱：红色。尘：承尘，即帐幕或天花板。筵：竹席。　⑮砥室：用光滑的石板砌墙铺地的屋子；砥，磨平的石板。翠翘：翡翠鸟的长尾羽，用作室内的装饰品。　⑯曲琼：玉钩，用以悬挂衣服。　⑰翡翠：鸟名，雄的毛色赤，叫作"翡"；雌的毛色青，叫作"翠"。⑱蒻（ruò）：同"弱"，细软。阿：细缯，古代一种轻细的丝织品。拂壁：挂在壁上，如同后来的墙帷。　⑲罗：古代一种丝织品。帱（chóu）：帐子。张：张挂，展开挂起。

纂组绮缟❶，结琦璜❷些。
室中之观，多珍怪些。
兰膏❸明烛，华容❹备些。
二八❺侍宿，射递代❻些。
九侯淑❼女，多迅众❽些。
盛鬋不同制❾，实满宫些。
容态好比❿，顺弥代⓫些。
弱颜固植⓬，謇其有意⓭些。
姱容修态，絙洞房⓮些。
蛾眉曼睩⓯，目腾光⓰些。
靡颜腻理⓱，遗视矊⓲些。
离榭修幕⓳，侍君之闲些。
翡帷翠帐⓴，饰高堂些。
红壁沙版㉑，玄玉梁㉒些。

【注释】
❶纂组：带子。绮：有花纹的绸子。缟：白色的绸子。 ❷琦：美玉。璜：半圆形的玉璧。 ❸兰膏：用兰草炼的灯油。 ❹华容：指美女。 ❺二八：指大夫的女乐，两列，八人为一列。 ❻射（yì）：厌，倦。递代：依次替换。 ❼九侯：列侯，指楚国境内封的列侯。淑：品德善良。 ❽迅众：超群出众；迅，通"侚"，超出。 ❾盛鬋（jiǎn）：浓密的鬓发；鬋，鬓发。制：此指鬓发梳结的样式。 ❿比：齐，并。 ⓫顺：通"询"，真正。弥代：盖世，绝世。 ⓬弱颜：见人辄羞，俗称"脸嫩"。固植：坚贞，

【译文】

各色丝带装饰着床帐，美玉结在丝绦上。

房内目光所见，珍奇宝物数不胜数。

以兰草炼制灯油的蜡烛非常明亮，美女满屋。

两列女乐在旁侍宴，依次轮换等待表演。

列侯各国品德善良的女子，才艺高超胜众人。

鬓发浓密样式各异，充斥宫中美轮美奂。

姿容美貌不相上下，是真正的绝世之姿。

既有娇嫩的容颜亭亭玉立，言谈也含深情。

婀娜多姿体态修长的女子，遍布内室。

蛾眉弯弯如月眼眸如星，顾盼神飞放着光彩。

皮肤细腻如凝脂，目光流盼总含情。

令美女在台榭搭帐幕，侍奉君子度过闲适的时光。

绣着翡翠的帷帐，装饰着高堂。

红色墙壁、丹砂门板，黑色的玉装饰着屋梁。

心志坚定；固，坚固。 ⑬謇：正直。有意：有情意。 ⑭縆
（gēng）：周遍，贯穿。洞房：幽深的内室。 ⑮蛾眉：比
喻女子的眉毛像蚕蛾的触角一样，又细又弯。曼：柔婉。睩
（lù）：眼珠转动。 ⑯腾光：放光。 ⑰靡：细致。腻：柔
滑细腻。理：皮肤的纹理。 ⑱遗视：流盼，含情而视。矊
（mián）：形容含情脉脉的样子。 ⑲离榭：宫外的台榭。
修幕：长而大的帐篷。 ⑳翡帷翠帐：绣着翡翠的帷帐。
㉑红壁：用丹砂涂成的红色墙壁。沙版：以丹砂涂户版。
㉒玄玉梁：用黑玉装饰的屋梁。

两列女乐在旁侍宴，依次轮换等待表演

侍从们的服装文采奇异，用豹皮为衣饰

仰观刻桷❶，画龙蛇些。
坐堂伏槛，临曲池些。
芙蓉始发，杂芰❷荷些。
紫茎屏风❸，文缘❹波些。
文异豹饰❺，侍陂陁❻些。
轩辌既低❼，步骑罗❽些。
兰薄❾户树，琼木篱❿些。
魂兮归来！何远为些？
室家遂宗⓫，食多方些。
稻粢穱⓬麦，挐黄粱⓭些。
大苦⓮咸酸，辛甘⓯行些。
肥牛之腱，臑⓰若芳些。
和酸若⓱苦，陈吴羹⓲些。
胹鳖炮⓳羔，有柘浆⓴些。
鹄酸臇㉑凫，煎鸿鸧㉒些。

【注释】

❶桷（jué）：方的屋椽。 ❷芰：菱叶。 ❸屏风：一种水生植物，又叫"凫葵"，其茎紫色。 ❹文：起波纹。缘：或当作"绿"。 ❺文异：指服装文采奇异。豹饰：用豹皮为衣饰。 ❻陂：山坡。陁（tuó）：山冈。 ❼轩：有篷的车。低：通"抵"，到达。 ❽步骑：指步行和骑马的随从。罗：排列。 ❾薄：通"泊"，依附。 ❿琼木：玉树，此泛指名贵的树木。篱：篱笆。 ⓫室家：犹言"宗族"。宗：众。 ⓬粢（zī）：稷的别名，即小米。穱（zhuō）：

【译文】

抬头可见雕花的屋椽，刻着龙蛇游走的精美图案。

倚栏坐在内堂，前面有栏杆，下临曲水清池。

池中荷花刚刚萌发，夹杂在菱叶和荷叶中间。

紫茎凫葵出于水中，风吹水面泛起波纹。

侍从们的服装文采奇异，用豹皮为衣饰，在山坡上随侍游玩。

豪华车驾已抵达，步行和骑马的随从整齐待发。

门前种植着兰蕙草，门外奇木作为篱笆。

灵魂归来吧！何必要去远方？

同室宗族宾客众多，各类美食呈上桌。

稻米小米和新麦，还掺杂着黄粱。

有酸甜苦辣各种味道的食物可以享用。

肥牛蹄筋煮得烂熟，香气浓郁满屋飘香。

陈列着酸味苦味调和得宜的吴国肉汤。

煮烂的鳖肉烤的羔羊，甘蔗甜汁浇在上面。

醋烹的天鹅野鸭做的羹，煎熟的大雁和水鸧。

一种早熟的麦。　❸挐：掺杂。黄粱：一种味香的黄小米。
❹大苦：指苦味之甚者。　❺辛：辣味。甘：甜味。　❻臑
（ér）：通"胹"，煮烂，烂熟。　❼和：调味。若：与。
❽吴羹：吴国肉汤。吴人善作羹，能调和酸苦，使之得
中。　❾胹（ér）：煮烂。炮：用火烤。　❿柘（zhè）浆：
甘蔗汁；柘，甘蔗。　⓫鹄酸：即酸鹄，加醋烹制的天鹅
肉。臇（juàn）：少汁的羹。　⓬鸿：一种水鸟名，略大于雁，
古文中多指天鹅。鸧（cāng）：水鸟名，像雁，苍黑色。

露鸡臛蠵❶，厉而不爽❷些。
粔籹蜜饵❸，有饧餭❹些。
瑶浆蜜勺❺，实羽觞❻些。
挫糟❼冻饮，酎❽清凉些。
华酌❾既陈，有琼浆❿些。
归来反故室，敬而无妨些。
肴羞未通⓫，女乐⓬罗些。
敶钟按鼓，造新歌些。
《涉江》《采菱》，发《扬荷》些。
美人既醉，朱颜酡⓭些。
娭光眇视，目曾波⓮些。
被文服纤⓯，丽而不奇⓰些。
长发曼⓱鬋，艳陆离⓲些。
二八齐容，起郑舞⓳些。
衽若交竿⓴，抚案下㉑些。
竽瑟狂会㉒，搷㉓鸣鼓些。

【注释】

❶露鸡：悬在室外以风干之鸡。臛（huò）：肉羹。蠵（xī）：大海龟。　❷厉：浓烈。爽：汤变质。　❸粔籹（jù nǚ）：用蜜和米面煎熬出来的食品。饵：一种用米粉做的糕，里面和有蜜。　❹饧餭（zhāng huáng）：饴糖。　❺瑶浆：像玉一样透明的美酒。勺：调和。　❻实：装满。羽觞：古代的一种酒杯，鸟形，鸟是羽类，所以叫羽觞。　❼挫：除掉。糟：酒糟。　❽酎（zhòu）：醇酒。　❾华酌：雕饰有花纹的酒斗；酌，从酒樽中提酒用的酒斗。　❿有：劝人

【译文】

风干的鸡肉和海龟肉，口感清冽香味浓烈。

蜜汁熬出的甜米糕，撒上饴糖味道更佳。

玉色的美酒调着蜜糖，装满了鸟儿形状的酒杯。

冰镇的酒糟清酿，清凉醇酒可以畅饮。

陈列好雕花的酒斗，纯浓美酒随意享用。

归来吧返回故居，保证礼敬有加没有烦忧。

美味佳肴还未用完，女乐已经准备登堂。

陈设乐钟，击鼓创造新曲。

奏《涉江》《采菱》，《扬荷》来和声。

美人微酡，面色娇润。

回顾嬉戏渺然而视，目光泛起重重水波。

身穿带花纹的锦绣衣裳，体态窈窕华美艳丽。

长发绾起发髻有光泽，光彩夺目美艳照人。

两列女乐容饰相同，跳着郑国的曼妙舞蹈。

长袖舞动似竹枝，抵着几案徐下身姿。

吹竽鼓瑟乐声和，鼓声点点来助托。

进食，有请。琼浆：纯浓的酒。　⑪肴：肉菜。通：遍。
⑫女乐：女子歌舞乐队。　⑬酡（tuó）：因喝醉而面红。
⑭曾波：层叠的水波。　⑮文：指有花纹的绮绣衣裳。服：穿。
纤：指用细软的罗縠制成的衣裳。　⑯不奇：指美观大方。
⑰曼：美，柔美。　⑱陆离：形容光彩绚丽的样子。　⑲郑
舞：郑国的舞蹈。　⑳交竿：交叉的竹竿。　㉑抚案下：指抵
着几案徐下身姿；案，桌子。　㉒狂会：指乐器竞奏。　㉓搷
（tián）：急击，敲击。

宫庭震惊，发《激楚》些。
吴歈蔡讴❶，奏大吕❷些。
士女杂坐，乱而不分些。
放陈组缨❸，班❹其相纷些。
郑卫妖玩❺，来杂陈些。
《激楚》之结，独秀先❻些。
菎蔽❼象棋，有六簙❽些。
分曹❾并进，遒相迫❿些。
成枭而牟⓫，呼五白⓬些。
晋制犀比⓭，费⓮白日些。
铿⓯钟摇簴，揳梓瑟⓰些。
娱酒不废，沈⓱日夜些。
兰膏明烛，华镫错⓲些。
结撰至思⓳，兰芳假⓴些。
人有所极㉑，同心赋些。
酎饮尽欢，乐先故㉒些。
魂兮归来！反故居些。

【注释】

❶吴、蔡：都是古代地名。歈（yú）、讴：歌。 ❷大吕：乐调名，六律之一。 ❸组缨：古代系冠的丝带。 ❹班：布，放。 ❺妖玩：指妖艳的美女。 ❻独秀先：秀异而出众。 ❼菎（kūn）蔽：赌博用的饰玉的筹码；菎，"琨"的假借字，玉的一种。 ❽六簙（bó）：古代的一种棋戏，共六个筹码十二个棋子，每人掌握六个棋子，两人对下，以决胜负。 ❾曹：偶，相对的两方。 ❿遒：急。相迫：互相

【译文】

殿内众人激昂惊叹，乐者又作《激楚》清声。

又唱吴人和蔡人的歌，奏着大吕的乐调。

士子女眷杂坐在一起，错乱而不分界限。

佩带和帽缨都散落，交叠在一起难以整理。

又派郑卫妖艳的美女，杂坐其中。

用《激楚》作尾乐，秀异而出众。

镶玉装饰的棋子筹码，两人对下来博弈。

双方急于走棋，互相争胜。

都想得头彩，高声呼五白。

晋国制的犀牛角作为雕饰，在白天也发着耀眼的光。

撞击钟摇动挂钟的木架，弹奏梓木做的瑟。

饮酒娱乐不停止，日以继夜沉湎其中。

燃烧兰膏的蜡烛十分明亮，蜡烛灯架也放着光亮。

酒后精心作诗，诗歌辞藻华美。

众人展示才艺，歌颂知己之美德。

畅饮欢愉，恭敬先祖和故旧。

灵魂归来吧！快返回故里。

争胜。　⑪枭（xiāo）：鸮，猫头鹰。牟：大。　⑫五白：指
五颗骰子组成的一种特采，走棋时双方掷骰子都希望出现五
白求胜，所以大呼五白。　⑬犀比：犀角作为雕饰。　⑭费：
光耀。　⑮铿：撞击。　⑯揳（jiá）：弹奏。梓瑟：用梓木做
的瑟；梓，树名。　⑰沈：沉湎。　⑱华：光华。镫：置烛之物。
错：通"措"，置放。　⑲结撰：结构撰述，指酒后作诗。至思：
用心。　⑳兰芳：指诗歌华美的辞藻。假（gǔ，一读gé）：大，
美好。　㉑极：尽，指善。　㉒先：祖先。故：故旧。

乱曰：

献岁发春**❶**兮，汩**❷**吾南征。

菉苹齐叶**❸**兮，白芷生。

路贯庐江兮，左长薄**❹**。

倚沼畦瀛**❺**兮，遥望博。

青骊结驷**❻**兮，齐千乘。

悬火延起**❼**兮，玄颜烝**❽**。

步及骤处**❾**兮，诱骋先。

抑**❿**骛若通兮，引车右还。

与王趋梦**⓫**兮，课后先。

君王亲发兮，惮青兕**⓬**。

朱明承**⓭**夜兮，时不可以淹。

皋兰被**⓮**径兮，斯路渐**⓯**。

湛湛**⓰**江水兮，上有枫。

目极千里兮，伤春心。

魂兮归来，哀江南！

【注释】

❶献岁：进入新的一年。发春：开春。　**❷**汩：走路急速的样子。　**❸**菉（lù）：通"绿"，绿色。苹（píng）：一种水草。齐叶：叶子整齐。　**❹**左：江的左岸。长薄：大片草丛处。　**❺**沼：水池。畦：成区的田。瀛（yíng）：大泽。**❻**骊（lí）：黑色。驷：四匹马，古代四马驾一车。　**❼**悬火：挂起灯火。延起：火焰连绵而起。古人打猎，用火烧山

【译文】

尾声：

新年的开春时节，我却匆匆南行。

绿色的水草整整齐齐，白芷刚刚萌芽。

先经过庐江，江左岸杂草丛生。

背靠着田地和池泽，眺望远方一片广阔。

青马黑马并排驾车，数目有千乘之多。

挂起灯火火焰连绵而起，黑烟冒起飘向天空。

四面八方的好猎手，争先恐后围捕野兽。

勒住马缰方便捕猎，操纵引车向右转。

与大王在云梦泽狩猎，戏看随臣到来之先后。

君主亲自射箭，担心制服不了青色犀牛。

昼夜相续，时间流逝不止。

水边的兰草覆盖着小路，渐渐淹没了道路。

清澈的江水，浸润着枫树。

远眺千里之外的云烟，无限春愁肆意绵延。

灵魂归来吧，江南令人心伤魂断！

林，以逐野兽。 ❽烝（zhēng）：火气上升。 ❾步：徒步的从猎者。骤：乘马奔驰。处：停止。 ❿抑：勒住马。 ⓫趋：急走。梦：梦泽，也叫云梦泽，古代的一个大湖，在今湖北省境内。 ⓬兕：古代一种犀牛类的野兽。 ⓭朱明：指太阳。承：连续。 ⓮皋兰：水边生的兰草。被：覆盖。 ⓯渐：淹没。 ⓰湛湛：水清的样子。

君主亲自射箭，担心制服不了青色犀牛

大家读《楚辞》

【解读】

"招魂"本是古代民间神巫祭祀活动的一种，在楚国十分盛行。《招魂》即是宋玉为招屈原生魂所作。屈原在被疏远放逐之后，行为与平常大异，"游于江潭，行吟泽畔，颜色憔悴，形容枯槁"，"心烦虑乱，不知所从"，"被发行吟泽畔"，屈原游走于江潭，披头散发在江岸上边走边大声吟诵，容颜憔悴，心烦意乱，不知道自己如何是好。屈原的形象历来是高洁的、注重外表的，"被发行吟"与他一向好修的仪容格格不入了，已经无异于狂人。屈原当然不会是真发狂，而是假装发狂，但外人却不知道。宋玉以为屈原是丢掉了灵魂，真的变成了狂人，疯癫而失去常性，对他充满了同情，便要为他招回已失去的灵魂，以使他恢复常性常形。宋玉代屈原招魂，要使屈原之魂附体，于是就使用了第一人称。

《招魂》开篇叙述了自己清白廉洁，坚守好品德反被诬陷的不幸遭遇。接着设想出天帝与巫阳的对话，天帝想帮助这个人，于是让巫阳替他招魂。巫阳开始招魂，他说："去君之恒干，何为四方些？舍君之乐处，而离彼不祥些！"灵魂啊，你为什么离开身体，去四方流浪漂泊？为什么离开祖国，遭遇那些不祥的东西？这几句可以说是接下来的招魂词的总括。紧接着，巫阳"外陈四方之恶，内崇楚国之美"，先陈述了东、西、南、北、天上、地下的不好，再依次从居室、饮食、歌舞、博弈、狂欢五个方面描述了楚国的美好，以此形成强烈的对比，希望能让亡魂早日回归。

《招魂》在以虚构为基础的铺陈中，运用强烈的美丑善恶对比之方法，描写了东西南北天地的恐怖与邪恶，而对楚之描写，又极尽优美舒适。楚国的居室、风景华丽美好，更兼侍宿美女众多，美女姿态娴雅，情意缠绵，侍于身侧，陈乐而歌，对酒而食。这种细腻入微、传神精致的铺排描写，夸张而富戏剧性，把陈设的华丽，生活的奢华，美人的艳丽美好，栩栩如生地呈现在我们眼前。《招魂》最后回归现实，描写了江南的美好风景，抚今思昔，哀求灵魂的归来。

全篇结构、内容浑然一体，在创作手法上开启汉大赋之先声，即便纵观中国文学史数千年长河，《招魂》也留下了浓墨重彩的一笔。唐代奇才诗人李贺说："宋玉赋当以《招魂》为最幽秀奇古，体格较骚一变。""幽秀奇古"四字，则最恰当地概括了《招魂》那种耀艳深华的奇气艳采。

大招

屈原
或
景差

青春受谢❶，白日昭只❷。

春气奋发，万物遽❸只。

冥凌浃行❹，魂无逃只。

魂魄归徕❺！无远遥只。

魂乎归徕！

无东无西，无南无北只。

东有大海，溺水潫潫❻只。

螭龙并流❼，上下悠悠❽只。

雾雨淫淫❾，白皓胶❿只。

魂乎无东！汤谷宗⓫寥只。

魂乎无南！

南有炎火千里，蝮蛇蜒⓬只。

山林险隘，虎豹蜿⓭只。

鰅鳙短狐⓮，王虺骞⓯只。

魂乎无南！蜮⓰伤躬只。

魂乎无西！

【注释】

❶青春：即春天。受谢：犹"代谢"，指冬天谢去，春天接着来临。 ❷只：句尾的语气词。 ❸遽：犹言"竞争"。 ❹冥凌：于幽暗中升空而去；冥，幽暗。浃行：即遍地行走，四处游荡。 ❺魂：指附于人体的精神灵气。徕：来。 ❻溺水：很深的水。潫（yóu）潫：水流的样子。 ❼并流：即并行，行之状如流水。 ❽悠悠：形容龙在海

【译文】

冬去春来，日光明亮。

春气蓬勃奋发，万物竞相滋长。

在幽暗中四处游荡，孤魂无处可藏。

灵魂啊，归来吧！不要再向远方飘摇。

灵魂啊，归来吧！

不要向东向西，不要向南向北。

东方有大海，海水深而湍急。

螭和龙在海中并行，随波翻腾悠游自在。

雾气森森阴雨连绵，雾雨茫茫与天相接。

灵魂啊，不要去向东方！东方的旸谷是无人之境。

灵魂啊，不要去向南方！

南方炎热积火千里，恶蛇蜿蜒满地。

山高林深道路险，虎豹常盘踞。

怪鱼短狐四处流窜，长蛇大蟒常出现。

灵魂啊，不要去向南方！水中蜮鬼会把你伤。

灵魂啊，不要去向西方！

中自在游动的样子。　❾淫淫：阴雨连绵的样子。　❿皓胶：指雾雨茫茫无际，如同凝固在天空一样。　⓫宋（jì）：即"寂"，形容无人之境。　⓬蜒（yán）：蜿蜒爬行。　⓭蜿虎行走的样子。　⓮鰅鳙（yú yōng）：传说中的怪鱼。短狐：传说中的鬼怪。　⓯王虺：即大蛇。搴（qiān）：把头昂起的样子。　⓰蜮：传说中一种在水里暗中害人的怪物。

炎火千里，恶蛇满地，
虎豹盘踞，怪鱼短狐，
长蛇大蟒，四处流窜

猪头鬼怪，双目竖着，
毛发散乱，长爪锯牙

西方流沙，漭❶洋洋只。
豕首纵目❷，被发鬤❸只。
长爪踞❹牙，诶❺笑狂只。
魂乎无西！多害伤只。
魂乎无北！
北有寒山，逴龙赩❻只。
代水❼不可涉，深不可测只。
天白颢颢❽，寒凝凝❾只。
魂乎无往！盈北极❿只。
魂魄归徕！闲以静只。
自恣⓫荆楚，安以定只。
逞志究欲⓬，心意安只。
穷身⓭永乐，年寿延只。
魂乎归徕！乐不可言只。
五谷六仞⓮，设菰粱⓯只。
鼎臑盈望，和致芳⓰只。

【注释】

❶漭（mǎng）：形容水广阔无边的样子。　❷豕（shǐ）
首：即猪头；豕，猪。纵目：指竖目。　❸鬤（ráng）：指
头发乱的样子。　❹踞：即"锯"，形容牙齿锐利。　❺诶
（xī）：强笑。　❻逴龙：山名。赩（xì）：红色。　❼代水：
指神话中的水名。　❽颢（hào）颢：洁白光亮的样子。此
指冰雪。　❾凝凝：形容水结冰的样子。　❿盈北极：指冰

【译文】

西方有流沙，流沙浩渺无涯。

猪头鬼怪竖双目，毛发散乱状如麻。

长爪齿如锯，抓住行人就狂笑。

灵魂啊，不要去向西方！太多邪魅把人伤。

灵魂啊，不要去向北方！

北方有山常年寒冷，山上寸草不生。

代水宽广难渡，水深难测。

白雪洁白光亮，冰冻层叠凝结。

灵魂啊，不要前往北方！北方盈满冰雪。

灵魂归来吧！这里悠闲清静。

在楚国自由自在，安定而无危殆。

肆意纵情欢乐，身心安乐无忧。

能终身欢乐无虞，年寿得以延长。

灵魂归来吧！楚国欢乐太多说不完。

五谷丰熟堆积成山，菰梁米饭芳香柔滑。

鼎烹美食盈满眼，调和食物使之香。

雪充满了北极；北极，极北之地。　⓫自恣：自由任意，不受约束。　⓬逞志：快心，称愿。究欲：充分满足欲望。究，尽；欲，欲望。　⓭穷身：终身。　⓮六仞：泛指多。　⓯设：即施。此处是用来做饭。菰（gū）粱：即茭白，一种蔬菜类植物，秋天结实如米，用来做饭，味极香。　⓰和致芳：指食物调理得很香。

寒山寸草不生，代水深不可测，冰冻层叠凝结

大家读《楚辞》

自恣荆楚，穷身永乐

内❶鸧鸽鹄，味豺羹❷只。
魂乎归徕！恣所尝只。
鲜蠵甘鸡，和楚酪❸只。
醢豚苦狗❹，脍苴莼❺只。
吴酸蒿蒌❻，不沾薄❼只。
魂兮归徕！恣所择只。
炙鸹❽烝凫，煔鹑陈❾只。
煎鰿膗雀❿，遽爽⓫存只。
魂乎归徕！丽⓬以先只。
四酎并⓭孰，不涩嗌⓮只。
清馨冻饮，不歠役⓯只。
吴醴白蘖⓰，和楚沥⓱只。
魂乎归徕！不遽惕⓲只。
代秦郑卫⓳，鸣竽张只。
伏戏《驾辩》⓴，楚《劳商》㉑只。

【注释】

❶内："肭"的借字，肥。　❷味豺羹：指调和豺肉的汤；味，调味。　❸酪：乳浆。　❹醢豚：即猪肉酱；醢，用肉制成的酱。苦狗：指有苦味的狗肉。　❺脍（kuài）：细切。苴莼（chún）：一种蔬菜类植物，梗有黏液，可以做羹。❻吴酸：吴地所产的醋；酸，这里用作动词。蒿蒌：植物名。　❼沾：多汁。薄：无味。　❽炙：烤。鸹（guā）：老鸹，即乌鸦。　❾煔（qián）：指将食物放入汤中煮熟。陈：通"陈"，陈列众味。　❿鰿（jì）：一种鱼名。膗（huò）雀：

【译文】

鸧、鸽、黄鹄都肥美，调和豺肉作羹汤。

灵魂归来吧！这里美食任你品尝。

大龟新鲜鸡肥美，再用乳浆来调和。

猪肉做的酱和苦味的狗肉，切细苴莼作羹汤。

吴地的醋拌蒿蒌菜，多汁味道正合宜。

灵魂归来吧！这里美食随你选用。

烤鸹蒸鸭煮鹌鹑，众味陈列琳琅满目。

烹煎鲫鱼炒雀肉，美味佳肴呈在桌上。

灵魂归来吧！美味食物您先品尝。

醇酒反复酿造四遍，味道醇美甘甜入喉。

冷饮清香远处可闻，闲杂人士不能饮。

吴地醴酒白米曲，楚国清酒再调和。

灵魂归来吧！不必惶恐与忧惧。

代、秦、郑、卫乐章美，竽簴乐器齐奏鸣。

伏羲创制《驾辩》曲，楚人因作《劳商》歌。

炒雀肉；臇，通"膗"，带汁的肉，此处用作动词。　⑪遽：趣。
爽：差，错。　⑫丽：华美，此处指美味。　⑬四酎：醇酒，
经过四次重酿的酒。并：同，俱。　⑭不瀒嗌（sè yì）：指不涩
人的喉咙。　⑮役：用。　⑯醴：一种隔夜发酵的酒。糵（niè）：
米曲。　⑰沥：清酒。　⑱遽：慌遽。惕：怵惕。　⑲代秦郑
卫：指代、秦、郑、卫四国的乐章。　⑳伏戏：即伏羲，古帝
王。《驾辩》：古乐曲名。　㉑《劳商》：古乐曲名。相传，伏
羲氏造《驾辩》之曲，楚人因之作《劳商》之歌。

讴和《扬阿》❶，赵箫❷倡只。

魂乎归徕！定空桑❸只。

二八接舞，投诗赋❹只。

叩钟调磬❺，娱人乱❻只。

四上竞气❼，极声变❽只。

魂乎归徕！听歌谏❾只。

朱唇皓齿，嫭以姱❿只。

比德好闲⓫，习⓬以都只。

丰肉微骨，调以娱⓭只。

魂乎归徕！安以舒只。

嫮⓮目宜笑，娥眉曼只。

容则⓯秀雅，稚⓰朱颜只。

魂乎归徕！静以安只。

姱修滂浩⓱，丽以佳⓲只。

曾颊倚耳⓳，曲眉规⓴只。

【注释】

❶讴：无伴奏歌唱。《扬阿》：楚歌曲名。　❷赵箫：指赵国的洞箫；箫，乐器名。　❸定：调定乐曲之音调。空桑：乐器名。　❹投诗赋：指舞步与诗歌的节奏相配合；投，指投足踏拍。　❺钟、磬：乐器名。　❻乱：理，曲终乐章。　❼四上：以上四国，代、秦、郑、卫。竞气：竞比音乐之美。　❽极声变：穷极声调之变化。　❾听歌谏（zhuàn）：指欣赏体会歌曲所表达的含义；谏，陈述。此歌谏

【译文】

乐人齐吟《扬阿》曲，赵国洞箫作先倡。

灵魂归来吧！归来调定琴瑟调。

八对女乐轮流舞，配合诗歌有节度。

叩击金钟和石磬，乐人演奏有条序。

四国乐章竞比美，穷极声调的变化。

灵魂归来吧！归来欣赏歌曲意。

美人唇红又齿白，姿色娇美仪态好。

才德美好又娴雅，容态温文合礼节。

肌肤丰满骨纤细，体态调和神情悦。

灵魂归来吧！美人解闷又消愁。

美目顾盼善笑，娥眉细长弯翘。

仪表异常美好，容颜格外娇娆。

灵魂归来吧！美人令君心安。

身高体长用意广，美丽婉转心肠善。

面容丰满耳贴面，双眉弯曲如半圆。

俱指歌。 ⑩婳（hù）、姱：都是美的意思。 ⑪比德：比其才德。好闲：美好娴雅。 ⑫习：指习于礼节。 ⑬调：体态调和。娱：神情悦乐。 ⑭嫮（hù）：同"婳"，美好。 ⑮容则：犹"容典"，礼容之典则，仪表。 ⑯稚（zhì）：幼，娇嫩。 ⑰修：长，此指身高。滂浩：广大。此指心意。 ⑱丽：附依。佳：善。 ⑲曾颊：指面容丰满，下巴都叠在一起了。倚耳：指两耳贴在头侧面。 ⑳曲眉规：指眉毛很弯，像半圆一样；规，弧形。

滂心绰态❶，姣丽施❷只。
小腰秀颈，若鲜卑❸只。
魂乎归徕！思怨移❹只。
易中利心❺，以动作只。
粉白黛黑❻，施芳泽只。
长袂拂面❼，善留客只。
魂乎归徕！以娱昔只。
青色直❽眉，美目媔❾只。
靥辅奇牙❿，宜笑嘕⓫只。
丰肉微骨，体便娟只。
魂乎归徕！恣所便⓬只。
夏屋广大，沙堂秀⓭只。
南房小坛，观绝霤⓮只。
曲屋步壛⓯，宜扰畜⓰只。
腾驾步游⓱，猎春囿⓲只。

【注释】
❶滂心：即情感丰富；滂，犹"广"。绰态：含情不尽之姿态；绰，多。 ❷姣：好。施：发出的动作。 ❸鲜卑：大腰带。 ❹思怨移：可以排遣思怨，乐以忘忧；移，去。 ❺易中：和悦其心。易，犹"顺"；中，内心。利心：心意和利，和顺之心。 ❻粉白：涂粉而面白。黛黑：画黛而眉黑。 ❼拂面：掩遮脸面，表示娇羞之态。 ❽青色：指眼眉。直：平直。这里指黑色的眉毛平直连在一起。

大家读《楚辞》

【译文】

含情脉脉思不尽，姿态娇媚体绰约。

腰肢纤细颈秀长，腰带宽大般束起。

灵魂归来吧！美人使人忘忧。

性情温和心聪慧，行动文雅合礼节。

施粉画眉巧打扮，涂抹香膏皮肤润泽。

衣袖飘飘遮面舞，宾客恋恋愿意久留。

灵魂归来吧！这里可以终夜欢愉乐逍遥。

眉色青黑又平直，美目顾盼秋波转。

酒窝微陷牙齿美，巧笑嫣然又明媚。

肌肤丰满骨纤细，身材美好又轻盈。

灵魂归来吧！美人随你选。

宫殿宽敞广大，丹砂涂满厅堂。

南房也有小厅堂，楼观之高超屋宇。

楼与楼之间长廊连接，其下适合驯养禽兽。

可供车马奔驰徒步行走，是春季围猎的好场所。

---

❾婳（mián）：眼睛美。　❿靥（yè）辅：颊边微窝，俗称"酒窝"。奇牙：指牙齿长得很美。　⓫嘕（xiān）：巧笑。　⓬便：合宜。　⓭沙堂：用丹砂涂的厅堂。秀：异。　⓮观：楼房。绝霤（liù）：超过屋宇，形容楼观之高；霤，屋宇。　⓯曲屋：即楼与楼之间的架空复道。步壛（yán）：长廊。　⓰扰畜：驯养禽兽，此指驯养马；扰，读如"饶"，即驯。　⓱步游：行游。　⓲春囿：春季围猎之场地。

大　招 / 377

琼毂错衡❶，英华假❷只。

苣兰桂树，郁弥❸路只。

魂乎归徕！恣志虑❹只。

孔雀盈园，畜❺鸾皇只。

鹍鸿群晨❻，杂鹙鸧❼只。

鸿鹄代游❽，曼鹔鹕❾只。

魂乎归徕！凤皇翔只。

曼泽怡面❿，血气盛只。

永宜厥身，保寿命只。

室家盈廷⓫，爵禄盛只。

魂乎归徕！居室定⓬只。

接径⓭千里，出若云⓮只。

三圭重侯⓯，听类神⓰只。

察笃夭隐⓱，孤寡存⓲只。

魂兮归徕！正始昆⓳只。

【注释】
　　❶琼毂：用玉装饰车毂。错衡：指用金银装饰车上的横木。错，装饰；衡，车辕前端之横木。　❷假：大。
❸郁：丛生貌。弥：满。　❹恣志虑：任心志之所欲。
❺畜：养。　❻鹍：一种鸟名，形貌像鹤，红嘴长颈，黄白色羽毛。晨：指晨鸣。　❼鹙（qiū）鸧：一种水鸟名，头秃，又叫秃鹙，长颈，黑色羽毛，喜吃鱼、蛇。　❽鸿鹄：天鹅。代游：往来游戏。　❾曼：曼衍，指鸟陆续飞

　　　　　　　　　　大家读《楚辞》

美玉装饰车毂，金银装饰车辕，车饰华丽而绚烂。

白芷、兰花和桂树，枝叶繁茂充满路。

灵魂归来吧！肆意游玩有趣处。

孔雀群集满园林，鸾鸟凤凰正悠闲。

鹍鸡天鹅同晨鸣，其中夹杂有鸺鹴。

天鹅往来游戏，鸀鹴陆续飞起。

灵魂归来吧！凤凰翱翔伴你。

肌肤红润有光泽，血气充盛身体强壮。

这里有利于保养身心，寿命久长。

宗族兄弟满朝堂，高爵厚禄家族兴。

灵魂归来吧！这里能保安康。

道路连接千里，路上人多如云。

身居高位的重臣，像神明一样善于听察。

体察民间的疾苦，存恤孤寡老弱之人。

灵魂归来吧！政事亟待你定。

的样子。鸀鹴（sù shuāng）：水鸟名，俊鸟。 ⑩曼泽：细腻丰润。怡面：面色红润光泽。 ⑪室家：指宗族，或曰兄弟。盈廷：满朝廷。 ⑫居室定：住在家中极其安定。 ⑬接径：即径接，道路连接。 ⑭出若云：言人多，其出如云。 ⑮三圭重侯：皆指爵位的等次；圭，乃重臣所执。 ⑯听类神：像神明一样听察。 ⑰笃：厚。夭：早死，夭折。隐：幽蔽。 ⑱存：恤问，劳问。 ⑲正始昆：犹"定先后"。

孔雀盈园，畜鸾皇只。鹍鸿群晨，杂鹙䴔只

三公穆穆，诸侯毕极

田邑千畛❶，人阜昌❷只。
美冒众流❸，德泽章只。
先威❹后文，善美明只。
魂乎归徕！赏罚当只。
名声若日，照四海只。
德誉配天，万民理❺只。
北至幽陵❻，南交阯❼只。
西薄羊肠❽，东穷❾海只。
魂乎归徕！尚贤士只。
发政献行❿，禁苛暴只。
举杰压陛⓫，诛讥罢⓬只。
直赢⓭在位，近禹麾只。
豪杰执政，流泽施⓮只。
魂乎徕归！国家为⓯只。
雄雄赫赫⓰，天德⓱明只。

【注释】

❶田邑：田野和都邑。千畛（zhěn）：言疆域辽阔；畛，田间的道路。　❷阜（fù）昌：富裕昌盛。　❸美：指美好的教化，美政。冒：覆，引申为遍及。众流：指广大人民。　❹威：武。　❺理：治理得很好。　❻幽陵：古地名，在今河北省北部与辽宁省南部一带地区。　❼交阯：指古代南方地名，在今越南一带。　❽羊肠：山名。　❾穷：极，

大家读《楚辞》

【译文】

疆域辽阔都邑广，人民富裕又安康。

美政遍及民众，德泽惠及八方。

先以威武后文教，善美观念入人心。

灵魂归来吧！赏罚公正要依靠。

道德名声如日中，普照四海万民从。

功德荣誉与天匹，百姓和睦容易治理。

北方边界至幽州，南方边界至交阯。

西方边界近羊肠，东方穷极到海滨。

灵魂归来吧！这里唯贤才是举。

发布政令用贤才，禁用苛暴之徒。

举用贤俊居于朝廷，斥退受讥诮的无德无能之人。

重用正直有才之人，如同夏禹举用贤人。

豪杰贤士执持国政，恩泽施及普通民众。

灵魂归来吧！国家亟须你来理政。

国家威势显赫，君王德配天地。

尽。　❿发政：发布政令。献行：进用有德行的人。　⓫压陛：镇抚朝廷，指举用贤杰，使之居于朝廷。　⓬诛：责退。讥罢：众人讥诮的无能者。　⓭直赢：正直而有才能的人；赢，余。　⓮流泽施：恩泽施及众庶。　⓯为：治理。　⓰雄雄：威势盛大貌，指国家的军力。赫赫：显著盛大的样子，指国家的名声。　⓱天德：指楚王德配天地。

三公穆穆❶，登降堂❷只。
诸侯毕极❸，立九卿❹只。
昭质既设，大侯❺张只。
执弓挟矢，揖辞让❻只。
魂乎徕归！尚三王❼只。

尧

舜

【注释】

❶三公：古代官职，指太师、太傅、太保。穆穆：和睦互相尊重的样子。　❷登降：出入。堂：朝廷，朝堂。❸毕极：都来，此指诸侯朝聘。　❹九卿：古代官职，此指

大家读《楚辞》

【译文】
高官和睦互敬，出入朝廷议朝政。
诸侯都来朝聘，设立官职九卿。
光明之质陈设，布做箭靶张开。
手持弯弓利箭，相互拱手辞让。
灵魂归来吧！为政取法三王。

禹

汤

周朝九卿，即少卿、少傅、少保、冢宰、司徒、宗伯、司马、司寇、司空。 ❺侯：布做的箭靶。 ❻揖辞让：互相推让。古时射箭之礼，参加比赛者，都手持弓箭互相辞让。 ❼尚三王：指为政取法三王。

【解读】

《大招》与《招魂》一样，也是一篇"招魂词"，且二者在结构、内容方面也大体相似。关于本篇作者，王逸虽表示《大招》的作者也可能是景差，但其序文显然是从屈原自招其魂的角度来讨论《大招》内容的。关于景差，现存记载很少，最早的文献也是司马迁《史记·屈原贾生列传》中的那句话："屈原既死之后，楚有宋玉、唐勒、景差之徒者，皆好辞而以赋见称；然皆祖屈原之从容辞令，终莫敢直谏。"根据司马迁所言，景差也是屈原之后的辞赋家，他在政治上虽不能"直谏"，但在艺术上的"从容辞令"，与屈原并没有不同。

在写作手法方面，《大招》与《招魂》一样，在铺排了四方之险恶以后，言及楚国之盛，土地财富，宫室饮食之乐，而尤极力刻画声色之娱，希望二者形成巨大反差，吸引在外飘荡的灵魂归来。篇中先以大量铺陈排比的句子展开描写，从东南西北四个方面写外境的险恶：东方海水滔滔，寂寞无聊；南方炎热无比，毒蛇猛兽；西方大漠流沙，野猪狂笑；北方冰天雪地，阴森恐怖。后以"魂乎归徕！乐不可言只"两句，领起下文，分别从饮食、歌舞、美女、宫苑等方面描写了楚国的美好：荆楚不但居室、饮食、宴乐无不精美，更有美人窈窕，深情缱绻。其写美女，曲尽神态颜色的妩媚生动。这些描写，与《招魂》有异曲同工之妙。

《大招》与《招魂》既有相似之处，也有自己的鲜明特色。在写法上，它的句式更趋整齐，与《诗经》四言句式较为接近，因而语言带有古拙之风。在内容上，《大招》只写东西南北四方，而不写天上地下。尤其在后半部分，对楚国遵法守道、举贤授能、崇尚三王的描写，就是屈原理想中的美政，以贤能执政、重德施仁、崇尚三王之礼的政治理想招魂，这种立足现实的人生态度，与《招魂》的信巫重祀的民歌之风迥然不同，更具典型的文人化的风格。《大招》中描写屈原的美政思想，同时也使得此篇为景差招屈原生魂这一说法更加可信。

蟠龙并流，上下悠悠

附录一：屈原生平事迹考释

屈原的身世事迹，最主要的资料载于《史记·屈原贾生列传》中，同时，《离骚》等屈原作品，也具有屈原自传的性质。另外，宋玉及汉代学者的著作和作品中，也或多或少保存了屈原的一些事迹。所有这些文献，都是我们了解屈原生平事迹的主要依据。

一、楚之同姓与左徒之职

关于屈原的出身及才能问题，以及早期与楚怀王的关系，《史记·屈原贾生列传》开门见山，首先就有清楚交代：

> 屈原者，名平，楚之同姓也。为楚怀王左徒。博闻强志，明于治乱，娴于辞令，入则与王图议国事，以出号令；出则接遇宾客，应对诸侯。王甚任之。

王逸《楚辞章句·离骚经章句》也有大体相同的说法：

> 屈原与楚同姓，仕于怀王，为三闾大夫。三闾之职，掌王族三姓，曰：昭、屈、

景。屈原序其谱属，率其贤良，以厉国士。入则与王图议政事，决定嫌疑；出则监察群下，应对诸侯。谋行职修，王甚珍之。同列大夫上官、靳尚妒害其能，共谮毁之。王乃疏屈原。

屈原名平，"原"应该是屈原的字。屈原与楚王同姓，属于楚国的贵族，楚国国姓为芈，后因熊绎被封南蛮，最早与熊同处熊穴，所以也称穴熊，熊遂成为楚王的氏。楚王的同姓很多，《绎史》提到除屈氏以外，还有鬬氏、成氏、蔿氏或芍氏、阳氏、沈氏、囊氏、昭氏、屈氏、景氏、怀氏、潘氏、申叔氏、伍氏等。

《史记·楚世家》记载的屈姓名人，除了屈原以外，楚成王时期有屈完，楚惠王时期有屈固，楚怀王时期有屈匄，都是楚国重臣。

《史记·高祖本纪》也记载高祖九年"徙贵族楚昭、屈、景、怀，齐田氏关中"。屈姓并列为楚国的四大家族之一。屈原早期的官职是楚怀王左徒；"博闻强志"是聪明好学，"明于治乱"是有智慧，"娴于辞令"是有能力；其职责包括内政"与王图议国事，以出号令"，外交则"接遇宾客，应对诸侯"，并得到了楚怀王的高度信任。

《汉书·古今人表》把先秦人物分为上、中、下三等，每等再分上、中、下，共九等。

班固在解释分类标准的时候说:"譬如尧、舜、禹、稷、卨与之为善则行,鲧、讙兜欲与之为恶则诛。可与为善,不可与为恶,是谓上智。桀、纣,龙逢、比干欲与之为善则诛,于莘、崇侯与之为恶则行。可与为恶,不可与为善,是谓下愚。齐桓公,管仲相之则霸,竖貂辅之则乱。可与为善,可与为恶,是谓中人。"在《汉书·古今人表》中,记录了几位屈氏或者与屈氏有关的名人,分列在上、中、下三等的不同类别中。按照时代先后,中上类载有"楚屈桓",王利器先生《汉书古今人表疏证》引马骕说,"桓"当作"完",屈桓即屈完,下上类载有"楚屈建",特别在屈建名前加了"楚"字,不知其用意。在中下类载有屈固,在上下类载有屈侯鲋,在中上类载有屈宜臼,在上中类载有屈原。屈原等级最高,仅次于圣人。而圣人之中,周公之后,就只有孔子一人。而屈原也是战国时期极少的几位贤人,和孟子、荀子相类。另外,这其中的屈侯鲋,《史记·魏世家》中翟璜给李克提到他推荐过吴起、西门豹、乐羊、李克、屈侯鲋:"君之子无傅,臣进屈侯鲋。"郑樵《通志·氏族略第五》复姓有"以国爵为氏"一类有"屈侯"复姓,说"屈,旧国也"。则此处的屈侯鲋,似乎与古屈国有关。《国语·晋语一》载:"献公伐骊戎,克之,灭骊子,获骊姬以归,立以为夫人,生奚齐。其娣生卓子。骊姬请使申生主曲沃以速悬，重耳处蒲城，夷吾处屈，奚齐处绛，以儆无辱之故。公许之。"此处提到的屈，应该就是古屈国所在地。屈宜臼又作屈宜咎，是战国时期楚悼王时代的人，曾反对吴起的改革，认为吴起所为，涉及阴谋和战争，有违天道，必遭天谴。《说苑·指武》载："吴起为苑守，行县，适息，问屈宜臼曰：'王不知起不肖，以为苑守，先生将何以教之？'屈公不对。居一年，王以为令尹，行县，适息，问屈宜臼曰：'起问先生，先生不教。今王不知起不肖，以为令尹，先生试观起为之也。'屈公曰：'子将奈何？'吴起曰：'将均楚国之爵，而平其禄。损其有余，而继其不足。厉甲兵，以时争于天下。'屈公曰：'吾闻昔善治国家者，不变故，不易常。今子将均楚国之爵而平其禄，损其有余，而继其不足，是变其故而易其常也。且吾闻兵者，凶器也；争者，逆德也。今子阴谋逆德，好用凶器，殆人所弃，逆之至也。淫泆之事也，行者不利。且子用鲁兵，不宜得志于齐，而得志焉；子用魏兵，不宜得志于秦，而得志焉。吾闻之曰：非祸人不能成祸。吾固怪吾王之数逆天道，至今无祸，嘻！且待夫子也。'吴起惕然曰：'尚可更乎？'屈公曰：'不可！'吴起曰：'起之为人谋。'屈公曰：'成刑之徒，不可更已。子不如敦处而笃行之。楚国无贵于举贤。'"又《史记·韩世家》载韩昭侯二十五年，韩国大旱，韩昭侯却大兴土木，修高门。"屈宜臼曰：'昭侯不出此门。何也？不时。吾所谓时者，非时日也，人固有利不利时。昭侯尝利矣，不作高门。往年秦拔宜阳，今年旱，昭侯不以此时恤民之急，而顾益奢，此谓时绌举赢。'二十六年，高门成，昭侯卒，果不出此门。子宣惠王立。"公元前363年，韩懿侯去世，其子武即位，是为韩昭侯。韩昭侯信奉法家学说，《史记·韩世家》载，"昭侯元年，秦败我西山。二年，宋取我黄池。魏取朱。六年，伐东周，取陵观、邢丘。八年，申不害相韩，修术行道，国内以治，诸侯不来侵伐""二十二年，申不害死。二十四年，秦来拔我宜阳。"法家以维护君主集权统治为出发点，因此，如果民生和君主的利益发生冲突，民生是不在法家思想家思考的范围之中的。所以，韩昭侯面对内忧外患，仍然坚持修高门，也是符合法家思想的逻辑的。屈宜臼预见了韩昭侯之亡，说明屈宜臼不但有远见，而且是恪守周代德治观的。我们虽然不知道屈宜臼和屈原的关系，但屈宜臼的思想和屈原确有一脉相承之处。

　　屈原生活的时代，大约在战国时期楚国的楚威王、楚怀王和楚顷襄王时代，屈原《离骚》自序身世云："帝高阳之苗裔兮，朕皇考曰伯庸。摄提贞于孟陬兮，惟庚寅吾以降。"楚先祖出于帝颛顼高阳，熊绎，受封楚，经十余朝而楚武王篡位，楚武王生子瑕，受屈为客卿。《楚辞章句》云："屈原言我父伯庸。"屈原父亲名叫伯庸，屈原生活的时代，大体在楚威王、怀王、顷襄王时期。

屈瑕之后屈原的家世资料我们并不了解，我们也没有确切的有关伯庸的资料，有学者认为伯庸就是句亶王熊伯庸。熊渠有子三人，《史记·楚世家》说熊渠立长子康为句亶王，中子红为鄂王，少子执疵为越章王，而康因封在庸，所以称为伯庸。不过，如果"皇考"不必一定指父亲，把伯庸理解为屈原的远祖，会导致对"皇考"一词的多样化解释。"皇考"一词在中国文化体系中有特别的意义。中国传统文化以父子关系为一切社会关系的基础，在这个文化体系中，父子关系是最重要的，父子称谓的模糊，是难以想象的。刘向《九叹·逢纷》的"伊伯庸之末胄兮，谅皇直之屈原。云余肇祖于高阳兮，惟楚怀之婵连"，这句话中的"末胄"，未必一定是指遥远后裔。

关于屈原的出生地，不见于历史记载。王逸《楚辞章句·九思序》说："《九思》者，王逸之所作也。逸，南阳人（一作南郡），博雅多览，读《楚辞》而伤愍屈原，故为之作解。又以自屈原终没之后，忠臣介士、游览学者读《离骚》《九章》之文，莫不怆然，心为悲感，高其节行，妙其丽雅。至刘向、王褒之徒，咸嘉其义，作赋骋辞，以赞其志。则皆列于谱录，世世相传。逸与屈原同土共国，悼伤之情与凡有异。窃慕向、褒之风，作颂一篇，号曰《九思》，以裨其辞。未有解说，故聊叙训谊焉。"南宋晁公武《郡斋读书志》曰："《楚辞》十七卷。至汉武时，淮南王安始作《离骚传》，刘向典校经书，分为十六卷。东京班固、贾逵各作《离骚章句》，余十五卷，阙而不说。至逸自以为南阳人，与原同土，悼伤之，复作十六卷《章句》，又续为《九思》，取班固二序附之，为十七篇。"

屈原的生卒年月是一个充满了争议的问题。关于出生时间，不同的观点得出的出生时间相差可能最多有四十年的距离。而屈原去世的时间的差距也是巨大的，有人认为在楚怀王时期，有人认为在楚顷襄王时期，还有人认为在楚考烈王时期。

中国古代的历史是非常悠久的。20世纪以来，中国学者受进化论的影响，把中国古代历史描述为一个不断进步的历史，这与孔子及战国秦汉时期学者的认识是大相径庭的。战国秦汉人的认识从五帝到三王，从三王到春秋，从春秋到战国，是个文明不断退步的过程。而根据欧洲及日本、韩国人保存下来的记载，15—16世纪的中国的文明和富裕程度，远远超过19

世纪的中国。1984—2001年，在河南舞阳贾湖遗址出土的二十六支五孔、六孔、七孔、八孔骨笛，用鹤类尺骨制成，磨制精细，距今最多有7800—9000年，现在仍然能够演奏五声调和七声调乐曲，还能发出变音，甚至有形状相同却能发出不同音调的雌雄骨笛。贾湖骨笛的发现，使我们相信，中华的礼乐文明最少有差不多一万年的历史。这就需要我们重新评价20世纪中国学者立足于疑古立场，对中华文明历史的颠覆性评估。而甲子纪年的历史，就是其中的一项。《世本·作篇·黄帝》说："羲和占日，常仪占月，后益作占岁，臾区占星气，大挠作甲子，黄帝令大挠作甲子。"黄帝时期的历法建设是成体系的，甲子纪年法起源于黄帝，应该是可靠的。《史记·历书》载太史公说："神农以前尚矣。盖黄帝考定星历，建立五行，起消息，正闰余，于是有天地神祇物类之官，是谓五官。各司其序，不相乱也。民是以能有信，神是以能有明德。民神异业，敬而不渎，故神降之嘉生，民以物享，灾祸不生，所求不匮。"又说："夏正以正月，殷正以十二月，周正以十一月。盖三王之正若循环，穷则反本。天下有道，则不失纪序；无道，则正朔不行于诸侯。"五帝时代，天下为公，以甲子纪年符合不私天下的文化。夏以后天下为家，以君主为纪年单位，也适应天下为家的社会伦理。不过，虽然年号各自为政，但每一年所对应的甲子，理应是没有废除的。就譬如今天的中国废除固有纪年，以来源于西方的耶稣公元纪年，但公元所对应的甲子的纪年在研习中国古代文化的人那里仍然是熟知的。近代学者认为甲子纪年开始于汉代的说法，不过是推测之词而已。因此，我曾在《战国文学史论》一书中提出《离骚》中"惟庚寅吾以降"的"庚寅"应该指的是屈原的生年。如果按照这个看法，则屈原的生年当为公元前331年，即周显王三十八年，楚威王九年。

《离骚》云："皇览揆余初度兮，肇锡余以嘉名：名余曰正则兮，字余曰灵均。纷吾既有此内美兮，又重之以修能。"郭沫若认为，有人认为正则和灵均是屈原的小名或者小字，是不准确的，而应该是"屈原的化名"。这个说法或许是有道理的。屈原除了有好的生辰以外，还有好的名字，这些构成了屈原非凡的"内美"，而后天的培养则是所谓"修能"，屈原内外兼修，所以才能才华出众。

屈原曾官拜"左徒"。而左徒，依《史记正义》的说法，"盖今左右拾遗之类"。今人郭沫若、姜亮夫等，都曾认为左徒是个大官。郭沫若在《屈原研究》中说："'左徒'的官职在令尹之下，颇不低贱，看《楚世家》说'考烈王以左徒为令尹，封以吴，号春申君'，便可知道。"又郭沫若《人民诗人屈原》云："据司马迁所著的《屈原列传》,说他做过楚怀王的左徒。这左徒的官职是相当高的,在屈原之后的有名的春申君是由左徒升为柱国,柱国就是宰相。可见左徒的位置离宰相不会太远。"俞平伯也说左徒"再升上去便可以做楚国的宰相'令尹'了"。姜亮夫《〈史记·屈原列传〉疏证》说:"自左徒晋为令尹,则左徒之职甚崇,……惟左徒一名,楚在春秋前无可考,即战国一代,亦仅一春申君为之。细绎《原传》,并参《左传》,余疑即春秋以来之所谓莫敖也。何以言之?按襄十五及二十三年左氏叙楚命官之次,莫敖仅亚令尹。"他们的根据是黄歇的经历,以及司马迁关于屈原"入则与王图议国事,以出号令;出则接遇宾客,应对诸侯"此言。事实上,在中国古代社会,官员层级不多,官员的数量有限,所谓"入则与王图议国事,以出号令;出则接遇宾客,应对诸侯"之职能,不独副相可行使,上自令尹,下至朝廷负责某一事务之普通大夫,都可与王图议国事,通过与君王协商,而出号令,并受君王委任,接待宾客,出访邻国。如《史记·屈原贾生列传》说屈原被疏后,不复在位,仍然使于齐,并曾建议楚怀王杀张仪,还意图阻止楚怀王与秦昭襄王在武关会见,这说明即使无有朝廷职位之大夫,也可以代表国家应对诸侯,出使邻邦,图议国是。

至于《史记·楚世家》说"以左徒为令尹"，并不能说明左徒即副相，或者可比重臣"莫敖"。司马迁在这里用了"春秋笔法"。据《史记·春申君列传》，黄歇"游学博闻，事楚顷襄王。顷襄王以歇为辩，使于秦"，后来"黄歇受约归楚，楚使歇与太子完入质于秦，秦留之数年"。楚顷襄王病重，设计让太子完"变衣服为楚使者御以出关，而黄歇守舍，常为谢病"，后来秦昭襄王欲令黄歇自杀，秦相应侯说："歇为人臣，出身以徇其主，太子立，必用歇，故不如无罪而归之，以亲楚。"黄歇冒死为太子完创造了回国继统的机会，太子完为报答黄歇，在顷襄王死后，甫一即位，便特别重用，"以黄歇为相，封为春申君，赐淮北地十二县"。黄歇后来成为炙手可热的人物，楚王贵幸黄歇，"虽兄弟不如也"。后来黄歇竟然以怀有自己骨肉的李园之妹嫁考烈王，为王后，生太子幽王，使自己的血脉代替楚氏正统。黄歇以左徒为令尹，并不是左徒之地位显赫，而是黄歇在左徒任上，与考烈王建立了特殊关系。《史记》独不记其他令尹以某职为令尹，而只及"左徒"一职，正强调其违背常规，亲近亲信，而导致黄歇之欺君。

　　按照我们已知的楚国官职体系，有左司马、右司马，那么有"左徒"就该有"右徒"。"左徒"一职，在史传中仅两见，而"右徒"从没有出现过。若其地位确如"副相"之重，必定要参与重大事件的处理，其出现必定频繁。根据黄歇和屈原的情况，左徒的职能，应该属于行人之类的官职。今人极力主张左徒官大，大约出于热爱屈原的原因，认为屈原这样一个杰出的人才，只有官大，才能显示出他才能的出众和受楚怀王的重用，不过，这样的推崇可能并不符合历史真相。

裴锡圭教授在《谈谈随县曾侯乙墓的文字资料》一文中提出随县曾侯乙墓出土的竹简中的"左坒徒"即"左升徒"，可能是指"左徒"。汤炳正教授《"左徒"与"登徒"》一文则提出"升徒"就是"登徒"的观点。不过，"左徒"毕竟不是"左升徒"，"升徒"也不一定就是"登徒"，所以，要让我们相信"左徒"就是"左升徒"，也就是"登徒"，还需要有更多的出土文献的支持。

二、王怒而疏与忧愁幽思而作《离骚》

在屈原最得楚怀王信任的时候，危机也同时就潜伏在屈原身边。《史记·屈原贾生列传》载：

> 上官大夫与之同列，争宠，而心害其能。怀王使屈原造为宪令，屈平属草稿未定，

　　　　　　　　大家读《楚辞》

上官大夫见而欲夺之，屈平不与，因谗之曰：“王使屈平为令，众莫不知；每一令出，平伐其功，以为‘非我莫能为也’。”王怒而疏屈平。

屈平疾王听之不聪也，谗谄之蔽明也，邪曲之害公也，方正之不容也，故忧愁幽思，而作《离骚》。“离骚”者，犹离忧也。夫天者，人之始也；父母者，人之本也。人穷则反本，故劳苦倦极，未尝不呼天也；疾痛惨怛，未尝不呼父母也。屈平正道直行，竭忠尽智以事其君，谗人间之，可谓穷矣。信而见疑，忠而被谤，能无怨乎？屈平之作《离骚》，盖自怨生也。《国风》好色而不淫，《小雅》怨诽而不乱。若《离骚》者，可谓兼之矣。上称帝喾，下道齐桓，中述汤武，以刺世事。明道德之广崇，治乱之条贯，靡不毕见。其文约，其辞微，其志絜，其行廉，其称文小而其指极大，举类迩而见义远。其志絜，故其称物芳。其行廉，故死而不容。自疏濯淖污泥之中，蝉蜕于浊秽，以浮游尘埃之外，不获世之滋垢，皭然泥而不滓者也。推此志也，虽与日月争光可也。

王逸《楚辞章句·离骚经序》说：“同列大夫上官、靳尚妒害其能，共谮毁之。王乃疏屈原。”王逸认为谮毁屈原的是上官大夫和靳尚两人，所以才能用"共"。上官大夫和屈原的纠纷，后代称为"夺稿"事件。有人认为是上官大夫意图抢夺屈原所造"宪令"，在楚王那里邀功；或者是上官大夫想让屈原修改"宪令"。前一种说法很可能把大臣之间的关系等同于市井交往了，后一种说法则必须建立在上官大夫高估自己对屈原的影响力的基础上。我们在这段话中找不到这两种可能性的逻辑线索。虽说楚国王室在推进"礼崩乐坏"的道路上走得更远，但上官大夫剽窃屈原所造"宪令"，并让楚王相信是他所作，显然是一件难度很大的事情。更何况上官大夫只是与屈原"同列"的大夫，并不是屈原的上级，而屈原这个时间更是非常受楚王的信任。

司马迁明确指出了上官大夫谗言的原因，是"屈平不与"宪令草稿，按照一般情理推测，应该是上官大夫想看屈原所造"宪令"，屈原因"草稿未定"，不愿意给上官大夫看。不给上官大夫看，可以理解为屈原对上官大夫的不信任，或者屈原厌恶上官大夫。上官大夫因屈原不给他看宪令草稿，因此向楚怀王进谗言，攻击屈原"伐其功，以为'非我莫能为也'"。楚怀王可能是非常自负的人，他虽然信任屈原，但并不认同屈原的"非我莫能为也"。屈原被楚王疏远，应该是失去了参与制定宪令的机会。

王逸《楚辞章句》引班固《离骚序》说："昔

在孝武，博览古文，淮南王安叙《离骚传》，以'《国风》好色而不淫，《小雅》怨诽而不乱，若《离骚》者，可谓兼之。蝉蜕浊秽之中，浮游尘埃之外，皭然泥而不滓，推此志，虽与日月争光可也'。斯论似过其真。又说五子以失家巷，谓五子胥也。及至羿、浇、少康、贰姚、有娀佚女，皆各以所识有所增损，然犹未得其正也。故博采经书、传记、本文，以为之解。且君子道穷，命矣，故潜龙不见是而无闷。《关雎》哀周道而不伤，蘧瑗持可怀之智，宁武保如愚之性，咸以全命避害，不受世患，故《大雅》曰：'既明且哲，以保其身。'斯为贵矣。今若屈原，露才扬己，竞乎危国群小之间，以离谗贼。然责数怀王，怨恶椒兰，愁神苦思，强非其人，忿怼不容，沈江而死，亦贬絜狂狷景行之士。多称昆仑冥婚宓妃虚无之语，皆非法度之政，经义所载。谓之兼《诗》风雅，而与日月争光，过矣！然其文弘博丽雅，为辞赋宗，后世莫不斟酌其英华，则象其从容。自宋玉、唐勒、景差之徒，汉兴，枚乘、司马相如、刘向、扬雄，骋极文辞，好而悲之，自谓不能及也。虽非明智之器，可谓妙才者也。"在这里，班固明确说明"《国风》好色而不淫，《小雅》怨诽而不乱，若《离骚》者，可谓兼之"，"蝉蜕浊秽之中，浮游尘埃之外，皭然泥而不滓，推此志，虽与日月争光可也"。这两段话出自淮南王刘安的

《离骚传》，所以，我们不排除《史记·屈原贾生列传》的屈原传部分出自刘安的《离骚传》的可能性，而司马迁所作，很可能是"太史公曰"以下部分。

司马迁认为，屈原因"疾王听之不聪也，谗谄之蔽明也，邪曲之害公也，方正之不容也，故忧愁幽思而作《离骚》"。《离骚》篇名的意思是"离忧"。屈原的《离骚》是"盖自怨生也"。其特点在于兼有《诗经》风雅传统，刺世事，明道德，说治乱。其文约、辞微与志洁、行廉相统一，称文小而其指极大，举类迩而见义远。

三、不复在位与自疏

关于屈原的政治活动，司马迁重点记述了屈原主张杀张仪和不主张楚怀王见秦昭襄王两件事。

> 屈平既绌，其后秦欲伐齐，齐与楚从亲，惠王患之，乃令张仪详去秦，厚币委质事楚，曰："秦甚憎齐，齐与楚从亲，楚诚能绝齐，秦愿献商、於之地六百里。"楚怀王贪而信张仪，遂绝齐，使使如秦受地。张仪诈之曰："仪与王约六里，不闻六百里。"楚使怒去，归告怀王。怀王怒，大兴师伐秦。秦发兵击之，大破楚师于丹、淅，斩首八万，

虏楚将屈匄，遂取楚之汉中地。怀王乃悉发国中兵以深入击秦，战于蓝田。魏闻之，袭楚至邓。楚兵惧，自秦归。而齐竟怒不救楚，楚大困。

明年，秦割汉中地与楚以和。楚王曰："不愿得地，愿得张仪而甘心焉。"张仪闻，乃曰："以一仪而当汉中地，臣请往如楚。"如楚，又因厚币用事者臣靳尚，而设诡辩于怀王之宠姬郑袖。怀王竟听郑袖，复释去张仪。是时屈平既疏，不复在位，使于齐，顾反，谏怀王曰："何不杀张仪？"怀王悔，追张仪不及。其后诸侯共击楚，大破之，杀其将唐眛。

时秦昭王与楚婚，欲与怀王会。怀王欲行，屈平曰："秦虎狼之国，不可信，不如毋行。"怀王稚子子兰劝王行："奈何绝秦欢！"怀王卒行。入武关，秦伏兵绝其后，因留怀王，以求割地。怀王怒，不听。亡走赵，赵不内。复之秦，竟死于秦而归葬。

这段记载中，有"屈平既绌"和"是时屈平既疏，不复在位"的记载。"疏"不一定不复在位，而"绌"应该就不复在位了。所以"屈平既绌"和"是时屈平既疏，不复在位"说的应该是一个事实。就是屈原在被"疏"后不久，可能就不复在位了。

《史记·楚世家》说："十七年春，与秦战丹阳，秦大败我军，斩甲士八万，虏我大将军屈匄、裨将军逢侯丑等七十余人，遂取汉中之郡。楚怀王大怒，乃悉国兵复袭秦，战于蓝田，大败楚军。韩、魏闻楚之困，乃南袭楚，至于邓。楚闻，乃引兵归。十八年，秦使使约复与楚亲，分汉中之半以和楚。楚王曰：'愿得张仪，不愿得地。'张仪闻之，请之楚。秦王曰：'楚且甘心于子，奈何？'张仪曰：'臣善其左右靳尚，靳尚又能得事于楚王幸姬郑袖，袖所言无不从者。且仪以前使负楚以商於之约，今秦楚大战，有恶，臣非面自谢楚不解。且大王在，楚不宜敢取仪。诚杀仪以便国，臣之愿也。'仪遂使楚。至，怀王不见，因而囚张仪，欲杀之。仪私于靳尚，靳尚为请怀王曰：'拘张仪，秦王必怒。天下见楚无秦，必轻王矣。'又谓夫人郑袖曰：'秦王甚爱张仪，而王欲杀之，今将以上庸之地六县赂楚，以美人聘楚王，以宫中善歌者为之媵。楚王重地，秦女必贵，而夫人必斥矣。夫人不若言而出之。'郑袖卒言张仪于王而出之。仪出，怀王因善遇仪，仪因说楚王以叛从约而与秦合亲，约婚姻。张仪已去，屈原使从齐来，谏王曰：'何不诛张仪？'怀王悔，使人追仪，弗及。"

　　屈原不复在位的时间，应该不晚于楚怀王十八年。楚怀王十八年是公元前311年。这里既说屈原被疏以后不复在位，但又受命出使齐国，也就是说，这个时候屈原已经不在楚国宫廷中担任左徒之职。但既然可以代表楚国出使齐国，屈原应该是以他世袭的邑大夫身份出使的。这个邑大夫，就应该是后文提到的"三闾大夫"。

这一段文字中提及郑袖，这应该是郑袖最受楚怀王宠幸的时间，也是郑袖可以高度参与楚国决策的时间。《离骚》中屈原"求女"，《卜居》中屈原说："将哫訾栗斯，喔咿嚅唲，以事妇人乎？"这里的"女"和"妇人"，应该就是指的郑袖。游国恩先生在《楚辞女性中心说》一文中指出："屈原之所谓求女者，不过是想求一个可以通君侧的人罢了。"郑袖应该就是屈原所求的那个能"通君侧"的人。屈原因得罪上官大夫，间接得罪了郑袖，而郑袖就成了屈原仕途的一个巨大障碍。

《离骚》说："及余饰之方壮兮，周流观乎上下。灵氛既告余以吉占兮，历吉日乎吾将行。折琼枝以为羞兮，精琼爢以为粻。为余驾飞龙兮，杂瑶象以为车。何离心之可同兮？吾将远逝以自疏。邅吾道夫昆仑兮，路修远以周流。"这一段话虽然有很多想象的内容，但"吾将远逝以自疏"可能说的是一件事实。就是屈原被疏远后，楚怀王或许并没有解除他左徒的职务，只是他不愿意继续在楚国朝廷待下去，所以选择了自动去职，所谓"远逝以自疏"。在后代的中国，执政者辞职是很少见的，但在先秦时代，士大夫辞职是经常发生的事情。这就可以理解屈原为什么没有提到楚怀王免除他的职务的事情，《史记·屈原贾生列传》也没有记载。大概楚怀王还是认同屈原在外交方面与齐国交往的才能，所以才派一个没有朝廷官职的邑大夫出使齐国。

　　而屈原在楚国需要与齐国交好的时候出使齐国，说明屈原是齐国人可以接受的外交官。在屈原被疏以及自疏以后，到楚怀王重新派屈原出使齐国，应该有一个楚怀王重新起用屈原的过程。屈原这次出使以后，可能并没有再担任朝廷职务。但在十余年后，当楚怀王应邀去秦国见秦昭襄王的时候，屈原还有机会进谏，说明屈原在写完《离骚》以后，与楚王的关系应该有所缓和。

　　如果屈原的封邑最早在汉北之地，屈原一些写于汉北的诗，或许就是在被疏、"自疏"以后，以及出使齐国之后所写。如《九歌》一类情绪相对平和的诗，应该是写于出使齐国以后，放流江南之前。

　　《史记·楚世家》又载，楚怀王二十四年，楚背齐而合秦。秦昭襄王初立，与楚结为婚姻。二十五年，楚怀王入与秦昭襄王盟，约于黄棘，秦复与楚上庸。二十六年，齐、韩、魏为楚负其从亲而合于秦，三国共伐楚。楚使太子入质于秦而请救。秦乃遣客卿通将兵救楚，三国引兵去。二十七年，秦大夫有私与楚太子斗，楚太子杀之而亡归。二十八年，秦乃与齐、韩、魏共攻楚，杀楚将唐昧，取重丘而去。二十九年，秦复攻楚，大破楚，楚军死者二万，杀楚将军景缺。怀王恐，乃使太子为质于齐以求平。三十年，秦复伐楚，取八城。秦昭襄王遗楚王书说："始寡人与王约为弟兄，盟于黄棘，太子为质，至欢也。太子陵杀寡人之重臣，不谢而亡去，寡人诚不胜怒，使兵侵君王之边。今闻君王乃令太子质于齐以求平。寡人与楚接境壤界，故为婚姻，所从相亲久矣。而今秦楚不驩，则无以令诸侯。寡人愿与君王会武关，面相约，结盟而去，寡人之愿也。敢以闻下执事。"楚怀王见秦王书，"患之。欲往，恐见欺；无往，恐秦怒。昭雎曰：'王毋行，而发兵自守耳。秦虎狼，不可信，有并诸侯之心。'怀王子子兰劝王行，曰：'奈何绝秦之欢心！'于是往会秦昭王。昭王诈令一将军伏兵武关，号为秦王。楚王至，则闭武关，遂与西至咸阳，朝章台，如蕃臣，不与亢礼"。此处所记载楚大夫昭雎的观点，与屈原一致。

因战国时期秦国一国独大，诸侯王包括楚王去秦国访问，或者在秦国和秦王盟誓，都是在战国时期经常发生的事情。我们不知道在过去约会之时，楚国人是否担心过君主有没有可能有去无回，但这次楚怀王去秦国没有能活着回来，所以司马迁特别点出了屈原和昭睢劝谏的事情。不过，更大的可能性是楚怀王在与秦的关系上反复无常，得罪了秦国，因此，昭睢和屈原都感觉到了危险性。

我们没有明确证据可以认为屈原是联合齐国抗击秦国的首倡者，但屈原出使齐国，说明屈原是联合齐国的践行者。不过，客观地说，在战国时期，联合齐国或者六国，也只能是暂时的苟延残喘，如果秦国不犯战略性错误，或者没有重大内乱，六国是没有机会的。当然，春秋战国之际，楚国的确是实力非常强大的诸侯国，但是在秦国面前，却常常是被碾轧的。楚国几次濒临亡国，都是向秦国求救，而秦国一援手，楚国就可以得到喘息的机会。《史记·苏秦列传》载苏秦游说楚威王说：

> 楚，天下之强国也；王，天下之贤王也。西有黔中、巫郡，东有夏州、海阳，南有洞庭、苍梧，北有陉塞、郇阳，地方五千余里，带甲百万，车千乘，骑万匹，粟支十年。此霸王之资也。夫以楚之强与王之贤，天下莫能当也。今乃欲西面而事秦，则诸侯莫不西面而朝于章台之下矣。秦之所害莫如楚，楚强则秦弱，秦强则楚弱，其势不两立。故为

大王计，莫如从亲以孤秦。大王不从，秦必起两军，一军出武关，一军下黔中，则鄢郢动矣。臣闻治之其未乱也，为之其未有也。患至而后忧之，则无及已。故愿大王早孰计之。大王诚能听臣，臣请令山东之国奉四时之献，以承大王之明诏，委社稷，奉宗庙，练士厉兵，在大王之所用之。大王诚能用臣之愚计，则韩、魏、齐、燕、赵、卫之妙音美人必充后宫，燕、代橐驼良马必实外厩。故从合则楚王，衡成则秦帝。今释霸王之业，而有事人之名，臣窃为大王不取也。夫秦，虎狼之国也，有吞天下之心。秦，天下之仇雠也。衡人皆欲割诸侯之地以事秦，此所谓养仇而奉雠者也。夫为人臣，割其主之地以外交强虎狼之秦，以侵天下，卒有秦患，不顾其祸。夫外挟强秦之威以内劫其主，以求割地，大逆不忠，无过此者。故从亲则诸侯割地以事楚，衡合则楚割地以事秦，此两策者相去远矣，二者大王何居焉？故敝邑赵王使臣效愚计，奉明约，在大王诏之。

苏秦游说楚威王的时候，屈原还没有登上楚国的政治舞台。但这个时候，秦楚也早已不能在一个平台上竞争了。有些学者有的时候会过高地估计楚国在战国时期的实力，苏秦所谓"故从合则楚王，衡成则秦帝"一句，经常被学者引用，以为连横则秦国可以统一中国，合纵则楚国可以统一中国。这个观点无疑是错误的。之所以错误，是因为没有理解合纵和连横的本意，以及帝、王在战国时期所代表的不同制度。连横的目的是山东各诸侯国与秦国建立从属关系，实现中国的统一。而合纵是山东诸国联合起来，共同对付秦国，实现六国的苟延残喘。因此，连横是为了消灭六国，实现统一；合纵则是为了保持现状。所以，"从合则楚王"所要表达的意思是如果六国合纵，则楚国可以保持现状，继续做楚王。战国时期的王，已经是各个万乘诸侯的基本称谓，不再是天下共主之意，而"帝"仍然代表着天子之意。《战国策·赵策三》"秦围赵之邯郸"一节有"帝秦"一词，就指的是以秦为天下共主。秦始皇统一中国后，在称号中选择皇与帝二者，又体现了他在统一以后，要兼三皇与五帝的光辉于一身的强大野心。

　　苏秦虽然在说楚国之强，楚王之强，但显然是为了煽动楚国加入合纵阵营。楚王当然明白这一点，因此回答说："寡人之国西与秦接境，秦有举巴蜀并汉中之心。秦，虎狼之国，不可亲也。而韩、魏迫于秦患，不可与深谋，与深谋恐反人以入于秦，故谋未发而国已危矣。寡人自料以楚当秦，不见胜也；内与群臣谋，不足恃也。寡人卧不安席，食不甘味，心摇摇然如县旌而无所终薄。今主君欲一天下，收诸侯，存危国，寡人谨奉社稷以从。"

《史记·楚世家》载陈轸说合秦合齐的利弊："秦之所为重王者，以王之有齐也。今地未可得而齐交先绝，是楚孤也。夫秦又何重孤国哉，必轻楚矣。且先出地而后绝齐，则秦计不为。先绝齐而后责地，则必见欺于张仪。见欺于张仪，则王必怨之。怨之，是西起秦患，北绝齐交。西起秦患，北绝齐交，则两国之兵必至。"怀王十六年，秦欲伐齐，而齐楚合纵，秦惠文王让张仪游说怀王绝齐，许以归还楚商於之地六百里，陈轸反对，怀王贪婪不听，甚至派人污侮齐王，以讨秦之欢心，秦因而与齐合亲，并不与楚商於之地。怀王伐秦报复，反遭大败，先是在丹阳甲士八万被斩，大将军屈匄、禆将军逢侯丑等七十余人被俘，再战又败于蓝田。怀王二十年，齐欲与楚合纵，事下群臣，"群臣或言和秦，或曰听齐"，昭雎对楚王说："王虽东取地于越，不足以刷耻；必且取地于秦，而后足以刷耻于诸侯。王不如深善齐、韩以重樗里疾，如是则王得韩、齐之重以求地矣。"楚王遂合齐。怀王二十七年，秦请合楚，并请会盟，昭雎说："王毋行，而发兵自守耳。秦虎狼，不可信，有并诸侯之心。"但怀王之子子兰劝行，说："奈何绝秦之欢心！"楚怀王参加与秦昭襄王的会盟，结果被扣留，最后死在了秦国。

很显然，在楚国朝廷中，认为联齐抗秦是楚国生存的依托的观点，还是有一定市场的。不过，六国的君主大体都明白秦的最终目标是要统一中国的，但他们却又不能一力联合起来和秦对抗，不是因为这些诸侯国的君臣都不能深谋远虑，而是他们认为与秦友好，或许可以暂时苟安，但和秦对抗，必然会加速被秦灭亡的速度。这也是楚怀王不能不去见秦昭襄王的原因。楚怀王虽然不信任屈原，但在楚国历史上，也不是最差的君主，他甚至还是很有点硬骨头的。被秦扣留以后，也是不屈服的。可以说，无论是联齐抗秦还是与秦交好，楚国被灭亡的命运是一定的。楚国被秦灭亡，并不值得同情，因为楚国在历史上也是恃强凌弱，不断灭人祖国的。楚国和六国的问题是在合纵和连横问题上反复无常，从而导致频繁的战争，使普通群众长期暴露在战火之中，这是秦国执政者的罪孽，也是六国执政者的罪孽。

　　苏秦和张仪是战国时期纵横家的杰出代表，他们分别执掌合纵和连横的责任，在苏秦得志的时候，曾携六国相印，这也是合纵势力最好的阶段，天下安定，很久没有战争。不过，这改变不了六国的颓势。《史记·张仪列传》载张仪游说楚王，给楚王说秦楚形势：

　　秦西有巴蜀，大船积粟，起于汶山，浮

江已下，至楚三千余里。舫船载卒，一舫载五十人与三月之食，下水而浮，一日行三百余里，里数虽多，然而不费牛马之力，不至十日而距扞关。扞关惊，则从境以东尽城守矣，黔中、巫郡非王之有。秦举甲出武关，南面而伐，则北地绝。秦兵之攻楚也，危难在三月之内，而楚待诸侯之救，在半岁之外，此其势不相及也。夫恃弱国之救，忘强秦之祸，此臣所以为大王患也。

张仪对秦与楚的实力进行了直接对比，楚王当然也是心知肚明，楚国不能与秦为敌，其道理也是一目了然的。楚弱秦强，六国弱秦强，秦与六国的实力差距不是一点两点，应该是合六国之力，也是没有办法奈何秦国的。因此，六国都惧怕秦国，我们就可以理解了。如果楚国执意与秦为敌，只有加速灭亡这一条路。

也正因此，《史记·张仪列传》载楚因受张仪之骗，几次报复，都被秦大败，借秦欲与楚交好之际，楚怀王欲得张仪杀而后快，秦王不欲张仪之楚，张仪说："秦强楚弱，臣善靳尚，尚得事楚夫人郑袖，袖所言皆从。且臣奉王之节使楚，楚何敢加诛。假令诛臣而为秦得黔中之地，臣之上愿。"张仪至楚，游说靳尚、郑袖，假意欲送楚王美人歌女，郑袖惧，日夜对楚怀王说："人臣各为其主用。今地未入秦，秦使张仪来，至重王。王未有礼而杀张仪，秦必大怒攻楚，妾请子母俱迁江南，毋为秦所鱼肉也。"郑袖虽担心秦人以女惑怀王，但对怀王提及杀张仪而可能发生的后果，绝不是危言耸听。楚怀王杀张仪，不能改变秦强楚弱的大势，不能阻止楚国的灭亡。而且，张仪在当世具有大智慧，杀张仪，不但得罪秦国，也会得罪天下人。

四、怒而迁之与自沈汨罗

司马迁记述了屈原在顷襄王时期的遭遇，屈原在顷襄王时期遭遇的打击，也根源于楚怀王。《史记·屈原贾生列传》说：

> 长子顷襄王立，以其弟子兰为令尹。楚人既咎子兰以劝怀王入秦而不反也。屈平既嫉之，虽放流，睠顾楚国，系心怀王，不忘欲反，冀幸君之一悟，俗之一改也。其存君兴国而欲反覆之，一篇之中三致志焉。然终无可奈何，故不可以反。卒以此见怀王之终不悟也。
>
> 人君无愚智贤不肖，莫不欲求忠以自为，举贤以自佐，然亡国破家相随属，而圣君治国累世而不见者，其所谓忠者不忠，而所谓贤者不贤也。怀王以不知忠臣之分，故

内惑于郑袖，外欺于张仪，疏屈平而信上官大夫、令尹子兰。兵挫地削，亡其六郡，身客死于秦，为天下笑。此不知人之祸也。《易》曰："井渫不食，为我心恻，可以汲。王明，并受其福。"王之不明，岂足福哉！

令尹子兰闻之大怒，卒使上官大夫短屈原于顷襄王，顷襄王怒而迁之。

《史记·楚世家》载，楚怀王被扣留秦国，"楚大臣患之，乃相与谋曰：'吾王在秦不得还，要以割地，而太子为质于齐，齐、秦合谋，则楚无国矣。'乃欲立怀王子在国者。昭雎曰：'王与太子俱困于诸侯，而今又倍王命而立其庶子，不宜。'乃诈赴于齐，齐湣王谓其相曰：'不若留太子以求楚之淮北。'相曰：'不可，郢中立王，是吾抱空质而行不义于天下也。'或曰：'不然。郢中立王，因与其新王市曰："予我下东国，吾为王杀太子，不然，将与三国共立之。"然则东国必可得矣。'齐王卒用其相计而归楚太子。太子横至，立为王，是为顷襄王。乃告于秦曰：'赖社稷神灵，国有王矣'"。

楚怀王被秦国扣留，楚国很快立太子为楚王，对于楚国这样一个依靠宗族势力维持统治的诸侯国来说，楚顷襄王任命自己的弟弟公子子兰担任令尹，也是楚国最具可能的选择。因为公子子兰曾经劝说楚怀王应召赴秦，才有楚怀王被秦扣留的事情发生。因此，楚国人都怨恨公子子兰，屈原也应该是这些怨恨的人之一。这个时候，屈原在流放过程中，并不在楚国的权力核心。但是，屈原睠顾楚国，系心怀王，不忘楚怀王返国，希望楚怀王能改正自己过去的错误。屈原在这个时候创作的作品，都有"存君兴国"之意，但楚国没有给楚怀王机会活着回到楚国，也就没有机会改正自己的错误了。司马迁认为，楚怀王与其他君主一样，也想有所作为，但不知忠臣之分，内惑于郑袖，外欺于张仪，疏远屈原而信任上官大夫及令尹子兰，兵挫地削，亡其六郡，身客死于秦，都是"不知人之祸"，他所谓忠者不忠，而所谓贤者不贤。楚怀王的结局，并不值得同情。楚国亡国的结局，也不值得同情。

屈原在政治上得志的时间就是他担任左徒这个职务的时候，时间应该很短。他被疏远以后，退出了楚国的权力中心，虽然曾经被派出使齐国，但未必是出任了楚国宫廷的职务。这种情况延续到了楚怀王的末期。到了楚顷襄王时期，因为屈原怨恨公子子兰导致了楚怀王的被扣，所以公子子兰得知以后，命上官大夫在顷襄王那里进谗言，导致顷襄王大怒，屈原因此被"迁"。这里的"迁"，应该是被贬斥，但屈原这个时候已经不复在位，那么，楚顷襄王能够做的事情，很可能是降低屈原作为邑大夫

　　　　　　　　　　　　　　大家读《楚辞》

的封地的规模或者迁移屈原封地的地点。在封建体制之下，君主剥夺邑大夫世袭的领地可能并不容易，不过，楚国在风雨飘摇中，随着一些故土没入秦国的版图，这些地方的封君需要重新开辟封地，而屈原的三闾大夫封地"三闾"很可能早已沦陷，楚顷襄王让他迁徙到一个偏远的新地方，应该符合"怒而迁之"背后的故事。

南宋晁公武《郡斋读书志》说：

《楚辞》十七卷。右后汉校书郎王逸叔师注。楚屈原，名平，为怀王左徒，博闻强志，娴于辞令。后同列心害其能而谗之，王怒，疏平，平自伤忠而被谤，乃作《离骚经》以讽，不见省纳。及襄王立，又放之江南，复作《九歌》《天问》《九章》《远游》《卜居》《渔父》《大招》，自沉汨罗以死。其后，楚宋玉作《九辩》《招魂》，汉贾谊作《惜誓》，淮南小山作《招隐士》，东方朔作《七谏》，严忌作《哀时命》，王褒作《九怀》，刘向作《九叹》，皆拟其文，而哀平之死于忠。至汉武时，淮南王安始作《离骚传》，刘向典校经书，分为十六卷。东京班固、贾逵各作《离骚章句》，余十五卷，阙而不说。至逸自以为南阳人，与原同土，悼伤之，复作十六卷《章句》，又续为《九思》，取班固二序附之，为十七篇。按《汉书志·屈原赋》二十五篇，今起《离骚经》至《大招》凡六，《九章》《九歌》又十八，则原赋存者二十四篇耳，并《国殇》《礼魂》在《九歌》之外为十一，则溢而为二十六篇。不知《国殇》《礼魂》何以系《九歌》之末，又不可合十一为九，然则谓《大招》为原辞，可疑也。夫以"招魂"为义，恐非自作，或曰景差，盖近之。

晁公武在这里明确指出屈原在顷襄王时期仍然在世，因此，凡是认为屈原在楚怀王时期自杀的观点，显然都是臆断。

屈原被怒"迁"以后，到了江滨。《史记·屈原贾生列传》说：

屈原至于江滨，被发行吟泽畔。颜色憔悴，形容枯槁。渔父见而问之曰："子非三闾大夫欤？何故而至此？"屈原曰："举世混浊而我独清，众人皆醉而我独醒，是以见放。"渔父曰："夫圣人者，不凝滞于物而能与世推移。举世混浊，何不随其流而扬其波？众人皆醉，何不餔其糟而啜其醨？何故怀瑾握瑜而自令见放为？"屈原曰："吾闻之，新沐者必弹冠，新浴者必振衣，人又谁能以身之察察，受物之汶汶者乎！宁赴常流而葬乎江鱼腹中耳，又安能以皓皓之白而蒙世俗之温蠖

　　　　　　　大家读《楚辞》

乎!"乃作《怀沙》之赋。……于是怀石遂自沈汨罗以死。

屈原既死之后,楚有宋玉、唐勒、景差之徒者,皆好辞而以赋见称;然皆祖屈原之从容辞令,终莫敢直谏。其后楚日以削,数十年竟为秦所灭。

自屈原沈汨罗后百有余年,汉有贾生,为长沙王太傅,过湘水,投书以吊屈原。

……

太史公曰:余读《离骚》《天问》《招魂》《哀郢》,悲其志。适长沙,观屈原所自沈渊,未尝不垂涕,想见其为人。及见贾生吊之,又怪屈原以彼其材,游诸侯,何国不容,而自令若是。读《服鸟赋》,同死生,轻去就,又爽然自失矣。

这里提到了屈原是"三闾大夫"。显然,屈原被怒"迁"以后,精神受到极大打击,形容变易,渔父有些认不出来了。渔父之问,说明屈原这个时间仍然是"三闾大夫",他的封地也不应该在江滨,所以才问三闾大夫"何故至此",应该是离开了他原来的封地,到了新的地方。

王逸《楚辞章句·离骚序》说:"屈原与楚同姓,仕于怀王,为三闾大夫。三闾之职,掌王族三姓,曰:昭、屈、景。屈原序其谱属,率其贤良，以厉国士。入则与王图议政事，决定嫌疑；出则监察群下，应对诸侯，谋行职修。王甚珍之。"王逸认为三闾大夫为管理宗族事务，教育、督导楚国宗族子弟的官员。但王逸的这种观点不知道来源于何处？楚国王室并不止于三姓，而且，昭、屈、景三姓之人分散在不同封地，要给他们建立一个共同的教育基地，似乎也没有这样的教育制度的记录。况且，屈原已经不复在位，管理三族子弟，显然是一个重要的官职。钱穆《先秦诸子系年》认为"三闾"即《左传·哀公四年》提到的楚地地名"三户"，在原南阳府丹水县北三户亭，三闾大夫即是邑大夫。钱穆先生的这个观点，可能是有道理的。

屈原说"举世混浊而我独清，众人皆醉而我独醒"，和上官大夫谗言说屈原以为"非我莫能为也"是相统一的。这说明"非我莫能为也"这句话，可能真是屈原所说。

《史记·屈原贾生列传》没有提到楚考烈王，则屈原生活的下限，不能晚于考烈王时期，屈原的蹈水的时间应该在楚顷襄王时期。《九章·哀郢》说："忽若去不信兮，至今九年而不复。惨郁郁而不通兮，蹇侘傺而含慼。"一般认为屈原在楚怀王客死秦国以后被"迁"，在外九年尚未能回归，那么，屈原写《哀郢》的时间应该在公元前286年前后。刘向对屈原被迁九年这个时间点非常重视，他在《九叹》中两次提到，《离世》说："九年之中不吾反兮，思彭咸之水游。惜师延之浮渚兮，赴汨罗之长流。"《忧苦》说："悲余心之悁悁兮，哀故邦之逢殃。辞九年而不复兮，独茕茕而南行。"刘向把九年和"思彭咸之水游""赴汨罗之长流"联系在一起，认为这个时间点与屈原的去世相关。因此，屈原蹈水的时间，很可能就在公元前286年左右，最晚不得晚于公元前263年。

事实上，屈原应该在楚顷襄王的早期就去世了。屈原去世以后，楚国人宋玉、唐勒、景差等人，都"好辞而以赋见称"，是屈原辞赋的后继者。他们虽然"从容辞令"，但都不敢"直谏"了，也就是说，他们不再关心楚国的前途和命运问题了。

东方朔是西汉武帝时期著名的滑稽家，王逸《楚辞章句·七谏序》云："《七谏》者，东方朔之所作也。谏者，正也，谓陈法度以谏正君也。古者人臣三谏不从，退而待放。屈原与楚同姓，无相去之义，故加为七谏，殷勤之意，忠厚之节也。或曰，《七谏》者，法天子有争臣七人也。东方朔追悯屈原，故作此辞以述其志，所以昭忠信，矫曲朝也。"《七谏》分初放、沉江、怨世、怨思、自悲、哀命、谬谏七部分，东方朔通过这七个部分，概括了屈原一生的主要人生历程。《七谏》首章说："平生于国兮，长于原野。言语讷涩兮，又无强辅。浅智褊能兮，闻见又寡。数言便事兮，见怨门下。王不察其长利兮，卒见弃乎原野。伏念思过兮，无可改者。群众成朋兮，上浸以惑。巧佞在前兮，贤者灭息。尧舜圣已没兮，孰为忠直？高山崔巍兮，水流汤汤。死日将至兮，与麋鹿同坑。块兮鞠，当道宿。举世皆然兮，余将谁告？斥逐鸿鹄兮，近习鸱枭。斩伐橘柚兮，列树苦桃。便娟之修竹兮，寄生乎江潭。上葳蕤而防露兮，下泠泠而来风。孰知其不合兮，若竹柏之异心。往者不可及兮，来者不可待。悠悠苍天兮，莫我振理。窃怨君之不寤兮，吾独死而后已。"值得注意的是，东方朔除了对楚国及楚王的批评以外，还表达了对屈原的充分同情，同时又说屈原虽为楚之"长利"，但其才能不足，地位不高，又有偏激之处，最终招致祸患。特别是屈原有"言语讷涩""又无强辅"的困惑，与《史记》所说屈原"与楚同姓""娴于辞令"，宋玉等继承屈原的"从容辞令"似乎并不相容。司马迁与东方朔都是博学之士，东方朔《七谏》说屈原生平及修养问题，表面看来，与司马迁所言意见有对立，仔细推敲，却并不矛盾。司马迁只是说屈原屈姓，与楚王同宗祖，但屈姓自屈瑕以至于屈原，已历四百岁，所以可能与楚王的关系并不是那么亲密，东方朔之言"平生于国兮，长于原野"，并不与屈原为楚同姓

　　　　　　　　　　大家读《楚辞》

的说法相对立。屈原自述，也证明此一点，《惜诵》之言"忽忘身之贱贫"，《抽思》曰"愿自申而不得"，正是说其出身贫贱，而无坚强后盾。而屈原自己曾经对其言辞能力有过叙述，《怀沙》说："文质疏内兮，众不知余之异采。材朴委积兮，莫知余之所有。"洪兴祖《楚辞补注》说："内，旧音讷。讷，木讷也。"屈原言辞木讷，而不能充分地表现其才智异采，表面上看来，确有浅智褊能、言语钝讷、闻见寡少的毛病，但这正体现了他的忠直。《论语·学而》孔子说："巧言令色，鲜矣仁。"则巧言，不仅不是优点，反是缺点。而"娴于辞令""从容辞令"，应该主要是指屈原和宋玉等人通习经典，长于撰述，而不是指屈原有花言巧语之能力。

屈原去世几十年以后，楚国灭亡，而汉代的贾谊赴长沙，已经过去了一百多年。司马迁曾经读过《楚辞》中《离骚》《天问》《招魂》《哀郢》诸篇，说明司马迁时代，《离骚》《天问》《招魂》《哀郢》是很有影响力的《楚辞》作品。

〔明〕朱约佶绘《屈原像轴》

大家读《楚辞》

附录二：屈原价值的历史发现与现代重估

　　屈原是历史中存在过的真实的人，也是经过历代文化人和屈原的崇敬者不断诠释过的文化符号。我们既要还原历史中的屈原，也要关注后代人对屈原的诠释；既要注意对屈原正面的诠释，也要注意批评者的文化立场。在中国文化史上，无论是赞扬屈原，还是批评屈原，都是把屈原当作一个有价值的样本，体现对屈原的尊敬和同情。如果能认识到这一点，还原历史，讲述故事，就有了科学的立场。

　　1952年开始，总部设在芬兰首都赫尔辛基的世界和平理事会每年推举四位世界文化名人，1952年推举了法国作家雨果、意大利画家达·芬奇、俄国作家果戈理、阿拉伯哲学家阿维森纳等四位为世界文化名人。1953年，世界和平理事会决定在中国诗人中推举一位世界文化名人，当年的参与者在遴选诗人的时候，认为中国是个诗歌的国度，虽然产生过无数杰出的诗人，如果从这众多诗人中推举一个最伟大的诗人的话，当然非屈原莫属。所以，中国诗人屈原与波兰天文学家哥白尼、法国作家拉伯雷、古巴作家何塞·马蒂就成为了1953年世界和平理事会确定的四位世界文化名人。同年，苏联和中国都举行了隆重的纪念屈原、哥白尼、拉伯雷、何塞·马蒂诞生的纪念大会。2009年，以纪念屈原为核心内容的中国端午节及其传说进入联合国教科文组织"人类非物质文化遗产代表作名录"，这标志着屈原不仅仅是世界文化名人，同时，他的作品及精神价值，也是人类文化遗产的一部分。

屈原是一位历史人物，在两千多年的历史长河中，他受到了一切正直善良的中国人的尊敬，同时，他仍然生活在我们当下的文化生活中。站在现代文明的价值基础上，正确认识和评价屈原的价值，是一切热爱屈原的人责无旁贷的责任。

一、作为文化符号的屈原

对于屈原的研究，开始于对屈原价值的探索，这个探索，从战国时期的宋玉就已经开始了。王逸《楚辞章句·九辩序》说："宋玉者，屈原弟子也。闵惜其师忠而放逐，故作《九辩》以述其志。"[①] 而《九辩》说："坎廪兮，贫士失职而志不平。"[②] 宋玉悯惜其师之"忠"，"忠"是就屈原的人格而言；宋玉说"贫士失职"，"士"是就屈原的才能而言。简单地说，屈原是一个

---

① 〔汉〕刘向编，〔汉〕王逸注，〔宋〕洪兴祖补，白化文等点校：《楚辞补注》卷第八，中华书局1983年版，第182页。
② 〔汉〕刘向编，〔汉〕王逸注，〔宋〕洪兴祖补，白化文等点校：《楚辞补注》卷第八，中华书局1983年版，第183页。

大家读《楚辞》

忠而有才，而受到不公正待遇的人。

　　班固《离骚序》说："昔在孝武，博览古文，淮南王安叙《离骚传》，以《国风》好色而不淫，《小雅》怨诽而不乱，若《离骚》者，可谓兼之。蝉蜕浊秽之中，浮游尘埃之外，皭然泥而不滓，推此志，虽与日月争光可也。"①刘安是西汉初期人，他除了高度赞扬屈原《离骚》的价值之外，着重强调屈原的"清"，即处污泥之中，而不受污染，不与邪恶势力同流合污。

　　司马迁继承了刘安的观点，认为屈原"忠信"。《史记·屈原贾生列传》指出，屈原"信而见疑，忠而被谤"，但"睠顾楚国，系心怀王"，有"存君兴国"之义。同时，司马迁还突出了屈原作为"贤"者的价值："太史公曰：余读《离骚》《天问》《招魂》《哀郢》，悲其志。适长沙，观屈原所自沉渊，未尝不垂涕，想见其为人。及见贾生吊之，又怪屈原以彼其材，游诸侯，何国不容，而自令若是。"②司马迁强调屈原可周游诸侯，无有不重视者，屈原的资本就是因"彼其材"。

　　班固《离骚序》不同意刘安把屈原的作品和六经相提并论，但认为"其文弘博丽雅，为辞赋宗"，屈原本人"虽非明智之器，可谓妙

---

① 〔汉〕刘向编，〔汉〕王逸注，〔宋〕洪兴祖补，白化文等点校：《楚辞补注》卷第一，中华书局1983年版，第49页。
② 〔汉〕司马迁：《史记》卷八十四，中华书局1982年版，第2482、2503页。

才者也"。①班固《离骚赞序》指出,"屈原初事怀王,甚见信任。同列上官大夫妒害其宠,谗之王,王怒而疏屈原。屈原以忠信见疑,忧愁幽思而作《离骚》","屈原痛君不明,信用群小,国将危亡,忠诚之情,怀不能已,故作《离骚》","不忍浊世,自投汨罗"。②班固虽然对屈原的处世智慧有所质疑,但同样认为屈原是"忠信"之人,是"妙才"。《汉书·艺文志》说:"春秋之后,周道浸坏,聘问歌咏不行于列国,学《诗》之士逸在布衣,而贤人失志之赋作矣。大儒孙卿及楚臣屈原离谗忧国,皆作赋以风,咸有恻隐古诗之义。"③可见在班固眼里,屈原既是"贤人",同时,又能"忧国",继承《诗经》传统,作赋以讽。

王逸与屈原有乡亲之谊,因此,把屈原的作品《离骚》提到了"经"的地位。《楚辞章句·九思序》说:"《九思》者,王逸之所作也。逸,南阳人(一作南郡),博雅多览,读《楚辞》而伤愍屈原,故为之作解。"又说:"逸与屈原同土共国,悼伤之情与凡有异。"④王逸

---

① 〔汉〕刘向编,〔汉〕王逸注,〔宋〕洪兴祖补,白化文等点校:《楚辞补注》卷第一,中华书局1983年版,第50页。
② 〔汉〕刘向编,〔汉〕王逸注,〔宋〕洪兴祖补,白化文等点校:《楚辞补注》卷第一,中华书局1983年版,第51页。
③ 〔汉〕班固:《汉书》卷三十《艺文志》,中华书局1962年版,第1756页。
④ 〔汉〕刘向编,〔汉〕王逸注,〔宋〕洪兴祖补,白化文等点校:《楚辞补注》卷第十七,中华书局1983年版,第313—314页。

推崇屈原，对屈原的定位，继承了他的前辈的观点，即"清""忠""贤"。《楚辞章句序》说："屈原履忠被谗，忧悲愁思，独依诗人之义而作《离骚》。上以讽谏，下以自慰。遭时阍乱，不见省纳，不胜愤懑，遂复作《九歌》以下，凡二十五篇。"①《楚辞章句·离骚序》说，屈原"不忍以清白久居浊世，遂赴汨渊，自沉而死"，"凡百君子，莫不慕其清高，嘉其文采，哀其不遇，而愍其志焉"。②

从宋玉到王逸，确立了屈原作为一个具有"清廉""忠信"人格的"贤人"形象。这个历史定位，成为屈原形象的最基本的内涵。清廉、忠信、贤人，既体现了中国古代人对各级官员模范人格的定位，也是中国古代人对屈原抱有深刻同情和敬仰的历史原因。而"贤人"定位，也使屈原和孔子的"圣人"境界相区别。《白虎通义·圣人》说："圣者，通也，道也，声也。道无所不通，明无所不照，闻声知情，与天地合德，日月合明，四时合序，鬼神合吉凶。"③孔子既有坚守，而又通权达变，其境界与屈原

---

① 〔汉〕刘向编，〔汉〕王逸注，〔宋〕洪兴祖补，白化文等点校：《楚辞补注》卷第一，中华书局1983年版，第48页。
② 〔汉〕刘向编，〔汉〕王逸注，〔宋〕洪兴祖补，白化文等点校：《楚辞补注》卷第一，中华书局1983年版，第2—3页。
③ 〔汉〕班固撰，〔清〕陈立撰，吴则虞点校：《白虎通疏证》卷七，中华书局1994年版，第334页。

既有联系又有区别。

20世纪初，随着西洋文化的传播，中国学者对中国传统文化的价值发生怀疑，而民主主义的思想，也要求重新反思屈原的形象所蕴含的意义。1922年8月28日，著名的新文化运动的旗手胡适写了《读〈楚辞〉》一文，该文同年发表在《读书杂志》第一期上。胡适认为，《史记》本来不很可靠，而《史记》的《屈原贾生列传》尤其不可靠；传说中的屈原，是根据于"儒教化"的《楚辞》解释的，是"箭垛式"的，若真有其人，必不会生在秦汉以前。胡适的上述观点，固然是在疑古思潮大环境下的大胆之言，随着出土文献的不断公布，疑古学派的观点已经成为学术空想。胡适又提出了把《楚辞》重归文学的学科设想，他认为，《楚辞》的研究史是久被"酸化"的，只有推翻屈原的传说，进而才能推翻《楚辞》作为"一部忠臣教科书"的不幸历史，然后可以"从楚辞本身上去寻出它的文学兴味来，然后楚辞的文学家之可以有恢复的希望"。[1]显然，胡适所谓"文学"学科的观念，也是从西洋传来的，而不是中国古代固有的"文学"学科概念。

1922年11月3日，梁启超先生在东南大学文哲学会上发表了《屈原研究》之讲演。梁启

---

[1] 《胡适文存二集》，亚东图书馆印1924年版，第147—148页。

超认为中国文学家的老祖宗必推屈原，中国历史上表现个性的作品，头一位就是屈原的作品。梁启超认为，屈原具有改革政治的热情，又热爱人民，热爱社会，他以其自杀，表现出对社会、对祖国的同情和眷恋，而又不愿意向黑暗势力妥协的决心，因此，屈原的自杀使他的人格和作品更加光耀。[①] 梁启超把屈原的"清廉""忠信"，表述为热爱人民，热爱社会，对社会和祖国的同情和眷恋，以及不愿意向黑暗势力妥协的决心。显然，梁启超对屈原的评价，有胡适的新"文学"观念，同时，又继承了中国古代关于屈原作为"清廉""忠信""贤人"的理念。

1929年6月7日，郭沫若写了《革命诗人屈原》一文，认为春秋战国时期，也存在一个"五四运动"，而屈原就是古代"五四运动"的健将，即中国古代的诗在屈原手里发起了一次"大革命"。[②] 1942年，郭沫若又写了《屈原思想》一文，在这篇文章中，他提出屈原的世界观是前进的，革命的，但是，他的方法——作为诗人在构想和遣词上的技术却不免有些保守的倾向。郭沫若认为，屈原思想明显有儒家风

---

① 梁启超：《饮冰室合集·文集》第五册，卷三十九，中华书局1989年版，第49—68页。
② 《郭沫若全集·文学编·蒲剑集》卷十九，人民文学出版社1992年版，第48—51页。

貌，注重民生，倡导德政，注重修己以安人，所以，屈原是一位南方的儒者。[1]

1953年6月13日，林庚先生在《大公报》发表了《诗人屈原的出现》一文，提出屈原的艺术才能"全部为了人民的愿望与政治斗争"，在中国古代，没有一个诗人能像屈原一样，紧密地把自己一生的思想感情与政治斗争完全统一起来，因此，屈原是"我们伟大的第一个诗人"，"是一个政治家"，他毕生为一个政治理想而斗争，他是一个真理的追求者。[2]

1957年作家出版社出版了《楚辞研究论文集》，其中收录的论文，大部分发表于1951—1956年间的重要报刊上，是代表屈原被确定为世界文化名人前后中国官方主流观点的一部著作。其中具有代表性的关于屈原评价的文章，首先是郭沫若的《伟大的爱国主义诗人——屈原》，郭沫若认为，屈原"同情人民，热爱人民"，"不仅热爱楚国，而且热爱中国"。[3]先师褚斌杰先生《屈原——热爱祖国的诗人》则提出屈原的"思想和行为是崇高的，具有人民性的"观点，认为屈原的价值体现在以下四方面：疾恶如仇，能与腐朽反动的贵族政权做斗争；

---

[1] 郭沫若：《先秦学说述林》，上海书店影印东南出版社1945、1992年版，第127—147页。

[2] 作家出版社编辑部编：《楚辞研究论文集》，作家出版社1957年版，第33页。

[3] 作家出版社编辑部编：《楚辞研究论文集》，作家出版社1957年版，第8—9页。

关怀民族命运和人民生活；对祖国和乡土无限
热爱；宁死不屈，有以死殉国的伟大气节。[①]

　　在20世纪，特别是20世纪中期以后，无
数中国古代伟大的思想家和文学家或多或少都
受到了中国主流政治意识指导下的文化精英的
批判和鞭挞，但是，屈原却一直为主流政治意
识和文化意识所肯定，当然，这个幸运，也带
来了屈原价值的多面性描述，如在"伟大的人
民诗人""爱国主义诗人"的称号之外，在70年
代开展的"评法批儒"运动中，屈原被描述为
法家，而在1977年以后，屈原则作为政治改革
家而常被改革派所提及。

　　胡适先生曾主张抛开屈原的政治活动来讨
论屈原作品的意义，而林庚先生则认为屈原首
先是一个政治家，他的文学活动是和政治活动
紧密联系在一起的。显然，林庚先生的观点，
更体现了知人论世的文学观念。

二、作为政治家的屈原

　　屈原是战国时期楚国的重要政治家，同时
是一个想有所作为的政治家。对屈原的把握，
离不开屈原的政治活动。抓住屈原的政治活动
轨迹，才能准确把握屈原作品的内涵。屈原的

[①]　作家出版社编辑部编：《楚辞研究论文集》，作家出版社1957年版，第36页。

政治活动和政治遭遇，我们又是通过屈原的作品了解的。如果没有屈原的作品，我们就无法了解屈原的遭遇；如果没有屈原坎坷的遭遇，屈原可能不会创作这些作品，即使创作了作品，他的作品也不会有这么久远的力量。王逸《楚辞章句序》云："屈原履忠被谗，忧悲愁思，独依诗人之义而作《离骚》。上以讽谏，下以自慰。遭时闇乱，不见省纳，不胜愤懑，遂复作《九歌》以下，凡二十五篇。楚人高其行义，玮其文采，以相教传。"①

《楚辞章句·天问序》说："屈原放逐，忧心愁悴，彷徨山泽，经历陵陆，嗟号昊旻，仰天叹息，见楚有先王之庙及公卿祠堂，图画天地山川，神灵琦玮僪佹，及古贤圣怪物行事，周流罢倦，休息其下，仰见图画，因书其壁，呵而问之，以泄愤懑，舒泻愁思。楚人哀惜屈原，因共论述，故其文义不次序云尔。"②

《楚辞章句·九章序》说："屈原放于江南之野，思君念国，忧心罔极，故复作《九章》，章者，著也，明也。言己所陈忠信之道，甚著明也。卒不见纳，委命自沈，楚人惜而哀之，

---

① 〔汉〕刘向编，〔汉〕王逸注，〔宋〕洪兴祖补，白化文等点校:《楚辞补注》卷第一，中华书局1983年版，第48页。
② 〔汉〕刘向编，〔汉〕王逸注，〔宋〕洪兴祖补，白化文等点校:《楚辞补注》卷第三，中华书局1983年版，第85页。

世论其词，以相传焉。"①

《楚辞章句·渔父序》说："屈原放逐在江湘之间，忧愁叹吟，仪容变易，而渔父避世隐身，钓鱼江滨，欣然自乐，时遇屈原川泽之域，怪而问之，遂相应答。楚人思念屈原，因叙其辞，以相传焉。"② 王逸提到楚人高其行义，玮其文采，楚人哀惜屈原，思念屈原，因此，因共论述，因叙其辞，以相教传。也就是说，如果没有屈原的高尚行义和奇玮文采，没有对屈原的哀惜和同情，屈原的作品是否能够流传，就会是一个未知数。

战国时期是一个大动荡的时代。春秋、战国之交，随着晋国的分裂，楚国的衰落，春秋时的晋、楚两极世界变成了秦国独大的一极世界。探究秦国之所以兴、楚国之所以衰的原因，最根本的就是秦国有政治优势。秦国自春秋秦穆公开始，不拘一格重用人才，秦国的重要岗位，不但向秦国人民开放，而且向山东诸侯国的人才开放，只要是人才，就可得到任用。《史记·孔子世家》载鲁昭公二十年，时孔子三十岁，齐景公与晏婴访问鲁国，齐景公问孔子说："昔秦穆公国小处辟，其霸何也？"孔子回答说：

---

① 〔汉〕刘向编，〔汉〕王逸注，〔宋〕洪兴祖补，白化文等点校：《楚辞补注》卷第四，中华书局1983年版，第120—121页。

② 〔汉〕刘向编，〔汉〕王逸注，〔宋〕洪兴祖补，白化文等点校：《楚辞补注》卷第七，中华书局1983年版，第179页。

"秦虽国小，其志大；处虽辟，行中正。身举五羖，爵之大夫，起累绁之中，与语三日，授之以政。以此取之，虽王可也，其霸小矣。"①秦穆公的志大中正，礼贤下士，正是秦国由霸而王的基础。

秦国的政治是一个开放的政治体系，而楚国的政治却是一个封闭的体系，楚王重用的都是他的近亲，《史记·孙子吴起列传》载吴起逃离魏国，"楚悼王素闻起贤，至则相楚。明法审令，捐不急之官，废公族疏远者，以抚养战斗之士"。其矛头首先就对准了楚之贵戚，等到楚悼王死后，楚国"宗室大臣作乱而攻吴起，吴起走之王尸而伏之"，虽然最后楚国"尽诛射吴起而并中王尸者，坐射起而夷宗死者七十余家"，但是，楚国的政治仍然回归到了重用贵戚的老路上去了。②湖南长沙岳麓书院门口有"惟楚有才，于斯为盛"的对联，说的是春秋时期"楚材晋用"的典故，"楚材晋用"，不是说楚国的人才多，而是说楚国的人才不能在楚国发挥作用，只好到外国去了。《离骚》中灵氛为屈原占卜，得出的结论也是应该远行，灵氛说："两美其必合兮，孰信修而慕之？思九州之博大兮，岂唯是其有女？"说的也是一个人

---

① 〔汉〕司马迁：《史记》卷四十七，中华书局1982年版，第1910页。
② 〔汉〕司马迁：《史记》卷六十五，中华书局1982年版，第2168页。

大家读《楚辞》

才，应该选择一个能够有所作为的地方，做出一番事业来。

楚国因为政治上的封闭性，导致优秀的人才不但不能在楚国得到重用，而且还深受迫害。春秋时伍子胥的遭遇就说明了这一点。《史记·伍子胥列传》载楚平王给太子建娶秦女，因秦女美好，于是占为己有，并因此忌恨太子建及太子建的太傅伍奢，杀伍奢。又因伍奢二子伍尚、伍员贤，欲杀二人，伍尚死，伍员逃亡，伍员即伍子胥。伍子胥逃到吴国后，率吴国军队灭楚，而楚臣申包胥"立于秦廷，昼夜哭，七日七夜不绝其声"，秦哀公怜之，说："楚虽无道，有臣若是，可无存乎！"于是"遣车五百乘救楚击吴"①，楚国因此才能在春秋后期苟延残喘下来。

战国时期，楚国虽有恢复，但要和秦国对抗，仍然是没有力量的。《史记·秦始皇本纪》载秦孝公死后，秦惠文王、秦武王"蒙故业，因遗册，南兼汉中，西举巴、蜀，东割膏腴之地，收要害之郡"。诸侯眼见秦之强大，恐惧，"会盟而谋弱秦，不爱珍器重宝肥美之地，以致天下之士，合从缔交，相与为一"。山东诸侯"常以十倍之地，百万之众，叩关而攻秦。秦人开关延敌，九国之师逡巡遁逃而不敢进"，

---

① 〔汉〕司马迁：《史记》卷六十六，中华书局1982年版，第2171—2183页。

"于是从散约解，争割地而奉秦"。秦"因利乘便，宰割天下，分裂河山，强国请服，弱国入朝"。①《史记·张仪列传》载张仪说楚怀王："秦地半天下，兵敌四国，被险带河，四塞以为固。虎贲之士百余万，车千乘，骑万匹，积粟如丘山。法令既明，士卒安难乐死，主明以严，将智以武，虽无出甲，席卷常山之险，必折天下之脊，天下有后服者先亡。且夫为从者，无以异于驱群羊而攻猛虎，虎之与羊不格明矣。今王不与猛虎而与群羊，臣窃以为大王之计过也。"又说："秦西有巴蜀，大船积粟，起于汶山，浮江已下，至楚三千余里。舫船载卒，一舫载五十人与三月之食，下水而浮，一日行三百余里，里数虽多，然而不费牛马之力，不至十日而距扞关。扞关惊，则从境以东尽城守矣，黔中、巫郡非王之有。秦举甲出武关，南面而伐，则北地绝。秦兵之攻楚也，危难在三月之内，而楚待诸侯之救，在半岁之外，此其势不相及也。夫恃弱国之救，忘强秦之祸，此臣所以为大王患也。"②

　　秦国的强势，以及楚国的羸弱，决定了战国时期的楚国处在一个不可能有大作为的时代。也正因此，屈原给楚王提出的联齐抗秦、杀张

---

① 〔汉〕司马迁：《史记》卷六，中华书局1982年版，第279页。
② 〔汉〕司马迁撰，裴骃集解，司马贞索隐，张守节正义：《史记》卷七十，中华书局1982年版，第2289—2290页。

仪以泄愤，不去武关会秦王的政治策略，楚怀王都不敢接受。《史记·楚世家》载秦昭襄王约楚怀王访秦，"楚怀王见秦王书，患之。欲往，恐见欺；无往，恐秦怒"。昭雎建议楚王毋行，发兵自守，楚怀王儿子子兰说："奈何绝秦之欢心！"①楚怀王为了社稷，只能忘记自己这个君主的安危，亲赴秦国。《孟子·尽心下》说："民为贵，社稷次之，君为轻。是故得乎丘民而为天子，得乎天子为诸侯，得乎诸侯为大夫。诸侯危社稷，则变置。牺牲既成，粢盛既絜，祭祀以时，然而旱干水溢，则变置社稷。"②楚怀王也许做不到"民为贵"，但是，他知道在社稷存亡面前"君为轻"的价值判断，他不去秦国，则可能"危社稷"，所以，他就只得选择去了。

屈原是一个想在楚国有所作为的政治家，但是楚国不能给他提供大有作为的舞台。屈原不被楚王任用，怀才不遇，生不逢时。不能有所作为和想有所作为，这是屈原和楚国领导层发生矛盾的根源，也是他悲剧命运的根源。

战国时期是一个巨变的时代，如何适应社会的蜕变，成了这个时代弄潮儿们追逐的目标，战国时期成功的政治家无不体现这个特

---

① 〔汉〕司马迁撰，裴骃集解，司马贞索隐，张守节正义：《史记》卷四十，中华书局1982年版，第1728页。
② 〔清〕焦循撰，沈文倬点校：《孟子正义》卷二十八，中华书局1987年版，第973—974页。

点。法家、纵横家的成功，在于他们放弃自己的坚守。

孔子与他的弟子是春秋战国时期最有坚守的政治家。孔子周游列国，不是为了谋得官职，而是为了传道，也正因此，孔子面对诸侯权臣的邀请，不为其所动，《论语·阳货上》载，阳货因孔子不愿出来工作，因此攻击孔子"怀其宝而迷其邦"，是"不仁"，"好从事而亟失时"，是"不知"①，殊不知如果不能以道治国，在乱世求富贵，必然会成为坏人帮凶。因此，孔子的坚守，正是孔子仁和智的体现。《史记·孟子荀卿列传》说，战国时期"天下方务于合从连衡，以攻伐为贤，而孟轲乃述唐、虞、三代之德"，与世俗不合，梁惠王甚至认为孟子"迂远而阔于事情"，不过，司马迁理解儒家的坚守，他说："故武王以仁义伐纣而王，伯夷饿不食周粟；卫灵公问阵，而孔子不答；梁惠王谋欲攻赵，孟轲称大王去邠。此岂有意阿世俗苟合而已哉！持方枘而内圆凿，其能入乎？"②

《史记·商君列传》载，商鞅因秦孝公宠臣景监求见孝公，先"说公以帝道"，"孝公时时睡，弗听"，谴责景监说："子之客妄人耳，安足用邪！"后五日，商鞅二见孝公，"说公以王

---

① 程树德撰，程俊英、蒋见元点校：《论语集释》卷三十四，中华书局1990年版，第1174—1175页。
② 〔汉〕司马迁：《史记》卷七十四，中华书局1982年版，第2343—2345页。

道","益愈，然而未中旨","孝公复让景监"。商鞅三见孝公，"说公以霸道，孝公善之而未用也"，孝公对景监说："汝客善，可与语矣。"商鞅四见孝公，"以强国之术说君"，"公与语，不自知膝之前于席也。语数日不厌"。商鞅的最高理想是帝道，其次是王道，再次是霸道，而强国之术是他认为的最为下下者之道，但因为秦孝公认为"安能邑邑待数十百年以成帝王乎"，"久远，吾不能待"，商鞅就放弃了他的理想，而投孝公所好，但他自己知道，强国之术"难以比德于殷周矣"。①

《史记·苏秦列传》载苏秦出道后，先赴秦国，以连横为说，意在统一天下。秦惠公刚诛杀商鞅，兴趣不在此，说："毛羽未成，不可以高飞；文理未明，不可以并兼。"②因此不用苏秦。苏秦于是东赴燕国，以合纵为说，推介反统一的政治策略。《史记·张仪列传》说张仪先赴燕国找苏秦，意欲参与合纵大业，从事反统一活动，苏秦不用张仪，张仪只好西至秦国，投身连横事业中，从事统一活动。③

商鞅，以及苏秦、张仪，不能说他们心中没有理想和是非观，但是，他们没有底线。他们都是把"做官""做事"放在第一位，而没有

---

① 〔汉〕司马迁：《史记》卷六十八，中华书局1982年版，第2227—2238页。
② 〔汉〕司马迁：《史记》卷六十九，中华书局1982年版，第2242—2243页。
③ 〔汉〕司马迁：《史记》卷七十，中华书局1982年版，第2280—2304页。

把国家和民族的未来放在第一位，因此，他们根据君主这个市场的需求来提供自己的产品，而不是把拯救国家和民族放在第一位，没有为国家和民族的未来去服务社会的信念。孔子和屈原是要"做官""做事"，但他们"做官"是为了"做正确的事"。

《礼记·礼运》引孔子之言说："大道之行也，天下为公。选贤与能，讲信修睦，故人不独亲其亲，不独子其子，使老有所终，壮有所用，幼有所长，矜、寡、孤、独、废疾者，皆有所养。男有分，女有归。货恶其弃于地也，不必藏于己；力恶其不出于身也，不必为己。是故谋闭而不兴，盗窃乱贼而不作，故外户而不闭，是谓大同。今大道既隐，天下为家，各亲其亲，各子其子，货力为己，大人世及以为礼。城郭沟池以为固，礼义以为纪；以正君臣，以笃父子，以睦兄弟，以和夫妇，以设制度，以立田里，以贤勇知，以功为己。故谋用是作，而兵由此起。禹汤文武成王周公，由此其选也。此六君子者，未有不谨于礼者也。以著其义，以考其信，著有过，刑仁讲让，示民有常。如有不由此者，在执者去，众以为殃，是谓小康。"[1]孔子把春秋前的中国古代社会分为

---

① 〔汉〕郑玄注,〔唐〕孔颖达正义:《礼记正义》卷二十九,《十三经注疏》,中华书局2009年版，第1414页。

大同、小康两个阶段，而认为春秋时期是"礼崩乐坏"的时代。《战国策·燕策一》载郭隗之言，有"帝者与师处，王者与友处，霸者与臣处，亡国与役处"①四句。帝道、帝者指五帝时代，王道、王者指夏、商、周三王时代，霸道、霸者指春秋时期，强国之术、亡国指的是战国时期。五帝时代，特别是尧、舜时期，效法"天道"，政治制度以"天下为公"为基础，政治文化以"大同"为价值，经济权利和政治权利的平等，是这个时期的社会特征，简单说，就是有饭大家同吃，有衣大家同穿。三王时期，虽是"天下为家"的时代，但社会文化氛围强调德治，即领导人为人民服务，领导先天下之忧而忧，后天下之乐而乐。

夏、商两代谈不上有德治传统，德治精神应该是周人克商之后建立的文化体系所体现的价值。周先祖不窋在夏后启破坏禅让体制、篡权建立世袭制政治体制后去夏，辗转在泾河流域的义渠，即今天的甘肃庆阳一带，在周民族部落中传承"大同"文化。但是周克商后，民族融合，周人面临继承的"家天下"的政治制度遗产和固有的"大同"的政治文化遗产的冲突，因此，提出德治来调节人民和周天子利益相悖可能带来的困境。

---

① 〔汉〕刘向集录:《战国策》卷二十九，上海古籍出版社1985年版，第1064页。

德治的特征，简单说，就是群众没有饭吃，领导不吃饭；群众没有衣穿，领导不穿衣。五霸时代，霸主挟天子以令诸侯，其文化价值，承认领导人的特权，但是，领导人仍能"推恩"，具体体现就是贯彻"仁政"观念，领导人在享受特权的时候，也需要兼顾群众的生存问题。简单说，就是领导吃肉的时候，应该给人民留一点肉汤喝。而强国之术，强调的政治文化是弱肉强食，《论语·颜渊下》说："爱之欲其生，恶之欲其死。"①《史记·天官书》说："顺之胜，逆之败。"②《韩非子·五蠹》指出："当今争于气力。"③这些话所表述的行事原则，就代表了这个时代的文化价值。简单说，就是群众顺从领导，则有饭吃，有衣穿；不顺从领导，则没有饭吃，没有衣穿。

从大同至小康，从小康至春秋，从春秋至战国，是中国社会制度不断退化的过程，《孟子·告子下》说："五霸者，三王之罪人也。今之诸侯，五霸之罪人也。"④而实际上，三王也是尧、舜之罪人。《道德经·德经》说："故失

---

① 程树德撰，程俊英、蒋见元点校：《论语集释》卷二十五，中华书局1990年版，第853页。
② 〔汉〕司马迁：《史记》卷二十七，中华书局1982年版，第1319页。
③ 〔清〕王先慎撰，钟哲点校：《韩非子集解》卷十九，中华书局1998年版，第445页。
④ 〔清〕焦循撰，沈文倬点校：《孟子正义》卷二十五，中华书局1987年版，第839页。

道而后德，失德而后仁，失仁而后义，失义而后礼。夫礼者，忠信之薄，而乱之首。"①《庄子·知北游》说："失道而后德，失德而后仁，失仁而后义，失义而后礼。礼者，道之华而乱之首也。"②大体说的也是从大同以下的社会蜕变带来的观念变化，道与大同时期相联系，德与小康时期相联系，而仁、义、礼则是小康之后至五霸时期的政治文化。

屈原同样是有坚守的政治家，他之所以能坚守，就在于他是一个深沉的思考者，一个关心楚国命运的政治家。屈原思考拯救楚国的指导原则，思考历史与现实、自然与社会的有关问题。屈原在思考楚国的现实困境的时候，提出了解决楚国政治困境的方法，这就是要实现尧、舜、禹、汤、文、武之美政。因此，与其说屈原是法家或者改革家，毋宁说他是一个坚守传统的儒家思想家。他的思想价值，不在于他在战国时期体现了怎样的改革意识，而在于他知道人民的幸福依靠回归选贤授能的美政。这就使他与同时代的打着改革旗号的势利之徒划清了界限。

---

① 朱谦之：《老子校释》第三十八章，中华书局1984年版，第152页。
② 〔清〕郭庆藩撰，王孝鱼点校：《庄子集释》卷七，中华书局1961年版，第731页。

三、作为爱国主义者的屈原

屈原常常和"爱国主义"联系在一起。"爱国"一词在传世文献中最早出现在战国时期的文献中。《战国策·西周》载:"秦令樗里疾以车百乘入周,周君迎之以卒,甚敬。楚王怒,让周,以其重秦客。游腾谓楚王曰:'昔智伯欲伐厹由,遗之大钟,载以广车,因随入以兵,厹由卒亡,无备故也。桓公伐蔡也,号言伐楚,其实袭蔡。今秦者,虎狼之国也,兼有吞周之意,使樗里疾以车百乘入周,周君惧焉,以蔡、厹由戒之。故使长兵在前,强弩在后,名曰卫疾,而实囚之也。周君岂能无爱国哉?恐一日之亡国,而忧大王。'楚王乃悦。"[①]这里的"周君岂能无爱国哉"的主体是西周君,游腾说西周君之所以爱国,是因为西周是他自己的领地。爱国主义是建立在"天下为公"的基础上的,因此,游腾说周君"爱国",和我们今天说的"爱国主义",在逻辑起点上仍有不同。

在中国历史上,屈原是第一个和"爱国"联系在一起的。朱熹《楚辞集注序》曰:"原之为人,其志行虽或过于中庸而不可以为法,然

---

① 〔汉〕刘向撰,〔汉〕高诱注,〔清〕黄丕烈札记:《战国策》卷二,四部备要本,中华书局1936年版,第7页。

皆出于忠君爱国之诚心。原之为书，其辞旨虽或流于跌宕怪神、怨怼激发而不可以为训，然皆生于缱绻恻怛、不能自已之至意，虽其不知学于北方以求周公、仲尼之道，而独驰骋于变风、变雅之末流，以故醇儒庄士或羞称之，然使世之放臣、屛子、怨妻、去妇抆泪讴唫于下，而所天者幸而听之，则于彼此之间，天性民彝之善，岂不足以交有所发，而增夫三纲五典之重。此予之所以每有味于其言而不敢直以词人之赋视之也。"①《楚辞集注·九歌注》曰："九歌者，屈原之所作也。昔楚南郢之邑，沅、湘之间，其俗信鬼而好祀，其祀必使巫觋作乐，歌舞以娱神。蛮荆陋俗，词既鄙俚，而其阴阳人鬼之间，又或不能无亵慢淫荒之杂。原既放逐，见而感之，故颇为更定其词，去其泰甚，而又因彼事神之心，以寄吾忠君爱国眷恋不忘之意，是以其言虽若不能无嫌于燕昵，而君子反有取焉。"②《楚辞辩证·九歌》曰："楚俗祠祭之歌，今不可得而闻矣。然计其间，或以阴巫下阳神，以阳主接阴鬼，则其辞之亵慢淫荒，当有不可道者。故屈原因而文之，以寄吾区区忠君爱国之意。比其类则宜为三颂之属，而论其辞则反

① 〔宋〕朱熹撰，蒋立甫校点：《楚辞集注》，上海古籍出版社2001年版，第2页。
② 〔宋〕朱熹撰，蒋立甫校点：《楚辞集注》，上海古籍出版社2001年版，第21页。

为《国风》再变之郑卫矣。"①朱熹反复强调了屈原作品所具有的"忠君爱国之诚心""忠君爱国眷恋不忘之意""区区忠君爱国之意",是因为南宋长期面临着北方强邻蒙古人的威胁,而这些强邻是野蛮人,不但要屠戮中国人,而且还会直接破坏华夏文明,但宋代的很多人并没有意识到这个问题的严重性。明朝末年,中国又面临通古斯人亡国的危险,顾炎武提出了"亡国"和"亡天下"的观念。《日知录·正始》说:"有亡国,有亡天下。亡国与亡天下奚辨?曰:易姓改号,谓之亡国。仁义充塞,而至于率兽食人,人将相食,谓之亡天下。……知保天下然后知保国。保国者,其君其臣肉食者谋之;保天下,匹夫之贱与有责焉耳矣。"②顾炎武分别"亡国"与"亡天下"二者,认为"亡国"是家天下君臣自己的事情,而"亡天下"是社会大倒退,是要"率兽食人",一切文明人和热爱文明的人都不能置身事外。所以,爱国主义所指,应该是关心天下的兴亡,"爱国"就是"爱天下"。

《论语·尧曰》载,尧曰:"咨!尔舜!天之历数在尔躬,允执其中。四海困穷,天禄永

---

① 〔宋〕朱熹撰,蒋立甫校点:《楚辞集注》,上海古籍出版社2001年版,第180页。
② 〔明〕顾炎武撰,〔清〕黄汝成注:《日知录集释》,四部备要本,上海中华书局1936年版,第247页。

大家读《楚辞》

终。"①舜亦以命禹。领导人的责任就是率领国家机器为人民服务，如果领导人不能全心全意为人民服务，领导人也就失去了当领导人的资格。《孟子·尽心下》中孟子曰："民为贵，社稷次之，君为轻。是故得乎丘民而为天子，得乎天子为诸侯，得乎诸侯为大夫。诸侯危社稷，则变置。牺牲既成，粢盛既絜，祭祀以时，然而旱干水溢，则变置社稷。"②社稷即国，孟子认为，君主不好，威胁国家的生存，则应更换君主，如果天降惩罚，民不聊生，则国家就失去了生存的合法性。在中国历史上，周朝是一个特别的时代，虽然周朝的制度遗产和夏、商一致，仍然是"天下为家"的体制，不过周朝早期的领导人强调他们之所以担任领导职务，是为了全心全意为人民服务的，除了人民的利益，他们没有其他的利益诉求。东汉末年荀悦著《前汉纪》，讨论西周封建制度时，也是着重强调周朝的社会根基在一心为民。荀悦说："昔者圣王之有天下，非所以自为，所以为民也。不得专其权利，与天下同之，唯义而已，无所私焉。封建诸侯，各世其位，欲使亲民如子，爱国如家，于是为置贤卿大夫，考绩黜

① 〔魏〕何晏集解，〔宋〕邢昺疏：《论语注疏》卷二十，《十三经注疏》，中华书局2009年版，第5508页。
② 〔汉〕赵岐注，〔宋〕孙奭疏：《孟子注疏》卷十四上，《十三经注疏》，中华书局2009年版，第6037页。

陟，使有分土而无分民，而王者总其一统，以御其政。故有暴乱于其国者，则民叛于下，王诛加于上，是以计利虑害，劝赏畏威，各竞其力而无乱心。"①这里的"亲民如子""爱国如家"，说的就是不能脱离为人民服务而谈爱国。梁启超《爱国论》说："国者何？积民而成也。国政者何？民自治其事也。爱国者何？民自爱其身也。故民权兴则国权立，民权灭则国权亡。为君相者务压民之权，是之谓自弃其国。为民者而不务各伸其权，是之谓自弃其身。故言爱国必自兴民权始。"②爱国必须以民权的保证为前提。古罗马思想家西塞罗在《论共和国》中说："国家乃是人民之事业，但人民不是人们某种随意聚合的集合体，而是许多人于法权的一致和利益的共同性而结合起来的集合体。"③法国思想家卢梭在《社会契约论》中说："这一由全体个人结合所形成的公共人格，以前称为城邦，现在则称为共和国或者政治体，当它是被动时，它的成员就称它为国家。"④英国思想家洛克在《论宗教宽容》中说："在我看来，国家是由人们组成的一个社会，人

---

① 〔汉〕荀悦、袁宏著，张烈点校:《两汉纪》，中华书局2002年版，第72—73页。
② 梁启超:《爱国论》,《饮冰室文集》卷3，中华书局1941年版，第73页。
③ 〔古罗马〕西塞罗著，王焕生译:《论共和国》，上海人民出版社2006年版，第75页。
④ 〔法〕卢梭著，何兆武译:《社会契约论》，商务印书馆2003年版，第21页。

们组成这个社会仅仅是为了谋求、维护和增进公民们自己的利益。"①这些论述，都强调的是国家必须是一些具有共同利益诉求的人的共同体。

作为一位正道直行的人，屈原对自己的才德有充分自信，同时，又对楚王任用群小的现实强烈不满，他认为一个正常的社会，应该有一个"选贤授能""举直错诸枉"的公正的社会运行机制，而楚国却是小人当道，奸佞得志。屈原把批判的矛头对准了将楚国带上歧路的楚国当权者，屈原关心楚国实际是关心楚国的人民，担心楚国人民在战国动乱形势中遭受损害。屈原追求政治的向善，他把美政理想的实现当作爱国的目标。屈原把爱国与自己的价值受到尊重结合起来，当自己遭遇不幸时，他对自己的祖国提出批评，通过对自己命运的不平之鸣，体现他的爱国情怀。我们在确立屈原的爱国价值的时候，实际上是假设楚国有作为一个独立主权国家的权利，考虑的是一定的历史阶段的正义。战国时期的楚国其前身是周王朝的一个诸侯国，而楚国在春秋战国之际，率先奄王坐大，破坏周礼秩序，是把中国社会推向战争边缘的主要推手。屈原之爱国，当然本源于他作为楚国王室成员，是楚国命运共同体的

---

① 〔英〕洛克著，吴云贵译：《论宗教宽容》，商务印书馆2009年版，第5页。

一分子。楚国君臣腐败贪腐，其生死存亡当然对楚国普通人民来说毫无意义。但是，秦灭楚后的实践说明秦国的统一给中国人民带来了深重灾难。当然，在朱熹时代，南宋的统治者也多乏善可陈，不过，鞑靼是比秦人更为野蛮的侵略者，朱熹无疑早已经预见到了南宋灭亡以后的恐怖场景，才赋予了屈原行为全新的意义。

屈原是爱国主义诗人，屈原的爱国主义精神，没有表现为对楚国政体和政治家的袒护，而是表现为对楚国昏庸和奸诈的政治家以及不能选贤授能的政体的强烈批判，屈原希望在楚国有公平和正义，正道直行的人受重视，而枉道邪行的人被抛弃，但是楚国的现实正好相反，所以他有强烈的不满。屈原的爱国主义是建立在正道直行的基础上，因而是有正义性的，也是有价值的。

《史记·太史公自序》曰："夫《诗》《书》隐约者，欲遂其志之思也。昔西伯拘羑里，演《周易》；孔子厄陈蔡，作《春秋》；屈原放逐，著《离骚》；左丘失明，厥有《国语》；孙子膑脚，而论《兵法》；不韦迁蜀，世传《吕览》；韩非囚秦，《说难》《孤愤》；《诗》三百篇，大抵贤圣发愤之所为作也。此人皆意有所郁结，不得通其道也，故述往事，思来者。"①《史记·屈原贾生列传》说："屈平疾王听之不聪也，谗谄

① 〔汉〕司马迁：《史记》卷一百三十，中华书局1982年版，第3300页。

之蔽明也，邪曲之害公也，方正之不容也，故忧愁幽思，而作《离骚》。'离骚'者，犹离忧也。夫天者，人之始也；父母者，人之本也。人穷则反本，故劳苦倦极，未尝不呼天也；疾痛惨怛，未尝不呼父母也。屈平正道直行，竭忠尽智以事其君，谗人间之，可谓穷矣。信而见疑，忠而被谤，能无怨乎？屈平之作《离骚》，盖自怨生也。"不朽诗篇《离骚》，整篇文章所要表达的，是"离别的忧愁"。而之所以要离别，就是因为在楚国没有受到公正待遇。

在《离骚》中，屈原陈述自己的才能说："纷吾既有此内美兮，又重之以修能。"他认为自己是正道直行的君子，但是，楚国谗佞当道，"固时俗之工巧兮，偭规矩而改错。背绳墨以追曲兮，竞周容以为度"，楚王不觉悟，不但不能近君子而远小人，反倒是远君子而近小人。屈原虽然知道楚国社会氛围黑暗阴险，但决不妥协，"宁溘死以流亡兮，余不忍为此态也"。屈原试图改变在楚国的处境，曾经"上下而求索""哀高丘之无女""求宓妃之所在""见有娀之佚女""留有虞之二姚"，屈原虽然努力了，但是，介绍人不过硬，世俗混浊，楚王昏庸，所有的努力都失败了。"理弱而媒拙兮，恐导言之不固。世溷浊而嫉贤兮，好蔽美而称恶。闺中既以邃远兮，哲王又不寤"。屈原求灵氛占卜，灵氛说："勉远逝而无狐疑兮，孰求美而释女？何所独无芳草兮，尔何怀乎故宇？"认为以屈原的才能，可以周游任何国家。而巫咸则认为屈原在楚国的机会尚多，"及年岁之未晏兮，时亦犹其未央"。屈原忖度自己在楚国不可能有任何前途，因此偕仆夫与马周游，但周游一圈后，"忽临睨夫旧乡"，"仆夫悲余马怀兮，蜷局顾而不行"。《离骚》乱词说："已矣哉！国无人莫我知兮，又何怀乎故都！既莫足与为美政兮，吾将从彭咸之所居！"屈原虽然最终不能离去，但对于楚国的政治已经失望了。

屈原是历史人物，我们今天学习屈原，应该站在世界文化发展的立场上。屈原是中国的，更是世界的！站在世界立场和现代立场上，我们评价屈原的时候，就不应该仅仅停留在给屈原加一个爱国主义的标签，我们更应该看到屈原爱国主义精神的实质，屈原是在一个缺少公平性，丧失了正义价值的时代，积极倡导社会公平和正义价值，并痛苦地追寻社会公平和正义价值的伟大诗人。屈原爱国主义精神的价值也就在此。

四、屈原精神的现代价值

屈原不仅仅创作了不朽的作品，更重要的是，屈原以他一生的行迹，以及他不朽的作品，充分而完整地展现了他的人生境界和价值观。屈原是孔子及原始儒家思想和价值观的坚守者和践行者，他的人生境界和价值观是屈原精神的主要内容。具体而言，则包括以下几个方面：

（一）正道直行的人生态度

《史记·屈原贾生列传》说屈原"正道直行"，而屈原在《离骚》中也说他父亲以"正则"给他命名，就说明他父亲希望他把"正道直行"当作自己的处世原则。屈原的作品中，诗中展示的是一个正直的君子所蒙受的不白之冤，以及他勇敢的抗争过程。而"正""直"二字，也出现在《离骚》之中："跪敷衽以陈辞兮，耿吾既得此中正"，"屈心而抑志兮，忍尤而攘诟。伏清白以死直兮，固前圣之所厚。"同样，"正""直"二字也见于屈原的其他作品，如《九章·涉江》曰："苟余心其端直兮，虽僻远之何伤！"《九章·抽思》曰："何灵魂之信直兮，人之心不与吾心同！"《远游》曰："内惟省以端操兮，求正气之所由。"这里的"端操"的"端"，也是"正"的意思。而《卜居》则直接用了"正直"一词："宁正言不讳，以危身乎？将从俗富贵，以媮生乎？宁超然高举，以保真乎？将哫訾栗斯，喔咿嚅唲，以事妇人乎？宁廉洁正直，以自清乎？"可以看出，屈原对他自己所具有的"清白""正直""信直""端直""端操""正气"是充满信心的，也坚信自己的正直就是"中正"之道。《易传·乾文言》说："大哉乾乎！刚健中正，纯粹精也。"①《易传·同人·彖传》曰："文明以健，中正而应，君子正也。唯君子为能通天下之志。"②《礼记·儒行》说："儒有居处齐难，其坐起恭敬，言必先信，行必中正；道涂不争险易之利，冬夏不争阴阳之和；爱其死以有待也，养其身以有为也。其备豫有如此者。儒有不宝金玉，而忠信以为宝；不祈土地，立义以为土地；不祈多积，多文以为富。难得而易禄也，易禄而难畜也，非时不见，不亦难得乎？非义不合，不亦难畜乎？先劳而后禄，不亦易禄乎？其近人有如此者。"③屈原的行为，体现了"刚健中正""文明以健""言必先信，行必中正""忠信以为宝""立义以为土地"的境界。

正道直行就是追求公正。《韩非子·解老》说："所谓直者，义必公正，心不偏党也。"④法家思想家可能并不一定是正直的人，但法家

---

① 〔魏〕王弼、〔晋〕韩康伯注，〔唐〕孔颖达正义：《周易正义》卷第一，《十三经注疏》第1册，台湾艺文印书馆2007年版，第16页。
② 〔魏〕王弼、〔晋〕韩康伯注，〔唐〕孔颖达正义：《周易正义》卷第二，《十三经注疏》第1册，台湾艺文印书馆2007年版，第44页。
③ 〔汉〕郑玄注，〔唐〕孔颖达正义：《礼记正义》卷第五十九，《十三经注疏》第5册，台湾艺文印书馆2007年版，第974页。
④ 〔清〕王先慎撰，钟哲点校：《韩非子集解》卷第六，中华书局2013年版，第146页。

大家读《楚辞》

在维护君主独尊地位的时候，是强调法律的严肃性的。要维护法律的严肃性，就得明确法律面前人人平等的重要性。《论语·雍也》载子游赞扬孔子弟子澹台灭明不投机取巧，不阿谀领导，"行不由径，非公事，未尝至于偃之室也"①，《孔子家语·七十二弟子》赞扬澹台灭明"为人公正无私"②。《论语·宪问》载有人问孔子："以德报怨，何如?"孔子回答说："何以报德? 以直报怨，以德报德。"③孔子之所以反对"以德报怨"，就是因为"以德报怨"混淆了是非观，因此是不正直的行为，而"以直报怨"包含了"以怨抱怨"和"以德报怨"。《论语·卫灵公》载孔子说："吾之于人也，谁毁谁誉。如有所誉者，其有所试矣。斯民也，三代之所以直道而行也。"④孔子不轻易赞扬人和批评人，如果有赞扬，一定是有所了解才发言，他认为夏、商、周三代"直道而行"，就是源于无有私阿。

　　《礼记·礼运》载孔子说："大道之行也，

---

① 〔魏〕何晏集解，〔宋〕邢昺疏：《论语注疏》卷六，四部备要本，上海中华书局1936年版，第40页。
② 〔魏〕王肃注：《孔子家语》卷九，四部备要本，上海中华书局1936年版，第57页。
③ 〔魏〕何晏集解，〔宋〕邢昺疏：《论语注疏》卷十四，四部备要本，上海中华书局1936年版，第94页。
④ 〔魏〕何晏集解，〔宋〕邢昺疏：《论语注疏》卷十五，四部备要本，上海中华书局1936年版，第102页。

天下为公。"①《慎子·威德》说："古者立天子而贵之者，非以利一人也。""故立天子以为天下，非立天下以为天子也；立国君以为国，非立国以为君也；立官长以为官，非立官以为长也。"②此处"立官长以为官"之"官"，即公之义。《荀子·大略》云："天之生民，非为君也。天之立君，以为民也。故古者列地建国，非以贵诸侯而已；列官职，差爵禄，非以尊大夫而已。"③黄宗羲《明夷待访录·原臣》说："天下之治乱，不在一姓之兴亡，而在万民之忧乐"④，"故我之出而仕也，为天下，非为君也；为万民，非为一姓也。"⑤《朱子语类》卷135《历代二》评价汉高祖时赐姓刘氏的制度时认为"但一有同姓异姓之私，则非以天下为公之意。今观所谓'刘氏冠''非刘氏不王'，往往皆此一私意。使天下后世有亲疏之间，而相

---

① 〔汉〕郑玄注，〔唐〕孔颖达正义：《礼记正义》卷二十一，四部备要本，上海中华书局1936年版，第259页。

② 〔周〕慎到撰，〔清〕钱熙祚校辑：《慎子》卷一，四部备要本，上海中华书局1936年版，第4页。

③ 〔周〕荀况撰，〔唐〕杨倞注：《荀子》卷十九，四部备要本，上海中华书局1936年版，第131页。

④ 〔明〕黄宗羲：《明夷待访录》，《黄宗羲全集》，浙江古籍出版社1985年版，第5页。

⑤ 〔明〕黄宗羲：《明夷待访录》，《黄宗羲全集》，浙江古籍出版社1985年版，第4页。

戕相党，皆由此起"①。即社会混乱的根源都是源于帝王的私心。《尚书·周书·周官》是周成王灭淮夷归丰后所作，其中载有周成王关于领导人要"以公灭私"的谈话。周成王说："呜呼！凡我有官君子，钦乃攸司，慎乃出令，令出惟行，弗惟反。以公灭私，民其允怀。学古入官。议事以制，政乃不迷。"②"以公灭私"指领导人不能为了自身或者自己的集团利益工作与生活，而是要全心全意为人民服务。一心为民，人民才能信服。《论语·为政》载，鲁哀公问孔子："何为则民服？"孔子回答说："举直错诸枉，则民服；举枉错诸直，则民不服。"③《论语·雍也》载孔子说："人之生也直，罔之生也幸而免。"④ 只有正直的人才能在社会立足，邪枉之人立足于社会都是靠侥幸所得。《吕氏春秋·去私》说"尧有子十人，不与其子而授舜；舜有子九人，不与其子而授禹：至公也"⑤。《吕氏春秋·下贤》说："尧不以帝见善绻，北面而

---

① 〔宋〕黎靖德编，王星贤点校：《朱子语类》卷135，中华书局1986年版，第3221页。

② 〔汉〕孔安国注，〔唐〕孔颖达正义：《尚书注疏》卷十八，四部备要本，上海中华书局1936年版，第176页。

③ 〔魏〕何晏集解，〔宋〕邢昺疏：《论语注疏》卷二，四部备要本，上海中华书局1936年版，第14页。

④ 〔魏〕何晏集解，〔宋〕邢昺疏：《论语注疏》卷六，四部备要本，上海中华书局1936年版，第40页。

⑤ 〔周〕吕不韦撰，高诱注：《吕氏春秋》卷一，四部备要本，上海中华书局1936年版，第13页。

问焉。尧，天子也；善绻，布衣也。何故礼之若此其甚也？善绻，得道之士也。得道之人，不可骄也。尧论其德行达智而弗若，故北面而问焉。此之谓至公。非至公其孰能礼贤？"[①]唐尧求教于布衣，正是体现了大同时代领导人所具有的高尚胸怀。《战国策·燕策一》载郭隗说："帝者与师处，王者与友处，霸者与臣处，亡国与役处。诎指而事之，北面而受学，则百己者至；先趋而后息，先问而后嘿，则什己者至；人趋己趋，则若己者至；冯几据杖，眄视指使，则厮役之人至；若恣睢奋击，呴籍叱咄，则徒隶之人至矣。此古服道致士之法也。"[②]由帝而王，由王而霸，由霸而战国，对贤才的尊崇，也是一个退化的过程，这个过程正与中国社会环境的退化路径一致。屈原遭受奸人的陷害，又被楚怀王、楚顷襄王疏远、斥逐，正是战国时期亡国之君的所作所为。

（二）忧国忧民的家国情怀

《离骚》说："岂余身之惮殃兮，恐皇舆之败绩！忽奔走以先后兮，及前王之踵武。"类似的意思在《九章》等其他诗篇中也常有阐

---

① 〔周〕吕不韦撰，高诱注:《吕氏春秋》卷十五，四部备要本，上海中华书局1936年版，第102页。
② 〔汉〕高诱注，〔清〕黄丕烈札记:《战国策》卷二，四部备要本，上海中华书局1936年版，第150页。

大家读《楚辞》

述，如《九章·惜往日》说："奉先功以照下兮，明法度之嫌疑。国富强而法立兮，属贞臣而日娭。"屈原的忧国忧民，体现了深沉的爱国主义关怀，同时，也是以传承先圣道统为基础的。

屈原首先忧心的是楚国能不能建立一个"明法度之嫌疑""国富强而法立"的制度体系。《离骚》曰："彼尧舜之耿介兮，既遵道而得路。何桀纣之猖披兮，夫唯捷径以窘步"，"固时俗之工巧兮，偭规矩而改错。背绳墨以追曲兮，竞周容以为度。"屈原认为唐尧、虞舜遵道得路，就是依法行政；夏桀、商纣猖披，时俗工巧，所以背离规矩绳墨，即随心所欲，作威作福。屈原的"法立"，就是建立善法，依法治国。屈原"忧国"，是因为他"忧民"。

"法"本写作"灋"，省为"法"。《说文解字·廌部》说："灋，刑也。平之如水。从水。廌，所以触不直者，去之，从去。"①中国早期文献中，"法"的本义是刑罚之意，而公正是其基本特征，所以以水之平为其基本价值。也正因此，早期多称为"刑"。如《尚书·虞书·舜典》说："象以典刑，流宥五刑，鞭作官

---

① 〔汉〕许慎撰，〔五代〕徐铉等校：《说文解字》卷10上，中华书局1963年版，第202页。

刑，扑作教刑，金作赎刑。"①《尚书·夏书·胤征》说："其或不恭，邦有常刑。"②《尚书·商书·伊训》说："敷求哲人，俾辅于尔后嗣，制官刑，儆于有位。"③夏朝有禹刑，商朝有汤刑，周朝有吕刑，皆不称为"法"。《尚书·周书·吕刑》说三苗效法蚩尤，专任刑罚，"苗民弗用灵，制以刑，惟作五虐之刑曰法，杀戮无辜，爰始淫为劓、刵、椓、黥"④。也就是说，周穆王时，"刑"与"法"即可通用。战国初期，李悝著《法经》，即以"法"称"刑"。《尔雅·释诂》说："法，常也"，"刑，常也"，"刑，法也。"又说："宪，法也"，"律，常也"，"律，法也。"⑤《尔雅·释训》说："宪宪、泄泄，制法则也。"⑥因此，不但法、刑通用，法还可以称为"宪""律"。《史记·屈原贾生列传》说屈原受楚怀王委托造为"宪令"，此"宪令"即法令。

① 〔汉〕孔安国传，〔唐〕孔颖达正义：《尚书正义》卷3，《十三经注疏》，中华书局2009年版，第270页。
② 〔汉〕孔安国传，〔唐〕孔颖达正义：《尚书正义》卷7，《十三经注疏》，中华书局2009年版，第332页。
③ 〔汉〕孔安国传，〔唐〕孔颖达正义：《尚书正义》卷8，《十三经注疏》，中华书局2009年版，第345页。
④ 〔汉〕孔安国传，〔唐〕孔颖达正义：《尚书正义》卷19，《十三经注疏》，中华书局2009年版，第526页。
⑤ 〔晋〕郭璞注，〔宋〕邢昺疏：《尔雅注疏》卷1，《十三经注疏》，中华书局2009年版，第5585—5586页。
⑥ 〔晋〕郭璞注，〔宋〕邢昺疏：《尔雅注疏》卷4，《十三经注疏》，中华书局2009年版，第5635页。

商鞅在秦变法，则称法为"律"，宋称刑统，元称典章。《管子·七臣七主》说："夫法者，所以兴功惧暴也；律者，所以定分止争也；令者，所以令人知事也。法律政令者，吏民规矩绳墨也。"①法律政令皆为规矩。《史记·律书》说："王者制事立法，物度轨则，壹禀于六律。六律为万事根本焉。"②《说文解字·彳部》说："律，均布也。"③均布是古代用竹管或金属管制成的定音仪器，段玉裁《说文解字注》说："律者，所以范天下之不一而归于一，故曰均布。"④古人根据音的高低分六律和六吕，合称十二律。律是音乐的规矩，因此，也可以引申为人类的行为法则，即天下应该一致遵循的格式、准则。

"法立"首先是建立"善法"。我们虽然不知道屈原所起草的"宪令"的内容，但是，我们知道屈原是一位代表中国传统价值观的原始儒家思想的信徒，因此，他的法治思想，也应该是遵从孔子及原始儒家的法治观念。《尚书·虞书·舜典》说："眚灾肆赦，怙终贼刑。

---

① 黎翔凤撰，梁运华整理：《管子校注》卷17，中华书局2004年版，第998页。

② 〔汉〕司马迁：《史记》卷二十五，中华书局1959年版，第1239页。

③ 〔汉〕许慎撰，〔五代〕徐铉等校：《说文解字》卷2下，中华书局1963年版，第43页。

④ 〔汉〕许慎撰，〔清〕段玉裁注：《说文解字注》卷2，上海古籍出版社2000年版，第77页。

钦哉，钦哉，惟刑之恤哉！"①《尚书·虞书·大禹谟》载皋陶说："帝德罔愆，临下以简，御众以宽；罚弗及嗣，赏延于世。宥过无大，刑故无小；罪疑惟轻，功疑惟重；与其杀不辜，宁失不经；好生之德，洽于民心，兹用不犯于有司。"②《尚书·虞书·皋陶谟》载皋陶曰："宽而栗，柔而立，愿而恭，乱而敬，扰而毅，直而温，简而廉，刚而塞，强而义。彰厥有常，吉哉！"③，"天聪明，自我民聪明。天明畏，自我民明威。达于上下，敬哉有土！"④慎刑，宽刑，是中国上古圣人立法的基本原则，刑错而不用是目标，迫不得已而用刑，一定以劝善禁邪为目标，而不能把复仇和维护君主独尊地位作为目标。《管子·七臣七主》说："法律政令者，吏民规矩绳墨也。夫矩不正，不可以求方；绳不信，不可以求直。法令者，君臣之所共立也；权势者，人主之所独守也。故人主失守则危，臣吏失守则乱。"⑤法律政策作为规矩

---

① 〔汉〕孔安国传，〔唐〕孔颖达正义：《尚书正义》卷3，《十三经注疏》，中华书局2009年版，第270页。

② 〔汉〕孔安国传，〔唐〕孔颖达正义：《尚书正义》卷4，《十三经注疏》，中华书局2009年版，第285页。

③ 〔汉〕孔安国传，〔唐〕孔颖达正义：《尚书正义》卷4，《十三经注疏》，中华书局2009年版，第291页。

④ 〔汉〕孔安国传，〔唐〕孔颖达正义：《尚书正义》卷4，《十三经注疏》，中华书局2009年版，第293页。

⑤ 黎翔凤撰，梁运华整理：《管子校注》卷17，中华书局2004年版，第998页。

绳墨，不善良，不公正，是不可能取得公信力的。《易传·坤卦·象辞》说："君子以厚德载物。"①《易传·坤卦·文言》说："积善之家必有余庆，积不善之家必有余殃。"②《论语·八佾》载孔子说："人而不仁，如礼何？人而不仁，如乐何？"③《论语·泰伯》载孔子说："好勇疾贫，乱也；人而不仁，疾之已甚，乱也。"④制定善法就是要体现仁心，执法时体现宽容，面临疑惑时不作有罪推定。桓宽《盐铁论·刑德》说："法者，缘人情而制，非设罪以陷人也。故《春秋》之治狱，论心定罪。志善而违于法者免，志恶而合于法者诛。"⑤汉代倡导的"春秋决狱"，原情定罪，也是为了最大限度地保证刑罚的善意。

有了善法，就要依法治国。依法治国，就是要维护"善法"的严肃性，不能因处罚对象的不同随意变更，更不能徇私枉法，把法律当作打击异己的工具。《尚书·舜典》因虞舜说：

---

① 〔魏〕王弼注，〔唐〕孔颖达正义：《周易正义》卷1，《十三经注疏》，中华书局2009年版，第32页。

② 〔魏〕王弼注，〔唐〕孔颖达正义：《周易正义》卷1，《十三经注疏》，中华书局2009年版，第33页。

③ 〔魏〕何晏集解，〔宋〕邢昺疏：《论语注疏》卷3，《十三经注疏》，中华书局2009年版，第5356页。

④ 〔魏〕何晏集解，〔宋〕邢昺疏：《论语注疏》卷8，《十三经注疏》，中华书局2009年版，第5401页。

⑤ 〔汉〕桓宽撰：《盐铁论》卷10，四部备要本，中华书局1989年版，第68页。

"皋陶，蛮夷猾夏，寇贼奸宄。汝作士，五刑有服，五服三就。五流有宅，五宅三居。惟明克允！"[1]士即法官。《史记·五帝本纪》载，"皋陶为大理，平，民各伏得其实"[2]。因为皋陶治狱公正清明，所以后代传说皋陶得神兽廌的帮助，廌即獬豸，是独角兽。《说文解字·廌部》说："廌，解廌，兽也。似山牛一角。古者决讼，令触不直。"[3]《后汉书·舆服志》说："獬豸神羊，能别曲直。"[4]皋陶作为一位恪守公正的法官，从来都不是把法律当作祸害百姓、维护私利的工具的。《尚书·虞书·大禹谟》说："皋陶，惟兹臣庶，罔或干予正。汝作士，明于五刑，以弼五教。期于予治，刑期于无刑，民协于中，时乃功，懋哉。"[5]《论语·颜渊》载，季康子问政于孔子曰："如杀无道，以就有道，何如？"孔子对曰："子为政，焉用杀？子欲善而民善矣。君子之德风，小人之德草，草上之风，

---

① 〔汉〕孔安国传，〔唐〕孔颖达正义：《尚书正义》卷3，《十三经注疏》，中华书局2009年版，第275页。
② 〔汉〕司马迁：《史记》卷1，中华书局1959年版，第43页。
③ 〔汉〕许慎撰，〔五代〕徐铉等校：《说文解字》卷10上，中华书局1963年版，第202页。
④ 〔南朝·宋〕范晔撰，〔唐〕李贤等注：《后汉书》，志第30，中华书局1965年版，第3667页。
⑤ 〔汉〕孔安国传，〔唐〕孔颖达正义：《尚书正义》卷4，《十三经注疏》，中华书局2009年版，第285页。

必偃。"①又《论语·尧曰》载孔子说："不教而杀谓之虐，不戒视成谓之暴，慢令致期谓之贼。犹之与人也，出纳之吝，谓之有司。"②不教而杀、不戒视成、慢令致期，都是残害人民的行为。

《论语·季氏》载孔子说："天下有道，则礼乐征伐自天子出；天下无道，则礼乐征伐自诸侯出。自诸侯出，盖十世希不失矣；自大夫出，五世希不失矣；陪臣执国命，三世希不失矣。天下有道，则政不在大夫；天下有道，则庶人不议。"③礼乐征伐自天子出，就是为了强调法律的普遍性原则。《论语·子路》载，子路曰："卫君待子而为政，子将奚先？"孔子曰："必也，正名乎！"子路曰："有是哉？子之迂也。奚其正？"孔子曰："野哉，由也！君子于其所不知，盖阙如也。名不正，则言不顺；言不顺，则事不成；事不成，则礼乐不兴；礼乐不兴，则刑罚不中；刑罚不中，则民无所措手足。故君子名之必可言也，言之必可行也。君子于其言，无所苟而已矣。"④孔子在这里提出

---

① 〔魏〕何晏集解，〔宋〕邢昺疏：《论语注疏》卷12，《十三经注疏》，中华书局2009年版，第5439页。
② 〔魏〕何晏集解，〔宋〕邢昺疏：《论语注疏》卷20，《十三经注疏》，中华书局2009年版，第5509页。
③ 〔魏〕何晏集解，〔宋〕邢昺疏：《论语注疏》卷16，《十三经注疏》，中华书局2009年版，第5477页。
④ 〔魏〕何晏集解，〔宋〕邢昺疏：《论语注疏》卷13，《十三经注疏》，中华书局2009年版，第5445页。

的"正名"措施，就是为了纠正礼崩乐坏的体制下，法律严肃性所面临的挑战。正名关系言顺、事成、礼乐之兴、刑罚之中，而最终可以落实到使民可"措手足"，即让人民有规矩可依之目的。《论语·颜渊》载，颜渊问仁，孔子说："克己复礼为仁。一日克己复礼，天下归仁焉。为仁由己，而由人乎哉？"颜渊说："请问其目？"孔子说："非礼勿视，非礼勿听，非礼勿言，非礼勿动。"颜渊曰："回虽不敏，请事斯语矣。"孔子提出"非礼勿视，非礼勿听，非礼勿言，非礼勿动"[1]，也就是说领导人应该克制自己的冲动，一切行为都应该在法律规定的范围内活动。

（三）追求美政的坚定理想

《离骚》说："既莫足与为美政兮，吾将从彭咸之所居！"屈原说的"美政"，就是善政。《离骚》曰："昔三后之纯粹兮，固众芳之所在"；"彼尧舜之耿介兮，既遵道而得路"；"汤禹俨而祗敬兮，周论道而莫差。举贤而授能兮，循绳墨而不颇。皇天无私阿兮，览民德焉错辅。"屈原的美政，就是实行尧、舜、禹、汤、文、武、成王、周公之道，这也是孔子及原始

---

① 〔魏〕何晏集解，〔宋〕邢昺疏：《论语注疏》卷12，《十三经注疏》，中华书局2009年版，第5436页。

470　　　　　　　　　　　　　　　　　大家读《楚辞》

儒家提倡的德治政治的核心内容。

五帝三王的政治是善政的典范。《离骚》中巫咸有一段话说古代的明君和贤臣的故事，包括禹与咎繇、汤与挚、武丁与傅说、周文王与吕望、齐桓公与宁戚几对，"汤禹俨而求合兮，挚咎繇而能调"，"说操筑于傅岩兮，武丁用而不疑。吕望之鼓刀兮，遭周文而得举。宁戚之讴歌兮，齐桓闻以该辅"，这些故事中的名臣都是出身低微、没有背景的人，他们遇到明君，因此脱颖而出，与君主一同在正确的道路上不断进步。这其中挚与商汤的故事可能更加有吸引力。挚即伊尹，本是厨师，后来受到商汤的信任，挚与商汤合作，共同推翻了夏桀的暴政。在商汤去世以后，伊尹曾经辅佐几任商王，并曾流放商王太甲，亲自摄政，待商王太甲改过自新后归政。《史记·殷本纪》载，商汤去世后，"太子太丁未立而卒，于是乃立太丁之弟外丙，是为帝外丙。帝外丙即位三年，崩，立外丙之弟中壬，是为帝中壬。帝中壬即位四年，崩，伊尹乃立太丁之子太甲。太甲，成汤適长孙也，是为帝太甲"。"帝太甲既立三年，不明，暴虐，不遵汤法，乱德，于是伊尹放之于桐宫。三年，伊尹摄行政当国，以朝诸侯。帝太甲居桐宫三年，悔过自责，反善，于是伊尹乃迎帝太甲而授之政。帝太甲修德，诸侯咸归殷，百姓以宁。"①《孟子·万章下》载孟子曰："伯夷，圣之清者也；伊尹，圣之任者也；柳下惠，圣之和者也；孔子，圣之时者也。孔子之谓集大成。集大成也者，金声而玉振之也。金声也者，始条理也；玉振之也者，终条理也。始条理者，智之事也；终条理者，圣之事也。智，譬则巧也；圣，譬则力也。由射于百步之外也，其至，尔力也；其中，非尔力也。"②孟子把伊尹归入圣人一类，并作为"任者"代表，就是因为伊尹有担当，可以信托。《论语·泰伯》载曾子曰："可以托六尺之孤，可以寄百里之命，临大节而不可夺也，君子人与？君子人也！"③伊尹毫无疑问，就是这样的君子人。伊尹之所以能有这样的机缘，就在于商汤信任伊尹，伊尹也没有辜负商汤的信任。

夏禹与咎繇之间的合作，情况则复杂一些。咎繇即皋陶，是虞舜时主持司法的著名的大臣。夏禹接受虞舜禅让以后，选择皋陶做接班人，说明夏禹对皋陶极其信任。当然，如果皋陶不早逝，可能中国古代社会就是另外一个样子。但夏禹选择皋陶，不能说夏禹别有用心，

<hr />

① 〔汉〕司马迁：《史记》卷三，中华书局1982年版，第94—99页。
② 〔清〕焦循撰，沈文倬点校：《孟子正义》卷二十，中华书局1987年版，第672—675页。
③ 〔清〕刘宝楠撰，高流水点校：《论语正义》卷八，中华书局1990年版，第295页。

但也是考虑不周全，因为皋陶可能年龄太大了。当皋陶去世以后，夏禹又选择益做接班人，但夏禹没有如唐尧选择虞舜、虞舜选择夏禹一样，给益足够的摄政时间，同时积极限制儿子夏后启的权势。因此，夏禹死后，继承人后益很容易就被夏后启颠覆，夏后启即位以后，结束了"天下为公"的时代，开启了"天下为家"的世袭制度。

屈原对皋陶也是充满了尊敬的，认为皋陶是最为公正英明的。《九章·惜诵》说："俾山川以备御兮，命咎繇使听直。"王逸《楚辞章句》说："咎繇，圣人也。言己愿复令山川之神备列而处，使御知己志，又使圣人咎繇听我之言忠直与否也。夫神明昭人心，圣人达人情，故屈原动以神圣自证明也。"洪兴祖《楚辞补注》说："舜举咎繇，不仁者远，惟兹臣庶，罔或干予正，故使之听直。"① 又西汉桓宽《盐铁论·相刺》载："文学曰：日月之光，而盲者不能见；雷电之声，而聋人不能闻。夫为不知音者言，若语于喑聋，何特蝉之不知重雪耶？夫以伊尹之智，太公之贤，而不能开辞于桀、纣，非说者非，听者过也。是以荆和抱璞而泣血，曰：'安得良工而剖之！'屈原行吟泽畔，曰：'安得

---

① 〔汉〕刘向编，〔汉〕王逸注，〔宋〕洪兴祖补，白化文等点校：《楚辞补注》卷第四，中华书局1983年版，第122页。

皋陶而察之！'夫人君莫不欲求贤以自辅，任能以治国，然牵于流说，惑于道谀，是以贤圣蔽掩，而谗佞用事，以此亡国破家，而贤士饥于岩穴也。昔赵高无过人之志，而居万人之位，是以倾覆秦国而祸殃其宗，尽失其瑟，何胶柱之调也？"①屈原行吟泽畔所说"安得皋陶而察之"一句并不见于《渔父》，应该不是《渔父》之文，但《盐铁论》是贤良文学与大夫桑弘羊论辩的对话，屈原的话理应是汉昭帝时人们熟知的。

贾谊《新书·道术》说："兼覆无私谓之公，反公为私；方直不曲谓之正，反正为邪。"②《春秋元命苞》说："公之言公，公正无私。"③《申鉴·杂言》说："是故僻志萌则僻事作，僻事作则正塞，正塞则公正亦末由入也矣。不任不爱谓之公，惟公是从谓之明。齐桓公中材也，未能成功业，由有异焉者矣。妾媵盈宫，非无爱幸也；群臣盈朝，非无亲近也，然外则管仲射己，卫姬色衰，非爱也，任之也。然后知非贤不可任，非智不可从也，夫此之举宏矣哉。"④

① 〔汉〕桓宽著，王利器先生校注：《盐铁论校注》卷第五，中华书局1992年版，第255页。
② 〔汉〕贾谊撰，阎振益等点校：《新书》卷八，中华书局2000年版，第303页。
③ 〔汉〕佚名：《春秋元命苞》，《纬书集成》，上海古籍出版社1994年版，第1829页。
④ 〔汉〕荀悦撰，〔明〕黄省曾注：《申鉴》卷四，四部备要本，上海中华书局出版年不详，第13页。

公的要害在无私，正的要害在不曲意奉承，如果违反公正，就会走向邪恶。

善政与尚贤举能联系在一起，领导人不能因自己的好恶而坏公义。只有让德厚者主导社会，才能建设一个健康的社会秩序。《荀子·君道》曰："至道大形，隆礼至法则国有常，尚贤使能则民知方，纂论公察则民不疑，赏克罚偷则民不怠，兼听齐明，则天下归之。然后明分职，序事业，材技官能，莫不治理，则公道达而私门塞矣，公义明而私事息矣。如是，则德厚者进而佞说者止，贪利者退而廉节者起。"①《墨子·尚贤》曰："故当是时，以德就列，以官服事，以劳殿赏，量功而分禄。故官无常贵，而民无终贱。有能则举之，无能则下之。举公义，辟私怨，此若言之谓也。故古者尧举舜于服泽之阳，授之政，天下平。禹举益于阴方之中，授之政，九州成。汤举伊尹于庖厨之中，授之政，其谋得。文王举闳夭、泰颠于置罔之中，授之政，西土服。故当是时，虽在于厚禄尊位之臣，莫不敬惧而施；虽在农与工肆之人，莫不竞劝而尚意。故士者，所以为辅相承嗣也。故得士则谋不困，体不劳，名立而功成，美章而恶不生，则由得士也。是故子墨子言曰：得意贤士不可不举，不得意贤士不可不举，尚欲

———————————
① 〔周〕荀况:《荀子》卷八，四部备要本，上海中华书局1936年版，第63页。

祖述尧、舜、禹、汤之道，将不可以不尚贤。
夫尚贤者，政之本也。"①尧、舜、禹、汤、文、
武等贤帝王是尚贤举能的典范，因此，要效法
古圣帝王之道，就要在公正上下功夫。

（四）九死不悔的底线意识

所谓底线意识，就是面对挫折，决不退缩；
面对诱惑，决不妥协。《离骚》曰："余固知謇謇
之为患兮，忍而不能舍也"；"忽驰骛以追逐兮，
非余心之所急"；"亦余心之所善兮，虽九死其
犹未悔"；"民生各有所乐兮，余独好修以为常。
虽体解吾犹未变兮，岂余心之可惩"；"夫孰非
义而可用兮？孰非善而可服？阽余身而危死兮，
览余初其犹未悔。"对于屈原来说，受重用则正
道直行，坚持理想，忧心百姓；被流放则坚持
底线，毫不动摇。

《论语·卫灵公》载孔子说："君子固穷，
小人穷斯滥矣。"②《礼记·大学》说："知止而
后有定，定而后能静，静而后能安，安而后能
虑，虑而后能得。"③孔子、孟子等思想家之所

---

① 〔周〕墨翟：《墨子》卷二,四部备要本，上海中华书局1936年版，第15—
16页。
② 〔清〕刘宝楠撰，高流水点校：《论语正义》卷十八，中华书局1990年版，
第610页。
③ 〔清〕朱彬撰，饶钦农点校：《礼记训纂》卷四十二，中华书局1996年版，
第866页。

大家读《楚辞》

以与商鞅、张仪、苏秦等人不同，就是他们坚持理想不动摇，董仲舒说："夫仁人者，正其谊不谋其利，明其道不计其功。是以仲尼之门，五尺之童羞称五伯，为其先诈力而后仁谊也。苟为诈而已，故不足称于大君子之门也。五伯比于他诸侯为贤，其比三王，犹武夫之与美玉也。"[①]而战国时期的法家、纵横家以飞黄腾达、光宗耀祖为目标，投君主所好，虽然可以得到一时之利，但就长远来看，这是把国家和社会引向深渊的邪路，这也是被历史所反复证明了的。而屈原坚守底线，使他与战国时期的所谓"改革派"的法家思想家和纵横家划清了界限。战国时期的法家思想家如商鞅等人，知道帝道高于王道，王道高于霸道，而富国强兵之术是坑害人民的，但投领导所好能带来利益，所以他们不介意把中国人引入深渊。而张仪、苏秦等纵横家，面对统一和分裂的大是大非问题，可以毫无原则，唯投领导所好。

《朱子语类·大学·经上》在解释《礼记·大学》开篇的"大学之道，在明明德，在亲民，在止于至善"时说："'明明德'是知，'止于至善'是守。夫子曰：'知及之，仁能守之。'圣贤未尝不为两头底说话。如《中庸》所

---

① 〔汉〕班固:《汉书·董仲舒传》,《汉书》卷五十六，中华书局1962年版，第2524页。

谓'择善固执'，择善，便是理会知之事；固执，便是理会守之事。至《书》论尧之德，便说'钦明'，舜便说'濬哲文明，温恭允塞'。钦，是钦敬以自守；明，是其德之聪明。'濬哲文明'，便有知底道理；'温恭允塞'，便有守底道理。"①《论语·泰伯》载孔子说："笃信好学，守死善道。危邦不入，乱邦不居。天下有道则见，无道则隐。邦有道，贫且贱焉，耻也；邦无道，富且贵焉，耻也。"②死守善道，正是人类与其他动物的根本区别，也是文明和野蛮的根本区别。

《论语·微子》载，柳下惠为士师，三黜。人曰："子未可以去乎？"曰："直道而事人，焉往而不三黜？枉道而事人，何必去父母之邦？"③"直道"即坚守正义，"枉道"即屈从权势，阿谀奉承。《荀子·臣道》说："从命而利君谓之顺，从命而不利君谓之谄；逆命而利君谓之忠，逆命而不利君谓之篡；不恤君之荣辱，不恤国之臧否，偷合苟容，以持禄养交而已耳，谓之国贼。"④屈原在楚国所遇到的枉道之人都

---

① 〔宋〕黄士毅编，徐时仪等汇校：《朱子语类汇校》卷第十四，上海古籍出版社2014年版，第289页。

② 〔清〕刘宝楠撰，高流水点校：《论语正义》卷八，中华书局1990年版，第203页。

③ 〔魏〕何晏集解，〔宋〕邢昺疏：《论语注疏》卷十八，四部备要本，上海中华书局1936年版，第121页。

④ 〔周〕荀况：《荀子》卷九，四部备要本，上海中华书局1936年版，第65页。

大家读《楚辞》

是邪曲诐谀之人,《离骚》说:"背绳墨以追曲兮,竞周容以为度。"之所以苟容曲从,一定是别有用心,所以都可以称为"国贼"。可能是贾谊所作的《惜誓》说:"俗流从而不止兮,众枉聚而矫直。"[①]王褒《哀时命》说:"虽知困其不改操兮,终不以邪枉害方。"[②]也都提到了屈原和邪枉之人的对立,以及屈原不改节操的坚守。

坚守底线需要始终遵从自己的内心,做一个诚实的人。《周易·乾卦传》说:"君子进德修业。忠信,所以进德也;修辞立其诚,所以居业也。"[③]作为君子人,"诚信"是一切品德的基础。《孟子·离娄上》说:"是故诚者,天之道也。思诚者,人之道也。"[④]诚实是符合天道的原则。屈原所处的时代,楚国的小人之所以是"小人",就在于他们阴险狡诈,不守天道。《孟子·离娄上》又说:"居下位而不获于上,民不可得而治也。获于上有道,不信于友,弗获于上矣。信于友有道,事亲弗悦,弗信于友矣。悦亲有道,反身不诚,不悦于亲矣。诚身有道,

① 〔汉〕刘向编,〔汉〕王逸注,〔宋〕洪兴祖补,白化文等点校:《楚辞补注》卷第十一,中华书局1983年版,第229页。
② 〔汉〕刘向编,〔汉〕王逸注,〔宋〕洪兴祖补,白化文等点校:《楚辞补注》卷第十四,中华书局1983年版,第262页。
③ 〔魏〕王弼注,〔唐〕孔颖达正义:《周易注疏》卷一,四部备要本,上海中华书局1936年版,第14页。
④ 〔汉〕赵岐注,〔宋〕孙奭疏:《孟子注疏》卷七下,四部备要本,上海中华书局1936年版,第91页。

不明乎善，不诚其身矣。是故诚者，天之道也。思诚者，人之道也。至诚而不动者，未之有也。不诚，未有能动者也。"①《礼记·中庸》说："诚者，天之道也；诚之者，人之道也。"②又说："唯天下至诚，为能经纶天下之大经，立天下之大本，知天地之化育。"③贾谊《新书·道术》说："志操精果谓之诚，反诚为殆。"④志精即诚，果即信。诚信是一切人与人、国家与人民、国家与国家相处的基本底线。如果一个国家没有诚信，国家就危险了。如果一个人没有诚信，这个人也应该为天道所抛弃。《论语·卫灵公》载孔子之言"言忠信，行笃敬，虽蛮貊之邦行矣。言不忠信，行不笃敬，虽州里行乎哉"⑤，就是说忠信笃敬是人类的基本价值，文明人和野蛮人都应该贯彻这一底线。笃即诚，即诚实。《礼记·大学》说："古之欲明明德于天下者，先治其国；欲治其国者，先齐其家；欲齐其家者，先修其身；欲修其身者，先正其心；欲正

---

① 〔汉〕赵岐注，〔宋〕孙奭疏：《孟子注疏》卷七下，四部备要本，上海中华书局1936年版，第91页。

② 〔汉〕郑玄注，〔唐〕孔颖达正义：《礼记正义》卷五十三，四部备要本，上海中华书局1936年版，第575页。

③ 〔汉〕郑玄注，〔唐〕孔颖达正义：《礼记正义》卷五十三，四部备要本，上海中华书局1936年版，第578页。

④ 〔汉〕贾谊撰，〔清〕卢文弨校：《新书》卷八，四部备要本，上海中华书局1936年版，第49页。

⑤ 〔魏〕何晏集解，〔宋〕邢昺疏：《论语注疏》卷十五，四部备要本，上海中华书局1936年版，第101页。

大家读《楚辞》

其心者，先诚其意；欲诚其意者，先致其知；致知在格物。物格而后知至，知至而后意诚，意诚而后心正，心正而后身修，身修而后家齐，家齐而后国治，国治而后天下平。"[1]正心诚意是修身齐家治国平天下的基础。《孟子·尽心上》说："反身而诚，乐莫大焉。"[2]坚持诚实的德性，是可以给人无限快乐的。

《离骚》曰："曰黄昏以为期兮，羌中道而改路！初既与余成言兮，后悔遁而有他。余既不难夫离别兮，伤灵修之数化。"屈原对楚王不守承诺，是非常不满的。《论语·为政》载孔子之言云："人而无信，不知其可也。大车无輗，小车无軏，其何以行之哉？"[3]古代的车在两轮中间的车轴上有车辕连接，车辕是驾车用的车杠，大车称为"辕"，小车称为"辀"。"辕"是夹在牛身体两旁的两根直木；"辀"是连接在车轴中间的单根曲木。无论是辕或者辀，在靠近牛、马脖子附近，都必须固定一根横木。这根横木，大车称为"衡"，小车称为"轭"，"衡"和"辕"连接的销子称为"輗"，"轭"和"辀"

① 〔汉〕郑玄注，〔唐〕孔颖达正义：《礼记正义》卷六十，四部备要本，上海中华书局1936年版，第631页。

② 〔汉〕赵岐注，〔宋〕孙奭疏：《孟子注疏》卷十三上，四部备要本，上海中华书局1936年版，第155—156页。

③ 〔魏〕何晏集解，〔宋〕邢昺疏：《论语注疏》卷二，四部备要本，上海中华书局1936年版，第14页。

连接的销子称为"辖"。牛和马走动的时候，通过固定在脖子上的"輗"和"軏"，传导力量至车轴，驱动车轮转动。如果没有了"輗"和"軏"，牛车和马车就没有了动力，因此，就不能前进了。这句话的意思是说，如果一个人没有信，那就像大车没有"輗"，小车没有"軏"一样，是没有办法上路行走的。

坚守底线，归根结底，就是做一个好人，做一个善人。《史记·伯夷叔齐列传》说："天道无亲，常与善人。若伯夷、叔齐，可谓善人者非邪？积仁絜行如此而饿死！且七十子之徒，仲尼独荐颜渊为好学。然回也屡空，糟糠不厌，而卒蚤夭。天之报施善人，其何如哉？盗跖日杀不辜，肝人之肉，暴戾恣睢，聚党数千人横行天下，竟以寿终。是遵何德哉？此其尤大彰明较著者也。若至近世，操行不轨，专犯忌讳，而终身逸乐，富厚累世不绝。或择地而蹈之，时然后出言，行不由径，非公正不发愤，而遇祸灾者，不可胜数也。"[①]这说明在中国古代社会，正直并不必然得到福佑，因此，一个人如果没有强大的一心向善的决心，就会被现实所屈服。而屈原用他的生命，捍卫了自己的尊严。

屈原《离骚》中两次提到"求索"："众皆

---

① 〔汉〕司马迁：《史记》卷六十一，四部备要本，上海中华书局1936年版，第741页。

大家读《楚辞》

竞进以贪婪兮，凭不厌乎求索"，"路曼曼其修远兮，吾将上下而求索。"求索本来指贪婪，《韩诗外传》载，哀公问孔子曰："有智者寿乎?"孔子曰："然。人有三死而非命也者，自取之也。居处不理，饮食不节，劳过者，病共杀之；居下而好干上，嗜欲无厌，求索不止者，刑共杀之；少以敌众，弱以侮强，忿不量力者，兵共杀之。故有三死而非命者，自取之也。"①《韩非子·八奸》说："明君之于内也，娱其色而不行其谒，不使私请。……其于诸侯之求索也，法则听之，不法则距之。"②《韩非子·孤愤》说："人主之左右，行非伯夷也，求索不得，货赂不至，则精辩之功息，而毁诬之言起矣。"③屈原把"求索"和"知至"统一在一起，他求索的正道，即不蝇营狗苟，坚守的是正道。

刘勰的《文心雕龙·辨骚》说屈原的《离骚》"固已轩翥诗人之后，奋飞辞家之前，岂去圣之未远，而楚人之多才乎"。又说："昔汉武爱《(离)骚》，而淮南作《传》，以为《国风》好色而不淫，《小雅》怨诽而不乱，若《离骚》

① 〔汉〕韩婴撰，许维遹校释:《韩诗外传集释》卷一，第四章，中华书局1980年版，第5—6页。
② 〔清〕王先慎撰，钟哲点校:《韩非子集解》卷第二，中华书局2013年版，第59—60页。
③ 〔清〕王先慎撰，钟哲点校:《韩非子集解》卷第四，中华书局2013年版，第89页。

者，可谓兼之。蝉蜕秽浊之中，浮游尘埃之外，皭然涅而不缁，虽与日月争光可也。班固以为露才扬己，忿怼沉江，羿浇二姚，与左氏不合；昆仑悬圃，非《经》义所载。然其文辞丽雅，为词赋之宗，虽非明哲，可谓妙才。王逸以为诗人提耳，屈原婉顺，《离骚》之文，依《经》立义，驷虬乘鹥，则时乘六龙；昆仑流沙，则《禹贡》敷土。名儒辞赋，莫不拟其仪表，所谓金相玉质，百世无匹者也。及汉宣嗟叹，以为皆合经术。扬雄讽味，亦言体同诗雅。四家举以方经，而孟坚谓不合传，褒贬任声，抑扬过实，可谓鉴而弗精，玩而未核者也。"刘勰对淮南王刘安、汉宣帝、扬雄、王逸对《离骚》和屈原的肯定及班固对屈原及《离骚》的批评都不满意，认为是"褒贬任声，抑扬过实"。他具体分析了屈原《离骚》与六经的联系与差别说："将核其论，必征言焉。故其陈尧舜之耿介，称汤武之祗敬，典诰之体也；讥桀纣之猖披，伤羿浇之颠陨，规讽之旨也；虬龙以喻君子，云蜺以譬谗邪，比兴之义也；每一顾而掩涕，叹君门之九重，忠怨之辞也。观兹四事，同于《风》《雅》者也。至于托云龙，说迂怪，丰隆求宓妃，鸩鸟媒娀女，诡异之辞也；康回倾地，夷羿彃日，木夫九首，土伯三目，谲怪之谈也；依彭咸之遗则，从子胥以自适，狷狭之志也；士女杂坐，乱而不分，指以为乐，娱酒不废，沉湎日夜，举以为欢，荒淫之意也。摘此四事，异乎经典者也。故论其典诰则如彼，语其夸诞则如此。固知《楚辞》者，体慢于三代，而风雅于战国，乃雅、颂之博徒，而词赋之英杰也。"①

近人研究《文心雕龙》，以唐写本和元本为根据，把"体慢于三代，而风雅于战国"改为"体宪于三代，而风杂于战国"，实际是背离了传世本《文心雕龙》所表达的意思的精确性。"慢"即"萌"，指"楚辞"一体作为诗，刘勰认为《楚辞》作为一种新的诗体，与出现于商周之时的《诗经》是一脉相承的，而屈原作品的精神境界，在战国时期是最接近于孔子及六经精神的。刘勰这个认识无疑是准确的。不过，淮南王刘安关于《离骚》兼有《国风》和《小雅》之特点，屈原本人处于战国时期楚国这样一个大染缸之中，却能出淤泥而不染，其精神境界可与日月争辉，也是非常恰当的评价。

---

① 〔南朝·梁〕刘勰著，吴林伯注：《文心雕龙义疏》，武汉大学出版社2013年版，第92—106页。

附录三：端午节的科学内涵和人文情怀

一、端午节与屈原

端午节的起源，其历史可能可以追溯到上古时期，早期一般称为"五月五日"，后来专称"端午"则可能较晚。"端"是开始之意，有人认为"端五节"之所以叫"端午节"，是因为原来的端五节选择在五月的第一个"午日"。也有人认为因周历建寅，即以正月为寅月，五月为午月，所以"端五"又称"端午"。这两种说法，可能都缺乏说服力。

生活在三国时期至西晋的周处曾著有《风土记》一书，记载各地习俗，其书已佚亡，晚唐人李匡乂《资暇录》（又名《资暇集》），其中载有《风土记》关于"端午"应该为"端五"的说法："端五者，案周处《风土记》：'仲夏端五，烹鹜角黍。'端，始也。谓五月初五日也。今人多书'午'字，其义无取焉。余家元和中端五诏书并无作'午'字处。而近见醴泉县尉厅壁有故光福王相题郑泉记处云：'端五日。'岂三十年端五之义别有见耶。"[①] 或许，"端五"变为"端午"，仅仅是传习之讹而已。

---

① 陶敏主编：《全唐五代笔记》三，三秦出版社2012年版，第1888页。

〔清〕佚名《五月月令图》

又南朝梁代人宗懔著有《荆楚岁时记》，记述荆楚农事、治病、祭祀、婚嫁等民俗及故事，其中说："五月俗称恶月，多禁，忌曝床荐席及忌盖屋，五月五日谓之浴兰节，四民并踏百草。又有斗百草之戏，采艾以为人，悬门户上以禳毒气，以菖蒲或镂或屑以泛酒，是日竞渡，采杂药，以五彩丝系臂，名曰辟兵，令人不病瘟。又有条达等织组杂物以相赠遗，取鸲鹆教之语。"[1]据信是隋人杜公瞻所作的《荆楚岁时记》注说："按《异苑》云：'新野庾寔尝以五月曝席，忽见一小儿死在席上，俄而失之，其后寔子遂亡。'或始于此。《风俗通》曰：'五月上屋，令人头秃。'或问董勋曰：'俗五月不上屋，云五月人或上屋，见影，魂便去。'勋答曰：'盖秦始皇自为之禁，夏不得行，汉魏未改。'案《月令》，仲夏可以居高明，可以远眺望，可以升山陵，可以处台榭。郑玄以为顺阳在上也，今云不得上屋，正与礼反。敬叔云见小儿死而禁曝席，何以异此乎。俗人月讳，何代无之，但当矫之归于正耳。"[2]《异苑》是南朝刘敬叔所撰，内容以记载奇闻逸事为主，《风俗通》即《风俗通义》，东汉泰山太守应劭著，

---

① 宗懔撰，宋金龙校注：《荆楚岁时记》，山西人民出版社1987年版，第46—50页。
② 宗懔撰，宋金龙校注：《荆楚岁时记》，山西人民出版社1987年版，第464页。

　　　　　　　　　　　　　　大家读《楚辞》

记录汉代民俗，其中有大量的逸闻传说。董勋为晋议郎，有《答问礼俗》。

又杜公瞻注《荆楚岁时记》说："按《大戴礼》曰：'五月五日蓄兰为沐浴。'《楚辞》曰：'浴兰汤兮沐芳华。'今谓之浴兰节，又谓之端午。四民踏百草，今人有斗百草之戏也。"① 这说明在隋代，端午节已经被称为"端午"了。

按《艺文类聚》四《岁时部》引《大戴礼记·夏小正》说："五月五日，蓄兰为沐浴也。"② 又唐韩鄂《岁华纪丽》说五月是"浴兰之月"③，宋吴自牧《梦粱录》说"五月重五节，又曰浴兰令节"④。这说明五月端午节本来是沐浴之节，其习俗应该起源于避夏日病虫瘟疫之害，禳邪驱蚊，是与天气湿热的变化联系在一起的。正因此，端午节和夏至节是联系在一起的。今日端午节习俗挂似剑之草菖蒲，悬白艾，系彩丝，佩香囊，戴虎形饰物艾虎，喝雄黄酒，其目的为驱蚊、杀菌、辟邪、止恶气，都应该体现的是端午节原始的意义。

西晋史学家司马彪《续汉书·礼仪志》认为五月五日节日来自夏代以来的夏至节，节日

① 宗懔撰，宋金龙校注：《荆楚岁时记》，山西人民出版社1987年版，第47页。
② 欧阳询撰，汪绍楹校：《艺文类聚》，上海古籍出版社1965年版，第75页。
③ 韩鄂：《岁华纪丽》，丛书集成初编，中华书局1985年版，第47页。
④ 吴自牧撰，傅林祥注：《梦粱录》，山东友谊出版社2001年版，第35页。

来临时人们常用朱索、五色印门饰止恶气。而五月作为"恶月"的说法，也与这个时间段开始的病害相关，所以，五月五日又被认为是"恶日"，是日若生孩子，将会危及家族，有被遗弃的危险。《风俗通义·彭城相袁元服》载："今俗间多有禁忌，……五月生者，以为妨害父母。"①《史记·孟尝君列传》载齐宣王庶弟说田婴有子四十余人，孟尝君田文是田婴贱妾所生，生日当五月五日。田婴令田文之母不养田文，其母偷偷养大田文。田文成人后见其父田婴，"田婴怒其母曰：'吾令若去此子，而敢生之，何也？'文顿首，因曰：'君所以不举五月子者，何故？'婴曰：'五月子者，长与户齐，将不利其父母。'文曰：'人生受命于天乎？将受命于户邪？'婴默然。文曰：'必受命于天，君何忧焉。必受命于户，则可高其户耳，谁能至者！'婴曰：'子休矣。'"②孟尝君田文后来名满天下，广大田婴一门，可见恶日所生孩子不吉祥的说法并不可靠。

屈原博闻强识，正道直行，一心希望楚国繁荣富强，人民有幸福快乐的生活，但是，楚王和楚国的权臣们不能容纳屈原，屈原在悲愤之中，创作了《离骚》等作品，并最终自沉汨

---

① 应劭：《风俗通义》，丛书集成初编，中华书局1985年版，第66页。
② 司马迁撰，裴骃集解，司马贞索隐，张守节正义：《史记》卷六十六，中华书局1982年版，第2074页。

罗江。《史记·屈原贾生列传》指出屈原"信而见疑,忠而被谤",但"睠顾楚国,系心怀王",有"存君兴国"之义。

屈原不仅仅是一个政治家,而且是一个想有所作为的政治家。秦国的强势,以及楚国的羸弱,决定了战国时期的楚国处在一个不可能有大作为的时代。屈原是一个想在楚国有所作为的政治家,同时又是一个继承了孔子及原始儒家的坚守的政治家,希望在楚国实现尧、舜、禹、汤、文、武之美政。但是楚国不能给他提供大有作为的舞台。屈原不被楚王任用,怀才不遇,生不逢时,不能有所作为,这是屈原和楚国领导层发生矛盾的根源,也是他悲剧命运的根源。屈原高洁的人品和不愿与邪恶势力同流合污的勇气,受到了历代中国人的崇敬,这也是端午节的主题逐渐演变为纪念屈原的内在原因。

事实上,韩国江陵端午祭,江陵的地名与战国楚都城同名,而端午祭的仪式虽与中国当下的端午活动有所不同,有学者认为与中国的端午节没有关系,但考虑到在中国古代很长时间今日之朝鲜和韩国与今日之中国都曾属于一个天下,也有学者找到了最早的江陵端午祭与屈原的联系,这一方面说明端午祭与中国端午节的同源性,另一方面也说明至晚在汉代,韩国的端午节与今日中国的端午节保持了同步发展的痕迹。端午节是中国的传统节日，同时也是属于韩国的传统节日。我们既为中国的端午节及屈原的传说能进入联合国教科文组织"人类非物质文化遗产代表作名录"高兴，也感谢韩国人对端午节的贡献，以及为保留江陵端午祭这样的文化遗产所做出的努力，并应该热烈祝贺韩国江陵端午祭被列入联合国教科文组织"人类非物质文化遗产代表作名录"。

二、屈原的酒量与人品

刘勰《文心雕龙》评论屈原及《楚辞》作品，代表了中国古代评论家最客观的立场。刘勰指出，在他之前，包括淮南王刘安、汉宣帝、扬雄、王逸等人，都把屈原及其作品等同于孔子及其所整理的六经，而班固则认为屈原不但达不到"经"的地位，与解经的"传"也尚有距离，所谓"四家举以方经，而孟坚谓不合传，褒贬任声，抑扬过实，可谓鉴而弗精，玩而未核者也"。所以，他提出应该用"征言"的方式，即实证的方式，来具体分析屈原及其作品，并认为屈原及其作品有典诰之体，规讽之旨，比兴之义也，忠怨之辞，这四点"同于风雅"，即与孔子所整理的《诗经》相同。而诡异之辞，谲怪之谈，狷狭之志，荒淫之意，是"异乎经典者"，即不合圣人之道。这里面特别提到了屈原及《楚辞》有"士女杂坐，乱而不分，指以为乐，娱酒不废，沉湎日夜，举以为欢"的"荒淫"问题。

在屈原的作品中，说到"酒"以及和酒相关的地方并不多，《九歌》的第一篇《东皇太一》提到了酒："吉日兮辰良，穆将愉兮上皇。抚长剑兮玉珥，璆锵鸣兮琳琅。瑶席兮玉瑱，盍将把兮琼芳。蕙肴蒸兮兰藉，奠桂酒兮椒浆。扬枹兮拊鼓，疏缓节兮安歌，陈竽瑟兮浩倡。灵偃蹇兮姣服，芳菲菲兮满堂。五音纷兮繁会，君欣欣兮乐康。"诗中的酒，应该是为了"愉兮上皇"，很难说是屈原自己喝酒了。而刘勰批评的"娱酒不废，沉湎日夜"，出自《招魂》的"成枭而牟，呼五白些。晋制犀比，费白日些。铿钟摇簾，揳梓瑟些。娱酒不废，沈日夜些"。按照汉人王逸所著《楚辞章句·招魂序》的说法，宋玉同情屈原，见屈原被放流以后"愁懑山泽，魂魄放佚，厥命将落。故作《招魂》，欲以复其精神，延其年寿，外陈四方之恶，内崇楚国之美，以讽谏怀王，冀其觉悟而还之也"，毫无疑问，《招魂》并不是出自屈原之手。不过，宋玉招屈原之魂，也是以"食色"引诱屈原："室家遂宗，食多方些。稻粢稻麦，挐黄粱些。大苦咸酸，辛甘行些。肥牛之腱，臑若芳些。和酸若苦，陈吴羹些。胹鳖炮羔，有柘浆些。鹄酸臇凫，煎鸿鸧些。露鸡臛蠵，厉而不爽些。粗粝蜜饵，有餦餭些。瑶浆蜜勺，实羽觞些"；"二八侍宿，射递代些。九侯淑女，多迅众些。盛鬋不同制，实满宫些。容态好比，顺弥代些。弱颜固植，謇其有意些。姱容修态，絙洞房些。蛾眉曼睩，目腾光些。靡颜腻理，遗视矊些。离榭修幕，侍君之闲些。翡帷翠帐，饰高堂些"；"美人既醉，朱颜酡些。娭光眇视，目曾波些。被文服纤，丽而不奇些。长发曼鬋，艳陆离些。二八齐容，起郑舞些。衽若交竿，抚案下些。竽瑟狂会，搷鸣鼓些。宫庭震惊，发《激楚》些。吴歈蔡讴，奏大吕些。士女杂坐，乱而不分些。"相传宋玉是屈原的学生，学生当然是了解老师的。当然也有人认为宋玉并不是屈原的学生。不过，即使宋玉不是屈原的学生，但宋玉和屈原有密切关系，而且宋玉非常尊敬屈原，应该是不能否认的。那么，我们说屈原的熟人宋玉了解屈原的爱好，应该是没有问题的。《孟子·告子上》中告子说："食色，性也。"屈原绝不是一个追求食色的人，如果他真追求物欲，他就不可能有九死不悔的家国情怀了。但说屈原厌恶食色，肯定是不可能的。宋玉以"娱酒不废，沈日夜些"想唤醒屈原对人生的热爱，这说明屈原的酒量肯定是没有问题的。

在《史记·屈原贾生列传》中，司马迁记载了屈原和渔父的对话："屈原至于江滨，被

　　　　　　　大家读《楚辞》

发行吟泽畔。颜色憔悴，形容枯槁。渔父见而问之曰：'子非三闾大夫欤？何故而至此？'屈原曰：'举世混浊而我独清，众人皆醉而我独醒，是以见放。'渔父曰：'夫圣人者，不凝滞于物而能与世推移。举世混浊，何不随其流而扬其波？众人皆醉，何不餔其糟而啜其醨？何故怀瑾握瑜而自令见放为？'屈原曰：'吾闻之，新沐者必弹冠，新浴者必振衣，人又谁能以身之察察，受物之汶汶者乎！宁赴常流而葬乎江鱼腹中耳，又安能以皓皓之白而蒙世俗之温蠖乎！'"司马迁的这个记载，是根据于屈原所作《渔父》。宋人洪兴祖《楚辞补注》云："《卜居》《渔父》，皆假设问答以寄意耳，而太史公《屈原传》，刘向《新序》，嵇康《高士传》，或采《楚辞》《庄子》渔父之言以为实录，非也。"意思是说，屈原的《渔父》是虚构之词，不可以当真。不过，洪兴祖这个说法，可能更是推测之词。我们相信，屈原和渔父的对话应该是真实发生的事情。因此，《渔父》中屈原的话，是值得信任的。

王逸《楚辞章句·渔父序》曰："《渔父》，屈原之所作也。屈原放逐，在江湘之间，忧愁叹吟，仪容变易。而渔父避世隐身，钓鱼江滨，欣然自乐。时遇屈原川泽之域，怪而问之，遂相应答。楚人思念屈原，因叙其辞以传焉。"王逸说《渔父》是屈原被放逐江南后所作。屈原徘徊在江湘水畔，忧伤吟叹，容貌憔悴不堪。渔父是一位躲避乱世隐匿山水间的人，他在江边垂钓，怡然自乐。恰巧遇见屈原，对于屈原的情形甚感疑惑，所以有了这段问答。楚人思念屈原，于是口耳相传屈原这篇文章。这篇作品的创作时代，应该在屈原人生的晚期，即楚顷襄王时期被"迁"江南，离开了封地以后所写。因此，渔父在惊讶于三闾大夫"何故至于斯"，就是这个地方不是三闾大夫应该出现的地方。另外，《渔父》还说屈原"行吟泽畔"。在中国上古社会，"被发"是野蛮人的标志，而"行吟"则是狂人的标准配置。《论语·微子》曰："楚狂接舆歌而过孔子曰：'凤兮凤兮，何德之衰？往者不可谏，来者犹可追。已而已而！今之从政者殆而！'"《论语注疏》曰："接舆，楚人，姓陆名通，字接舆也。昭王时，政令无常，乃被发佯狂，不仕，时人谓之楚狂也。时孔子適楚，与接舆相遇，而接舆行歌从孔子边过，欲感切孔子也。'曰：凤兮凤兮，何德之衰？往者不可谏，来者犹可追。已而，已而，今之从政者殆而'者，此其歌辞也。知孔子有圣德，故比孔子于凤。但凤鸟待圣君乃见，今孔子周行求合诸国，而每不合，是凤德之衰也。谏，止也。言已往所行者，不可复谏止也。自今已来，犹可追而自止。欲劝孔子辟乱隐居也。"屈原边走边唱，又说"宁赴湘流，葬于江

鱼之腹中"，因此，《渔父》很可能是他徘徊在
汨罗江畔，即将蹈水之前所写。如果认为《渔
父》是屈原最后的作品，也完全是有可能的。

《渔父》开篇说："屈原既放，游于江潭，
行吟泽畔，颜色憔悴，形容枯槁。渔父见而问
之曰：'子非三闾大夫欤？何故至于斯？'屈原
曰：'举世皆浊我独清，众人皆醉我独醒，是以
见放！'"屈原在这里清楚交代他之所以有这样
的遭遇，是因为"举世皆浊我独清，众人皆醉
我独醒"。楚国的君臣都是混浊的糊涂人，而
屈原是清白的；楚国的君臣都是喝醉酒的人，
而屈原是清醒的。

屈原说"举世皆浊我独清，众人皆醉我独
醒"，这两句话虽然包含有比喻的意义，但同
样也应该有真实的事实作为依据。就是屈原的
确是楚国最清白的人，也是楚国唯一没有喝醉
的人。屈原作为他的时代楚国最清白的人，应
该是没有人怀疑的。同样，我们也不应该怀疑
屈原是他的时代最有酒量的人。

今天，喝酒可能是人们所厌恶的不良嗜好
之一，有人把"吃喝嫖赌抽坑蒙拐骗偷"并列
在一起，"吃喝"的名声不好，所以有些热爱屈
原的人就认为"众人皆醉我独醒"这句话说明
屈原是不喝酒的。在屈原的时代，不存在有公
款吃喝的例子，也极少有下级请上级喝酒的事
例，但君主和领导人有责任和义务经常请群臣

宴饮，吃喝本身是生活的一部分。《离骚》说："朝饮木兰之坠露兮，夕餐秋菊之落英。"《九章·涉江》说："吾与重华游兮瑶之圃。登昆仑兮食玉英。"《远游》说："餐六气而饮沆瀣兮，漱正阳而含朝霞。"屈原所饮所食虽超凡脱俗，但"吃喝"的行为仍然是躲不过的。

在西周的礼制秩序中，作为一个士大夫，不喝酒是很无礼的事情。在五经之一的《仪礼》即《礼经》之中，一切礼仪活动，都与酒密切相关，如士冠礼、士婚礼、乡饮酒礼、乡射礼、燕礼、大射仪、聘礼、公食大夫礼、士丧礼、既夕礼、士虞礼、特牲馈食礼、少劳馈食礼、有司彻中，都涉及饮酒或用酒的仪式。酒是人类文明的重要成果，虽然东西方的酿酒方式不尽相同，但饮酒的习惯却是共通的。在中国上古社会，酒更是沟通天人关系的重要介质。《春秋经·庄公二十二年》载："陈人杀其大子御寇。"《左传》曰："二十二年春，陈人杀其大子御寇，陈公子完与颛孙奔齐。颛孙自齐来奔。齐侯使敬仲为卿。辞曰：'羁旅之臣，幸若获宥，及于宽政，赦其不闲于教训而免于罪戾，弛于负担，君之惠也。所获多矣，敢辱高位，以速官谤？请以死告。《诗》云："翘翘车乘，招我以弓，岂不欲往，畏我友朋。"'使为工正。饮桓公酒，乐。公曰：'以火继之。'辞曰：'臣卜其昼，未卜其夜，不敢。'君子曰：'酒以成礼，不继以淫，义也。以君成礼，弗纳于淫，仁也。'"敬仲是太子完的谥。陈宣公为了让自己宠姬所生的儿子做继承人，杀太子御寇。陈宣公是陈厉公和陈庄公的弟弟。陈厉公之子公子完与太子御寇友善，见太子被杀，遂亡命齐国。齐桓公希望太子完可以任卿，太子完认为卿的地位太高，容易招人嫉妒，所以只答应做管理百工的工正。太子完请齐桓公饮酒，齐桓公喝得高兴，天黑了还不愿意归去，要求举火照明，做长夜之饮，被公子完拒绝。

《左传》之"君子曰"，都是左丘明引用孔子之言。"酒以成礼"这句话，说的就是酒在礼制文化之中的重要性。没有酒，就不能"成礼"。酒在周礼中的重要性可见一斑。因此，如果说屈原不喝酒，那是肯定行不通的。不喝酒不合礼制，但过分饮酒同样是违背礼制的。公子完不因为齐桓公想为长夜之饮而违背礼，齐桓公也不因公子完扫兴而不满，公子完有义，齐桓公有仁，君仁臣义，这是孔子和周礼所体现的模范君臣关系。当然，中国中古以前的酒都是米酒，一般人适量喝酒，并不会引起身体的巨大不适。

屈原既然肯定是喝酒的，但他之所以强调"众人皆醉我独醒"，首先说明屈原在喝酒的时候是严格遵守礼制的。《论语·子罕》曰："子曰：'出则事公卿，入则事父兄，丧事不敢不勉，不为酒困，何有于我哉.'"《论语注疏》曰："此章记孔子言忠顺孝悌哀丧慎酒之事也。困，乱也。言出仕朝廷，则尽其忠顺以事公卿也；入居私门，则尽其孝悌以事父兄也；若有丧事，则不敢不勉力以从礼也，未尝为酒乱其性也。他人无是行，于我，我独有之，故曰'何有于我哉'。"《论语·乡党》曰："唯酒无量，不及乱。沽酒市脯不食。"《论语注疏》曰："'唯酒无量不及乱'者，唯人饮酒无有限量，但不得多，以至困乱也。""不为酒困"，或者"不及乱"，所言都是不能醉酒。屈原不是不喝酒，而是知道饮酒不能过度，不能因饮酒而导致醉态。但人在江湖，身不由己，屈原作为左徒，一个负有外交使命的官员，喝酒可能并不能喝得太少。在和一众国内外达官贵人饮酒的时候，能保持独醒，而其他人都醉了，这就要求屈原必须有超越众人的酒量，以及保持清醒的定力。显然，这两点屈原都有。更重要的是，有大酒量和有喝酒不醉的定力，同样是屈原对自己杰出才能和高尚品格自信的一部分。楚国君臣没有杰出的才能，也没有足够的酒量，但又沉湎于权力，沉湎于酒色。楚国君臣在治国方面，如饮酒过度一样，都是不遵从圣人教诲的。而屈原坚信自己的人品和酒力，屈原说他"独醒"，就是在高调宣布他是遵守周礼和按照孔子的教导立身的。

大家读《楚辞》

渔父听了屈原的牢骚以后，说："圣人不凝滞于物，而能与世推移。世人皆浊，何不淈其泥而扬其波？众人皆醉，何不餔其糟而歠其醨？何故深思高举，自令放为？"此处"深思高举"，《史记·屈原贾生列传》作"怀瑾握瑜"。《九章·怀沙》也有"怀瑾握瑜"一词。渔父俨然是隐匿于山水间的智者，他同情屈原，知道楚国的堕落是不可能逆转的，所以他劝诫屈原说，有圣德的人不被事物所束缚，他们会随着世道的改变一起变化推进，他甚至给出了更为具体的建议，既然世上的人都如此浑浊，你何不也搅浑泥水，扬起浊波？既然大家都醉了，你何不也吃酒糟、喝醉酒呢？何苦自己一定要思虑深远、行为高尚，而使自己被放逐于此呢？渔父的劝诫显然并不能改变屈原的意志。屈原回答说："吾闻之，新沐者必弹冠，新浴者必振衣。安能以身之察察，受物之汶汶者乎？宁赴湘流，葬于江鱼之腹中。安能以皓皓之白，而蒙世俗之尘埃乎！"屈原认为，刚洗过头的人一定要掸去帽子上的灰尘，刚洗完澡的人一定要整理一下衣服，怎么能让自己洁净无比的身体沾染上污秽不堪的外物呢？他宁愿跳入湘江，葬身鱼腹，也不会让洁白纯净的身体蒙上世俗的灰尘！渔父听了屈原的回答，知道屈原信念坚定，品性高洁而固执，因此"莞尔而笑，鼓枻而去"，摇起船桨，唱着《沧浪歌》："沧浪之水清兮，可以濯吾缨；沧浪之水浊兮，可以濯吾足。"就这样离开了屈原。

渔父已经看透红尘，所以能恬淡自安、随性自适，他寄情于自然，乐天知命，无论沧浪之水的清与浊，都改变不了他逍遥的心境。执着的屈原和旷达的渔父在悠悠江畔的对话实际上是非常沉重的。形容枯槁、且歌且行的屈原，忧伤沮丧，他的寂寞笼罩了他的心灵世界。这个时候屈原的心态已经与屈原写《远游》或者《卜居》时期完全不一样了，他的愁苦依然如故，但他已经对人生有了抉择。

渔父与屈原存在着共性，他同样保持着与屈原一样的独立精神，他不与楚国的邪恶势力同流合污，但也不与楚国的邪恶势力进行殊死的对抗。这位智者与屈原的处世哲学有所不同，他面对楚国的邪恶势力，选择了逃避，所以他没有建议屈原同流合污，助纣为虐，但认为屈原可以和光同尘，全生避害。渔父的思想具有典型的庄子道家思想的特征，是《庄子·人间世》借孔子之口说："知其不可奈何而安之若命，德之至也。"《庄子·天地》说："知其不可得也而强之，又一惑也。"渔父是"知其不可奈何而安之若命"，在渔父看来，屈原是"知其不可得也而强之，又一惑也"。屈原既不选择和楚国的恶势力同流合污，也不愿意放弃实践自己的理想，即使在放流之中，身体虽然有如渔父一样遁迹山水，但心神却没有一刻离开楚国的庙堂。《论语·宪问》曰："子路宿于石门。晨门曰：'奚自？'子路曰：'自孔氏。'曰：'是知其不可而为之者与？'"孔子是"知其不可而为之者"，屈原用他的一生，诠释了"知其不可而为之者"可以达到的决绝态度。屈原和渔父对楚国社会的看法应该是一样的，但他们选择与楚国社会相处的方式是不同的。渔父没有办法说服屈原，所以就只能离开了。屈原写渔父离开的时候"莞尔而笑，鼓枻而去"，渔父不是嘲讽屈原，而是感觉到无奈。屈原也知道渔父的话可能是他与楚国社会能继续相处下去的唯一可能的形式，但他表明自己已经做好了赴江流葬鱼腹的准备。屈原之所以会选择赴江流葬鱼腹这样的激烈方式，应该是一方面感念如彭咸、伍子胥这样的贤臣都最终葬身于鱼腹，他要效法他们，另一方面可能就是屈原的时代，江湖可能是清澈的，而水葬虽然是"三不吊"之一，但却可以保持自己的清洁。而"不吊"对于屈原这样一个孤独的人来说，是最好的结果，因为他可能并不想让那些浊人和醉人出现在他的葬礼上。《礼记·檀弓上》曰："死而不吊者三：畏、厌、溺。"屈原水死属于溺亡，屈原选择不吊之溺亡，也表明他对楚国社会的厌恶已经无以复加了。

三、节日民俗与中国古代历法

在中国上古历史中，伏羲被认为是人文始祖，不但画八卦，造书契，还做甲历，定四时，此后，"岁以是纪而年不乱，月以是纪而时不易，昼夜以是纪而人知度，东西南北以是纪而方不惑"。伏羲之后，炎帝神农氏因禽兽之肉匮乏，发明耕稼，种五谷，制医药。黄帝代神农氏，命仓颉造字，又设史官，立占天官，做浑天仪及调历，"岁纪甲寅，日纪甲子，而时节定"，最终形成了"黄帝历"。黄帝历后代也称为"皇历""汉历""夏历"，以区别于今天通行的"西历"。20世纪中叶以后，则又出现了"农历"的称呼，大约是缘于"黄帝历"是中国古代农耕文明的成果，也为今天的农民所习用的原因吧。

黄帝历结合太阳和月球的运行轨迹来安排一年的周期变化，以太阳回归的周期作为一年的长度，以月的圆缺作为确定历月的基础。地球绕行太阳一周为三百六十五又四分之一天，而月球绕地球十二个轮回为三百五十四天，所以，又以设置闰月的方法以使日月的运行轨迹相统一，因此，一般一年为十二个月，闰年则增加一个闰月，凡十三个月。月又分大小，大月三十天，小月二十九天。夏、商、周三代，为了体现改朝换代的新气象，每一代天子都对历法进行调整，因此有所谓"夏正""殷正""周正"，"夏正"以春正月为岁首，"殷正"以冬十二月为岁首，"周正"以冬十一月为岁首。至秦则用"颛顼历"，以冬十月为岁首。汉初延用"秦正"，至武帝时，改行"夏正"，自此而后，实现了孔子"行夏之时"的理想。

黄帝历充分体现了中国上古人的伟大智慧和科学精神，是对人类文明的重要贡献。《史记·历书》说："盖黄帝考定星历，建立五行，起消息，正闰余，于是有天地神祇物类之官，是谓五官，各司其序，不相乱也。民是以能有信，神是以能有明德。民神异业，敬而不渎，故神降之嘉生，民以物享，灾祸不生，所求不匮。"又说："天下有道，则不失纪序；无道，则正朔不行于诸侯。"遗憾的是，中古以后中华文明持续衰落，天文历法的科学人才缺失，历法也经常出错，元代和清代皇帝本与汉语文化隔绝，所以多用阿拉伯人和欧洲人主导历法，20世纪以后，中国采用基督纪年法的格里历，黄帝历只存在于民间了。

中国上古历法的建设既包含了高深的天文学知识，又包含了对气候和农业生产规律的科学总结，和夏历密切相关的二十四节气，便是把太阳周年运行的轨迹进行二十四等分，每一等分为一节气，始于立春，终于大寒，准确地描述一年之中四季变化的细微规律。2016年，二十四节气被正式列入联合国教科文组织"人类非物质文化遗产代表作名录"，正体现了国际社会对建立在黄帝历基础上的这一文化遗产的科学价值和人文价值的肯定。

"天地悠长，人生如忽。"和天地的周期相比，人生苦短，但就生生的艰难而言，人类仍然面临"度日如年"的无奈。一年之中时间一刻也不会停歇，人的生老病死时刻在上演，春种夏长秋收冬藏，既有喜悦，也是无穷无尽的枷锁。为了应对这漫漫岁月，我们的祖先用节日建构了休闲文化，一月一、二月二、三月三、五月五、七月七、九月九等规律的日子都被用作节日，同时，因黄帝历重视月初之朔与月中之望，所以，正月十五、七月十五、八月十五、十月十五也先后被作为节日出现。青黄不接的四月，农忙的六月，以及冬天的大部分时候都不再安排节日，只有进入腊月以后，为了渲染辞旧迎新的气氛，节日则从腊八持续到正月十五的元宵节。这些节日安排，既体现了科学精神，也充满了人文情怀。

四、有关端午的"恶日"禁忌传说

在传承已久的民俗文化中，端午节活动除了划龙舟、吃粽子以外，还有挂似剑之草菖

大家读《楚辞》

蒲、悬白艾、系彩丝、佩香囊、戴虎形饰物艾虎、喝雄黄酒的习俗，这些习俗都指向辟邪、驱蚊、止恶气、杀菌、防蛇蝎毒虫的功能。因此，五月五日在中国古代往往被认为是一个"恶日"。

东汉应劭《风俗通义》说："今俗间多有禁忌，生三子者、五月生者以为妨害父母，服中子犯礼伤孝，莫肯收举。"袁贺字元服，汉汝南人，传说袁贺是在父亲服丧中出生，因其父年长无子，"不孝莫大于无后，故收举之"，"举"即鞠养、养育之意。但其父为了不隐其过，字取"元服"。按照周礼，服丧期间，夫妻不应同房，袁贺出生于服丧之时，难免有瓜田李下之嫌，因此，其父不弃，是因为不孝之中，"无后"最大，如果袁贺父亲有子，或许袁贺就会被转送别人了。

《太平御览》卷三百六十一引《风俗通义》曰："生三子不举。俗说生子至于三子，似六畜，言其妨父母，故不举之也。谨按春秋《国语》：'越王勾践令民生三子者与之乳母，生二子者与之饩。'三子，力不能独养，故与乳母。所以人民繁息，卒灭强吴，雪会稽之耻，行霸于中国者也。古陆终氏娶于鬼方，谓之女嬇，是生六子皆为诸侯。今人多生三子，悉成长，父母完安，岂有天所孕育而害其父母兄弟者哉。"这说明不养第三子，很可能是个别人担心无力养育的原因。

《史记·孟尝君列传》载齐宣王庶弟田婴有子四十余人，孟尝君田文是田婴贱妾所生，生日当五月五日，田婴命其母弃之，其母不听，田文成人后其父见之，其母受到田婴的责备，田文问田婴不举五月子的原因，田婴说："五月子者，长与户齐，将不利其父母。"长与户齐，有人认为是指孟尝君个子高，显然是错的。《史记·孟尝君列传》载："孟尝君过赵，赵平原君客之。赵人闻孟尝君贤，出观之，皆笑曰：'始以薛公为魁然也，今视之，乃眇小丈夫耳。'孟尝君闻之，怒。客与俱者下，斫击杀数百人，遂灭一县以去。"孟尝君为人狠辣，因为有人说他个子矮小，就杀人屠县。孟尝君封地在薛，孟尝君死后，众子嗣争位，齐魏联合灭薛。此处"长与户齐"，大概指的是其寿命与家族寿命相同，即会带来灭门之灾。

中国古代民俗文化常被认为是中国传统文化，事实上，中国古代民俗文化并不能等同于中国传统文化。中国传统文化是传承道统的文化，是以孔子思想为基本内容的，而中国古代民俗文化更多地体现了世俗的价值观，其中不少与孔子思想背道而驰，这也是孔子"敬鬼神而远之"的用心。中国古代的民俗禁忌，其中某些有科学根据，但也有一些具有反人道的内容。如《太平御览》卷三百六十一又引《风俗通义》曰:"又曰不举寤生子。俗说儿堕地未能开目视者,谓之寤生,举寤生子妨父母。"孔子强调父子之亲是人与人关系的根本,是一切人伦的基础,显然,一切不举子女的禁忌都是违背儒家伦理的,因此,也就有无数的例子说明五月五日作为"恶日"出生的人,并不一定会产生灾难,王利器先生《风俗通义校注》举东晋名将王镇恶、北朝齐南阳王高倬、隋尧城令崔信明等为例,都说明五月五日生人并非一定会被遗弃。在王利器先生所举三人中,东晋名将王镇恶是一代名将,但受太尉刘裕猜忌,被同僚杀害;齐南阳王高倬在任时残暴,喜欢作恶,最终死于非命。崔信明是隋唐时期著名诗人,遗世独立,颇有个性。通过以上事例可以推知,在真实的历史中,虽然五月五日生人可能有恶人,但五月五日出生的恶人数量未必一定会比其他时间更多。

当然,在禁忌日出生的孩子,父母虽有可能"不举",但一般不会发生屠戮婴儿的事例,常常会用过继、改姓、修改生日等方式来规避灾难,如前述东晋王镇恶,因生于恶日,其祖父前秦丞相王猛就给孙子取名"镇恶",以与命运相抗衡。

五、端午节的科学内涵

西晋史学家司马彪《续汉书·礼仪志》认为五月五日节日来自二十四节气之一的夏至，节日来临时人们常用红色绳索以及五色印门饰来防止恶气，则五月五日作为"恶日"，应该是与夏至这个节气相关。

一切人类早期文明都起源于高原地区，中国也不例外。伏羲、炎帝、黄帝早期的活动区域，也基本集中在黄土高原一带，即今日的甘肃省天水市、陕西省宝鸡市、甘肃省庆阳市等地区，这些地方也是周文化和秦文化的发源地。与中国部分北方和南方地区有着漫长的夏天或者绵绵的冬日不同，黄土高原四季分布均匀，界限分明，又拥有非常适合于耕种的黄土层资源，与中国历法相关的早期文明，只适合产生在这个区域。

黄土高原地区进入夏至以后，气温升高，湿度大，雷阵雨频发。炎热的天气带来了细菌的快速生长，以及蚊虫的广泛滋生，也就增加了传染疾病和瘟疫、被蚊虫叮咬的概率，因此，端午节就是提示我们马上要进入一个特殊的时期，需要大家为度过炎炎夏日做好防护准备。中国江南地区的炎热来得更早，中国的北部地区夏天则来得稍晚，但各个地方都有端午习俗，显然更多的是民俗文化的记忆。南朝梁宗懔《荆楚岁时记》说："五月俗称恶月，多禁，忌曝床荐席及忌盖屋，五月五日谓之浴兰节，四民并蹋百草之戏，采艾以为人，悬门户上以禳毒气，以菖蒲或镂或屑以泛酒，是日竞渡，采杂药，以五彩丝系臂，名曰辟兵，令人不病瘟。又有条达等织组杂物以相赠遗，取鸲鹆教之语。"这说明并不仅仅五月五日是"恶日"，整个五月都被视为"恶月"，五月五日的所有仪式，都是为了"令人不病瘟"。

隋人杜公瞻注《荆楚岁时记》云："《异苑》云：'新野庾寔尝以五月曝席，忽见一小儿死在席上，俄而失之，其后寔子遂亡。'或始于此。《风俗通义》曰：'五月上屋，令人头秃。'或问董勋曰：'俗五月不上屋，云五月人或上屋，见影，魂便去。'"《异苑》是南朝刘敬叔所撰，内容以记载奇闻逸事为主，其中提及五月曝席死人，以及五月上房头秃等，或许与虫蛇之害、雷电闪击相关。总而言之，五月是一个多灾多难的月份，端午节的活动就是为了提醒人们牢记禳灾辟邪、减灾避祸的防范意识。

杜公瞻注《荆楚岁时记》和《艺文类聚》卷四《岁时部》都曾引《大戴礼记·夏小正》曰："五月五日，蓄兰为沐浴也。"《夏小正》是孔子或孔子后学整理的夏朝农事与历法文献，《楚辞·九歌·云中君》曰："浴兰汤兮沐芳，华采衣兮若英。"这说明端午节本来是沐浴之节，其习俗应该起源于避夏日病虫瘟疫之害，禳邪驱蚊，是与天气湿热的变化联系在一起的。

六、端午节的人文情怀

和中国历史上存在的其他节日不同，端午节在演变过程中，逐渐加进了纪念在端午节去世的历史人物的人文内涵，而且这些历史人物都有一个共性，就是具有忠烈的人格。

在吴越一带，端午节的活动，是与纪念伍子胥联系在一起的。伍子胥是春秋时楚国人，据《史记·伍子胥列传》记载，伍子胥名员，父伍奢，为楚平王太子建太傅，费无忌为太子少傅。楚平王命费无忌为太子建向秦求婚，因秦女绝美，费无忌即建议楚平王自娶，给太子建重新娶亲。楚平王娶秦美女，并生子轸，费无忌也因此成为楚平王宠臣。但费无忌担心一旦楚平王死而太子建立，不利于自己，因此谗太子建。于是楚平王囚伍奢，派人杀太子建，太子建奔宋。费无忌因伍奢二子皆贤，认为不杀将对楚国不利，所以建议楚王以伍奢为人质，招其子伍尚、伍员同来就死。楚王派人对伍奢说："能致汝二子则生，不能则死。"伍奢说："尚为人仁，呼必来。员为人刚戾忍，能成

512 大家读《楚辞》

大事，彼见来之并禽（擒），其势必不来。"楚王使人召二子说："来，吾生汝父；不来，今杀奢也。"伍尚欲往，伍员认为，楚王之所以不敢杀父亲，是因为忌惮兄弟二人，一旦两人前往，父子必然被杀，不如逃亡他国，以图报仇。伍尚说："我知往终不能全父命。然恨父召我以求生而不往，后不能雪耻，终为天下笑耳。"于是对弟弟说："可去矣！汝能报杀父之仇，我将归死。"伍尚建议伍员逃亡报仇，而自己则就执从父就死。楚王使者还欲捕伍员，因伍员"贯弓执矢向使者"，使者不敢进，伍员因此得以逃亡。伍奢听说儿子子胥逃亡，说："楚国君臣且苦兵矣。"及伍尚至楚都城，楚王并杀伍奢与伍尚。后伍子胥流亡宋、郑诸国，最终逃亡吴国，助吴王阖闾自立，与孙武共伐楚，大败楚军，鞭楚平王尸，为父兄复仇。司马迁赞扬伍子胥说："向令伍子胥从奢俱死，何异蝼蚁。弃小义，雪大耻，名垂于后世，悲夫！方子胥窘于江上，道乞食，志岂尝须臾忘郢邪？故隐忍就功名，非烈丈夫孰能致此哉？"吴王阖闾死，其子吴王夫差即位，信用奸佞，不听伍子胥忠言，听闻伍子胥批评自己，遂赐剑令伍子胥自杀。伍子胥自杀前命门人说："必树吾墓上以梓，令可以为器；而抉吾眼县（悬）吴东门之上，以观越寇之入灭吴也。"伍子胥死后，吴王夫差听闻伍子胥之言大怒，乃取伍子胥尸盛以鸱夷革，浮之江中。"吴人怜之，为立祠于江上，因命曰胥山。"①

伍子胥以一己之力，立志惩戒暴君，并忠心报吴，体现了中国古代士人忠义的情怀，因此受到历代中国人的尊敬。东汉赵晔所著《吴越春秋》载，吴王使人赐属镂之剑命子胥自杀，伍子胥受剑，徒跣褰裳，下堂中庭，把剑仰天叹曰："自我死后，后世必以我为忠，上配夏殷之世，亦得与龙逄、比干为友。"吴王取子胥尸，盛以鸱夷之器，投之于江中，言曰："胥汝一死之后，何能有知？"即断其头，置高楼上，谓之曰："日月炙汝肉，飘风飘汝眼，炎光烧汝骨，鱼鳖食汝肉。汝骨变形灰，有何所见？"乃弃其躯，投之江中。"子胥因随流扬波，依潮来往，荡激崩岸。"伍子胥被赐死，引起天怨人怒，"夫差既杀子胥，连年不熟，民多怨恨"。②据说伍子胥死当五月五日，被杀后，尸首装入皮袋被投入钱塘江，逆流而上而不沉没，被称为波神、伍神。此后每年五月五日，当地人驾舟竞渡，期待伍子胥显灵。杜公瞻《荆楚岁时记》注引东汉人邯郸淳《曹娥碑》说："五月五日，时迎伍君，逆涛而上，为水所淹，斯又东

---

① 司马迁撰，裴骃集解，司马贞索隐，张守节正义：《史记》卷六十六，中华书局1982年版，第2171—2184页。
② 赵晔：《吴越春秋》，中华书局1985年版，第106—108页。

大家读《楚辞》

吴之俗事，在子胥，不关屈平也。"①

南朝范晔《后汉书·列女传》载："孝女曹娥者，会稽上虞人也。父盱，能弦歌，为巫祝。汉安二年五月五日，于县江溯涛婆娑迎神，溺死，不得尸骸。娥年十四，乃沿江号哭，昼夜不绝声，旬有七日，遂投江而死。"②《艺文类聚》引东晋虞预《会稽典录》也载有曹娥救父的事迹，后世也有以端午节纪念曹娥的说法。不过，曹娥与端午节的故事，应该仍然在伍子胥故事的框架之内。

《四库全书总目提要》认为是汉人袁康、吴平所撰《越绝书》，说吴灭越后，越王勾践以身为奴，卧薪尝胆，侍奉吴王夫差，获得吴王夫差青睐，自吴返国后，五月五日以"竞渡之戏"练习水军，最终灭吴。这个记载如果可靠，则五月五日竞渡的历史可能早于伍子胥之死，或者端午竞渡早已经是习俗，也正因此，勾践才能以此为掩护操练水军，掩吴王之耳目。

晋文公流亡之际，乏食，随从介子推曾剔股食之。晋文公即位，介子推拒绝封赏，偕母逃亡，晋文公为逼介子推现身，不幸烧死了介子推及其母亲。介子推五月五日被烧死，所以，晋文公下令"五月五日不得发火"。《艺文类聚》

---

① 宗懔撰，宋金龙校注：《荆楚岁时记》，山西人民出版社1987年版，第47页。

② 范晔撰，李贤等注：《后汉书》卷八十四，中华书局1965年版，第2794页。

〔元〕吴廷晖绘《龙舟夺标图》

大家读《楚辞》

〔清〕佚名绘《闹龙舟图》

引东汉蔡邕《琴操》说:"介子绥割其腓股,以啖重耳,重耳复国,子绥独无所得,绥甚怨恨,乃作龙蛇之歌以感之,终不肯出,文公令燔山求之,子绥遂抱木而烧死,文公令民五月五日不得发火。"① 介子绥即介子推。这是说端午节还有不举火的习俗。不过此习俗一般是指寒食节,时间大概是夏历冬至过后的第105天,即今日清明节、上巳节前一两天。

自汉代以来,端午节的活动,更多的是与屈原联系在一起了。屈原是战国时期楚国人,是中国历史上影响最为深远的伟大诗人,也是战国时期重要的思想家和政治家。屈原的影响不仅仅在中国,屈原也是中国最具国际影响力的伟大诗人。

《艺文类聚》引应劭《风俗通义》曰:"五月五日,以五采丝系臂者,辟兵及鬼,令人不病温,亦因屈原。"② 又引《续齐谐记》说:"屈原五月五日投汨罗而死,楚人哀之,每至此日,竹筒贮米,投水祭之,汉建武中,长沙区回,白日忽见一人,自称三闾大夫,谓曰:君当见祭,甚善,但常所遗,苦蛟龙所窃,今若有惠,可以楝树叶塞其上,以五采丝缚之,此二物蛟龙所惮也,固依其言,世人作粽,并带五色丝

---

① 欧阳询撰,汪绍楹校:《艺文类聚》,上海古籍出版社1965年版,第74页。
② 欧阳询撰,汪绍楹校:《艺文类聚》,上海古籍出版社1965年版,第75页。

及楝叶，皆汨罗之遗风也。"①《续齐谐记》的作者是南朝梁的吴均。

杜公瞻《荆楚岁时记》注说："按五月五日竞渡，俗为屈原投汨罗日，伤其死所，故并命舟楫以拯之舸舟，取其轻利，谓之飞凫。一自以为水车，一自以为水马，州将及土人悉临水而观之，盖越人以舟为车，以楫为马也。《越地传》云起于越王勾践，不可详矣。是日竞采杂药。《夏小正》云此日蓄药以蠲除毒气。"②

唐人沈亚之《屈原外传》载，屈原以五月五日"遂赴清泠之水，其神游于天河，精灵时降湘浦，楚人思慕，谓为水仙，每值原死日，必以筒贮米投水祭之。至汉建武中，长沙欧回。白日忽见一人，自称三闾大夫，谓曰：'闻君尝见祭，甚善。但所遗并蛟龙所窃，今有惠，可以楝树叶塞上，以五色丝转缚之，此物蛟龙所惮。'回依其言，世俗作粽，并带丝叶，皆其遗风"③。

显然，说端午节的习俗是源于纪念屈原，显然是缺乏根据的，但端午节的习俗和对屈原的纪念联系在一起，则为端午节灌注了丰富的人文内涵。

---

① 欧阳询撰，汪绍楹校：《艺文类聚》，上海古籍出版社1965年版，第74页。

② 宗懔撰，宋金龙校注：《荆楚岁时记》，山西人民出版社1987年版，第48—49页。

③ 蒋骥：《山带阁注楚辞》，上海古籍出版社1958年版，第21页。

值得注意的是，自从端午节引入屈原之后，再没有追加纪念新的历史人物的内容，这说明端午节的人文内涵，至屈原而后最终完成。端午节这样一个体现中国上古人科学智慧的节日，通过引入纪念先后于五月五日这个"恶日"辞世的介子推、伍子胥、屈原和曹娥的内容及利用龙舟竞渡为掩护操练水军的勾践卧薪尝胆终灭吴的故事，体现了中国古代人对正道直行、刚健辉光的忠烈人格的敬仰之情，这也是中华民族历经苦难而坚强生存的精神动力。

延伸阅读

一、古代楚辞文献

1.《楚辞》,〔西汉〕刘向辑,中国书店2019年版。

2.《楚辞补注》,〔西汉〕刘向编,王逸注,洪兴祖补,中华书局1983年版。

3.《楚辞集注》,〔宋〕朱熹撰,上海古籍出版社2001年版。

4.《宋端平本楚辞集注》,〔宋〕朱熹撰,国家图书馆出版社2017年版。

5.《屈宋古音义》,〔明〕陈第撰,中华书局2008年版。

6.《删注楚辞》,〔明〕张京元撰,影印明万历四十六年刊本,国家图书馆出版社2014年版。

7.《楚辞集解》,〔明〕汪瑗撰,北京古籍出版社1994年版。

8.《楚辞听直》,〔明〕黄文焕撰,上海古籍出版社2019年版。

9.《七十二家评楚辞》,〔明〕蒋之翘编,明天启六年蒋之翘楚稺刻本。

10.《庄屈合诂》,〔清〕钱澄之撰,黄山书社1998年版。

11.《楚辞笺注》,〔明〕李陈玉撰,南京大学出版社2017年版。

12.《楚辞疏》,〔明〕陆时雍撰,明缉柳斋本,清康熙四十四年有文堂刻本。

13.《楚辞灯》,〔清〕林云铭撰,华东师范大学出版社2012年版。

14.《骚筏》,〔清〕贺贻孙撰,清道光二十六年敕书楼水田居丛刊重刻本。

15.《楚辞达》,〔清〕鲁笔撰,嘉庆九年小停云山馆刻二余堂丛书本。

16.《离骚草木史》,〔明〕周拱辰撰,上海古籍出版社2017年版。

17.《屈原赋注》,〔清〕戴震撰,褚斌杰等点校,中华书局1999年版。

18.《屈辞精义》,〔清〕陈本礼撰,清嘉庆十七年裛露轩刻本。

19.《楚辞天问笺》,〔清〕丁晏撰,上海古籍出版社2017年版。

20.《楚辞新注求确》,〔清〕胡濬源撰,上海古籍出版社2017年版。

21.《屈骚指掌》,〔清〕胡文英撰,清乾隆五十一年刻本,北京古籍出版社1979年影印版。

22.《山带阁注楚辞》,〔清〕蒋骥撰,上海古籍出版社1984年版。

23.《离骚经九歌解义》,〔清〕李光地撰,清光绪四年李光廷刻《榕园丛书》乙集本。

24.《屈子楚辞章句》,〔清〕刘梦鹏撰,上海古籍出版社2017年版。

25.《屈赋微》,〔清〕马其昶编,上海古籍出版社2017年版。

26.《楚辞新注》,四库全书存目丛书,齐鲁书社1997年版。

27.《楚辞通释》,〔清〕王夫之撰,上海古籍出版社2017年版。

28.《楚辞评注》,〔清〕王萌撰,南京大学出版社2017年版。

29.《楚辞释》,〔清〕王闿运撰,上海古籍出版社2017年版。

30.《楚辞释》,〔清〕王闿运撰,清光绪十二年成都尊经书院刊本,岳麓书社2013年版。

31.《屈子杂文笺略》,〔清〕王邦采撰,南京大学出版社2019年版。

32.《楚辞疏》，〔清〕吴世尚撰，清雍正五年上友堂刻本。

33.《屈骚心印》，〔清〕夏大霖撰，清乾隆九年一本堂刊本。

34.《楚辞洗髓》，〔清〕徐焕龙撰，清康熙三十七年无闷堂刊本。

35.《离骚赋补注》，〔清〕朱骏声撰，上海古籍出版社2017年版。

二、今人著作（以作者汉语拼音音序排列）

1.毕庶春：《辞赋新探》，东北大学出版社1995年版。

2.蔡靖泉：《楚文化流变史》，湖北人民出版社2001年版。

3.蔡靖泉：《楚文学史》，湖北教育出版社1996年版。

4.蔡葵：《楚汉文化概论》，南京师范大学出版社1996年版。

5.曹耀湘：《读骚论世》，湖南官书报局1915年版。

6.常森：《屈原及其诗歌研究》，北京大学出版社2012年版。

7.陈斐：《离骚新笺》，台北前程出版社1985年版。

8.陈适：《离骚研究》，商务印书馆1940年版。

9.陈桐生：《楚辞与中国文化》，陕西人民教育出版社1997年版。

10.陈炜舜：《明代后期〈楚辞〉接受研究论集》，中华书局2019年版。

11.陈怡良：《屈原文学论集》，台北文津出版社1992年增订版。

12.陈子展：《楚辞直解》，复旦大学出版社1996年版。

13.褚斌杰、黄筠：《〈诗经〉与〈楚辞〉导读》，北京大学出版社2003年版。

14.褚斌杰、谭家健主编：《先秦文学史》，人民文学出版社1998年版。

15. 褚斌杰主编:《屈原研究》,湖北教育出版社2003年版。

16. 褚斌杰主编:《屈原研究论集》,湖北美术出版社1999年版。

17. 褚斌杰:《楚辞要论》,北京大学出版社2003年版。

18. 褚斌杰:《中国古代文体概论》,北京大学出版社1984年版。

19. 崔富章、李大明主编:《楚辞集校集释》,湖北教育出版社2002年版。

20. 丁晏:《楚辞天问笺》,台北广文书局1972年版。

21. 董楚平、俞志慧:《楚辞直解》,浙江文艺出版社1997年版。

22. 董治安:《先秦文献与先秦文学》,齐鲁书社1994年版。

23. 范正声:《屈赋创作论》,中国文联出版社2000年版。

24. 方铭:《战国文学史》,武汉出版社1996年版。

25. 方铭:《经典与传统:先秦两汉诗赋考论》,人民文学出版社2003年版。

26. 方铭:《期待与坠落——秦汉文人心态史》,河北教育出版社2001年版。

27. 方铭:《楚辞全注》,人民文学出版社2019年版。

28. 方铭:《战国文学史论》,商务印书馆2008年版。

29. 方铭主编:《中国文学史》(全四册),长春出版社2013年版。

30. 方铭主编:《简明中国文学史》(全一册),长春出版社2015年版。

31. 方铭等主编:《中国楚辞学》1—30辑,学苑出版社2002—2020年版。

32. 冯永轩:《史记楚世家会注考证校补》,湖北教育出版社1993年版。

33.郭建勋:《楚辞与中国古代韵文》,湖南师范大学出版社 2001年版。

34.郭杰:《屈原新论》,吉林大学出版社 1994年版。

35.郭沫若:《屈原研究》,群益出版社 1946年版。

36.郭沫若:《先秦学术述林》,上海书店影印东南出版社 1945年版。

37.郭沫若:《郭沫若全集·历史编》,人民文学出版社 1982 年版。

38.郭维森:《屈原评传》,南京大学出版社 1998年版。

39.过常宝:《楚辞与原始宗教》,东方出版社 1997年版。

40.何光岳:《楚灭国考》,上海人民出版社 1990年版。

41.何光岳:《楚源流史》,湖南人民出版社 1988年版。

42.何剑熏:《楚辞新诂》,巴蜀书社 1994年版。

43.何敬群:《楚辞精注》,台北正中书局 1978年版。

44.胡适:《胡适文存二集》,亚东图书馆印 1924年版。

45.胡念贻:《楚辞选注及考证》,岳麓书社 1984年版。

46.黄碧琏:《屈原与楚文化研究》,台北文津出版社 1998 年版。

47.黄崇浩:《屈子阳秋》,湖北人民出版社 2003年版。

48.黄凤显:《屈辞体研究》,湖南人民出版社 1997年版。

49.黄建荣:《〈楚辞〉训诂史》,高等教育出版社 2015年版。

50.黄灵庚:《楚辞异文辩证》,中州古籍出版社 2000年版。

51.黄灵庚:《楚辞与简帛文献》,人民出版社 2011年版。

52.黄灵庚:《楚辞章句疏证》(增订本)(全六册),上海古 籍出版社 2018年版。

53.黄寿祺、梅桐生:《楚辞全译》,贵州人民出版社 1984 年版。

54.黄震云:《楚辞通论》,湖南教育出版社 1997年版。

55.黄中模编:《中日学者屈原问题论争集》,山东教育出版社1990年版。

56.黄中模:《屈原问题论争史稿》,北京十月文艺出版社1987年版。

57.黄中模:《现代楚辞批评史》,湖北教育出版社1990年版。

58.黄中模:《与日本学者讨论屈原问题》,华中理工大学出版社1990年版。

59.江立中:《离骚探骊》,岳麓书社1993年版。

60.江林昌:《楚辞与上古历史文化研究——中国古代太阳循环文化探秘》,齐鲁书社1998年版。

61.姜亮夫:《楚辞学论文集》,上海古籍出版社1984年版。

62.姜亮夫、姜昆吾:《屈原与楚辞》,安徽教育出版社1991年版。

63.姜亮夫:《楚辞今绎讲录》,云南人民出版社1999年版。

64.姜亮夫:《楚辞通故》,云南人民出版社1999年版。

65.姜书阁:《先秦辞赋原论》,齐鲁书社1983年版。

66.蒋南华:《屈原及其〈九歌〉研究》,贵州人民出版社1992年版。

67.蒋天枢:《楚辞论文集》,陕西人民出版社1982年版。

68.蒋天枢:《楚辞校释》,上海古籍出版社1989年版。

69.金开诚、董洪利、高路明:《屈原集校注》,中华书局1996年版。

70.金开诚:《屈原辞研究》,江苏古籍出版社1992年版。

71.金荣权:《宋玉辞赋笺评》,中州古籍出版社1991年版。

72.金式武:《〈楚辞·招魂〉新解》,文汇出版社1999年版。

73.雷庆翼:《楚辞正解》,学林出版社1994年版。

74.李诚、熊良智主编:《楚辞评论集览》,湖北教育出版社

大家读《楚辞》

2002年版。

75. 李诚：《楚辞文心管窥》，台北文津出版社1995年版。

76. 李诚：《楚辞论稿》，华龄出版社2013年版。

77. 李大明：《楚辞文献学论考》，巴蜀书社1997年版。

78. 李大明：《汉楚辞学史》，电子科技大学出版社1994年版。

79. 李大明：《九歌论笺》，四川大学出版社1992年版。

80. 李中华、朱炳祥：《楚辞学史》，武汉出版社1996年版。

81. 李中华：《词章之祖：〈楚辞〉与中国文化》，河南大学出版社1998年版。

82. 梁启超：《饮冰室合集·专集》，中华书局1989年版。

83. 林庚：《诗人屈原及其作品研究》，上海古籍出版社1981年增订版。

84. 林庚：《天问论笺》，人民文学出版社1983年版。

85. 刘让言：《屈原楚辞注》，新疆人民出版社1982年版。

86. 刘石林：《读骚拾零》，南京大学出版社2000年版。

87. 刘石林：《汨罗江畔屈子祠》，湖南人民出版社2003年版。

88. 刘永济：《屈赋通笺》，武汉大学出版社2013年版。

89. 刘永济：《屈赋音注详解》，上海古籍出版社1983年版。

90. 鲁瑞菁：《楚辞文心论》，台北里仁书局2002年版。

91. 陆侃如：《屈原与宋玉》，上海商务印书馆1930年版。

92. 逯钦立：《屈原离骚简论》，辽宁人民出版社1957年版。

93. 吕培成：《司马迁与屈原和楚辞学》，陕西人民教育出版社2000年版。

94. 吕正惠：《楚辞——诗之哀弦》，春风文艺出版社1992年版。

95. 吕正惠：《泽畔的悲歌——楚辞》，中国三环出版社

1992年版 。

96.罗敏中:《屈骚与宋代爱国文学》,远方出版社2002年版。

97.马承骕:《九歌证辨》,台北文津出版社1981年版。

98.马茂元:《楚辞选》,人民文学出版社1958年版。

99.毛庆:《屈骚艺术新研》,湖北人民出版社1990年版。

100.毛庆:《诗祖涅槃——屈原》,生活·读书·新知三联书店1996年版。

101.聂石樵:《楚辞新注》,上海古籍出版社1980年版。

102.聂石樵:《屈原论稿》,人民文学出版社1982年版。

103.潘啸龙、毛庆主编:《楚辞著作提要》,湖北教育出版社2002年版。

104.潘啸龙:《楚汉文学综论》,黄山书社1993年版。

105.潘啸龙:《屈原与楚辞研究》,安徽大学出版社1999年版。

106.潘啸龙:《楚辞举要》,安徽师范大学出版社2014年版。

107.彭柏林、杨年保:《屈原研究三十年》,南京大学出版社2017年版。

108.钱穆:《钱穆先生全集》(新校本),九州出版社2011年版。

109.曲德来:《屈原及其作品新探》,辽宁古籍出版社1995年版。

110.饶宗颐:《楚辞地理考》,台北九思出版公司1978年版。

111.饶宗颐:《楚辞书录》,香港苏记书庄1956年版。

112.饶宗颐:《楚辞与词曲音乐》,香港苏记书庄1958年版。

113.尚永亮:《庄骚传播接受史综论》,文化艺术出版社2000年版。

114.石泉:《古代荆楚地理新探》,武汉大学出版社1988

年版。

115. 苏雪林：《楚骚新诂》，武汉大学出版社2007年版。

116. 孙作云：《天问研究》，中华书局1989年版。

117. 台静农：《楚辞天问新笺》，台北艺文印书馆1972年版。

118. 谭家斌：《屈原问题综论》，湖北人民出版社2006年版。

119. 谭介甫：《屈赋新编》，中华书局1978年版。

120. 汤炳正、李大明、李诚、熊良智：《楚辞今注》，上海古籍出版社1996年版。

121. 汤炳正：《楚辞类稿》，巴蜀书社1988年版。

122. 汤炳正：《屈赋新探》，齐鲁书社1984年版。

123. 汤炳正：《楚辞讲座》，北京出版社2018年版。

124. 汤漳平、陆永品：《楚辞论析》，山西教育出版社1990年版。

125. 汤漳平：《敢有歌吟动地哀：屈原传》，郑州大学出版社2002年版。

126. 王培元：《诗骚与辞赋》，山东文艺出版社1992年版。

127. 王泗原：《楚辞校释》，人民教育出版社1990年版。

128. 王伟：《〈楚辞〉校证》，中华书局2017年版。

129. 王延海：《楚辞释论》，大连出版社1994年版、1997年增订版。

130. 吴广平：《白话楚辞》，岳麓书社1996年版。

131. 吴广平：《楚辞》，岳麓书社2001年版。

132. 吴广平：《宋玉集》，岳麓书社2001年版。

133. 吴宏一：《诗经与楚辞》，台北台湾书店1998年版。

134. 谢无量：《楚辞新论》，上海商务印书馆1923年版。

135. 熊良智：《楚辞文化研究》，巴蜀书社2002年版。

136. 熊人宽：《屈原宋玉与荆楚历史》，学苑出版社2019年版。

137. 熊任望:《楚辞探综》,河北大学出版社2000年版。

138. 徐文武:《楚国宗教概论》,武汉出版社2001年版。

139. 徐志啸:《楚辞综论》,台北东大图书公司1994年版。

140. 徐志啸:《日本楚辞研究论纲》,福建人民出版社2015年版。

141. 杨义:《楚辞诗学》,人民出版社1998年版。

142. 杨义:《屈子楚辞还原》,中国社会科学出版社2016年版。

143. 杨雨:《屈原传》,长江文艺出版社2020年版。

144. 杨仲义:《诗骚新识》,学苑出版社1999年版。

145. 姚汉荣、姚益心:《楚文化寻绎》,学林出版社1990年版。

146. 叶幼明:《辞赋通论》,湖南教育出版社1991年版。

147. 易重廉:《中国楚辞学史》,湖南出版社1991年版。

148. 殷光熹:《楚骚:华夏文明之光》,云南大学出版社1990年版。

149. 尹锡康、周发祥主编:《楚辞资料海外编》,湖北人民出版社1986年版。

150. 游国恩:《离骚纂义》,中华书局1980年版。

151. 游国恩:《天问纂义》,中华书局1982年版。

152. 游国恩:《楚辞概论》,北新书局1926年版。

153. 游国恩:《读骚论微初集》,商务印书馆1937年版。

154. 游国恩:《屈原》,生活·读书·新知三联书店1953年版。

155. 游国恩:《游国恩学术论文集》,中华书局1989年版。

156. 游国恩:《游国恩楚辞论著集》,中华书局2008年版。

157. 于省吾:《泽螺居诗经楚辞新证》,中华书局2009年版。

158. 余嘉锡:《四库提要辨证》,中华书局1980年版。

159. 袁梅:《楚辞词典》,山东教育出版社2000年版。

160. 詹安泰:《离骚笺疏》,湖北人民出版社1981年版。

161. 张崇琛:《楚辞文化探微》,新华出版社1993年版。

162. 张崇琛:《楚辞文化研究》,中国社会科学出版社2020年版。

163. 张来芳:《离骚探赜》,江西人民出版社1997年版。

164. 张正明:《楚史》,湖北教育出版社1995年版。

165. 张正明:《楚文化史》,上海人民出版社1987年版。

166. 赵辉:《楚辞文化背景研究》,湖北教育出版社1995年版。

167. 赵逵夫:《屈骚探幽》,甘肃人民出版社1998年版。

168. 赵逵夫:《屈原与他的时代》,人民文学出版社1996年版、2002年增订版。

169. 赵沛霖:《屈赋研究论衡》,天津教育出版社1993年版。

170. 赵然:《学术转型与游国恩楚辞研究》,人民出版社2018年版。

171. 周秉高:《楚辞解析》,内蒙古大学出版社2003年版。

172. 周秉高:《楚辞探析》,台湾五南图书出版股份有限公司2016年版。

173. 周秉高:《风骚论集》,内蒙古大学出版社1995年版。

174. 周建忠、汤漳平主编:《楚辞学通典》,湖北教育出版社2002年版。

175. 周建忠:《楚辞考论》,商务印书馆2003年版。

176. 周建忠:《楚辞论稿》,中州古籍出版社1994年版。

177. 周建忠:《楚辞评介》,中国青年出版社2000年版。

178. 周建忠:《楚辞与楚辞学》,吉林人民出版社2000年版。

179. 周建忠:《当代楚辞研究论纲》,湖北教育出版社1992年版。

180. 周勋初:《九歌新考》,上海古籍出版社1986年版。

181. 朱碧莲:《楚辞论稿》,上海三联书店1993年版。

182. 朱碧莲:《楚辞论学丛稿》,台北文史哲出版社2000年版。

183. 朱季海:《楚辞解故》,上海古籍出版社1980年版。

184. 作家出版社编辑部:《楚辞研究论文集》,作家出版社1957年版。